del arte. 592.

Cette lo[...] ginvisique portant au titre de Londres a été imprimée à Berlin par le libraire Etienne de Bordeaux l'année precedente ce même libraire avoit imprimé les animaux plus que Machines qui se trouvent dans ce Vol: cy, en même tems de ca Reflexion Philosophiq. Sur l'Origine des animaux qui ne Sont point icy, Je ne Sais par pourquoy.

M. de la Metrie declara en arrivant à Berlin qu'il abandonnoit la medecine des Corps pour ne s'occuper que de celle des ames. Voltaire convient qu'il ne donnoit à ces dernieres malades que du poison: cependant Voltaire aplaudit assés à ce genre d'ouvrage.

L'Auteur de ces Oeuvres est M. de la Metrie Medecin de St. Malo mort à Berlin en 175 honoré d'un Eloge ecrit par le Roy de Prusse même.

J'ay 2 petits Volumes in 12. de ces mêmes Oeuvres Imp.ées, Sous Titre d'Amsterdam, 175.° Ce petit Recüeil contient quelques Pieces qui ne Sont pas dans ce Volume cy. mais enrevanche Il y en à iey quelques unes qui ne Sont pas dans le Recüeil in 12.°

Independament de ces Oeuvres la Metrie a fait des Ouvrages de Medecine et les sous la plupart Sont des Trad.ons de Boerhaave avec des notes.

Il faut convenir avec Le Roy de Prusse que la Metrie etoit un homme d'Esprit, mais quoiqu'en dise Sa Majesté Prussienne il faut aussy convenir que c'étoit un Materialiste biën Dangereux. J.

Milord marechal a fait graver un portrait de Lametrie au bas duquel on voit ces vers.

musis amicus DD. de marschall musis amicum Sacravit

Sous ces traits respecte tu voir le maitre
Des jeux, des ris, et des bons mots,
Trop hardi d'avoir de Son être
osé débrouiller le cahos.
Sans un Sage, Il etoit la victime des Sots,
+ Le Roy de Prusse.

depuis la page 128 jusqu'à la fin du traité de l'âme. tout y est un chef d'œuvre. ce qui y plaira moins sera le métaphysique ; mais il aide souvent par des exemples et des histoires. d'ailleurs ces morceaux plus durs ne se liraient pour ainsi dire que de l'œil. Si cependant on y voulait trop rapidement, on retirerait peu de fruit de cette lecture

238 beau morceau où l'on voit le sentiment des philosophes payens et des peres de l'église les plus savants].

332 Système d'Épicure morceau beau et fort. partie à prendre, partie à laisser depuis la page 347 jusqu'à la fin du livre 4 la dédicace bien enthousiaste

le discours préliminaire venge la philosophie et est très instructif. fort et nerveux .].

ŒUVRES
PHILOSOPHIQUES.

Deus nobis hæc otia fecit.

Virgil.

À LONDRES,

CHEZ JEAN NOURSE.

MDCCLI.

DISCOURS
PRÉLIMINAIRE.

J e me propose de prouver que la Philosophie, toute contraire qu'elle est à la Morale & à la Religion, non seulement ne peut détruire ces deux liens de la Société, comme on le croit communément, mais ne peut que les resserrer & les fortifier de plus en plus. Une dissertation de cette importance, si elle est bien faite, vaudra bien, à mon avis, une de ces Préfaces triviales, où l'Auteur humblement à genoux devant le Public, s'encense cependant avec sa modestie ordinaire: Et j'espère qu'on ne la trouvera pas déplacée à la tête d'Ouvrages

a 2   de

de la Nature de ceux que j'ose r'imprimer, malgré tous les cris d'une haine (*) qui ne mérite que le plus parfait mépris.

Ouvrez les yeux; vous verrez affichés de toutes parts:
„Preuves de l'existence de Dieu par les merveilles de la Nature.
„Preuves de l'immortalité de l'Ame par la Géométrie & l'Algébre.
„La Religion prouvée par les faits.
„Théologie Physique.

Et tant d'autres Livres semblables. Lisez-les, sans autre préparation, vous serez persuadé que la Philosophie est par elle même favorable à la Religion & à la Morale, & qu'enfin l'étude de la Nature est le plus court chemin pour arriver, tant à la connoissance de son adorable Auteur, qu'à l'intelligence des vérités morales & révélées. Livrez-vous ensuite à ce genre d'étude; & sans embrasser toute cette vaste étendue de Physique, de Botanique, de Chymie, d'Histoire naturelle, d'Anatomie, sans vous donner la peine de lire les meilleurs Ouvrages des Philosophes de tous les siécles, faites-vous Médecin seulement, & à coup sûr vous le serez comme les autres. Vous reconnoîtrez la vanité de nos Déclamateurs, soit qu'ils fassent retentir nos Temples, soit qu'ils se récrient éloquemment dans leurs Ouvrages sur les merveilles de la Nature; & suivant l'Homme pas à pas, dans ce qu'il tient de ses Péres, dans ses divers âges, dans ses passions, dans ses mala-

(*) Odium Theologicum.

maladies, dans sa structure, comparée à celle des Animaux, vous conviendrez que la foi seule nous conduit à la croiance d'un Etre suprême ; & que l'Homme organisé, comme les autres Animaux, pour quelques dégrés d'intelligence de plus, soumis aux mêmes loix, n'en doit pas moins subir le même sort. Ainsi du faîte de cette immortalité glorieuse, du haut de cette belle Machine Théologique, vous descendrez, comme d'une *Gloire* d'Opera, dans ce Parterre physique, d'où ne voyant par tout autour de vous que matière éternelle, & formés qui se succédent & périssent sans cesse, confus, vous avoüerez qu'une entière destruction attend tous les corps animés. Et enfin ce Tronc du Système des moeurs parfaitement déraciné par la Philosophie, tous les efforts qu'on a faits pour concilier la Philosophie avec la Morale, & la Théologie avec la Raison, vous paroitront frivoles & impuissans.

Tel est le premier point-de-vûe, & le Plan de ce Discours ; avançons & dévelopons toutes ces idées vagues & générales.

La Philosophie, aux recherches de laquelle tout est soumis, est soumise elle-même à la Nature, comme une fille à sa Mère. Elle a cela de commun avec la vraie Medecine, qu'elle se fait honneur de cet esclavage, qu'elle n'en connoît point d'autre, & n'entend point d'autre voix. Tout ce qui n'est pas puisé dans le sein même de la Nature, tout ce qui n'est pas Phénomènes, Causes, Effets, Science des choses en un mot, ne regarde en rien la Philosophie, & vient d'une source qui lui est étrangère.

Telle

Telle est la Morale; fruit arbitraire de la Politique, qui peut à juste titre revendiquer ce qu'on lui a injustement usurpé. Nous verrons dans la suite, pourquoi elle a mérité d'être mise au nombre des parties de la Philosophie, à laquelle il est évident que proprement elle n'appartient pas.

Les Hommes aïant formé le projet de vivre ensemble, il a fallu former un Système de mœurs politiques, pour la sûreté de ce commerce. Et comme ce sont des Animaux indociles, difficiles à dompter, & courant *spontanément* au Bien-être *per fas & nefas*, ceux qui par leur sagesse & leur génie ont été dignes d'être placés à la tête des autres, ont sagement appellé la Réligion au secours de Régles & de Loix, trop froides & trop sensées, pour pouvoir prendre une Autorité absolüe sur l'impétueuse imagination d'un Peuple turbulent & frivole. Elle a paru les yeux couverts d'un Bandeau sacré; & bientôt elle a été entourée de toute cette multitude qui écoute bouche béante & d'un air stupéfait les merveilles dont elle est avide; merveilles qui la contiennent, ô prodige! d'autant plus, qu'elle les comprend moins.

Au double frein de la Morale & de la Réligion, on a prudemment ajoûté celui des supplices. Les bonnes, & surtout les grandes Actions n'ont point été sans récompense, ni les mauvaises sans punition; & le funeste exemple des coupables a retenu ceux qui alloient le devenir. Sans les Gibets, les Roües, les Potences, les Echaffauts, sans ces Hommes vils, rebut de la Nature entière, qui pour de l'argent étrangleroient l'Univers, malgré le jeu de toutes ces merveilleuses machines, le plus foible n'eût point été à l'abri du plus fort.

Puis-

Puisque la Morale tire son Origine de la Politique,
comme les Loix & les Bourreaux; il s'enſuit qu'elle n'eſt
point l'ouvrage de la Nature, ni par conſéquent de la Philoſophie, ou de la Raiſon, tous termes ſynonimes.

De là encore il n'eſt pas ſurprenant que la Philoſophie
ne conduiſe point à la Morale, pour ſe joindre à elle, pour
prendre ſon parti, & l'appuier de ſes propres forces. Mais il
ne faut pas croire pour cela qu'elle nous y conduiſe, comme
à l'Ennemi, pour l'exterminer; ſi elle marche à elle, le flambeau à la main, c'eſt pour la reconnoître en quelque ſorte, &
juger de ſang froid de la différence eſſentielle de leurs intérêts.

Autant les choſes ſont différentes des mœurs, le ſentiment des Loix, & la vérité, de toute convention arbitraire,
autant la Philoſophie eſt différente de la Morale; ou, ſi l'on
veut, autant la Morale de la Nature (car elle a la ſienne) diffère de celle qu'un Art admirable a ſagement inventée. Si
celle-ci paroît pénétrée de Reſpect pour la céleſte ſource dont
elle eſt émanée (la Religion;) l'autre n'en a pas un moins
profond pour la vérité, ou pour ce qui en a même la ſimple
apparence, ni un moindre attachement à ſes goûts, ſes plaiſirs, & en général à la Volupté. La Religion eſt la Bouſſole
de l'une: le plaiſir celle de l'autre, en tant qu'elle ſent; la vérité, en tant qu'elle penſe.

Ecoutez la première: elle vous ordonnera impérieuſement de vous vaincre vous-mêmes; décidant ſans balancer
que rien n'eſt plus facile, & quel „pour être vertueux, il ne faut
„que vouloir.„ Prêtez l'oreille à la ſeconde; elle vous invi-
tera

tera à suivre vos penchans, vos Amours, & tout ce qui vous
plaît; ou plutôt dès-lors vous les avez déjà suivis. Eh! que
le plaisir qu'elle nous inspire, nous fait bien sentir, sans tant
de raisonnemens superflus, que ce n'est que par lui qu'on peut
être heureux!

Ici, il n'y a qu'à se laisser doucement aller aux agréables
impulsions de la Nature; là, il faut se roidir, se *régimber* contre elle. Ici, il suffit de se conformer à soi-même, d'être ce
qu'on est, & en quelque sorte, de se ressembler; là, il faut
ressembler aux autres malgré soi, vivre, & presque penser
comme eux. Quelle Comédie!

Le Philosophe a pour objet ce qui lui paroît vrai, ou
faux, abstraction faite de toutes conséquences; le Législateur,
peu inquiet de la Vérité, craignant même peut-être (faute de
Philosophie, comme on le verra) qu'elle ne transpire, ne s'occupe que du juste & de l'injuste, du Bien & du Mal Moral.
D'un côté, tout ce qui paroît être dans la Nature, est appellé
vrai, & on donne le nom de faux à tout ce qui n'y est point,
à tout ce qui est contredit par l'observation & par l'expérience; de l'autre, tout ce qui favorise la Société, est décoré du
nom de juste, d'équitable, &c. tout ce qui blesse les intérêts,
est flétri du nom d'injuste; en un mot, la Morale conduit à
l'Equité, à la Justice &c. & la Philosophie, tant leurs objets
sont divers, à la Vérité.

La Morale de la Nature, ou de la Philosophie, est donc
aussi différente de celle de la Religion & de la Politique,
Mère de l'une & de l'autre, que la Nature l'est de l'Art.

Dia-

diamétralement opposées, jusqu'à se tourner le dos, qu'en faut-il conclure, sinon que la Philosophie est absolument inconciliable avec la Morale, la Religion & la Politique, Rivales triomphantes dans la Société, honteusement humiliées dans la solitude du Cabinet & au flambeau de la Raison: humiliées sur-tout par les vains efforts mêmes que tant d'habiles gens ont faits pour les accorder ensemble.

La Nature auroit-elle tort d'être ainsi faite, & la Raison de parler son langage, d'appuyer ses penchans & de favoriser tous ses goûts? La Société d'un autre côté auroit-elle tort à son tour de ne pas se mouler sur la Nature? Il est ridicule de demander l'un, & tout à fait extravagant de proposer l'autre.

Mauvais moule sans doute, pour former une Société, que celui d'une Raison, si peu à la portée de la plûpart des hommes, que ceux qui l'ont le plus cultivée, peuvent seuls en sentir l'importance & le prix! Mais aussi, plus mauvais moule encore, pour former un Philosophe, celui des préjugés & des erreurs qui sont la baze fondamentale de la Société!

Cette réfléxion n'a point échapé à la prudence des Législateurs éclairés; ils ont trop bien connu les Animaux qu'ils avoient à gouverner.

On fait aisément croire aux hommes ce qu'ils désirent; on leur persuade sans peine ce qui flatte leur amour propre; & ils étoient d'autant plus faciles à séduire, que leur supériorité sur les autres Animaux, les avoit déja aidés à se laisser éblouir. Ils ont cru qu'un peu de boue organisée pouvoit être immortelle.

La

La Nature défavoüe cependant cette Doctrine puérile: c'eft comme une écume qu'elle rejette & laiffe au loin fur le rivage de la mer Théologique; &, fi l'on me permet de continuer de parler métaphoriquement, j'oferois dire que tous les rayons qui partent du fein de la Nature, fortifiés & comme réfléchis par le précieux miroir de la Philofophie, détruifent & mettent en poudre un Dogme qui n'eft fondé que fur la prétendüe utilité morale dont il peut être.   Quelle preuve en demandez-vous?   Mes Ouvrages mêmes, puifqu'ils ne tendent qu'à ce but, ainfi que tant d'autres beaucoup mieux faits ou plus favans; s'il faut l'être pour démontrer ce qui faute aux yeux de toutes parts: qu'il n'y a qu'une vie, & que l'homme le plus à projets, l'homme le plus fuperbe, les établit en vain fur une vanité mortelle comme lui.   Oui, & nul Sage n'en disconvient, l'orgueilleux Monarque meurt tout entier, comme le fujet modefte & le chien fidéle.   Vérité terrible fi l'on veut, mais pour ces Efprits dont l'enfance eft l'âge éternel, ces Efprits auxquels un fantôme fait peur; car elle ne laiffe pas plus de doute que de crainte chez ceux qui font tant foit peu capables de réfléchir, chez ceux qui ne détournent pas la vüe de ce qui la frappe à chaque inftant d'une façon fi vive & fi claire, chez ceux enfin qui ont acquis, pour le dire ainfi, plus de maturité que d'adolefcence.

Mais fi la Philofophie eft contraire aux conventions Sociales, aux principaux Dogmes de la Religion, aux mœurs, elle rompt les liens qui tiennent les hommes entr'eux. Elle fappe l'édifice de la Politique par fes fondemens.

Efprits

Esprits, fans profondeur, & fans juſteſſe, quelle terreur panique vous effarouche! Quel jugement précipité vous emporte au delà du but & de la vérité! Si ceux qui tien, nent les rênes des Empires, ne réfléchiſſoient pas plus ſolidement, où le bel honneur, & la brillante gloire qui leur en revient droit! La Philoſophie priſe pour un poiſon dangereux, la Philoſophie, ce ſolide pivot de l'Eloquence, cette lymphe nourricière de la Raiſon, ſeroit proſcrite de nos Converſations, & de nos Ecrits; impérieuſe & tirannique Reine, on n'oſeroit en prononcer même le nom, fans craindre la Sibérie: & les Philoſophes chaſſés & bannis, comme Perturbateurs, auroient le même ſort qu'autrefois les prétendus Médecins de Rome.

Non, erreur fans doute, non, la Philoſophie ne rompt, ni ne peut rompre les chaînes de la Société. Le poiſon eſt dans les Ecrits des Philoſophes, comme le Bonheur dans les chanſons, ou comme l'Eſprit dans les Bergers de Fontenelle. On chante un Bonheur imaginaire; on donne aux Bergers dans une Eglogue un Eſprit qu'ils n'ont pas: on ſuppoſe dangereux ce qui eſt bien éloigné de l'être; car la ſappe dont nous avons parlé, bien différente de celle de nos Tranchées, eſt idéale, métaphyſique, & par conſéquent elle ne peut rien détruire, ni renverſer, ſi ce n'eſt hypothétiquement. Or qu'eſt-ce que renverſer dans une hypothèſe les uſages introduits & & accrédités dans la vie civile? C'eſt n'y point toucher réellement, & les laiſſer dans toute leur vigueur.

Je vais tâcher de prouver ma Thèſe par des raiſonnemens fans replique.

De

De la contradiction de Principes d'une Nature aussi diverse que ceux de la Philosophie & de la Politique; de Principes dont le but & l'objet sont essentiellement différens, il ne s'ensuit nullement que les uns réfutent ou détruisent les autres. Il n'en est pas des spéculations philosophiques, aux principes reçus dans le monde, & à la croïance nécessaire (je le suppose) à la sûreté du commerce des hommes, comme de la Théorie de la Médecine, à la Pratique de cet art. Ici, l'une a une influence si directe & si absolüe sur l'autre, que malheur aux malades, dont quelque Chirac a enfilé le mauvais chemin! Là, des méditations philosophiques, aussi innocentes que leurs Auteurs, ne peuvent corrompre ou empoisonner la Pratique de la Société, qui n'a point d'usages respectés par le peuple, si comiques & si ridicules qu'ils soient, auxquels tout Philosophe n'applaudisse aussi volontiers, quand il le faut, que ceux qui le font le moins; fort fâché sans doute de porter le moindre échec à ce qui fait, ou plutôt passe pour faire la tranquillité publique.

La Raison pour laquelle deux choses aussi contraires en apparence, ne se nuisent cependant en aucune manière, c'est donc que leurs Objets n'ont rien de commun entr'eux, leur but étant aussi divers, aussi éloigné l'un de l'autre, aussi opposé, que l'Orient & l'Occident. Nous verrons dans la suite que loin de se détruire, la Philosophie & la Morale peuvent très bien agir & veiller de concert à la sûreté du Public, nous verrons que si l'une influe sur l'autre, ce n'est qu'indirectement, mais toûjours à son avantage; de sorte que,

comme

comme je l'ai dit d'abord, les nœuds de la Société sont res-
ferrés par ce qui semble à la première vûe devoir les rompre
& les diffoudre. Paradoxe plus surprenant encore que le premier, & qui ne fera pas moins clairement démontré, à ce que
j'espère, à la fin de ce Difcours.

Quelle lumiere affreufe feroit celle de la Philofophie, fi
elle n'éclairoit les uns, qui font en fi petit nombre, que pour
la perte & la ruine des autres, qui compofent prefque tout
l'Univers?

Gardons-nous de le penfer.   Les Perturbateurs de la
Société n'ont été rien moins que des Philofophes, comme
on le verra plus loin, & la Philofophie, amoureufe de la feule
vérité, tranquille contemplatrice des beautés de la Nature, incapable de témérité & d'ufurpation, n'a jamais empiété fur
les droits de la Politique.   Quel eft le Philofophe en effet,
fi hardi qu'on veüille le fuppofer, qui en attaquant le plus
vivement à force ouverte tous les principes de la Morale,
comme j'ofe le faire dans mon *Anti-feneque*, difconvienne que
les interêts du Public ne foient pas d'un tout autre prix que
ceux de la Philofophie?

La Politique, entourée de fes Miniftres, va criant dans
les places publiques, dans les Chaires, & prefque fur les toits:
*Le corps n'eft rien, l'Ame eft tout; Mortels, fauvez-vous, quoiqu'il
vous en coute.*   Les Philofophes rient, mais ils ne troublent
point le fervice; ils parlent, comme ils écrivent, tranquillement; pour Apôtres & pour Miniftres, ils n'ont qu'un petit
nombre de fectateurs auffi doux & auffi paifibles qu'eux, qui

peu-

peuvent bien se réjouir d'augmenter leur troupeau, & d'enri-
chir leur domaine de l'heureuse acquisition de quelques
beaux génies, mais qui seroient au désespoir de suspendre un
moment le grand courant des choses civiles, loin de vouloir,
comme on l'imagine communément, tout bouleverser.

Les Prêtres déclament, échauffent les Esprits par des
promesses magnifiques, bien dignes d'enfler un Sermon élo-
quent; ils prouvent tout ce qu'ils avancent, sans se donner la
peine de raisonner, ils veulent enfin qu'on s'en rapporte à
Dieu sait quelles autorités apocrifes; & leurs foudres sont
prêts à écraser & réduire en poudre quiconque est assés
raisonnable pour ne pas vouloir croire aveuglément tout ce
qui révolte le plus la Raison. Que les Philosophes se conduisent plus sagement! Pour ne rien promettre, ils n'en sont
pas quittes à si bon marché; ils paient en choses sensées & en
raisonnemens solides, ce qui ne coute aux autres que du poû-
mon, & une éloquence aussi vuide & aussi vaine que leurs
promesses. Or le raisonnement pourroit-il être dangereux,
lui qui n'a jamais fait, ni Enthousiaste, ni Secte, ni même Théologien?

Entrons dans un plus grand détail, pour prouver plus
clairement, que la Philosophie la plus hardie n'est point essentiellement contraire aux bonnes moeurs, & ne traine en un
mot aucune sorte de danger à sa suite.

Quel mal, je le demande aux plus grands ennemis de la
liberté de penser & d'écrire, quel mal y a-t-il d'acquiescer à
ce qui paroît vrai, quand on reconnoît avec la même candeur,

&

& qu'on fuit avec la même fidelité ce qui paroît fage & utile?
A quoi ferviroit donc le flambeau de la Phyfique? A quoi bon
toutes ces curieufes obfervations d'Anatomie comparée, &
d'Hiftoire naturelle? Il faudroit éteindre l'un, & dédaigner
les autres, au lieu d'encourager, comme font les plus grands
Princes, les Hommes qui fe dévouent à ces laborieufes recherches. Ne peut-on tâcher de deviner & d'expliquer l'Enigme
de l'Homme? En ce cas plus on feroit Philofophe, plus ce
qu'on n'a jamais penfé, on feroit mauvais Citoyen. Enfin
quel funefte préfent feroit la vérité, fi elle n'étoit pas toûjours
bonne à dire? Quel apanage fuperflu feroit la Raifon, fi
elle étoit faite pour être captivée & fubordonnée! Soutenir
ce Syftème, c'eft vouloir ramper, & dégrader l'efpéce humaine:
croire qu'il eft des vérités qu'il vaut mieux laiffer éternellement enfévelies dans le fein de la Nature, que de les produire
au grand jour, c'eft favorifer la fuperftition & la Barbarie.

Qui vit en Citoyen, peut écrire en Philofophe.

Mais écrire en Philofophe, c'eft enfeigner le Matérialifme! Eh-bien! Quel mal! Si ce Matérialifme eft fondé,
s'il eft l'évident réfultat de toutes les obfervations & expériences des plus grands Philofophes & Médecins; fi l'on n'embraffe ce Syftème, qu'après avoir attentivement fuivi la Nature, fait les mêmes pas affiduement avec elle dans toute l'étendue du Régne Animal, &, pour ainfi dire, après avoir approfondi l'Homme dans tous fes âges & dans tous fes états? Si
l'Ortodoxie fuit le Philofophe plutôt qu'il ne l'évite, s'il ne
cherche ni ne forge exprès la Doctrine, s'il la rencontre en
quelque forte, qu'elle fe trouve à la fuite de fes recherches &

comme

comme fur fes pas, eſt-ce donc un crime de la publier? La
verité même ne vaudroit-elle donc pas la peine qu'on fe
baiſſât en quelque ſorte pour la ramaſſer?

Voulez-vous d'autres Argumens favorables à l'innocence de la Philoſophie? Dans la foule qui ſe préſente, je ne
choiſirai que les plus frappans.

La Motte le Vayer a beau dire que la mort eſt préféra-
ble à la mendicité. Non ſeulement cela ne dégoûte point
de la vie ces *Objets dégoûtans de la pitié publique*, (eh! quel ſi
grand malheur, s'il étoit poſſible que ces malheureux, acceſſi-
bles à cette façon de penſer, délivraſſent la Société d'un poids
plus qu'inutile à la terre!) mais quel eſt l'infortuné mortel,
qui du faîte de la fortune précipité dans un abyme de miſère,
ait, en conſéquence de cette propoſition philoſophique, at-
tenté à ſes jours?

Les Stoïciens ont beau crier: *Sors de la vie, ſi elle t'eſt à*
charge; il n'y a ni raiſon, ni gloire à reſter en proye à la douleur,
ou à la pauvreté; délivre-toi de toi même, rends-toi inſenſible,
comme heureux, à quelque prix que ce ſoit. On ne ſe tüe pas
plus pour cela, qu'on ne tüe les autres; & on n'en vole pas
davantage, ſoit qu'on ait de la Religion, ſoit qu'on n'en ait
pas. L'inſtinct, l'eſpérance (Divinité qui ſourit aux malheureux, ſentiment qui meurt le dernier dans l'Homme,) & la
Potence, y ont mis bon ordre. On ne ſe prive de la vie,
que par un ſentiment de malheur, d'ennui, de crainte, ou de
certitude d'être encore plus mal qu'on n'eſt; ſentiment noir,
production atrabilaire, dans laquelle les Philoſophes & leurs
Livres n'entrent pour rien. Telle eſt la ſource du Suicide, &
non

non tout Syſtême ſolidement raiſonné, à moins qu'on ne veuille y ajouter cet enthouſiaſme, qui faiſoit chercher la mort
aux Lecteurs d'Hégéſias.

C'eſt ainſi que, quoiqu'il ſoit permis, ſuivant la loi de
Nature & Puffendorff, de prendre par force un peu de ce
qu'un autre a de trop, dans la plus preſſante extrémité, on
n'oſe cependant ſe faire juſtice à ſoi-même par une violence
ſi légitime & ſi indiſpenſable en apparence, parce que les loix
la puniſſent, trop ſourdes, hélas! aux cris de la Nature aux
abois. Tant il eſt vrai, pour le dire en paſſant, que ſi les
loix ont en général raiſon d'être ſévères, elles trouvent auſſi
quelquefois de juſtes motifs d'indulgence; car puiſque le
Particulier renonce ſans ceſſe à lui-même en quelque ſorte,
pour ne point toucher aux droits du Public; les loix qui les
protègent, ceux qui ont l'autorité en main, devroient à leur
tour, ce me ſemble, rabattre de leur rigoureuſe ſévérité, faire
grace avec humanité à des malheureux qui leur reſſemblent,
ſe prêter à des beſoins mutuels, & enfin ne point tomber
en des contradictions ſi barbares avec leurs frères.

Le moien de ſouſcrire aux moindres inconvéniens d'u-
ne Science qui a mérité le ſuffrage & la vénération des plus
grands Hommes de tous les ſiècles! Les Matérialiſtes ont
beau prouver que l'Homme n'eſt qu'une Machine, le peuple (*) n'en croira jamais rien. Le même Inſtinct qui le
retient

C

(*) Quel ſi grand mal, quand il le croiroit? Grace à la ſévérité des Loix,
il pourroit être *Spinoſiſte*, ſans que la Société eût rien à craindre de la
deſtruction des Autels, où ſemble conduire ce hardi Syſtême.

retient à la vie, lui donne affés de vanité pour croire fon
Ame immortelle, & il eft trop fol & trop ignorant pour
jamais dédaigner cette vanité là.

J'ai beau inviter ce malheureux à n'avoir point de remords d'un crime dans lequel il a été entrainé, comme on
l'eft furtout par ce qu'on nomme premier mouvement; il
en aura cependant, il en fera pourfuivi; on ne fe dépouille
point fur une fimple lecture, de *principes fi accoutumés*, qu'on
les prend pour *naturels*. La confcience ne fe racornit qu'à
force de fcélérateffe & d'infamie, pour lesquelles, loin d'y
inviter, à Dieu ne plaife! j'ai taché d'infpirer toute l'horreur,
dont je fuis moi-même pénétré. Ainfi Chanfons pour la
multitude, que tous nos Écrits; raifonnemens frivoles, pour
qui n'eft point préparé à en recevoir le germe; & pour ceux
qui le font, nos hypothèfes font également fans danger. La
juftteffe & la pénétration de leur génie a mis leur coeur en
fûreté, devant ces hardieffes, & fi, j'ofe le dire, ces *nudités
d'Efprit*.

Mais quoi! les hommes vulgaires ne pourroient-ils être
enfin féduits par quelques lueurs philofophiques, faciles à
entrevoir dans ce torrent de lumières, que la Philofophie
femble aujourd'hui verfer à pleines mains? Et comme on
prend beaucoup de ceux avec lesquels on vit, ne peut-on
pas facilement adopter les Opinions hardies, dont les Livres
philofophiques font remplis, moins à la vérité, (quoiqu'on

pen-

pense ordinairement le contraire,) aujourd'hui qu'autrefois.

Les Vérités philosophiques ne sont que des Syſtêmes, dont l'Auteur qui a le plus d'art, d'esprit, & de lumieres, eſt le plus séduiſant; Syſtêmes, où chacun peut prendre son parti, parceque le pour n'eſt pas plus démontré que le contre, pour la plûpart des Lecteurs; parce qu'il n'y a d'un côté & de l'autre, que quelques dégrés de probabilité de plus & de moins, qui déterminent & forcent nôtre *aſſentiment*, & même que les seuls *bons* Eſprits, (Eſprits plus rares que ceux qu'on appelle *beaux*,) peuvent sentir, ou saiſir. Combien de disputes, d'erreurs, de haines, & de contradictions, a enfanté la fameuse queſtion de la liberté, ou du fatalisme! Ce ne sont que des hypothêses cependant. L'Eſprit borné, ou illuminé, croiant à la doctrine de mauvais cayers qu'il nous débite d'un air suffiſant, s'imagine bonnement que tout eſt perdu, Morale, Religion, Société, s'il eſt prouvé que l'Homme n'eſt pas libre. L'Homme de génie au contraire, l'Homme impartial & sans préjugés, regarde la solution du Problême, quelle qu'elle soit, comme fort indifférente, & en soi, & même eü égard à la Société. Pourquoi? C'eſt qu'elle n'entraîne pas dans la pratique du monde les rélations délicates & dangereuses, dont sa Théorie paroît menacer. J'ai cru prouver que les remords sont des préjugés de l'éducation, & que l'Homme eſt une Machine qu'un fatalisme absolu gouverne impérieuſement: J'ai pû me tromper, je veux le croire: mais supposé, comme je le pense sincèrement, que cela soit philosophiquement vrai, qu'importe? Toutes

C 2

ces

ces questions peuvent être mises dans la Classe du point Mathématique, qui n'existe que dans la tête des Géomètres, & de tant de problêmes de Géométrie & d'Algébre, dont la solution claire & idéale montre toute la force de l'Esprit humain; force qui n'est point ennemie des loix. Théorie innocente, & de pure curiosité, qui est si peu réversible à la Pratique, qu'on n'en peut faire plus d'usage, que de toutes ces Vérités Métaphysiques de la plus haute Géométrie.

Je passe à de nouvelles Reflexions naturellement liées aux précédentes, qu'elles ne peuvent qu'appuyer de plus en plus.

Depuis que le Polythéisme est aboli par les loix, en sommes-nous plus honnêtes gens? Julien, Apostat, valoit-il moins, que Chrétien? En étoit-il moins un grand Homme, & le meilleur des Princes? Le Christianisme eût-il rendu Caton le Censeur, moins dur, & moins féroce? Caton d'Utique, moins vertueux? Ciceron, moins excellent Citoyen, &c. Avons-nous en un mot plus de vertus que les Payens? Non, & ils n'avoient pas moins de Religion que nous; ils suivoient la leur, comme nous suivons la nôtre, c'est à dire, fort mal, ou point du tout. La Superstition étoit abandonnée au Peuple & aux Prêtres, croyans (*) mercénaires; tandis que les honnêtes Gens sentant bien que pour l'être, la Religion leur étoit inutile, s'en moquoient. Croire un Dieu, en croire plusieurs, regarder la Nature comme la cause aveugle & inexplicable de tous les Phénomènes; ou séduit par l'ordre merveilleux qu'ils nous offrent, reconnoître une Intelligence suprême

(*) Pour la plûpart.

prême, plus incompréhenfible encore que la Nature; croire que l'homme n'eſt qu'un Animal comme un autre, feulement plus fpirituel; ou regarder l'Ame, comme une fubſtance diſtincte du corps, & d'une eſſence immortelle: voilà le champ, où les Philofophes ont fait la guerre entr'eux, depuis qu'ils ont connu l'art de raifonner; & cette guerre durera, tant que cette *Reine des Hommes*, l'Opinion, régnera fur la Terre; voilà le champ, où chacun peut encore aujourd'hui fe battre, & fuivre parmi tant d'Etendarts, celui qui rira le plus à fa fortune, ou à fes préjugés, fans qu'on ait rien à craindre de ſi frivoles & ſi vaines Efcarmouches. Mais, c'eſt ce que ne peuvent comprendre, ces Efprits qui ne voient pas plus loin que leurs yeux: Ils fe noient dans cette Mer de raifonnemens. En voici d'autres qui par leur fimplicité feront peut-être plus à la portée de tout le monde.

Comme le filence de tous les anciens Auteurs prouve la nouveauté de certain mal immonde, celui de tous les Ecrivains fur les maux qu'auroit caufés la Philofophie, (dans la fuppofition qu'elle en caufe, ou en peut caufer,) dépofe en faveur de fa bénignité & de fon innocence.

Quant à la communication, ou ſi l'on veut, à la contagion que l'on craint, je ne la crois pas poſſible. Chaque homme eſt ſi fortement convaincu de la vérité des Principes dont on a imbu, & comme abreuvé fon enfance; fon amour propre fe croit ſi intéreſſé à les foutenir, & à n'en point démordre, que quand j'aurois la chofe auſſi fortement à cœur, qu'elle m'eſt indifférente, avec toute l'Eloquence de Ciceron,

je

je ne pourrois convaincre perſonne d'être dans l'erreur. La
raiſon en eſt ſimple. Ce qui eſt clair & démontré pour un
Philoſophe, eſt obſcur, incertain, ou plutôt faux pour ceux
qui ne le ſont pas, principalement s'ils ne ſont pas faits pour
le devenir.

Ne craignons donc pas que l'Eſprit du peuple ſe moule
jamais ſur celui des Philoſophes, trop au deſſus de ſa portée.
Il en eſt comme de ces Inſtruments à ſons graves & bas, qui
ne peuvent monter aux tons aigus & perçans de pluſieurs
autres, ou comme d'une Baſſe-taille, qui ne peut s'élever aux
ſons raviſſans de la Haute-Contre. Il n'eſt pas plus poſſible
à un Eſprit ſans nulle teinture philoſophique, quelque pénétration naturelle qu'il ait, de prendre le tour d'Eſprit d'un
Phyſicien accoutumé à réfléchir, qu'à celui-ci de prendre le
tour de l'autre, & de raiſonner auſſi mal. Ce ſont deux Phy-
ſionomies qui ne ſe reſſembleront jamais, deux inſtrumens
dont l'un eſt tourné, cizelé, travaillé; l'autre brut, & tel qu'il
eſt ſorti des mains de la Nature. Enfin le pli eſt fait; il re-
ſtera; il n'eſt pas plus aiſé à l'un de s'élever, qu'à l'autre de
deſcendre. L'ignorant, plein de préjugés, parle & raiſonne à
vuide; il ne fait, comme on dit, que battre la Campagne; ou,
ce qui revient au même, que rappeller & remâcher, (s'il les
ſait) tous ces pitoiables Argumens de nos Ecoles & de nos
Pédans; tandis que l'habile homme ſuit pas à pas la Nature,
l'obſervation, & l'expérience, n'accorde ſon ſuffrage qu'aux
plus grands dégrés de probalité & de vraiſemblance, & ne tire
enfin des conſéquences rigoureuſes & immédiates, dont tout
                                                                    bon

bon Esprit est frappé, que de faits qui ne sont pas moins clairs, que de principes féconds & lumineux.

Je conviens qu'on prend de la façon de penser, de parler, de gesticuler, de ceux avec qui l'on vit; mais cela se fait peu à peu, par imitation machinale, comme les ouailles se remuënt à la vüe & dans le sens de celles de certains Pantomimes: On y est préparé par dégrés, & de plus fortes habitudes surmontent enfin de plus foibles.

Mais où trouverons-nous ici cette force d'habitudes nouvelles, capables de vaincre & de déraciner les anciennes? Le peuple ne vit point avec les Philosophes, il ne lit point de Livres philosophiques. Si par hazard il en tombe un entre les mains, où il n'y comprend rien, ou s'il y conçoit quelque chose, il n'en croit pas un mot; & traitant sans façon de fous, les Philosophes, comme les Poëtes, il les trouve également dignes des petites Maisons.

Ce n'est qu'aux Esprits déja éclairés, que la Philosophie peut se communiquer, nullement à craindre pour ceux là, comme on l'a vû. Elle passe cent coudées par dessus les autres-têtes, où elle n'entre pas plus que le jour dans un noir cachot.

Mais voyons en quoi consiste l'Essence de la fameuse dispute qui régne en Morale entre les Philosophes & ceux qui ne le sont pas. Chose surprenante! Il ne s'agit que d'une simple distinction, distinction solide, quoique scholastique; elle seule, qui l'eût cru? peut mettre fin à ces espèces de guerres civiles, & reconcilier tous nos Ennemis: je m'explique.

plique. Il n'y a rien d'absolument juste, rien d'absolument injuste. Nulle équité réelle, nuls vices, nulle grandeur, nuls crimes absolus. Politiques, Religionaires, accordez cette vérité aux Philosophes, & ne vous laissez pas forcer dans des retranchemens où vous serez honteusement défaits. Convenez de bonne foi que celui-là est juste, qui pèse la Justice, pour ainsi dire, au poids de la Société; & à leur tour, les Philosophes vous accorderont (dans quel tems l'ont-ils nié) que telle action est rélativement juste, ou injuste, honnête, ou des-honnête, vicieuse, ou vertueuse, louable, infâme, criminelle, &c. Qui vous dispute la nécessité de toutes ces belles rélations arbitraires? Qui vous dit que vous n'avez pas raison d'avoir imaginé une autre vie, & tout ce magnifique Sistême de la Religion, digne sujet d'un Poëme Epique? Qui vous blâme d'avoir pris les hommes par leur foible, tantôt en les *pipant*, comme dit Montagne, en les prenant à l'amorce de la plus flatteuse espérance; tantôt en les tenant en respect par les plus effrayantes menaces. On vous accorde encore si vous voulez, que tous ces Bourreaux imaginaires de l'autre vie, sont cause que les nôtres ont moins d'occupation: que la plûpart des gens du peuple n'évitent *une de ces* (*) *manières de s'élever dans le monde*, dont parle le Docteur Swift, que parcequ'ils craignent les tourmens de l'Enfer.

Oüi, vous avez raison, Magistrats, Ministres, Législateurs, d'exciter les Hommes, par tous les moiens possibles, moins à faire un bien, dont vous vous inquiétez peut-être fort peu, qu'à concourir à l'avantage de la Société, qui est vôtre point ca-

pital,

(*) La Potence.

pital, puisque vous y trouvez vôtre sûreté. Mais pourquoi
ne pas nous accorder aussi avec la même candeur & la même
impartialité, que des vérités spéculatives ne sont point dangereuses, & que quand je prouverai que l'autre vie est une
chimère, cela n'empêchera pas le Peuple d'aller son train, de
respecter la vie & la bourse des autres, & de croire aux préjugés les plus ridicules, plus que je ne crois à ce qui me
semble la vérité même. Nous connoissons comme vous cette
Hydre à cent & cent mille têtes folles, ridicules, & imbéciles; nous savons combien il est difficile de mener un Animal
qui ne se laisse point conduire; nous applaudissons à vos Loix,
à vos moeurs, & à vôtre Religion même, presqu'autant qu'à
vos Potences & à vos Echaffauts. Mais à la vûe de tous les
hommages que nous rendons à la sagesse de vôtre gouvernement, n'êtes-vous point tenté d'en rendre à vôtre tour à la
vérité de nos observations, à la solidité de nos expériences,
à la richesse enfin, & à l'utilité qui plus est, de nos découvertes? Par quel aveuglement ne voulez vous point ouvrir
les yeux à une si éclatante lumière? Par quelle bassesse dé-
daignez-vous d'en faire usage? Par quelle barbare tyrannie,
qui plus est, troublez-vous dans leurs Cabinets, ces hommes
tranquiles qui honorant l'Esprit humain & leur Patrie, loin de
vous troubler dans vos fonctions publiques, ne peuvent que
vous encourager à les bien remplir, & à prêcher, si vous pouvez, même d'exemple.

Que vous connoissez peu le Philosophe, si vous le croyez dangereux!

Il faut que je vous le peigne ici des couleurs les plus

vraies.

vraies. Le Philosophe est Homme, & par conséquent il n'est pas exemt de toutes passions; mais elles sont réglées, & pour ainsi dire, circonscrites par le Compas même de la Sagesse; c'est pourquoi elles peuvent bien le porter à la Volupté, (eh! pourquoi se refuseroit-il à ces étincelles de bonheur, à ces honnêtes & charmans plaisirs, pour lesquels on diroit que ses sens ont été visiblement faits?) mais elles ne l'engageront, ni dans le crime, ni dans le désordre. Il seroit bien faché qu'on pût accuser son coeur, de se ressentir de la liberté, ou, si l'on veut, de la licence de son Esprit. N'aiant pour l'ordinaire pas plus à rougir d'un côté, que de l'autre; modèle d'humanité, de candeur, de douceur, de probité, en écrivant contre la loi naturelle, il la suit avec rigueur; en disputant sur le juste, il l'est cependant vis à vis de la Société. Parlez, Ames vulgaires, qu'exigez-vous de plus?

N'accusons point les Philosophes d'un désordre dont ils sont presque tous incapables. Ce n'est véritablement, suivant la réflexion du plus Bel-Esprit de nos jours, ni Bayle, ni Spinosa, ni Vanini, ni Hobbes, ni Locke, & autres Métaphysiciens de la même trempe; ce ne sont point aussi tous ces aimables & voluptueux Philosophes de la fabrique de Montagne, de St. Evrémond, où de Chaulieu, qui ont porté le flambeau de la discorde dans leur Patrie; ce sont des Théologiens, Esprits turbulens qui font la guerre aux Hommes, pour servir un Dieu de paix.

Mais tirons le rideau sur les traits les plus affreux de nôtre Histoire, & ne comparons point le Fanatisme & la Philosolofophie. On fait trop qui des deux a armé divers Sujets contre leurs Rois, Monftres vomis du fond des Cloitres par l'aveugle fuperftition, plus dangereufe cent fois, comme Bayle l'a prouvé, que le Déisme, ou même l'Athéisme; Syftêmes égaux pour la Société, & nullement blamâbles, quand ils font l'ouvrage, non d'une aveugle débauche, mais d'une réfléxion éclairée: mais c'eft ce qu'il m'importe de prouver en paffant.

N'eft il pas vrai qu'un Déifte, ou un Athée, comme tel, né fera point à autrui, ce qu'il ne voudroit pas qu'on lui fît, de quelque fource que parte ce principe, que je crois rarement *naturel*, foit de la crainte, comme l'a voulu Hobbes, foit de l'amour propre, qui paroît le principal moteur de nos Actions? Pourquoi? Parce qu'il n'y a aucune rélation néceffaire, entre ne croire qu'un Dieu, ou n'en croire aucun, & être un mauvais Citoyen. De là vient que dans l'Hiftoire des Athées, je n'en trouve pas un feul qui n'ait mérité des autres & de fa patrie. Mais fi c'eft l'humanité même, fi c'eft ce fentiment inné de tendreffe, qui a gravé cette loi dans fon coeur, il fera humain, doux, honnête, affable, généreux, désintereffé; il aura une vraie grandeur d'Ame, & il réunira en un mot toutes les qualités de l'honnête homme, avec toutes les vertus fociales qui le fuppofent.

La vertu peut donc prendre dans l'Athée les racines les plus profondes, qui fouvent ne tiennent, pour ainfi dire, qu'à un fil fur la furface d'un coeur dévot. C'eft le fort de tout ce qui part d'une heureufe Organifation; les fentimens qui

naiffent

naiſſent avec nous ſont ineffaçables, & ne nous quittent qu'à la mort.

Après cela, de bonne foi, comment a-t-on pû mettre en queſtion, ſi un Déiſte, ou un Spinoſiſte, pouvoit être honnête homme? Qu'ont de répugnant avec la probité les principes d'irréligion? Ils n'ont aucun rapport avec elle, *toto cælo diſtant*. J'aimerois autant m'étonner, comme certains Catholiques, de la bonne foi d'un Proteſtant.

Il n'eſt pas plus raiſonnable, à mon avis, de demander ſi une Société d'Athées pourroit ſe ſoutenir. Car pour qu'une Société ne ſoit point troublée, que faut-il? Qu'on reconnoiſſe la Vérité des principes qui lui ſervent de Baze? Point du tout. Qu'on en reconnoiſſe la ſageſſe: Soit. La néceſſité? Soit encore, ſi l'on veut, quoiqu'elle ne porte que ſur l'ignorance & l'imbécilité vulgaire. Qu'on les ſuive? Oüi; oüi ſans doute, cela ſuffit. Or quel eſt le Déiſte, ou l'Athée, qui penſant autrement que les autres, ne ſe conforme pas cependant à leurs mœurs? Quel eſt le Matérialiſte, qui plein, & comme gros de ſon Syſtême, (ſoit qu'il garde intérieurement ſa façon de penſer, & n'en parle qu'à ſes Amis, ou à des Gens verſés comme lui dans les plus hautes ſciences, ſoit que par la voïe de la converſation, & ſur tout par celle de l'impreſſion, il en ait accouché & fait confidence à tout l'Univers,) quel eſt, dis-je, l'Athée, qui aille de ce même pas voler, violer, bruler, aſſaſſiner, & s'immortaliſer, par divers crimes? Hélas! Il eſt trop tranquille, il a de trop heureux penchans pour chercher une odieuſe & exécrable

immor-

immortalité; tandis que par la beauté de son génie, il peut aussi bien se peindre dans la mémoire des Hommes, qu'il a été agréable pendant sa vie par la politesse & la douceur de ses moeurs.

Qui l'empêche, dites-vous, de renoncer à une vertu, de l'exercice de la quelle il n'attend aucune récompense? Qui l'empêche de se livrer à des vices, ou à des crimes, dont il n'attend aucune punition après la mort?

O! l'ingénieuse & admirable Réfléxion! Qui vous en empêche vous mêmes, ardens *Spiritualistes?* Le Diable. La belle machine & le magnifique *Epouvantail!* Le Philosophe, que ce seul nom fait rire, est retenu par une autre crainte que vous partagez avec lui, lorsqu'il a le malheur, ce qui est rare, de n'être pas conduit par l'amour de l'ordre: ainsi ne partageant point vos frayeurs de l'Enfer, qu'il foule à ses pieds, comme Virgile & toute la savante Antiquité, par là même il est plus heureux que vous.

Non seulement je pense qu'une Société d'Athées Philosophes se soutiendroit très bien, mais je crois qu'elle se soutiendroit plus facilement qu'une Société de Dévots, toûjours prêts à sonner l'allarme sur le mérite & la vertu des Hommes souvent les plus doux & les plus sages. Je ne prétends pas favoriser l'Athéisme, à Dieu ne plaise! mais examinant la chose en Physicien désinteressé, Roi, je diminuerois ma garde avec les uns, dont le coeur patriote m'en serviroit, pour la doubler avec les autres, dont les préjugés

d 3   sont

font les premiers Rois. Le moien de refufer fa confiance à
des Efprits amis de la paix, ennemis du défordre & du
trouble, à des Efprits de fang froid, dont l'imagination ne
ne s'échauffe jamais, & qui ne décident de tout qu'après un
mûr examen, en Philofophes, tantôt portant l'étendart de la
vérité, en face même de la Politique, tantôt favorifant toutes
fes conventions arbitraires, fans fe croire, ni être véritablement pour cela coupables, ni envers la Société, ni envers
la Philofophie.

Quel fera maintenant, je le demande, le fubterfuge de
nos Antagoniftes? Les Ouvrages licencieux & hardis des
Matérialiftes; cette Volupté, aux charmes de laquelle je veux
croire que la plûpart ne fe refufent pas plus que moi? Mais
quand du fond de leur coeur, elle ne feroit que paffer & couler lubriquement dans leur plume libertine; quand, le livre
de la Nature à la main, les Philofophes montant fur les
épaules les uns des autres, nouveaux Géants, efcaladeroient
le Ciel, quelle conféquence fi fâcheufe en tirer! Jupiter n'en
fera pas plus détroné, que les ufages de l'Europe ne feroient
détruits par un Chinois qui écriroit contr'eux. Ne peut-on
encore donner une libre carrière à fon génie, ou à fon imagination, fans que cela dépofe contre les moeurs de l'Ecrivain
le plus audacieux? La plume à la main, on fe permet plus
de chofes dans une folitude qu'on veut égaier, que dans une
Société qu'on n'a pour but que d'entretenir en paix.

Combien d'Ecrivains, mafqués par leurs Ouvrages, le
coeur en proye à tous les vices, ont le front d'écrire fur la

    Vertu,

Vertu, femblables à ces Prédicateurs, qui fortant des bras
d'une jeune Pénitente qu'ils ont convertie (à leur manière)
viennent dans des Discours moins fleuris que leur teint, nous
prêcher la continence & la chafteté. Combien d'autres, croiant
à peine en Dieu, pour faire fortune, fe font montrés dans de
pieux Ecrits les Apôtres de Livres Apocriphes, dont ils fe moquent eux-mêmes le foir à la Taverne avec leurs amis: ils
rient de ce pauvre Public qu'ils ont *leuré*, comme faifoit
peut-être Seneque, qu'on ne foupçonne pas d'avoir eu le
coeur aufli pur & aufli vertueux que fa plume. Plein de
vices & de richeffes, n'eft il pas ridicule & fcélérat de plai-
der pour la vertu & la pauvreté?

Mais pour en venir à des Exemples plus honnêtes, &
qui ont un rapport plus intime à mon fujet, le fage Bayle,
connu pour tel par tant de gens dignes de foi aujourd'hui
vivans, a parfemé fes ouvrages d'un affez grand nombre de
paffages obfcènes, & de réflexions qui ne le font pas moins.
Pourquoi? Pour réjouir & divertir un Efprit fatigué. Il
faifoit à peu près comme nos Prudes, il accordoit à fon imagination un plaifir qu'il refufoit à fes fens; plaifir innocent,
qui réveille l'Ame & la tient plus longtems en haleine.
C'eft ainfi que la gayété des Objets, dont le plus fouvent
dépend la nôtre, eft néceffaire aux Poëtes; c'eft elle qui fait
éclôre ces graces, ces Amours, ces fleurs, & toute cette
charmante Volupté qui coule du pinceau de la Nature, &
que refpirent les Vers d'un Voltaire, d'un d'Arnaud, ou de
ce Roi fameux qu'ils ont l'honneur d'avoir pour rival.

Com-

Combien d'Auteurs gais, voluptueux, ont paſſé pour triſtes & noirs, parce qu'ils ont paru tels dans leurs Romans, ou dans leurs Tragédies! Un Hommes trés aimable, qui n'eſt rien moins que triſte, (Ami du plus grand des Rois, allié à une des plus grandes maiſons d'Allemagne, eſtimé, aimé de tous ceux qui le connoiſſent, jouiſſant de tant d'honneurs, de Bien, de Réputation, il feroit ſans doute fort à plaindre, s'il l'étoit:) a paru tel à quelques Lecteurs, dans ſon célèbre *Eſſai de Philoſophie morale.* Pourquoi? Parce qu'on lui ſuppoſe conſtamment la même ſenſation que nous laiſſent des vérités philoſophiques, plus faites pour mortifier l'amour propre du Lecteur, que pour le flatter & le divertir. Combien de Satyriques, & notamment Boileau, n'ont été que de vertueux Ennemis des vices de leur tems! Pour s'armer & s'élever contr'eux, pour châtier les méchans & les faire rentrer en eux-mêmes, on ne l'eſt pas plus, qu'on n'eſt triſte, pour dire des choſes qui ne ſont ni agréables, ni flatteuſes: Et comme un Auteur gai & vif peut écrire ſur la mélancolie & la tranquillité, un Savant heureux peut faire voir qu'en général l'Homme eſt fort éloigné de l'être.

Si j'oſe me nommer après tant de grands Hommes, que n'en a-t-on pas dit, o bon Dieu! Et que n'en a-t-on pas écrit? Quels cris n'ont pas pouſſé les Dévots, les Médecins & les Malades mêmes, dont chacun a épouſé la quérelle de ſon Charlatan. Quelles plaintes amères de toutes parts? Quel Journaliſte a refuſé un *glorieux* azyle à mes Calomniateurs, ou plutôt ne l'a pas été lui-même! Quel vil Gazetier

de

de Göttingen, & même de Berlin, ne m'a pas déchiré à belles dents? Dans quelle maison dévote ai-je été épargné, ou plutôt n'ai-je pas été traité, comme un autre Cartouche? Par qui? Par des gens qui ne m'ont jamais vû; par des gens irrités de me voir penser autrement qu'eux, surtout désesperés de ma seconde fortune: par des gens enfin qui ont cru mon cœur coupable des démangeaisons systématiques de mon Esprit. De quelle indignité n'est pas capable l'amour propre blessé dans ses préjugés les plus mal fondés, ou dans sa conduite la plus dépravée! Foible Roseau transplanté dans une eau si trouble, sans cesse agité par tous les vents contraires, comment ai-je pû y prendre une si ferme & si belle racine? Par quel bonheur entouré de si puissans Ennemis, me suis-je soutenu, & même élevé malgré eux, jusqu'au Trône d'un Roi, dont la seule protection déclarée pouvoit enfin dissiper, comme une vapeur maligne, un si cruel acharnement?

Osons le dire, je ne ressemble en rien à tous ces Portraits qui courent de moi par le monde, & on auroit même tort d'en juger par mes Ecrits; certes ce qu'il y a de plus innocent dans ceux d'entr'eux qui le sont le plus, l'est encore moins que moi. Je n'ai ni mauvais cœur, ni mauvaise intention à me reprocher; & si mon Esprit s'est égaré, (il est fait pour cela,) mon cœur plus heureux ne s'est point égaré avec lui.

Ne se désabusera-t-on jamais sur le compte des Philosophes & des Ecrivains? Ne verra-t-on point qu'autant le

e   cœur

coeur est différent de l'Esprit, autant les moeurs peuvent différer d'une Doctrine hardie, d'une Satire, d'un Systême, d'un Ouvrage quel qu'il soit.

De quel danger peuvent être les égaremens d'un Esprit sceptique qui vole d'une hypothèse à une autre, comme un oiseau de branche en branche, emporté aujourd'hui par un dégré de probalité, demain séduit par un autre plus fort.

Pourquoi rougirois-je de flotter ainsi entre la vraisemblance & l'incertitude? La Vérité est-elle à la portée de ceux qui l'aiment le plus, & qui la recherchent avec le plus de candeur & d'empressement? Hélas! non; le sort des meilleurs Esprits est de passer du Berceau de l'ignorance où nous naissons tous, dans le Berceau du Pirrhonisme, où la plûpart meurent.

Si j'ai peu ménagé les préjugés vulgaires, si je n'ai pas même daigné user contr'eux de ces ruses & de ces stratagèmes qui ont mis tant d'Auteurs à l'abri de nos Juifs & de leurs Synodes, il ne s'ensuit pas que je sois un mauvais sujet, un Perturbateur, une *Peste* dans la Société; car tous ces *éloges* n'ont rien couté à mes adversaires. Quelle que soit ma spéculation dans le repos de mon Cabinet, ma Pratique dans le monde ne lui ressemble guères; je ne moralise point de bouche, comme par écrit. Chez moi, j'écris ce qui me paroît vrai; chez les autres je dis ce qui me paroît bon, salutaire, utile, avantageux; ici, je préfère la vérité, comme

Philofophe; là, l'erreur, comme Citoyen; l'erreur eft en effet plus à la portée de tout le monde; nourriture générale des Efprits, dans tous les tems, & dans tous les lieux, quoi de plus digne d'éclairer & de conduire ce vil troupeau d'imbéciles Mortels! Je ne parle point dans la Société de toutes ces hautes vérités philofophiques, qui ne font point faites pour la multitude. Si c'eft deshonorer un grand remède, que de le donner à un Malade abfolument fans reffource, c'eft profaner, c'eft proftituer l'augufte Science des chofes, que de s'en entretenir avec ceux qui n'étant point initiés dans fes myftères, ont des yeux fans voir, & des oreilles fans entendre. En un mot, Membre d'un Corps dont je tire tant d'avantages, il eft jufte que je me conduife fans répugnance fur des principes auxquels, (pofée la méchanceté de l'Efpèce,) chacun doit la fûreté de fa perfonne & de fes biens. Mais Philofophe, attaché avec plaifir au char glorieux de la fageffe, m'élevant au deffus des préjugés, je gémis fur leur néceffité, faché que le Monde entier ne puiffe être peuplé d'Habitans qui fe conduifent par Raifon.

Voilà mon Ame toute nüe. Pour avoir dit librement ce que je penfe, il ne faut donc pas croire que je fois ennemi des bonnes moeurs, ni que j'en aie de mauvaifes. *Si impura eft pagina mihi, vita proba.* Je ne fuis pas plus Spinofifte, pour avoir fait *l'Homme Machine*, & expofé le *Syftème d'Epicure;* que méchant, pour avoir fait une Satyre contre les plus Charlatans de mes confières; que vain, pour avoir critiqué nos Beaux Efprits; quel débauché, pour avoir ofé manier

nier

nier le délicat pinceau de la Volupté. Enfin, quoique j'aie fait main basse sur les remords, comme Philosophe; si ma Doctrine étoit dangereuse, (ce que je défie le plus acharné de mes Ennemis de prouver) j'en aurois moi-même comme Citoyen.

J'ai bien voulu au reste avoir une pleine condescendance pour tous ces Esprits foibles, bornés, scrupuleux, qui composent le *savant* Public; plus ils m'ont mal compris & mal interprété, plus ils ont représenté mon dessein avec une injustice odieuse; moins j'ai cru devoir leur remettre devant les yeux un Ouvrage qui les a si fort & si mal à propos scandalisés, séduits sans doute par ces espèces d'abbattis philosophiques que j'ai faits des vices & des vertus; mais la preuve que je ne me crois pas coupable envers la Société que je respecte & que j'aime; c'est que, malgré tant de plaintes & de cris, je viens de faire r'imprimer le même Ecrit, retouché & refondu; uniquement à la vérité pour me donner l'honneur de mettre aux pieds de Sa Majesté un Exemplaire complet de mes Ouvrages. Devant un tel Génie, on ne doit point craindre de paroître à découvert, si ce n'est à cause du peu qu'on en a.

Ah! si tous les Princes étoient aussi pénétrans, aussi éclairés, aussi sensibles au don précieux de l'Esprit, avec quel plaisir & quel succès, chacun suivant hardiment le Talent qui l'entraîne, favoriseroit le progrés des Lettres, des Sciences, des Beaux-Arts, & sur-tout de leur auguste Souveraine, la Philosophie. On n'entendroit plus parler de ces facheux préjugés où l'on est, que cette Science trop librement cultivée, peut s'élever sur les débris des Loix, des Moeurs, &c. on donneroit sans crainte une libre carrière à ces beaux & puissans Esprits, aussi capables de faire honneur aux Arts par leurs lumières, qu'incapables de nuire à la Société par leur Conduite. Enfin, loin de gêner, de chagriner les seuls Hommes, qui dissipant peu à peu les ténébres de nôtre ignorance, peuvent éclairer l'Univers, on les encourageroit au contraire par toutes sortes de récompenses & de bienfaits.

Il est donc vrai que la Nature & la Raison humaine, éclairées par la Philosophie, & la Religion soutenüe & comme étayée par la Morale & la Politique, sont faites par leur propre constitution pour être éternellement en guerre; mais qu'il ne s'ensuit pas pour cela, que la Philosophie, quoique théoriquement contraire à la Morale & à la Religion, puisse réellement détruire ces liens sages & sacrés. Il est aussi prouvé que toutes ces guerres philosophiques n'auroient au fond rien de dangereux sans l'odieuse haine théologique qui les suit; puisqu'il suffit de définir, de distinguer & de s'entendre, (chose rare à la vérité!) pour concevoir que la Philosophie & la Politique ne se croizent point dans leurs marches, & n'ont en un mot rien d'essentiel à démêler ensemble.

Voila deux branches bien *élaguées*, si je ne me trompe: passons à la troisiéme, & mon Paradoxe sera prouvé dans toute son étendüe.

Quoique le resserrement des noeuds de la Société par les heureuses mains de la Philosophie, paroisse un problème plus

e 3

diffi-

difficile à comprendre à la première vûe, je ne crois cependant pas, après tout tout ce qui a été dit ci-devant, qu'il faille des réfléxions bien profondes pour le résoudre.

Sur quoi n'étend-elle pas ses aîles? A quoi ne communique-t-elle pas sa force & sa vigueur? Et de combien de façons ne peut-elle pas se rendre utile & recommandable?

Comme c'est elle qui traite le corps en Médecine, c'est elle aussi qui traite, quoique dans un autre sens, les Loix, l'Esprit, le Coeur, l'Ame, &c. c'est elle qui dirige l'art de penser, par l'ordre qu'elle met dans nos idées; c'est elle qui sert de baze à l'art de parler, & se mêle enfin utilement par-tout, dans la Jurisprudence, dans la Morale, dans la Métaphysique, dans la Rhétorique, dans la Religion, &c. Oüi utilement, je le répéte, soit qu'elle enseigne des vérités, oü des erreurs.

Sans ses lumières, les Médecins seroient réduits aux premiers tâtonnemens de l'aveugle Empirisme, qu'on peut regarder comme le fondateur de l'Art Hippocratique.

Comment est-on parvenu à donner un air de Doctrine, & comme une espéce de corps solide, au Squélette de la Métaphysique? En cultivant la Philosophie, dont l'art magique pouvoit seul changer un *vuide Toricellien*, pour ainsi m'exprimer, en *un plein apparent*, & faire croire immortel ce souffle fugitif, cet air de la vie, si facile à pomer de la Machine pneumatique du Thorax.

Si la Religion eût pû parler le langage de la Raison, Nicole, cette belle plume du siécle passé, qui l'a si bien contrefait, le lui eût fait tenir. Or par quel autre secours?

Com-

P R E L I M I N A I R E.

Combien d'autres, soit excellens usages, soit heureux abus de l'industrie des Philosophes! Qui a érigé la Morale à son tour en espéce de Science? Qui l'a fait figurer, qui l'a fait entrer avec sa Compagne, la Métaphysique, dans le domaine de la sagesse dont elle fait aujourd'hui partie? Elle même, la Philosophie. Oüi, c'est elle qui a taillé & perfectionné cet utile instrument; qui en a fait une Boussole merveilleuse, sans elle Aiman brut de la Société; c'est ainsi que les arbres les plus stériles en apparence, peuvent tôt ou tard porter les plus beaux fruits. C'est ainsi que nos travaux Académiques auront peut-être aussi quelque jour une utilité sensible.

Pourquoi Moyse a-t-il été un si grand Législateur? Parce qu'il étoit Philosophe. La Philosophie influe tellement sur l'art de gouverner, que les Princes qui ont été à l'école de la Sagesse, sont faits pour être, & sont effectivement meilleurs que ceux qui n'ont point été imbus des préceptes de la Philosophie, témoin encore l'Empereur Julien, & le Roi Philosophe, aujourd'hui si célébre. Il a senti la nécessité d'abroger les Loix, d'adoucir les peines, de les proportionner aux crimes; il a porté de ce coté cet oeil philosophique qui brille dans tous ses Ouvrages. Ainsi la Justice se fait d'autant mieux dans tous les Etats où j'écris, qu'elle a été, pour ainsi dire, *raisonnée*, & sagement réformée par le Prince qui les gouverne. S'il a proscrit du Barreau un art qui fait ses délices, comme il fait ceux de ses Lecteurs, c'est qu'il en a connu tout le séduisant préstige; c'est qu'il a vû l'abus qu'on peut

faire

faire de l'Eloquence, & celui qu'en a fait Ciceron lui même (*).

Il est vrai que la plus mauvaise cause, maniée par un habile Rhéteur, peut triompher de la meilleure, dépouillée de ce souverain Empire que l'art de la Parole n'usurpe que trop souvent sur la Justice & la Raison.

Mais tous ces abus, tout cet harmonieux Clinquant de Périodes arondies, d'expressions artistement arrangées, tout ce vuide de mots qui périssent pompeusement dans l'air, ce laiton pris pour de l'or, cette fraude d'Eloquence enfin, comment pourroit-on la découvrir, & séparer tant d'alliage du vrai Métal?

S'il est possible de tirer quelquefois la Vérité de ce puits impénétrable, au fonds duquel un Ancien l'a placée, la Philosophie nous en indique les moiens. C'est la pierre de touche des pensées solides, des raisonnemens justes; c'est le creuset où s'évapore tout ce que méconnoît la Nature. Dans ses habiles mains, le Peloton des choses les plus embrouillées se développe & se dévide en quelque sorte, aussi aisément qu'un grand Médecin débrouille & démasque les maladies les plus compliquées.

La Rhétorique donne-t-elle aux Loix, ou aux Actions les plus injustes, un air d'équité & de Raison, la Philosophie n'en est pas la dupe; elle a un point fixe pour juger sainement de ce qui est honnête ou deshonnête, équitable ou injuste, vicieux ou vertueux; elle découvre l'erreur & l'injustice

des

(*) Voyez les excellens Mémoires que le Roi a donnés à son Académie.

des Loix, & met la veuve avec l'Orphelin à l'abri des piéges
de cette Sirène, qui prend sans peine, & non sans danger, la
Raison à l'appât d'un Discours brillant & fleuri. Souffle pur
de la Nature, le poison le mieux apprêté ne peut vous corrompre!

Mais l'Eloquence même, cet art inventé par la Coquet-
terie de l'Esprit, qui est à la Philosophie ce que la plus belle
forme est à la plus précieuse matière, quand elle doit trouver
sa place, qui lui donne ce ton mâle, cette force véhémente
avec laquelle tonnent les Démosthènes & les Bourdaloües?
La Philosophie. Sans elle, sans l'ordre qu'elle met dans les
idées, l'Eloquence de Ciceron eût peut-être été vaine; tous
ces beaux plaidoyers qui faisoient pâlir le crime, triompher la
vertu, trembler Verrés, Catilina &c. tous ces Chefs-d'oeuvres
de l'Art de parler n'eussent point maitrisé les Esprits de tout
un Sénat Romain, & ne fussent point parvenus jusqu'à nous.

Je sai qu'un seul trait d'Eloquence chaude & patétique,
au seul nom de *Patrie*, ou de *François* bien prononcé, peut
exciter les Hommes à l'Héroïsme, rappeller la victoire, & fixer
l'incertitude du sort. Mais ces cas sont rares, où l'on n'a
affaire qu'à l'imagination des Hommes, où tout est perdu, si
on ne la remue fortement; au lieu que la Philosophie qui
n'agit que sur la Raison, est d'un usage journalier, & rend
service, même lorsqu'on en abuse en l'appliquant à des er-
-reurs reçues.

Mais pour revenir, comme je le dois, à un sujet important sur lequel je n'ai fait que glisser, c'est la Raison éclairée

f

par

par le flambeau de la Philosophie, qui nous montre ce point fixe dont j'ai parlé; ce point duquel on peut partir pour connoître le juste & l'injuste, le Bien & le Mal Moral. Ce qui appartient à la loi, donne le droit; mais ce droit en soi, n'est ni droit de Raison, ni droit d'Equité; c'est un droit de force, qui écrase souvent un misérable qui a de son coté la raison & la justice. Ce qui protége le plus foible contre le plus fort, peut donc, n'être point équitable; & par conséquent les loix peuvent souvent avoir besoin d'être rectifiées. Or qui les rectifiera, réformera, pésera, pour ainsi dire, si ce n'est la Philosophie? Comment? Où? Si ce n'est dans la Balance de la Sagesse & de la Société; car le voilà, le point fixe, d'où l'on peut juger du juste & de l'injuste; l'Equité ne se connoît & ne se montre que dans ce seul point de vûe, elle ne se pése, encore une fois, que dans cette Balance, où les loix doivent par conséquent entrer. On peut dire d'elles, & de toutes les Actions humaines, que celles-là seules sont justes, ou équitables, qui favorisent la Société; que celles-là seules sont injustes, qui blessent ses intérêts. Tel est encore une fois le seul moien de juger sainement de leur mérite & de leur valeur.

En donnant gain de cause à Puffendorff sur Grotius, Personnages célébres qui ont marché par des chemins divers dans la même carrière, la Philosophie avoüe que, si l'un s'est montré meilleur Philosophe que l'autre, en reconnoissant tout acte humain indifférent, en soi, il n'a pas plus directement frappé au but, comme Jurisconsulte, ou Moraliste, en donnant aux loix ce qui est réversible à ceux pour lesquels elles

sont

faites. Ofons le dire, ces deux grands Hommes, faute d'i-
dées claires & de nôtre point fixe, n'ont fait que battre la
campagne.

C'est ainsi que la Philofophie nous apprend que ce qui
est abfolument vrai, n'étouffe pas ce qui est rélativement jufte,
& que par conféquent elle ne peut nuire à la Morale, à la
Politique, & en un mot à la fûreté du Commerce des Hommes; conféquence évidente à laquelle on ne peut trop revenir dans un Difcours fait exprès pour la développer & la mettre dans tout fon jour.

Puifque nous favons, à n'en pouvoir douter, que ce qui
est vrai, n'est pas jufte pour cela; & réciproquement que ce
qui est jufte, peut bien n'être pas vrai, que ce qui tient du
légal, ne fuppofe abfolument aucune équité, laquelle n'est
reconnoiffable qu'au figne & au caractère que j'ai rapporté,
je veux dire l'intéret de la Société; voilà donc enfin les ténébres de la Jurisprudence & les chemins couverts de la Politique, éclairés par le flambeau de la Philofophie. Ainfi toutes
ces vaines difputes fur le Bien & le Mal Moral, à jamais ter-
minées pour les bons Efprits, ne feront plus agitées que par
ceux dont l'entêtement & la partialité ne veulent point céder
à la fagacité des réfléxions philofophiques, ou dont le fanatique aveuglement ne peut fe deffiller à la plus frappante
lumière.

Il est tems d'envifager nôtre aimable Reine fous un
autre afpect. Le feu ne dilate pas plus les corps, que la

Phi-

Philofophie n'agrandit l'Efprit: propriété par laquelle feule, quelques Syftêmes qu'on embraffe, elle peut toûjours fervir.

Si je découvre que toutes les preuves de l'exiftence de Dieu ne font que fpécieufes, & éblouïffantes; que celles de l'immortalité de l'Ame ne font que Scholaftiques & frivoles; que rien en un mot ne peut donner d'idées de ce que nos fens ne peuvent fentir, ni nôtre foible Efprit comprendre; nos illuminés *Abadiftes*, nos poudreux *Scholares*, crieront vengeance, & un *Cuiftre à rabat*, pour me rendre odieux à toute une Nation, m'appellera publiquement *Athée*: mais fi j'ai raifon, fi j'ai prouvé une vérité nouvelle, réfuté une ancienne erreur, approfondi un fujet fuperficiellement traité, j'aurai étendu les limites de mon favoir & de mon Efprit; j'aurai, qui plus eft, augmenté les lumières publiques, & l'Efprit répandu dans le monde, en communiquant mes recherches, & en ofant afficher ce que tout Philofophe timide ou prudent fe dit à l'oreille.

Ce n'eft pas que je ne puiffe être le joüet de l'erreur; mais quand cela feroit, en faifant penfer mon Lecteur, en aiguifant fa pénétration, j'étendrois toutefois les bornes de fon génie: & par là même je ne vois pas pourquoi je ferois, fi mal accueilli par les bons Efprits.

Comme les plus fauffes hypothèfes de Defcartes paffent pour d'heureufes erreurs, en ce qu'elles ont fait entrevoir & découvrir bien des vérités qui feroient encore inconnües fans elles; les Syftêmes de Morale ou de Métaphyfique les plus mal fondés, ne font pas pour cela dépourvus d'utilité, pourvû qu'ils

qu'ils soient bien raisonnés, & qu'une longue chaîne de conséquences merveilleusement déduites, quoique de principes faux
ou chimériques, tels que ceux de Leibniz & de Wolff, donne à l'E-
sprit exercé la facilité d'embrasser dans la suite un plus grand nombre d'objets. En effet qu'en résultera-t-il? Une plus excellente
longue-vûe, un meilleur Telescope, & pour ainsi dire, de nouveaux
yeux, qui ne tarderont peut-être pas à rendre de grands services.

Laissons le peuple dire & croire, que c'est abuser de son
Esprit & de ses talens, que de les faire servir au triomphe d'une
Doctrine opposée aux principes, ou plutôt aux préjugés généralement reçus; car ce seroit dommage au contraire que le Philosophe ne les tournât pas du seul côté par lequel il peut acquérir des connoissances. Pourquoi? Parce que son génie
fortifié, étendu, & après lui tous ceux, auxquels ses recherches & ses lumières pourront se communiquer, seront plus à
portée de juger des cas les plus difficiles; de voir les abus qui
se glissent ici; les profits qu'on pourroit faire là; de trouver enfin les moiens les plus courts & les plus efficaces de remédier au
desordre. Semblable à un Médecin, qui faute de Théorie,
marcheroit éternellement à tâtons dans le vaste Labirinthe de
son Art, sans ce nouveau surplus de lumières, auxquelles il ne
manquoit qu'une plus heureuse application, l'Esprit moins cultivé, plus étroit, n'auroit jamais pû découvrir toutes ces choses.
Tant il est vrai que suivant les divers usages qu'on peut faire de
la Science des choses par leurs effets, (car c'est ainsi que je voudrois la Philosophie modestement définie) elle a une infinité
de Rameaux qui s'étendent au loin & semblent pouvoir tout
protéger: la Nature, en puisant mille thrésors dans son sein,

thré-

thréfors que fon ingénieufe pénétration fait valoir, & rend encore plus précieux: l'art, en exerçant le génie & reculant les bornes de l'Efprit humain.

Que nous ferviroit d'augmenter les facultés de nôtre Efprit, s'il n'en réfultoit quelque Bien pour la Société, fi l'accroiffement du génie & du favoir n'y contribuoit en quelque manière, directe, ou indirecte?

Il n'eft donc rien de plus vrai que cette maxime, que le peuple fera toûjours d'autant plus aifé à conduire, que l'Efprit humain acquérra plus de force & de lumieres. Par conféquent comme on apprend dans nos manéges à brider, à monter un Cheval fongueux, on apprend de même à l'école des Philofophes l'art de rendre les Hommes dociles & de leur mettre un frein, quand on ne peut les conduire par les lumières naturelles de la Raifon. Peut-on mieux faire que de la fréquenter affiduément? Et quelle aveugle barbarie d'en fermer jufqu'aux avenües?

De tous côtés, de celui de l'erreur même, comme de la vérité, la Philofophie a donc encore une fois une influence fur le Bien public, influence le plus fouvent indirecte à la vérité, mais fi confidérable, qu'on peut dire que, comme elle eft la Clé de la Nature & des Sciences, la gloire de l'Efprit, elle eft auffi le flambeau de la Raifon, des loix, & de l'humanité.

Faifons nous donc honneur de porter un flambeau utile à ceux qui le portent, comme à ceux qu'il éclaire.

Légiflateurs, Juges, Magiftrats, vous n'en voudrez que mieux, quand la faine Philofophie éclairera toutes vos démar-

ché,

ches; vous ferez moins d'injustices, moins d'iniquités, moins d'infamies; enfin vous contiendrez mieux les Hommes, Philosophes, qu'Orateurs, & Raisonnans, que Raisonneurs.

Abuser de la Philosophie, comme de l'Eloquence, pour séduire & augmenter les deux principales facultés de l'Ame, l'une par l'autre, c'est savoir habilement s'en servir. Croyez vous que la Religion mette le plus foible à l'abri du plus fort? Pensez-vous que les préjugés des hommes soient autant de freins qui les retiennent? Que leur bonne foi, leur probité, leur justice, ne tiendroient qu'à un fil, une fois dégagées des chaînes de la superstition? Servez-vous de toute vôtre force pour conserver un aveuglement précieux, sur lequel puissent leurs yeux ne jamais s'ouvrir, si le malheur du monde en dépend! Raffermissez par la force d'Argumens captieux leur foi chancelante; ravalez leur foible génie par la force du vôtre à la Religion de leurs Peres; donnez, comme nos sacrés Fosses, un air de vraisemblance aux plus répugnantes absurdités: que le Tabernacle s'ouvre, que les loix de Moyse s'interprètent, que les Mysteres se dévoilent, & qu'enfin tout s'explique. L'Autel n'en est que plus respectable, quand c'est un Philosophe qui l'encense.

Tel est le fruit de l'arbre philosophique, fruit mal à propos défendu, si ce n'est que j'aime à croire, & encore plus à voir que la défense ici, comme en tant d'autres choses, excite les Esprits généreux à les cueillir, & à en répandre de toutes parts le délicieux parfum & l'excellent goût.

Je ne prétends pas insinuer par là qu'on doive tout

mettre en œuvre pour endoctriner le peuple & l'admettre aux Mystères de la Nature. Je sens trop bien que la Tortue ne peut courir, les Animaux rampans, voler, ni les Aveugles voir. Tout ce que je désire, c'est que ceux qui tiennent le timon de l'Etat, soient un peu Philosophes: tout ce que je pense, c'est qu'ils ne sauroient l'être trop.

En effet j'en ai déjà fait sentir l'avantage par les plus grands Exemples, plus les Princes, ou leurs Ministres seront Philosophes, plus ils seront à portée de sentir la différence essentielle qui se trouve entre leurs caprices, leur Tyrannie, leurs loix, leur Religion, la vérité, l'équité, la justice; & par conséquent plus ils seront en état de servir l'humanité & de mériter de leurs sujets, plus aussi ils seront à portée de connoître que la Philosophie, loin d'être dangereuse, ne peut qu'être utile & salutaire; plus ils permettront volontiers aux Savans de répandre leurs lumieres à pleines mains; plus ils comprendront enfin, qu'Aigles de l'Espèce humaine, faits pour s'élever, si ceux-ci combattent philosophiquement les les préjugés des uns, c'est pour que ceux qui seront capable de saisir leur Doctrine, s'en servent, & les fassent valoir au profit de la Société, lorsqu'ils les croiront nécessaires.

Plein d'un respect unique & sans bornes pour cette Reine du Sage, nous la croirons donc bienfaisante, douce, incapable de traîner à sa suite aucun inconvénient fâcheux; simple, comme la vérité qu'elle annonce; nous croirons que les Oracles de cette vénérable Sibille ne sont équivoques, que pour ceux qui n'en peuvent pénétrer le sens & l'esprit; toûjours

jours utiles, directement, ou indirectement, quand on fait en faire un bon ufage.

Sectateurs zélés de la Philofophie, pour en être plus zélés Patriotes, laiffons donc crier le vulgaire des Hommes, & femblables aux Janféniftes qu'une excommunication injufte n'empêche pas de faire ce qu'ils croient leur devoir, que tous les cris de la haine theologique, que la puiffante cabale des préjugés qui l'attifent, loin de nous empêcher de faire le nôtre, ne puiffent jamais émouffer ce goût dominant pour la fageffe, qui caractérife un Philofophe.

Ce devoir, fi vous le demandez, c'eft de ne point croire en imbécile, qui fe fert moins de fa Raifon, qu'un avare de fon argent; c'eft encore moins de feindre de croire; l'Hypo-crifie eft une Comédie indigne de l'Homme; enfin c'eft de cultiver une Science, qui eft la Clé de toutes les autres, & qui, graces au bon goût du fiécle, eft plus à la mode aujour-d'hui que jamais.

Oüi, Philofophes, voilà vôtre devoir: le vôtre, Princes, c'eft d'écarter tous les obftacles qui effraient les génies timides, c'eft d'écarter toutes ces Bombes de la Théologie & de la Métaphyfique, qui ne font pas pleines de vent, quand c'eft un faint Homme en fureur qui les lance: *tantæ animis cælefti-bus iræ!*

Encourager les travaux philofophiques par des Bien-faits & des Honneurs, pour punir ceux qui y confacrent leurs veilles, quand par hazard ces travaux les éloignent des fen-tiers de la multitude & des Opinions communes, c'eft refufer

la Communion & la fépulture à ceux que vous payez pour
vous amufer fur leurs Théatres.   L'un, il eft vrai, ne devroit
pas m'étonner plus que l'autre: mais à la vûe de pareilles contradictions, le moien de ne pas s'écrier avec un Poëte-Philofo-
phe!

> Ah! verrai-je toûjours ma folle Nation
> Incertaine en fes voeux, flétrir ce qu'elle admire;
> Nos moeurs avec nos Loix toûjours fe contrédire
> Et le foible Français s'endormir fous l'Empire
> De la fuperftition?

Le tonnerre eft loin; laiffons gronder, & marchons d'un
pas ferme à la Vérité; rien ne doit enchaîner dans un Philofophe la liberté de penfer; fi c'eft une folie, c'eft celle des
grandes ames: pourvû qu'elles s'élevent, elles ne craignent
point de tomber.

Qui facrifie les dons précieux du génie, à une vertu politique, triviale, & bornée, comme elles le font toutes, peut
bien dire qu'il a reçu fon Efprit en ftupide Inftinct, & fon Ame
en fordide intérêt.   Qu'il s'en vante au refte, fi bon lui femble;
Pour moi, difciple de la Nature, Ami de la feule Vérité, dont
le feul fantôme me fait plus de plaifir, que toutes les erreurs
qui menent à la fortune; moi qui ai mieux aimé me perdre au
grand jour par mon peu de génie, que de me fauver, & même
de m'enricher dans l'obfcurité par la prudence; Philofophe
généreux, je ne refuferai point mon hommage aux charmes
qui m'ont féduit. Plus la mer eft couverte d'écueils, & fameufe
en naufrages, plus je penferai qu'il eft beau d'y chercher l'immortalité au travers de tant de périls: oûi, j'oferai dire librement

ment ce que je pense; & à l'exemple de Montagne, paroiffant aux yeux de l'Univers, comme devant moi-même, les vrais Juges des chofes me trouveront plus innocent que coupable dans mes opinions les plus hardies, & peut-être vertueux dans la confeffion même de mes vices.

Soions donc libres dans nos Ecrits, comme dans nos actions; montrons y la fiére indépendance d'un Républicain. Un Ecrivain timide & circonfpect, ne fervant ni les Sciences, ni l'Efprit humain, ni fa Patrie, fe met lui-même des entrâves qui l'empêchent de s'élever; c'eft un Coureur dont les fouliers ont une femelle de Plomb, ou un Nageur qui met des veffies pleines d'eau fous fes aiffelles. Il faut qu'un Philofophe écrive avec une noble hardieffe, ou qu'il s'attende à ramper comme ceux qui ne le font pas.

O! Vous qui êtes fi prudens, fi réfervés, qui ufez de tant de rufes & de ftratagêmes, qui vous mafquez de tant de voiles & avec tant d'adreffe que les Hommes fimples, perfifflés, ne peuvent vous deviner, qui vous retient? Je le vois, vous fentez que parmi tant de Seigneurs qui fe difent vos Amis, (*) avec qui vous vivez dans la plus grande familiarité, il ne s'en trouvera pas un feul qui ne vous abandonne dans la difgrace; non, pas un feul qui ait la générofité de redemander à fon Roi le rappel d'un Homme de génie; vous craignez le fort de ce jeune & célébre Savant, à qui un *Aveugle* a fuffi pour éclairer l'Univers, & conduire fon Auteur à Vincennes: ou de cet autre (Touf-

g 2   faint)

(*) Donec eris felix, multos numerabis amicos
Tempora fi fuerint nubila, folus eris.
                                    Ovid.

faint) moins grand génie, que des *moeurs* pures, toûjours eftimables, quoique quelquefois bizarres, trouvées indiscretement
fur les traces du Paganisme, ont relegué, dit-on, à cette autre
affreuse Inquifition (la Baftille). Quoi donc! de tels
Ecrits n'excitent point en vous cette élévation, cette grandeur
d'Ame, qui ne connoît point le danger? A la vûe de tant
de beaux Ouvrages, êtes vous fans courage, fans amour propre? A la vûe de tant d'Ame, ne vous en fentez-vous
point?

    Je ne dis pas que la liberté de l'Efprit foit préférable à
celle du corps; mais quel homme, vraiment Homme, tant
foit peu fenfible à la belle gloire, ne voudroit pas à pareil prix
être quelque tems privé de la dernière?

    Rougiffez, Tyrans d'une Raifon fublime; femblables à
des Polypes coupés en une infinité de morceaux, les Ecrits
que vous condamnez au feu, fortent, pour ainfi dire, de leurs
cendres, multipliés à l'infini. Ces Hommes que vous exilez,
que vous forcez de quitter leur Patrie, (j'ofe le dire, fans craindre qu'on me foupçonne d'aucune application vaine, ni de
vifs regrets) ces Hommes que vous enfermez dans des pri-
fons cruelles, écoutez ce qu'en penfent les Efprits les plus fages
& les plus éclairés! Ou plutôt, tandis que leur perfonne gémit emprifonnée, voiez la gloire porter en triomphe leurs
noms jusqu'aux Cieux! Nouveaux Auguftes, ne le foiez pas
en tout, épargnez vous la honte des crimes littéraires, un feul
peut flétrir tous vos lauriers; ne puniffez pas les Lettres &
les Arts de l'imprudence de ceux qui les cultivent le mieux;

                                                                  ou

où les Ovides Modernes porteront avec leurs soupirs vos
cruels traitemens à la postérité indignée, qui ne leur refusera
ni larmes, ni suffrage. Et comment pourroit-elle sans ingratitude lire d'un œil sec les *Tristes* & les complaintes de Beaux-
Esprits, qui n'ont été malheureux que parce qu'ils ont travaillé
pour elle?

Mais ne peut-on chercher l'immortalité, sans se perdre?
Et quelle est cette folle yvresse où je me laisse emporter!
Oüi, il est un milieu juste & raisonnable, (*Est modus in rebus &c.*)
dont la prudence ne permet pas qu'on s'écarte. Auteurs, à
qui la plus flatteuse vengeance ne suffit point, je veux dire
l'applaudissement de l'Europe éclairée, voulez-vous faire impunément des Ouvrages immortels? Pensez tout haut, mais
cachez (*) vous. Que la Postérité soit vôtre seul point de vüe;
qu'il ne soit jamais croizé par aucun autre. Ecrivez, comme
si vous étiez seul dans l'Univers, ou comme si vous n'aviez
rien à craindre de la jalousie & des préjugés des hommes; où
vous manquerez le but.

Je

g 3

(*) C'est la nécessité de me cacher, qui m'a fait imaginer la *Dédicace à
Mr. Haller.* Je sens que c'est une double extravagante de dédier ami-
calement un Livre aussi hardi que l'*Homme Machine*, à un Savant que
je n'ai jamais vû, & que 50. ans n'ont pû délivrer de tous les préjugés de l'enfance; mais je ne croyois pas que mon style même trahi.
Je devrois peut-être supprimer une pièce qui a fait tant crier, gémir,
rugir celui à qui elle est adressée; mais elle a reçu de si grands Eloges
publics d'Ecrivains, dont le suffrage est infiniment flatteur, que je n'ai
pas eu ce courage. Je prends la liberté de la faire reparoître, telle
qu'on l'a déja vüe dans toutes les Editions de l'*Homme Machine, cum
bonâ veniâ célèberrimi, SAVANTISSIMI, PEDANTISSIMI professoris.*

Je ne me flatte pas de l'atteindre; je ne me flatte pas que le son qui me désigne, & qui m'est commun avec tant d'hommes obscurs, soit porté dans l'immensité des Siécles & des Airs: si je consulte même, moins ma modestie, que ma foibleſſe, je croirai sans peine que l'Ecrivain, soumis aux mêmes loix que l'Homme, périra tout entier. Qui fait même, si dans un projet si fort au deſſus de mes forces, une réputation auſſi foible que la mienne, ne pourroit pas échouer au même écueil, où s'eſt déja briſée ma fortune.

Quoiqu'il en soit, auſſi tranquille sur le sort de mes Ouvrages, que sur le mien propre, j'atteſterai du moins que j'ai regardé la plûpart de mes contemporains, comme des préjugés ambulans; que je n'ai pas plus brigué leur suffrage, que craint leur blâme, ou leur censure; & qu'enfin content & trop honoré de ce petit nombre de Lecteurs dont parle Horace, & qu'un Esprit solide préférera toûjours au reſte du monde entier, j'ai tout sacrifié au brillant Spectre qui m'a séduit. Et certes, s'il eſt dans mes Ecrits quelques beautés neuves & hardies, un certain feu, quelque étincelle de génie enfin, je dois tout à ce courage philosophique qui m'a fait concevoir la plus haute & la plus téméraire entreprise.

Mon Naufrage, & tous les malheurs qui l'ont suivi, sont au reſte faciles à oublier dans un port auſſi glorieux & auſſi digne d'un Philosophe: j'y bois à longs traits l'oubli de tous les dangers que j'ai courus. Eh! le moien de se repentir d'une auſſi heureuse faute que le mienne!

Mais

Mais quelle plus belle invitation aux Amateurs de la Vérité! On peut ici, Apôtre de la seule Nature, braver les préjugés & tous les ennemis de la saine Philosophie, comme on se rit du courroux des flots dans une rade tranquille. Je n'entends plus gronder les miens que de loin, & comme une tempête qui bat le vaisseau dant je me suis sauvé. Quel plaisir de n'avoir à faire sa Cour qu'à cette Reine immortelle! Quelle honte qu'on ne puisse ailleurs librement faire voile sur une Mer qui conduit à l'acquisition de tant de richesses, & comme au Perou des Sciences! Beaux Esprits, Savans, Philosophes, Génies de tous les genres, qui vous retient dans les fers de vos Contrées? Celui que vous voiez, celui qui vous ouvre si libéralement la Barrière, est un Héros, qui jeune encore est arrivé au Temple de Mémoire par presque tous les chemins qui y conduisent. Venez. Que tardez-vous? Il sera vôtre guide, vôtre modèle & vôtre appui, il vous forcera par son illustre exemple à marcher sur ses traces dans la pénible sentier de la gloire; *Dux & exemplum & necessitas*, comme dit Pline le Jeune en un autre sujet. S'il ne vous est pas donné de le suivre, vous partagerez du moins avec nous le plaisir de l'admirer de plus près. Certes, je le jure, ce n'est pas sa Couronne c'est son Esprit que j'envie.

Vous que ces sacrés Perturbateurs d'un repos respectable

ble n'ont point troublés, sous de si glorieux Auspices, paroissez hardiment, Ouvrages protégés; vous ne le seriez point, si vous étiez dangereux, un Philosophe ne vous eût point faits, & le plus Sage des Rois ne vous eût point permis de paroître. Un Esprit vaste, profond, accoutumé à réfléchir, sait trop bien que ce qui n'est que philosophiquement vrai, ne peut être nuisible.

Il y a quelques années, qu'enveloppés d'un triste manteau, vous étiez, hélas! réduits à vous montrer seuls, timides en quelque sorte, & comme autrefois les vers d'Ovide exilé, sans votre Auteur, que vous craigniez même, de démasquer; semblables à ces tendres enfans qui voudroient dérober leur Pere à la poursuite de trop cruels Créanciers. Aujourd'hui, (pour parodier cet aimable & malheureux Poëte,) libres & plus heureux, vous n'irez plus en Ville sans lui, & vous marcherez l'un & l'autre, tête levée, entendant gronder le vulgaire, comme un Navigateur (pour parler en Poëte) sûr de la Protection de Neptune, entend gronder les flots.

F I N.

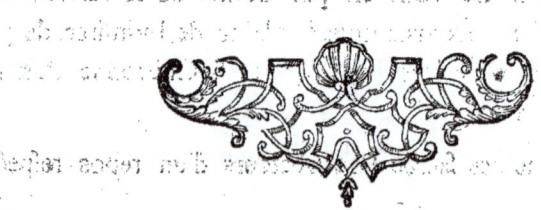

AVERTISSEMENT
DE
L'IMPRIMEUR.

O N fera peut-être furpris que j'aie ofé mettre mon nom à un livre auffi hardi que celui-ci. Je ne l'aurois certainement pas fait, fi je n'avois cru la Religion à l'abri de toutes les tentatives qu'on fait pour la renverfer; & fi j'euffe pu me perfuader, qu'un autre Imprimeur n'eut pas fait très volontiers ce que j'aurois refufé par principe de confcience. Je fai que la Prudence veut qu'on ne donne pas occafion aux Efprits foibles d'être féduits. Mais en les fuppofant tels, j'ai vu à la première lecture qu'il n'y avoit rien à craindre pour eux. Pourquoi être fi attentif, & fi alerte à fupprimer les Argumens contraires aux Idées de la Divinité & de la Religion? Cela ne peut-il pas faire croire au Peuple qu'on le *leurre?* & dès qu'il commence à douter, adieu la conviction, & par conféquent la Religion! Quel moien, quelle efpérance, de confondre jamais les Irréligionaires, fi on femble les redouter? Comment les ramener, fi en leur défendant de fe fervir de leur raifon, on fe contente de déclamer contre leurs mœurs, à tout hazard, fans s'informer fi elles méritent la même cenfure que leur façon de penfer.

UNE

UNE telle conduite donne gain de caufe aux Incrédules; Ils fe moquent d'une Réligion, que notre ignorance voudroit ne pouvoir être conciliée avec la Philofophie: ils chantent victoire dans leurs retranchemens, que notre manière de combattre leur fait croire invincibles. Si la Réligion n'eft pas victorieufe; c'eft la faute des mauvais Auteurs qui la défendent. Que les bons prennent la plume; qu'ils fe montrent bien armés; & la Théologie l'emportera de haute lutte fur une auffi foible Rivale. Je compare les Athées à ces Géans qui voulurent escalader les Cieux: ils auront toujours le même fort.

VOILA ce que j'ai cru devoir mettre à la tête de cette petite Brochure, pour prévenir toute inquiétude. Il ne me convient pas de réfuter ce que j'imprime; ni même de dire mon fentiment fur les raifonnemens qu'on trouvera dans cet écrit. Les connoiffeurs verront aifément que ce ne font que des difficultés qui fe préfentent toutes les fois qu'on veut expliquer l'union de l'Ame avec le Corps. Si les conféquences, que l'Auteur en tire, font dangereufes, qu'on fe fouvienne qu'elles n'ont qu'une Hypothéfe pour fondement. En faut-il davantage pour les détruire? Mais, s'il m'eft permis de fuppofer ce que je ne crois pas; quand même ces conféquences feroient difficiles à renverfer, on n'en auroit qu'une plus belle occafion de briller. *A vaincre fans péril, on triomphe fans gloire.*

À MON-

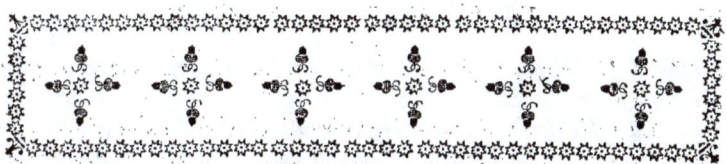

À

MONSIEUR HALLER,

PROFESSEUR EN MEDECINE
à GOTTINGUE.

CE n'est point ici une Dédicace; vous êtes fort au-deſſus de tous le Eloges que je pourrois vous donner; & je ne connois rien de ſi inutile, ni de ſi fade, ſi ce n'eſt un Diſcours Académique. Ce n'eſt point une Ex-poſition de la nouvelle Méthode que j'ai ſuivie pour relever un ſujet uſé & rebatu. Vous lui trouverez du moins ce mérite; & vous jugerez au reſte ſi votre Diſciple & votre ami a bien rempli ſa carrière. C'eſt le plaiſir que j'ai eu à compoſer cet ouvrage, dont je veux parler; c'eſt moi-même, & non mon livre que je vous adreſſe, pour m'éclairer ſur la nature de cette ſublime Volupté de l'Etude. Tel eſt le ſujet de ce Diſcours. Je ne ſerois pas le premier Ecrivain, qui, n'aiant rien à dire, pour réparer la Stérilité de ſon Imagination, auroit pris un texte, où il n'y en eût jamais. Dites-moi donc, Double Enfant d'Apollon, Suiſſe Illuſtre, Fracaſtor Moderne, vous qui ſavez tout à la fois connoître, meſurer la Nature, qui plus eſt la ſentir, qui plus eſt encore l'exprimer: ſavant Médecin, encore plus grand Poëte, dites-moi par quels charmes l'Etude peut changer les Heures en momens; quelle eſt la Nature de ces plaiſirs de l'Eſprit, ſi différens des plaiſirs vul-gaires . . . . Mais la lecture de vos charmantes Poëſies m'en a trop pénétré moi-même, pour que je n'eſſaie pas de dire ce qu'elles m'ont

A 2 *inſpiré.*

inspiré. L'Homme, confideré dans ce point de vûe, n'a rien d'étranger à mon fujet.

La Volupté des fens, quelque aimable & chérie qu'elle foit, quelques éloges que lui ait donné la plume apparemment reconnoiſſante d'un jeune Medecin françois, n'a qu'une feule joüiſſance qui eſt fon tombeau. Si le plaiſir parfait ne la tuë point fans retour, il lui faut un certain tems pour reſſuſciter. Que les reſſources des plaiſirs de l'eſprit font différentes ! plus on s'approche de la Vérité, plus on la trouve charmante. Non feulement ſa joüiſſance augmente les defirs ; mais on joüit ici, dès qu'on cherche à joüir. On joüit long-tems, & cependant plus vîte que l'éclair ne parcourt. Faut-il s'étonner ſi la Volupté de l'Eſprit eſt auſſi fupérieure à celle des fens, que l'Eſprit eſt au deſſus du Corps ? L'Eſprit n'eſt-il pas le premier des Sens, & comme le rendez-vous de toutes les fenſations ? N'y aboutiſſent-elles pas toutes, comme autant de raions, à un Centre qui les produit ? Ne cherchons donc plus par quels invincibles charmes, un cœur que l'Amour de la Verité enflame, ſe trouve tout-à-coup tranſporté, pour ainſi dire, dans un monde plus beau, où il goute des plaiſirs dignes des Dieux. De toutes les Attractions de la Nature, la plus forte, du moins pour moi, comme pour vous, cher Haller, eſt celle de la Philoſophie. Quelle gloire plus belle, que d'être conduit à ſon Temple par la raiſon & la Sageſſe ! quelle conquête plus flateuſe que de ſe ſoumettre tous les Eſprits !

PASSONS en revüe tous les objets de ces plaiſirs inconnus aux Ames Vulgaires. De quelle beauté, de quelle étendüe ne font-ils pas ? Le tems, l'eſpace, l'infini, la terre, la mer, le firmament, tous les Elemens, toutes les ſciences, tous les arts, tout entre dans ce genre de Volupté. Trop reſſerrée dans les bornes du monde, elle en imagine un million. Le nature entière eſt ſon aliment, & l'imagination ſon triomphe. Entrons dans quelque détail.

TANTOT c'eſt la Poëſie ou la Peinture ; tantôt c'eſt la Muſique ou l'Architecture, le Chant, la Danſe &c. qui font gouter aux connoiſſeurs des plaiſirs raviſſans. Voiez la Delbar (femme de Piron)

Piron) *dans une loge d'Opera; pâle & rouge tour-à-tour, elle bat la mesure avec Rebel; s'attendrit avec Iphigénie, entre en fureur avec Roland &c. Toutes les impressions de l'Orchestre passent sur son visage, comme sur une toile. Ses yeux s'adoucissent, se pâment, rient, ou s'arment d'un courage guerrier. On la prend pour une folle. Elle ne ne l'est point, à moins qu'il n'y ait de la folie à sentir le plaisir. Elle n'est que pénétrée de mille beautés qui m'échapent.*

VOLTAIRE ne peut refuser des pleurs à sa Merope; c'est qu'il sent le prix, & de l'ouvrage, & de l'Actrice. Vous avez lu ses écrits; & malheureusement pour lui, il n'est point en état de lire les vôtres. Dans les mains, dans la mémoire de qui ne sont-ils pas? & quel cœur assez dur pour ne point en être attendri! Comment tous ses goûts ne se communiqueroient-ils pas? Il en parle avec transport.

QU'UN grand Peintre, je l'ai vu avec plaisir en lisant ces jours passés la Préface de Richardon, parle de la Peinture, quels éloges ne lui donne-t-il pas? Il adore son Art, il le met au-dessus de tout, il doute presque qu'on puisse être heureux sans être Peintre. Tant il est enchanté de sa profession!

QUI n'a pas senti les mêmes transports que Scaliger, ou le Père Mallebranche, en lisant, ou quelques belles Tirades des Poëtes Tragiques, Grecs, Anglois, François; ou certains Ouvrages Philosophiques? Jamais Mme. Dacier n'eut compté sur ce que son Mari lui promettoit; & elle trouva cent fois plus. Si l'on éprouve une sorte d'Enthousiasme à traduire & développer les pensées d'autrui, qu'est-ce donc si l'on pense soi-même? Qu'est-ce que cette génération, cet enfantement d'Idées, que produit le goût de la Nature & la recherche du Vrai? Comment peindre cet Acte de la Volonté, ou de la Mémoire, par lequel l'Ame se reproduit en quelque sorte, en joignant une idée à une autre trace semblable, pour que de leur ressemblance & comme de leur union, il en naisse une troisième: car admirez les productions de la nature. Telle est son uniformité, qu'elles se font presque toutes de la même manière.

LES plaisirs des sens mal réglés, perdent toute leur vivacité & ne sont plus des plaisirs. Ceux de l'Esprit leur ressemblent jusqu'à un certain poin'. Il faut les suspendre pour les aiguiser. Enfin l'Etude a ses Extases, comme l'Amour. S'il m'est permis de le dire, c'est une Catalepsie, ou immobilité de l'Esprit, si délicieusement enivré de l'objet qui le fixe & l'enchante, qu'il semble détaché par abstraction de son propre corps & de tout ce qui l'environne, pour être tout entier à ce qu'il poursuit. Il ne sent rien, à force de sentir. Tel est le plaisir qu'on goûte, & en cherchant, & en trouvant la Vérité. Jugez de la puissance de ses charmes par l'Extase d'Archimedes; vous savez qu'elle lui coûta la vie.

QUE les autres hommes se jettent dans la foule, pour ne pas se connoître, ou plutôt se haïr; le sage fuit le grand monde & cherche la solitude. Pourquoi ne se plaît-il qu'avec lui-même, ou avec ses semblables? C'est que son Ame est un miroir fidèle, dans lequel son juste amour propre trouve son compte à se regarder. Qui est vertueux, n'a rien à craindre de sa propre connoissance, si ce n'est l'agréable danger de s'aimer.

COMME aux yeux d'un Homme qui regarderoit la terre du haut des Cieux, toute la grandeur des autres Hommes s'évanoüiroit, les plus superbes Palais se changeroient en Cabanes, & les plus nombreuses Armées ressembleroient à une troupe de fourmis, combattant pour un grain avec la plus ridicule furie; ainsi paroissent les choses à un sage, tel que vous. Il rit des vaines agitations des Hommes, quand leur multitude embarrasse la Terre & se pousse pour un rien, dont il est juste qu'aucun d'eux ne soit content.

QUE Pope débute d'une manière sublime dans son Essai sur l'Homme! Que les Grands & les Rois sont petits devant lui! O vous, moins mon Maître, que mon Ami, qui aviez reçu de la Nature la même force de génie que lui, dont vous avez abusé; Ingrat, qui ne méritiez pas d'exceller dans les sciences; vous m'avez appris à rire, comme ce grand Poëte, ou plutôt à gémir des joüets & des bagatelles, qui occupent sérieusement les Monarques. C'est à vous que je dois

tout

tout mon bonheur. Non, *la conquête du Monde entier ne vaut pas le plaisir qu'un Philosophe goute dans son cabinet, entouré d'Amis müets, qui lui disent cependant tout ce qu'il desire d'entendre.* Que Dieu ne m'ôte point le nécessaire & la santé, c'est tout ce que je lui demande. Avec la santé, mon cœur sans dégout aimera la vie. Avec le nécessaire, mon Esprit content cultivera toujours la sagesse.

OUI, *l'Etude est un plaisir de tous les âges, de tous les lieux, de toutes les saisons & de tous les momens.* A qui Ciceron n'a-t-il pas donné envie d'en faire l'heureuse expérience? Amusement dans la jeunesse, dont il tempère les passions fougueuses; pour le bien goûter, j'ai quelquefois été forcé de me livrer à l'Amour. L'Amour ne fait point de peur à un sage: il sait tout allier & tout faire valoir l'un par l'autre. Les nuages qui offusquent son entendement, ne le rendent point paresseux; ils ne lui indiquent que le remède qui doit les dissiper. Il est vrai que le Soleil n'ecarte pas plus vite ceux de l'Atmosphère.

DANS *la vieillesse, âge glacé, où on n'est plus propre, ni à donner, ni à recevoir d'autres plaisirs, quelle plus grande ressource que la lecture & la méditation!* Quel plaisir de voir tous les jours, sous ses yeux & par ses mains, croître & se former un Ouvrage qui charmera les siècles à venir, & même ses contemporains! Je voudrois, me disoit un jour un Homme dont la vanité commençoit à sentir le plaisir d'être Auteur, passer ma vie à aller de chez moi chez l'Imprimeur. Avoit-il tort? Et lorsqu'on est applaudi, quelle Mère tendre fut jamais plus charmée d'avoir fait un enfant aimable?

POURQUOI *tant vanter les plaisirs de l'Etude? Qui ignore que c'est un bien qui n'apporte point le dégout ou les inquiétudes des autres biens?* un trésor inépuisable, le plus sûr contrepoison du cruel ennui; qui se promène & voyage avec nous, & en un mot nous suit par tout? Heureux qui a brisé la chaîne de tous ses préjugés! Celui-là seul goûtera ce plaisir dans toute sa pureté? Celui-là seul joüira de cette douce tranquillité d'Esprit, de ce parfait contentement d'une ame forte & sans ambition, qui est le Père du bonheur, s'il n'est le bonheur même.

ARRÊ-

ARRETONS-NOUS un moment à jetter des fleurs sur les pas de ces grands Hommes que Minerve a, comme vous, couronnés d'un Lierre immortel. Ici c'est Flore qui vous invite avec Linæus, à monter par de nouveaux sentiers sur le sommet glacé des Alpes, pour y admirer sous une autre Montagne de Neige un Jardin planté par les mains de la Nature: Jardin qui fut jadis tout l'héritage du célébre Professeur Suédois. De-là vous descendez dans ces prairies, dont les fleurs l'attendent pour se ranger dans un ordre, qu'elles sembloient avoir jusqu'alors dédaigné.

LA je vois Maupertuis, l'honneur de la Nation Françoise, dont une autre a mérité de jouïr. Il sort de la table d'un Prince, qui fait, dirai-je l'admiration, ou l'étonnement de l'Europe? Où va-t-il? dans le Conseil de la Nature, où l'attend Newton.

QUE dirois-je du Chymiste, du Geomètre, du Physicien, du Mécanicien, de l'Anatomiste &c.? Celui-ci a presqu'autant de plaisir à examiner l'Homme mort, qu'on en a eu à lui donner la vie.

MAIS tout cède au grand Art de guérir. Le Medecin est le seul Philosophe qui mérite de sa Patrie; il paroit comme les frères d'Helène dans les tempêtes de la vie. Quelle Magie, quel Enchantement! Sa seule vûe calme le sang, rend la paix à une ame agitée & fait renaître la douce esperance au cœur des malheureux mortels. Il annonce la vie & la mort, comme un Astronome prédit une Eclipse. Chacun a son flambeau qui l'éclaire. Mais si l'Esprit a eu du plaisir à trouver les règles qui le guident, quel triomphe, vous en faites tous les jours l'heureuse expérience; quel triomphe, quand l'évènement en a justifié la hardiesse!

LA première utilité des Sciences est donc de les cultiver; c'est déjà un bien réel & solide. Heureux qui a du goût pour l'étude! plus heureux qui réüssit à délivrer par elle son esprit de ses illusions, & son cœur de sa vanité; but désirable, où vous avez été conduit dans un âge encore tendre par les mains de la sagesse; tandis que tant de Pédans, après un demi-siècle de veilles & de travaux, plus courbés sous le faix des préjugés, que sous celui du tems, semblent avoir tout appris, excepté à penser. Science rare à la vérité, sur-tout dans les savans; & qui cependant devroit être du moins le fruit de toutes les autres. C'est à cette seule Science que je me suis appliqué dès l'enfance. Jugez M. si j'ai réüssi: & que cet Hommage de mon Amitié soit éternellement chéri de la vôtre.

L'HOMME

L'HOMME
MACHINE.

Il ne suffit pas à un Sage d'étudier la Nature & la Vérité; il doit oser la dire en faveur du petit nombre de ceux qui veulent & peuvent penser; car pour les autres, qui sont volontairement Esclaves des Préjugés, il ne leur est pas plus possible d'atteindre la Vérité, qu'aux Grenouilles de voler.

Je réduis à deux, les Systêmes des Philosophes sur l'ame de l'Homme. Le prémier, & le plus ancien, est le Systême du Matérialisme; le second est celui du Spiritualisme.

Les Métaphisiciens, qui ont insinué que la Matière pourroit bien avoir la faculté de penser, n'ont pas deshonoré leur Raison. Pourquoi? C'est qu'ils ont un avantage, (car ici c'en est un,) de s'être mal exprimés. En effet, demander si la Matière peut penser, sans la considérer autrement qu'en elle-même, c'est demander si la Matière peut marquer les heures. On

B   voit

voit d'avance que nous éviterons cet écueil, où Mr. Locke a eû
le malheur d'échouer.

LES Leibnitiens, avec leurs *Monades*, ont élevé une hypothèse inintelligible. Ils ont plutôt spiritualisé la Matière, que
matérialisé l'Ame. Comment peut-on définir un Etre, dont
la nature nous est absolument inconnuë?

DESCARTES, & tous les Cartésiens, parmi lesquels il
y a long-tems qu'on a compté les Mallebranchistes, ont fait la
même faute. Ils ont admis deux substances distinctes dans
l'Homme, comme s'ils les avoient vuës & bien comptées.

LES plus sages ont dit que l'Ame ne pouvoit se connoître, que par les seules lumières de la Foi: cependant en qualité d'Etres raisonnables, ils ont cru pouvoir se réserver le
droit d'examiner ce que l'Ecriture a voulu dire par le mot
Esprit, dont elle se sert, en parlant de l'Ame humaine; & dans
leurs recherches, s'ils ne sont pas d'accord sur ce point avec les
Théologiens, ceux-ci le sont-ils davantage entr'eux sur tous
les autres?

VOICI en peu de mots le résultat de toutes leurs réfléxions.

S'IL y a un Dieu, il est Auteur de la Nature, comme
de la Révélation; il nous a donné l'une, pour expliquer l'autre; & la Raison, pour les accorder ensemble.

SE défier des connoissances qu'on peut puiser dans les
Corps animés, c'est regarder la Nature & la Révélation, comme deux contraires qui se détruisent; & par conséquent, c'est

oser

oſer ſoutenir cette abſurdité: que Dieu ſe contredit dans ſes divers ouvrages, & nous trompe.

S'il y a une Révélation, elle ne peut donc démentir la Nature. Par la Nature ſeule, on peut découvrir le ſens des paroles de l'Evangile, dont l'expérience ſeule eſt la véritable Interprète. En effet, les autres Commentateurs juſqu'ici n'ont fait qu'embrouiller la Vérité. Nous allons en juger par l'Auteur du *Spectacle de la Nature*. "Il eſt étonnant, dit-il, (au "ſujet de Mr. Locke,) qu'un Homme, qui dégrade notre "Ame juſqu'à la croire une Ame de boüe, oſe établir la Rai- "ſon pour juge & ſouveraine Arbitre des Myſtères de la Foi; "car, ajoute-t-il, quelle idée étonnante auroit-on du Chriſtia- "niſme, ſi l'on vouloit ſuivre la Raiſon?

Outre que ces réflexions n'éclairciſſent rien, par rapport à la Foi, elles forment de ſi frivoles objections contre la Méthode de ceux qui croient pouvoir interpreter les Livres Saints, que j'ai preſque honte de perdre le tems à les réfuter.

I. L'excellence de la Raiſon ne dépend pas d'un grand mot vuide de ſens (*l'immaterialité*); mais de ſa force, de ſon étendüe, ou de ſa Clair-voyance. Ainſi une *Ame de boüe*, qui découvriroit, comme d'un coup d'œil, les rapports & les ſuites d'une infinité d'idées, difficiles à ſaiſir, ſeroit évidemment préferable à une Ame ſote & ſtupide, qui ſeroit faite des Elémens les plus précieux. Ce n'eſt pas être Philoſophe, que de rougir avec Pline, de la miſère de notre origine. Ce qui paroit vil, eſt ici la choſe la plus précieuſe, & pour laquelle la Nature ſemble avoir mis le plus d'art & le plus d'appareil.

B 2   Mais

Mais comme l'Homme, quand même il viendroit d'une Source encore plus vile en aparence, n'en seroit pas moins le plus parfait de tous les Etres; quelle que soit l'origine de son Ame; si elle est pure, noble, sublime, c'est une belle Ame, qui rend respectable quiconque en est doué.

La seconde manière de raisonner de M^r. Pluche, me paroit vicieuse, même dans son systême, qui tient un peu du Fanatisme; car si nous avons une idée de la Foi, qui soit contraire aux Principes les plus clairs, aux Verités les plus incontestables, il faut croire, pour l'honneur de la Révélation & de son Auteur, que cette idée est fausse; & que nous ne connoissons point encore le sens des paroles de l'Evangile.

De deux choses l'une; ou tout est illusion, tant la Nature même, que la Révélation; ou l'expérience seule peut rendre raison de la Foi. Mais quel plus grand ridicule que celui de notre Auteur? Je m'imagine entendre un Péripaticien, qui diroit: ,,Il ne faut pas croire l'expérience de Tori-,,celli; car si nous la croyions, si nous allions bannir l'horreur ,,du vuide, quelle étonnante Philosophie aurions-nous?

J'ai fait voir combien le raisonnement de M^r. Pluche est vicieux *, afin de prouver, prémièrement, que s'il y a une Révélation, elle n'est point suffisamment démontrée par la seule autorité de l'Eglise, & sans aucun examen de la Raison, comme le prétendent tous ceux qui la craignent. Secondement, pour mettre à l'abri de toute attaque la Méthode de ceux qui voudroient suivre la voie que je leur ouvre, d'interpreter les choses-

sur-

---

* Il péche evidemment par une pétition de Principe.

furnaturelles, incomprehenfibles en foi, par les lumières que chacun a reçûes de la Nature.

L'EXPERIENCE & l'obfervation doivent donc feules nous guider ici. Elles fe trouvent fans nombre dans les Faftes des Medecins, qui ont été Philofophes, & non dans les Philofophes, qui n'ont pas été Medecins. Ceux-ci ont parcouru, ont éclairé le Labyrinthe de l'Homme; ils nous ont feuls dévoilé ces refforts cachés fous des enveloppes, qui dérobent à nos yeux tant de merveilles. Eux feuls, contemplant tranquillement notre Ame, l'ont mille fois furprife, & dans fa miféré, & dans fa grandeur, fans plus la méprifer dans l'un de ces états, que l'admirer dans l'autre. Encore une fois, voilà les feuls Phyficiens qui aient droit de parler ici. Que nous diroient les autres, & fur-tout les Théologiens? N'eft-il pas ridicule de les entendre décider fans pudeur, fur un fujet qu'ils n'ont point été à portée de connoître, dont ils ont été au contraire entièrement détournés par des Etudes obfcures, qui les ont conduit à mille préjugés, & pour tout dire en un mot, au Fanatisme, qui ajoûte encore à leur ignorance dans le Mécanisme des Corps.

MAIS quoique nous aîons choifi les meilleurs Guides, nous trouverons encore beaucoup d'épines & d'obftacles dans cette carrière.

L'HOMME eft une Machine fi compofée, qu'il eft impoffible de s'en faire d'abord une idée claire, & conféquemment de la définir. C'eft pourquoi toutes les recherches que les plus grands Philofophes ont faites *a priori*, c'eft à dire, en voulant

fe

se servir en quelque sorte des ailes de l'Esprit, ont été vaines. Ainsi ce n'est qu'à *posteriori*, ou en cherchant à demêler l'Ame, comme au travers des Organes du corps, qu'on peut, je ne dis pas, découvrir avec évidence la nature même de l'Homme, mais atteindre le plus grand degré de probabilité possible sur ce sujet.

PRENONS donc le bâton de l'expérience, & laissons là l'Histoire de toutes les vaines opinions des Philosophes. Etre Aveugle, & croire pouvoir se passer de ce bâton, c'est le comble de l'aveuglement. Qu'un Moderne a bien raison de dire qu'il n'y a que la vanité seule, qui ne tire pas des causes secondes, le même parti que des prémières! On peut & on doit même admirer tous ces beaux Génies dans leurs travaux les plus inutiles ; les Descartes, les Mallebranches, les Leibnitz, les Wolfs, &c. mais quel fruit, je vous prie, a-t on retiré de leurs profondes Méditations & de tous leurs Ouvrages? Commençons donc, & voions, non ce qu'on a pensé, mais ce qu'il faut penser pour le repos de la vie.

AUTANT de tempéramens, autant d'esprits, de caractéres & de mœurs différentes. Galien même a connu cette vérité, que Descartes a poussée loin, jusqu'à dire que la Medecine seule pouvoit changer les Esprits & les mœurs avec le Corps. Il est vrai que la Mélancolie, la Bile, le Phlegme, le Sang, &c. suivant la nature, l'abondance & la diverse combinaison de ces humeurs, de chaque Homme font un Homme différent.

DANS les maladies, tantôt l'Ame s'éclipse & ne montre aucun signe d'elle-même ; tantôt on diroit qu'elle est double,

tant

tant la fureur la transporte; tantôt l'imbécillité se dissipe, & la convalescence, d'un Sot fait un Homme d'esprit. Tantôt le plus beau Génie devenu stupide, ne se reconnoît plus. Adieu toutes ces belles connoissances acquises à si grands frais, & avec tant de peine!

Ici c'est un Paralitique, qui demande si sa jambe est dans son lit. Là c'est un Soldat qui croit avoir le bras qu'on lui a coupé. La mémoire de ses anciennes sensations, & du lieu, où son Ame les raportoit, fait son illusion, & son espéce de délire. Il suffit de lui parler de cette partie qui lui manque, pour lui en rappeller & faire sentir tous les mouvemens; ce qui se fait avec je ne sai quel déplaisir d'imagination qu'on ne peut exprimer.

CELUI-CI pleure, comme un Enfant, aux approches de la Mort, que celui-là badine. Que falloit-il à Canus Julius, à Séneque, à Pétrone, pour changer leur intrépidité, en pusillanimité, ou en poltronnerie? Une obstruction dans la rate, dans le foie, un embarras dans la veine porte. Pourquoi? Parce que l'imagination se bouche avec les viscères; & de là naissent tous ces singuliers Phénomènes de l'affection hystérique & hypocondriaque.

QUE dirois-je de nouveau sur ceux qui s'imaginent être transformés en *Loups-garoux*, en *Coqs*, en *Vampires*, qui croient que les Morts les sucent? Pourquoi m'arrêterois-je à ceux qui croient leur nez, ou autres membres de verre, & à qui il faut conseiller de coucher sur la paille, de peur qu'il ne se cassent, afin qu'ils en retrouvent l'usage & la véritable chair, lorsque

met-

mettant le feu à la paille, on leur fait craindre d'être brûlés : frayeur qui a quelquefois guéri la Paralyſie ? Je dois legèrement paſſer ſur des choſes connües de tout le Monde.

Je ne ſerai pas plus long ſur le détail des effets du Sommeil. Voiez ce Soldat fatigué ! Il ronfle dans la tranchée, au bruit de cent pièces de canon ! Son Ame n'entend rien, ſon Sommeil eſt une parfaite Apoplexie. Une Bombe va l'écraſer ; il ſentira peut-être moins ce coup qu'un Inſecte qui ſe trouve ſous le pié.

D'un autre côté, cet Homme que la Jalouſie, la Haine, l'Avarice, ou l'Ambition dévore, ne peut trouver aucun repos. Le lieu le plus tranquille, les boiſſons les plus fraîches & les plus calmantes, tout eſt inutile à qui n'a pas délivré ſon cœur du tourment des Paſſions.

L'Ame & le Corps s'endorment enſemble. À meſure que le mouvement du ſang ſe calme, un doux ſentiment de paix & de-tranquillité ſe répand dans toute la Machine ; l'Ame ſe ſent mollement s'appéſantir avec les paupières & s'affaiſſer avec les fibres du cerveau : elle devient ainſi peu à peu comme paralitique, avec tous les muſcles du corps. Ceux-ci ne peuvent plus porter le poids de la tête ; celle-là ne peut plus ſoutenir le fardeau de la penſée ; elle eſt dans le Sommeil, comme n'étant point.

La circulation ſe fait-elle avec trop de viteſſe ? l'Ame ne peut dormir. L'Ame eſt-elle trop agitée ? le Sang ne peut ſe calmer ; il galope dans les veines avec un bruit qu'on entend : telles ſont les deux cauſes réciproques de l'inſomnie.

Une

Une feule fraieur dans les Songes fait battre le cœur à coups redoublés, & nous arrache à la nécéffité, ou à la douceur du repos, comme feroient une vive douleur, ou des befoins urgens. Enfin, comme la feule ceffation des fonctions de l'Ame procure le Sommeil, il eft, même pendant la veille, (qui n'eft alors qu'une demie veille) des fortes de petits Sommeils d'Ame très fréquens, des *Rêves à la Suiffe*, qui prouvent que l'Ame n'attend pas toujours le corps pour dormir ; car fi elle ne dort pas tout-à-fait, combien peu s'en faut il ! puifqu'il lui eft impoffible d'affigner un feul objet auquel elle ait prêté quelque attention, parmi cette foule inombrable d'idées confufes, qui comme autant de nuages, rempliffent, pour ainfi dire, l'Atmofphère de notre cerveau.

L'OPIUM a trop de rapport avec le Sommeil qu'il procure, pour ne pas le placer ici. Ce remede enivre, ainfi que le vin, le caffé &c. chacun à fa manière, & fuivant fa dofe. Il rend l'Homme heureux dans un état qui fembleroit devoir être le tombeau du fentiment, comme il eft l'image de la Mort. Quelle douce Léthargie ! L'Ame n'en voudroit jamais fortir. Elle étoit en proie aux plus grandes douleurs ; elle ne fent plus que le feul plaifir de ne plus fouffrir, & de joüir de la plus charmante tranquillité. L'Opium change jufqu'à la volonté ; il force l'Ame qui vouloit veiller & fe divertir, d'aller fe mettre au Lit malgré elle. Je paffe fous filence l'Hiftoire des Poifons.

C'EST en foüettant l'imagination, que le Caffé, cet Antidote du Vin, diffipe nos maux de tête & nos chagrins, fans nous en ménager, comme cette Liqueur, pour le lendemain.

C

CON-

CONTEMPLONS l'Ame dans fes autres befoins.

LE corps humain eft une Machine qui monte elle même fes refforts; vivante image du mouvement perpetuel. Les alimens entretiennent ce que la fièvre excite. Sans eux l'Ame languit, entre en fureur, & meurt abattuë. C'eft une bougie dont la lumière fe ranime, au moment de s'éteindre. Mais nourriffez le corps, verfez dans fes tuiaux des Sucs vigoureux, des liqueurs fortes; alors l'Ame, généreufe comme elles, s'arme d'un fier courage, & le Soldat que l'eau eut fait fuir, devenu féroce, court gaiement à la mort au bruit des tambours. C'eft ainfi que l'eau chaude agite un fang, que l'eau froide eut calmé.

QUELLE puiffance d'un Repas! La joie renaît dans un cœur trifte; elle paffe dans l'Ame des Convives qui l'expriment par d'aimables chanfons, où le François excelle. Le Mélancolique feul eft accablé, & l'Homme d'étude n'y eft plus propre.

LA viande crüe rend les animaux féroces; les hommes le deviendroient par la même nourriture. Cette férocité produit dans l'Ame l'orgueil, la haine, le mépris des autres Nations, l'indocilité & autres fentimens, qui dépravent le caractère, comme des alimens groffiers font un efprit lourd, épais, dont la pareffe & l'indolence font les attributs favoris.

Mr. Pope a bien connu tout l'empire de la gourmandife, lorsqu'il dit: „Le grave Catius parle toujours de vertu, & croit „que, qui fouffre les Vicieux, eft vicieux lui-même. Ces beaux „fentimens durent jufqu'à l'heure du diner; alors il préfère „un fcélérat, qui a une table délicate, à un Saint frugal.

„CON-

„Considerez, dit-il ailleurs, le même Homme en „fanté, ou en maladie; poffedant une belle charge, ou l'aiant „perduë; vous le verrez chérir la vie, ou la détefter, Fou à la „chaffe, Ivrogne, dans une Affemblée de Province, Poli au bal, „bon Ami en Ville, fans foi à la Cour.

On a vû en Suiffe un Baillif, nommé Mr. Steiguer de Wittighofen, il étoit à jeun le plus intègre, & même le plus indulgent des juges; mais malheur au miferable qui fe trouvoit fur la Sellette, lorfqu'il avoit fait un grand diner! Il étoit homme à faire pendre l'innocent, comme le coupable.

Nous penfons, & même nous ne fommes honnêtes Gens, que comme nous fommes gais, ou braves; tout dépend de la manière dont notre Machine eft montée. On diroit en certains momens que l'Ame habite dans l'eftomac, & que Van Helmont en mettant fon fiége dans le pylore, ne fe feroit trompé, qu'en prenant la partie pour le tout.

A quels excès la faim cruelle peut nous porter! Plus de refpect pour les entrailles auxquelles on doit, ou on a donné la vie; on les déchire à belles dents, on s'en fait d'horribles feftins; & dans la fureur, dont on eft tranfporté, le plus foible eft toujours la proie du plus fort.

La groffeffe, cette Emule defirée des pâles couleurs, ne fe contente pas d'amener le plus fouvent à fa fuite les goûts dépravés qui accompagnent ces deux états: elle a quelquefois fait éxécuter à l'Ame les plus affreux complots, effets d'une manie fubite, qui étouffe jufqu'à la Loi naturelle. C'eft ainfi que le cerveau, cette Matrice de l'efprit, fe pervertit à fa manière, avec celle du corps.

QUELLE autre fureur d'Homme, ou de Femme, dans ceux que la continence & la fanté pourfuivent! C'eft peu pour cette Fille timide & modefte d'avoir perdu toute honte & toute pudeur; elle ne regarde plus l'Incefte, que comme une femme galante regarde l'Adultère. Si fes befoins ne trouvent pas de promts foulagemens, ils ne fe borneront point aux fimples acci-dens d'une paffion Utérine, à la Manie, &c. cette malheureufe mourra d'un mal, dont il y a tant de Médecins.

IL ne faut que des yeux pour voir l'Influence néceffaire de l'âge fur la Raifon. L'Ame fuit les progrès du corps, comme ceux de l'Education. Dans le beau fexe, l'Ame fuit encore la délicateffe du tempérament: de là cette tendreffe, cette affe-ction, ces fentimens vifs, plutôt fondés fur la paffion, que fur la raifon; ces préjugés, ces fuperftitions, dont la forte empreinte peut à peine s'effacer, &c. L'Homme, au contraire, dont le cer-veau & les nerfs participent de la fermeté de tous les folides, a l'efprit, ainfi que les traits du vifage, plus nerveux: l'Educa-tion, dont manquent les femmes, ajoute encore de nouveaux degrés de force à fon ame. Avec de tels fecours de la Nature & de l'art, comment ne feroit-il pas plus reconnoiffant, plus généreux, plus conftant en amitié, plus ferme dans l'adverfité? &c. Mais, fuivant à peu près la penfée de l'Auteur des Lettres fur les Phyfionomies; Qui joint les graces de l'Efprit & du Corps à prefque tous les fentimens du cœur les plus tendres & les plus délicats, ne doit point nous envier une double force,

qui

qui ne semble avoir été donnée à l'Homme; l'une, que pour se mieux pénétrer des attraits de la beauté; l'autre, que pour mieux servir à ses plaisirs.

Il n'est pas plus nécessaire d'être aussi grand Physionomiste, que cet Auteur, pour deviner la qualité de l'esprit, par la figure, ou la forme des traits, lorsqu'ils sont marqués jusqu'à un certain point; qu'il ne l'est d'être grand Medecin, pour connoitre un mal accompagné de tous ses symptomes évidens. Examinez les Portraits de Locke, de Steele, de Boerhaave, de Maupertuis, &c. vous ne serez point surpris de leur trouver des Physionomies fortes, des yeux d'Aigle. Parcourez-en une infinité d'autres, vous distinguerez toujours le beau du grand Génie, & même souvent l'honnête Homme du Fripon.

L'Histoire nous offre un mémorable exemple de la puissance de l'air. Le fameux Duc de Guise étoit si fort convaincu que Henri III. qui l'avoit eu tant de fois en son pouvoir, n'oseroit jamais l'assassiner, qu'il partit pour Blois. Le Chancelier Chiverni apprenant son départ, s'écria: *voila un Homme perdu*. Lorsque sa fatale prédiction fut justifiée par l'évènement, on lui en demanda la raison. *Il y a vingt ans*, dit-il, *que je connois le Roi; il est naturellement bon & même foible; mais j'ai observé qu'un rien l'impatiente & le met en fureur, lorsqu'il fait froid.*

Tel Peuple a l'esprit lourd & stupide; tel autre l'a vif, léger, pénétrant. D'où cela vient il, si ce n'est en partie, & de la nourriture qu'il prend, & de la semence de ses Pères, * &

C 3　　　　　　　　　　　　dé

---

* L'Histoire des Animaux & des Hommes prouve l'Empire de la semence des Pères sur l'Esprit & le corps des Enfans.

de ce Cahos de divers élémens qui nagent dans l'immensité de l'air ? L'esprit a comme le corps, ses maladies épidémiques & son scorbut.

Tel est l'empire du Climat, qu'un Homme qui en change, se ressent malgré lui de ce changement. C'est une Plante ambulante, qui s'est elle-même transplantée ; si le Climat n'est plus le même, il est juste qu'elle dégénère, ou s'améliore.

On prend tout encore de ceux avec qui l'on vit, leurs gestes, leurs accens &c. comme la paupière se baisse à la menace du coup dont on est prévenu, ou par la même raison que le corps du Spectateur imite machinalement, & malgré lui, tous les mouvemens d'un bon Pantomime.

Ce que je viens de dire prouve que la meilleure Compagnie pour un Homme d'esprit, est la sienne, s'il n'en trouve une semblable. L'Esprit se rouille avec ceux qui n'en ont point, faute d'être exercé : à la paume, on renvoie mal la bale, à qui la sert mal. J'aimerois mieux un Homme intelligent, qui n'auroit eu aucune éducation, que s'il en eût eu une mauvaise, pourvû qu'il fût encore assez jeune. Un Esprit mal conduit, est un Acteur que la Province a gâté.

Les divers Etats de l'Ame sont donc toujours corrélatifs a ceux du corps. Mais pour mieux démontrer toute cette dépendance, & ses causes, servons nous ici de l'Anatomie comparée ; Ouvrons les entrailles de l'Homme & des Animaux. Le moien de connoître la Nature humaine, si l'on n'est éclairé par un juste parallèle de la Structure des uns & des autres !

En

En général la forme & la compofition du cerveau des Quadrupèdes eft à peu près la même, que dans l'Homme, Même figure, même difpofition par tout; avec cette difference effentielle, que l'Homme eft de tous les Animaux, celui qui a le plus de cerveau, & le cerveau le plus tortueux, en raifon de la maffe de fon corps: Enfuite le Singe, le Caftor, l'Eléphant, le Chien, le Renard, le Chat &c. voila les Animaux qui reffem-blent le plus à l'Homme; car on remarque auffi chez eux la même Analogie graduée, par rapport au corps calleux, dans lequel Lancifi avoit établi le fiége de l'Ame, avant feu M. de la Peyronie, qui cependant a illuftré cette opinion par une foule d'expériences.

Aprés tous les Quadrupèdes, ce font les Oifeaux qui ont le plus de cerveau. Les Poiffons ont la tête groffe, mais elle eft vuide de fens, comme celle de bien des Hommes. Ils n'ont point de corps calleux, & fort peu de cerveau, lequel man-que aux Infectes.

Je ne me répandrai point en un plus long détail des variétés de la Nature, ni en conjectures, car les unes & les autres font infinies; comme on en peut juger, en lifant les feuls Traités de Willis *De Cerebro*, & *de Anima Brutorum.*

Je concluerai feulement ce qui s'enfuit clairement de ces inconteftables Obfervations; 1°. que plus les Animaux font farouches, moins ils ont de cerveau; 2°. que ce vifcere femble s'agrandir en quelque forte, à proportion de leur docilité; 3°. qu'il y a ici une fingulière condition impofée éternellement par la Nature, qui eft que, plus on gaguera du côté de l'Efprit, plus

on

on perdra du côté de l'inftinct. Lequel l'emporte de la perte, ou du gain?

Ne croiez pas au refte que je veuille prétendre par là que le feul volume du cerveau fuffife pour faire juger du degré de docilité des Animaux; il faut que la qualité réponde encore à la qualité, & que les folides & les fluides foient dans cet équi- libre convenable qui fait la fanté.

Si l'imbécile ne manque pas de cerveau, comme on le remarque ordinairement, ce vifcère péchera par une mauvaife confiftance, par trop de moleffe, par exemple. Il en eft de même des Fous; les vices de leur cerveau ne fe dérobent pas toujours à nos recherches; mais fi les caufes de l'imbécillité, de la folie &c. ne font pas fenfibles, où aller chercher celles de la variété de tous les Efprits? Elles échaperoient aux yeux des Linx & des Argus. *Un rien, une petite fibre, quelque chofe que la plus fubtile Anatomie ne peut découvrir,* eut fait deux Sots, d'Eras- me, & de Fontenelle, qui le remarque lui même dans un de fes meilleurs *Dialogues.*

Outre la moleffe de la moëlle du cerveau, dans les En- fans, dans les petits Chiens & dans les Oifeaux, Willis a remar- qué que les *Corps canelés* font effacés, & comme décolorés, dans tous ces Animaux; & que leurs *Stries* font auffi imparfaitement formés que dans les Paralytiques. Il ajoute, ce qui eft vrai, que l'Homme a la protubérance annulaire fort groffe; & enfuite toujours diminutivement par dégrés, le Singe & les autres Ani- maux nommés ci-devant, tandis que le Veau, le Bœuf, le Loup,

la

la Brebis, le Cochon, &c. qui ont cette partie d'un très petit volume, ont les *Nates* & *Testes* fort gros.

On a beau être discret & réservé sur les conséquences qu'on peut tirer de ces Observations, & de tant d'autres, sur l'espèce d'inconstance des vaisseaux & des nerfs &c.: tant de variétés ne peuvent être des jeux gratuits de la Nature. Elles prouvent du moins la nécessité d'une bonne & abondante organisation, puisque dans tout le Régne Animal l'Ame se raffermissant avec le corps, acquiert de la Sagacité, à mesure qu'il prend des forces.

Arretons nous à contempler la différente docilité des Animaux. Sans doute l'Analogie la mieux entendüe conduit l'Esprit à croire que les causes dont nous avons fait mention, produisent toute la diversité qui se trouve entr'eux & nous, quoiqu'il faille avoüer que notre foible entendement, borné aux observations les plus grossières, ne puisse voir les liens qui régnent entre la cause & les effets. C'est une espèce *d'harmonie* que les Philosophes ne connoîtront jamais.

Parmi les Animaux, les uns apprennent à parler & à chanter; ils retiennent des airs, & prenent tous les tons, aussi exactement qu'un Musicien. Les autres, qui montrent cependant plus d'esprit, tels que le Singe, n'en peuvent venir à bout. Pourquoi cela, si ce n'est par un vice des organes de la parole?

Mais ce vice est-il tellement de conformation, qu'on n'y puisse aporter aucun remède? En un mot seroit-il absolument impossible d'apprendre une Langue à cet Animal? Je ne le crois pas.

D JE

Je prendrois le grand Singe préférablement à tout autre, jusqu'à ce que le hazard nous eût fait découvrir quelqu'autre espèce plus semblable à la nôtre, car rien ne répugne qu'il y en ait dans des Régions qui nous sont inconnuës. Cet Animal nous ressemblable si fort, que les Naturalistes l'ont apellé *Homme Sauvage*, ou Homme *des bois*. Je le prendrois aux mêmes conditions des Ecoliers d'Amman; c'est-à-dire, que je voudrois qu'il ne fût ni trop jeune, ni trop vieux; car ceux qu'on nous aporte en Europe, sont communément trop âgés. Je choisirois celui qui auroit la physionomie la plus spirituelle, & qui tiendroit le mieux dans milles petites opérations, ce qu'elle m'auroit promis. Enfin, ne me trouvant pas digne d'être son Gouverneur, je le mettrois à l'Ecole de l'excellent Maître que je viens de nommer, ou d'un autre aussi habile, s'il en est.

Vous savez par le Livre d'Amman, & par tous ceux * qui ont traduit sa Méthode, tous les prodiges qu'il a sû opérer sur les sourds de naissance, dans les yeux desquels il a, comme il le fait entendre lui-même, trouvé des oreilles; & en combien peu de tems enfin il leur a appris à entendre, parler, lire, & écrire. Je veux que les yeux d'un sourd voient plus clair & soient plus intelligens que s'il ne l'étoit pas, par la raison que la perte d'un membre, ou d'un sens, peut augmenter la force, ou la pénétration d'un autre: mais le Singe voit & entend; il comprend ce qu'il entend & ce qu'il voit. Il conçoit si parfaitement les Signes qu'on lui fait, qu'à tout autre jeu, ou tout autre exercice, je ne doute point qu'il ne l'emportât sur les disciples d'Amman. Pourquoi donc l'éducation des Singes seroit-elle impos-

* *L'Auteur de l'Histoire naturelle de l'Ame &c.*

impoſſible? Pourquoi ne poúrroit-il enfin, à force de ſoins, imiter, à l'exemple des ſourds, les mouvemens néceſſaires pour prononcer? Je n'oſe décider ſi les organes de la parole du Singe ne peuvent, quoiqu'on faſſe, rien articuler; mais cette impoſſibilité abſolüe me ſurprendroit, à cauſe de la grande Ana-logie du Singe & de l'Homme, & qu'il n'eſt point d'Animal connu juſqu'à préſent, dont le dedans & le dehors lui reſſem-blent d'une manière ſi frappante. Mr. Locke, qui certainement n'a jamais été ſuſpect de crédulité, n'a pas fait difficulté de croire l'Hiſtoire que le Chevalier Temple fait dans ſes Mémoi-res, d'un Perroquet, qui répondoit à propos & avoit apris, comme nous, à avoir une eſpèce de converſation ſuivie. Je ſai qu'on s'eſt moqué * de ce grand Métaphiſicien; mais qui auroit annoncé à l'Univers qu'il y a des générations qui ſe font ſans œufs & ſans Femmes, auroit-il trouvé beaucoup de Parti-ſans? Cependant Mr. Trembley en a découvert, qui ſe font ſans accouplement, & par la ſeule ſection. Amman n'eut-il pas auſſi paſſé pour un Fou, s'il ſe fut vanté, avant que d'en faire l'heureuſe expérience, d'inſtruire, & en auſſi peu de tems, des Ecoliers, tels que les ſiens? Cependant ſes ſuccès ont étonné l'Univers, & comme l'Auteur de l'Hiſtoire des Polypes, il a paſſé de plein vol à l'immortalité. Qui doit à ſon génie les mira-cles qu'il opère, l'emporte à mon gré, ſur qui doit les ſiens au hazard. Qui a trouvé l'art d'embellir le plus beau des Règnes, & de lui donner des perfections qu'il n'avoit pas, doit être mis au deſſus d'un Faiſeur oiſif de ſyſtèmes frivoles, ou d'un Auteur laborieux de ſtériles découvertes. Celles d'Amman ſont bien

d'une

---

* L'Auteur de l'Hiſt. d'Ame.

d'une autre prix; il a tiré les Hommes, de l'Inflinct auquel ils sembloient condamnés; il leur a donné des idées, de l'Efprit, une Ame en un mot, qu'ils n'euſſent jamais eüe. Quel plus grand pouvoir!

Ne bornons point les reſſources de la Nature; elles font infinies, furtout aideés d'un grand Art.

La même Mécanique, qui ouvre le Canal d'Euſtachi dans les Sourds, ne pourroit-il le déboucher dans les Singes? Une heureuſe envie d'imiter la prononciation du Maître, ne pourroit-elle mettre en liberté les organes de la parole, dans des Animaux, qui imitent tant d'autres Signes, avec tant d'adreſſe & d'intelligence? Non ſeulement je défie qu'on me cite aucune expérience vraiment concluante, qui décide mon projet impoſſible & ridicule; mais la fimilitude de la ſtructure & des opérations du Singe eſt telle, que je ne doute preſque point, ſi on exerçoit parfaitement cet Animal, qu'on ne vint enfin à bout de lui apprendre à prononcer, & par conſéquent à ſavoir une langue. Alors ce ne ſeroit plus ni un Homme Sauvage, ni un Homme manqué: ce ſeroit un Homme parfait, un petit Homme de Ville, avec autant d'étoffe ou de muscles que nous mêmes, pour penſer & profiter de ſon éducation.

Des Animaux à l'Homme, la tranſition n'eſt pas violente; les vrais Philoſophes en conviendront. Qu'étoit l'Homme, avant l'invention des Mots & la connoiſſance des Langues? Un Animal de ſon eſpèce, qui avec beaucoup moins d'inſtinct naturel, que les autres, dont alors il ne ſe croioit pas Roi, n'étoit diſtingué du Singe & des autres Animaux, que

com-

comme le Singe l'eſt lui-même, je veux dire, par une phyſio-
nomie qui annonçoit plus de diſcernement. Réduit à la ſeule
connoiſſance intuitive des Leibnitiens, il ne voioit que des Figures
& des Couleurs, ſans pouvoir rien diſtinguer entr'elles; vieux,
comme jeune, Enfant à tout âge, il bégaioit ſes ſenſations &
ſes beſoins, comme un chien affamé, ou ennuié du repos,
demande à manger, ou à ſe promener.

Les Mots, les Langues, les Loix, les Sciences, les Beaux
Arts ſont venus; & par eux enfin le Diamant brut de notre
eſprit a été poli. On a dreſſé un Homme, comme un Animal;
on eſt devenu Auteur, comme Porte-faix. Un Geomètre a
appris à faire les Démonſtrations & les Calculs les plus difici-
les, comme un Singe à ôter, ou mettre ſon petit chapeau, &
à monter ſur ſon chien docile. Tout s'eſt fait par des Signes;
chaque eſpèce a compris ce qu'elle a pu comprendre; & c'eſt
de cette manière que les Hommes ont acquis *la connoiſſance*
ſymbolique, ainſi nommée encore par nos Philoſophes d'Allemagne.

Rien de ſi ſimple, comme on voit, que la Mécanique de
notre Education! Tout ſe réduit à des ſons, ou à des mots,
qui de la bouche de l'un, paſſent par l'oreille de l'autre, dans le
cerveau, qui reçoit en même tems par les yeux la figure des
corps, dont ces mots ſont les Signes arbitraires.

Mais qui a parlé le premier? Qui a été le premier Précepteur du Genre humain? Qui a inventé les moiens de mettre à profit la docilité de notre organiſation? Je n'en ſai rien;
le nom de ces heureux & premiers Génies a été perdu dans la

nuit des tems. Mais l'Art est le fils de la Nature; elle a dû long-tems le précéder.

On doit croire que les Hommes les mieux organisés, ceux pour qui la Nature aura épuisé ses bienfaits, auront in-struit les autres. Ils n'auront pû entendre un bruit nouveau, par exemple, éprouver de nouvelles sensations, être frappé de tous ces beaux objets divers qui forment le ravissant Spectacle de la Nature, sans se trouver dans le cas de ce Sourd de Char-tres, dont Fontenelle nous a le premier donné l'Histoire, lors-qu'il entendit pour la première fois à quarante ans le bruit étonnant des cloches.

De là seroit-il absurde de croire que ces premiers Mor-tels, essaièrent à la manière de ce Sourd, ou à celle des Ani-maux & des Müets, (autre Espece d'Animaux) d'exprimer leurs nouveaux sentimens, par des mouvemens dépendans de l'Eco-nomie de leur imagination, & conséquemment ensuite par des sons spontanés propres à chaque Animal; expression naturelle de leur surprise, de leur joie, de leurs transports, ou de leurs besoins? Car sans doute ceux que la Nature a doüés d'un sentiment plus exquis, ont eu aussi plus de facilité pour l'ex-primer.

Voilà comme je conçois que les Hommes ont em-ploié leur sentiment, ou leur instinct, pour avoir de l'esprit, & enfin leur esprit, pour avoir des connoissances. Voilà par quels moïens, autant que je peux les saisir, on s'est rempli le cerveau des idées, pour la réception desquelles la Nature l'avoit formé. On s'est aidé l'un par l'autre; & les plus petits commencemens

s'agran-

s'agrandiffant peu à peu, toutes les chofes de l'Univers ont été auffi facilement diftinguées, qu'un Cercle.

COMME une corde de Violon, ou une touche de Clavecin, frémit & rend un fon, les cordes du cerveau frapées par les raions fonores, ont été excitées à rendre, ou à redire les mots qui les touchoient. Mais comme telle eft la conftruction de ce vifcère, que dès qu'une fois les yeux bien formés pour l'Optique, ont reçu la peinture des objets, le cerveau ne peut pas ne pas voir leurs images & leurs différences; de même, lorfque les Signes de ces différences ont été marqués, ou gravés dans le cerveau, l'Ame en a néceffairement examiné les raports; examen qui lui étoit impoffible, fans la découverte des Signes, ou l'invention des Langues. Dans ces tems, où l'Univers étoit prefque muet, l'Ame étoit à l'égard de tous les objets, comme un Homme, qui, fans avoir aucune idée des proportions, regarderoit un tableau, ou une pièce de Sculpture; il n'y pourroit rien diftinguer; ou comme un petit Enfant (car alors l'Ame étoit dans fon Enfance) qui tenant dans fa main un certain nombre de petits brins de paille, ou de bois, les voit en général d'une vüe vague & fuperficielle, fans pouvoir les compter, ni les diftinguer. Mais qu'on mette une efpèce de Pavillon, ou d'Etendart à cette pièce de bois, par exemple, qu'on appelle Mât: qu'on en mette un autre à un autre pareil corps; que le premier venu fe nombre par le Signe 1 & le fecond par le Signe, ou chiffre 2; alors cet Enfant pourra les compter, & ainfi de fuite il apprendra toute l'Arithmetique. Dès qu'une Figure lui paroîtra égale à une autre par fon

Signe

Signe *numératif,* il conclura fans peine que ce font deux Corps
différens; que 1. & 1. font deux, que 2. & 2. font 4. * &c.

C'est cette fimilitude réelle, ou apparente des Figures,
qui eft la Bafe fondamentale de toutes les vérités & de toutes
nos connoiffances, parmi lesquelles il eft évident que celles
dont les Signes font moins fimples & moins fenfibles, font plus
difficiles à apprendre que les autres; en ce qu'elles demandent
plus de Génie pour embraffer & combiner cette immenfe quantité de mots, par lesquels les Sciences dont je parle expriment
les vérités de leur reffort: tandis que les Sciences, qui s'annon-
cent par des chiffres, ou autres petits Signes, s'apprennent facilement; & c'eft fans doute cette facilité qui a fait la fortune
des Calculs Algébriques, plus encore que leur évidence.

Tout ce favoir dont le vent enfle le Balon du cerveau
de nos Pédans orgueilleux, n'eft donc qu'un vafte amas de
Mots & de Figures, qui forment dans la tête toutes les traces,
par lesquelles nous diftinguons & nous nous rapellons les objets. Toutes nos idées fe réveillent, comme un Jardinier qui
connoît les Plantes, fe fouvient de toutes leurs phrafes à leur
afpect. Ces Mots & ces Figures qui font défignées par eux,
font tellement liées enfemble dans le cerveau, qu'il eft affez
rare qu'on imagine une chofe, fans le nom, ou le Signe qui lui
eft attaché.

Je me fers toujours du mot *imaginer,* parceque je crois,
que tout s'imagine, & que toutes les parties de l'Ame peuvent
être juftement réduites à la feule imagination, qui les forme
tou-

* *Il y a encore aujourd'hui des Peuples, qui faute d'un plus grand nombre de Signes, ne peuvent compter que jufqu' à 20.*

toutes; & qu'ainfi le jugement, le raifonnement, la mémoire
ne font que des parties de l'Ame nullement abfolües, mais de
véritables modifications de cette efpèce de *toile médullaire*, fur
laquelle les objets peints dans l'œil, font renvoïés, comme
d'une Lanterne magique.

MAIS fi tel eft ce merveilleux & incompréhenfible réfultat de l'Organifation du Cerveau; fi tout fe conçoit par l'imagination, fi tout s'explique par elle; pourquoi divifer le Principe fenfitif qui penfe dans l'Homme? N'eft-ce pas une contradiction manifefte dans les Partifans de la fimplicité de
l'efprit? Car une chofe qu'on divife, ne peut plus être fans
abfurdité, regardée comme indivifible. Voilà où conduit
l'abus des Langues, & l'ufage de ces grands Mots, *fpiritualité*,
immatérialité &c. placés à tout hafard, fans être entendus, même
par des gens d'Efprit.

RIEN de plus facile que de prouver un Syftème, fondé
comme celui-ci, fur le fentiment intime & l'expérience propre
de chaque individu. L'imagination, ou cette partie fantaftique
du cerveau, dont la nature nous eft auffi inconnue, que fa manière d'agir, eft-elle naturellement petite, ou foible? Elle aura
à peine la force de comparer l'Analogie, ou la reffemblance de
fes idées; elle ne pourra voir que ce qui fera vis-à-vis d'elle,
ou ce qui l'affectera le plus vivement; & encore de quelle manière! Mais toujours eft-il vrai que l'imagination feule aperçoit;
que c'eft elle qui fe repréfente tous les objets, avec les mots &
les figures qui les caractérifent; & qu'ainfi c'eft elle encore une
fois qui eft l'Ame, puifqu'elle en fait tous les Rôles. Par elle,
par fon pinceau flateur, le froid fquélette de la Raifon prend

E   des

des chairs vives & vermeilles; par elle les Sciences fleuriffent, les Arts s'embelliffent, les Bois parlent, les Echos foupirent, les Rochers pleurent, le Marbre refpire, tout prend vie parmi les corps inanimés. C'eft elle encore qui ajoute à la tendreffe d'un cœur amoureux, le piquant attrait de la volupté. Elle la fait germer dans le Cabinet du Philofophe, & du Pédant poudreux; elle forme enfin les Savans, comme les Orateurs & les Poëtes. Sotement décriée par les uns, vainement diftinguée par les autres, qui tous l'ont mal connuë, elle ne marche pas feulement à la fuite des Graces & des beaux Arts, elle ne peint pas feulement la Nature, elle peut auffi la mefurer. Elle raifonne, juge, pénètre, compare, approfondit. Pourroit-elle fi bien fentir les beautés des tableaux qui lui font tracés, fans en découvrir les rapports? Non; comme elle ne peut fe replier fur les plaifirs des fens, fans en goûter toute la perfection, ou la volupté, elle ne peut réfléchir fur ce qu'elle a mécaniquement conçû, fans être alors le jugement même.

PLUS on exerce l'imagination, ou le plus maigre Génie, plus il prend, pour ainfi dire, d'embonpoint; plus il s'agrandit, devient nerveux, robufte, vafte & capable de penfer. La meilleure Organifation a befoin de cet exercice.

L'ORGANISATION eft le premier mérite de l'Homme; c'eft en vain que tous les Auteurs de Morale ne mettent point au rang des qualités eftimables, celles qu'on tient de la Nature, mais feulement les talens qui s'acquièrent à force de réflexions & d'induftrie: car d'où nous vient, je vous prie, l'habileté, la Science & la vertu, fi ce n'eft d'une difpofition qui nous rend

pro-

propres à devenir habiles, favans & vertueux? Et d'où nous
vient encore cette difpofition, fi ce n'eft de la Nature? Nous
n'avons de qualités eftimables que par elle; nous lui devons
tout ce que nous fommes. Pourquoi donc n'eftimerois-je
pas autant ceux qui ont des qualités naturelles, que ceux qui
brillent par des vertus acquifes, & comme d'emprunt? Quel
que foit le mérite, de quelque endroit qu'il naiffe, il eft digne
d'eftime; il ne s'agit que de favoir la mefurer. L'Efprit, la
Beauté, les Richeffes, la Nobleffe, quoiqu'Enfans du Hazard,
ont tous leur prix, comme l'Adreffe, le Savoir, la Vertu &c.
Ceux que la Nature a comblés de fes dons les plus précieux,
doivent plaindre ceux à qui ils ont été refufés; mais ils peuvent fentir leur fupériorité fans orgueil, & en connoiffeurs. Une
belle Femme feroit auffi ridicule de fe trouver laide, qu'un
Homme d'Efprit, de fe croire un Sot. Une modeftie outrée
(défaut rare à la vérité) eft une forte d'ingratitude envers la
Nature. Une honnête fierté au contraire eft la marque d'une
Ame belle & grande, que décelent des traits mâles, moulés
comme par le fentiment.

Si l'organifation eft un mérite, & le premier mérite, &
la fource de tous les autres, l'inftruction eft le fecond. Le cerveau le mieux conftruit, fans elle, le feroit en pure perte; comme fans l'ufage du monde, l'Homme le mieux fait ne feroit
qu'un payfan groffier. Mais auffi quel feroit le fruit de la plus
excellente Ecole, fans une Matrice parfaitement ouverte à l'entrée, ou à la conception des idées? Il eft auffi impoffible de
donner une feule idée à un Homme, privé de tous les fens,
que de faire un Enfant à une Femme, à laquelle la Nature

auroit

auroit pouffé la diftraction jusqu'à oublier de faire une Vulve,
comme je l'ai vû dans une, qui n'avoit ni Fente, ni Vagin, ni
Matrice, & qui pour cette raifon fut démariée après dix ans de
mariage.

M AIS fi le cerveau eft à la fois bien organifé & bien inftruit, c'eft une terre féconde parfaitement enfemencée, qui
produit le centuple de ce qu'elle a reçu: ou, (pour quitter le
ftile figuré, fouvent néceffaire pour mieux exprimer ce qu'on
fent & donner des graces à la Vérité même,) l'imagination
élevée par l'art, à la belle & rare dignité de Génie, faifit exactement tous les rapports des idées qu'elle a conçües, embraffe
avec facilité une foule étonnante d'objets, pour en tirer enfin
une longue chaîne de conféquences, lefquelles ne font encore
que de nouveaux rapports, enfantés par la comparaifon des
premiers, auxquels l'Ame trouve une parfaite reffemblance.
Telle eft, felon moi, la génération de l'Efprit. Je dis *trouve*,
comme j'ai donné ci-devant l'Epithète *d'Apparente*, à la fimilitude des objets: Non que je penfe que nos fens foient toujours trompeurs, comme l'a prétendu le Père Mallebranche, ou
que nos yeux naturellement un peu ivres ne voient pas les objets, tels qu'ils font en eux mêmes, quoique les Microscopes
nous le prouvent tous les jours; mais pour n'avoir aucune
difpute avec les Pyrrhoniens, parmi lefquels Bayle s'eft diftingué.

Je dis de la Vérité en général ce que Mr. de Fontenelle
dit de certaines en particulier, qu'il faut la facrifier aux agré-
mens de la Société. Il eft de la douceur de mon caractère,
d'ob-

d'obvier à toute dispute, lorsqu'il ne s'agit pas d'aiguiser la conversation. Les Cartésiens viendroient ici vainement à la charge avec leurs *idées innées*; je ne me donnerois certainement pas le quart de la peine qu'à prise Mr. Locke pour attaquer de telles chimères. Quelle utilité en effet de faire un gros Livre, pour prouver une doctrine qui étoit érigée en axiome, il y a trois mille ans?

Suivant les Principes que nous avons posés, & que nous croions vrais, celui qui a le plus d'imagination doit être regardé, comme aiant le plus d'esprit, ou de génie, car tous ces mots sont synonimes; & encore une fois c'est par un abus honteux qu'on croit dire des choses différentes, lorsqu'on ne dit que différens mots ou différens sons, auxquels on n'a attaché aucune idée, ou distinction réelle.

La plus belle, la plus grande, ou la plus forte imagination, est donc la plus propre aux Sciences, comme aux Arts. Je ne décide point s'il faut plus d'esprit pour exceller dans l'Art des Aristotes, ou des Descartes, que dans celui des Euripides, ou des Sophocles; & si la Nature s'est mise en plus grands frais, pour faire Newton, que pour former Corneille, (ce dont je doute fort;) mais il est certain que c'est là seule imagination diversement appliquée, qui a fait leur différent triomphe & leur gloire immortelle.

Si quelqu'un passe pour avoir peu de jugement, avec beaucoup d'imagination; cela veut dire que l'imagination trop abandonnée à elle même, presque toujours comme occupée à se regarder dans le miroir de ses sensations, n'a pas assez con-

E 3   tracté

tracté l'habitude de les examiner elles-mêmes avec attention; plus profondément pénetrée des traces, ou des images, que de leur vérité ou de leur reffemblance.

Il eft vrai que telle eft la vivacité des refforts de l'imagination, que fi l'attention, cette clé ou mère des Sçiences, ne s'en mêle, il ne lui eft guères permis que de parcourir & d'effleurer les objets.

Voiez cet Oifeau fur la branche, il femble toujours prêt à s'envoler; l'imagination eft de même.   Toujours emportée par le tourbillon du fang & des Efprits; une onde fait une trace, effacée par celle qui fuit; l'Ame court après, fouvent en vain: Il faut qu'elle s'attende à regretter ce qu'elle n'a pas affez vîte faifi & fixé: & c'eft ainfi que l'imagination, véritable Image du tems, fe détruit & fe renouvelle fans ceffe.

Tel eft le cahos & la fucceffion continuelle & rapide de nos idées; elles fe chaffent, comme un flot pouffe l'autre; de forte que fi l'imagination n'emploie, pour ainfi dire, une partie des fes muscles, pour être comme en équilibre fur les cordes du cerveau, pour fe foutenir quelque tems fur un objet qui va fuir, & s'empêcher de tomber fur un autre, qu'il n'eft pas encore tems de contempler; jamais elle ne fera digne du beau nom de jugement.   Elle exprimera vivement ce qu'elle aura fenti de même; elle formera les Orateurs, les Muficiens, les Peintres, les Poëtes, & jamais un feul Philofophe.   Au contraire fi dès l'enfance on acoutume l'imagination à fe brider elle-même; à ne point fe laiffer emporter à fa propre impétuofité, qui ne fait que de brillans Entoufiaftes; à arrêter, conte-

nir

nir ſes idées, à les retourner dans tous les ſens, pour voir toutes les faces d'un objet: alors l'imagination prompte à juger,
embraſſera par le raiſonnement, la plus grande Sphère d'objets, & ſa vivacité, toujours de ſi bon augure dans les Enfans,
& qu'il ne s'agit que de regler par l'étude & l'exercice, ne ſera
plus qu'une pénétration clairvoiante, ſans laquelle on fait peu
de progrès dans les Sciences.

Tels ſont les ſimples fondemens ſur leſquels a été bati
l'édifice de la Logique. La Nature les avoit jettés pour tout
le Genre Humain; mais les uns en ont profité, les autres en
ont abuſé.

Malgré toutes ces prérogatives de l'Homme ſur les
Animaux, c'eſt lui faire honneur que de le ranger dans la même
claſſe. Il eſt vrai que juſqu'à un certain age, il eſt plus animal
qu'eux, parce qu'il apporte moins d'inſtinct en naiſſant.

Quel eſt l'Animal qui mourroit de faim au milieu d'une
Rivière de Lait? L'Homme ſeul. Semblable à ce vieux Enfant dont un Moderne parle d'après Arnobe; il ne connoît ni
les alimens qui lui ſont propres, ni l'eau qui peut le noyer, ni
le feu qui peut le réduire en poudre. Faites briller pour la
première fois la lumière d'une bougie aux yeux d'un Enfant, il
y portera machinalement le doigt, comme pour ſavoir quel
eſt le nouveau Phénomène qu'il aperçoit; c'eſt à ſes dépens
qu'il en connoîtra le danger, mais il n'y ſera pas repris.

Mettez-le encore avec un Animal ſur le bord d'un
précipice: lui ſeul y tombera; il ſe noye, où l'autre ſe ſauve
à la nage. A quatorze, ou quinze ans, il entrevoit à peine les
grands

grands plaifirs qui l'attendent dans la reproduction de fon efpèce; déjà adolefcent, il ne fait pas trop comment s'y prendre
dans un jeu, que la Nature apprend fi vite aux Animaux: il fe
cache, comme s'il étoit honteux d'avoir du plaifir & d'être fait
pour être heureux, tandis que les Animaux fe font gloire d'être
Cyniques. Sans éducation, ils font fans préjugés. Mais voions
encore ce Chien & cet Enfant qui ont tous deux perdu leur
Maître dans un grand chemin : l'Enfant pleure, il ne fait à quel
Saint fe voüer; le Chien mieux fervi par fon odorat, que l'autre par fa raifon, l'aura bien-tôt trouvé.

La Nature nous avoit donc faits pour être au deffous
des Animaux, ou du moins pour faire par là même mieux
éclater les prodiges de l'Education, qui feule nous tire du
niveau & nous élève enfin au-deffus d'eux. Mais accordera-
t-on la même diftinction aux Sourds, aux Aveugles nés, aux
Imbéciles, aux Fous, aux Hommes Sauvages, ou qui ont été
élevés dans les Bois avec les Bêtes; à ceux dont l'affection
hypocondriaque a perdu l'imagination, enfin à toutes ces Bêtes à figure humaine, qui ne montrent que l'inftinct le plus
groffier? Non, tous ces Hommes de corps, & non d'efprit,
ne méritent pas une claffe particulière.

Nous n'avons pas deffein de nous diffimuler les objections qu'on peut faire en faveur de la diftinction primitive de
l'Homme & des Animaux, contre notre fentiment. Il y a,
dit-on, dans l'Homme une Loi naturelle, une connoiffance du
bien & du mal, qui n'a pas été gravée dans le cœur des Animaux.

Mais

Mais cette Objection, ou plutôt cette assertion est-elle fondée sur l'expérience, sans laquelle un Philosophe peut tout rejetter? En avons-nous quelqu'une qui nous convainque que l'Homme seul a été éclairé d'un raïon refusé à tous les autres Animaux? S'il n'y en a point, nous ne pouvons pas plus connoître par elle ce qui se passe dans eux, & même dans les Hommes, que ne pas sentir ce qui affecte l'intérieur de notre Etre. Nous savons que nous pensons, & que nous avons des remords; un sentiment intime ne nous force que trop d'en convenir; mais pour juger des remords d'autrui, ce sentiment qui est dans nous est insuffisant: c'est pourquoi il en faut croire les autres Hommes sur leur parole, ou sur les signes sensibles & extérieurs que nous avons remarqués en nous-mêmes, lorsque nous éprouvions la même conscience & les mêmes tourmens.

Mais pour décider si les Animaux qui ne parlent point, ont reçu la Loi Naturelle, il faut s'en raporter conséquemment à ces signes dont je viens de parler, supposé qu'ils existent. Les faits semblent le prouver. Le Chien qui a mordu son Maître qui l'agaçoit, a paru s'en repentir le moment suivant; on l'a vû triste, fâché, n'osant se montrer, & s'avouer coupable par un air rampant & humilié. L'Histoire nous offre un exemple célèbre d'un Lion qui ne voulut pas déchirer un Homme abandonné à sa fureur, parce qu'il le reconnut pour son Bienfaicteur. Qu'il seroit à souhaiter que l'Homme même montrât toujours la même reconnoissance pour les Bienfaits, & le même respect pour l'humanité! On n'auroit plus à craindre les Ingrats, ni ces Guerres qui sont le fléau du Genre Humain & les vrais Bourreaux de la Loi Naturelle.

F

MAIS

Mais un Etre à qui la Nature a donné un inftinct fi précoce, fi éclairé, qui juge, combine, raifonne & délibère, autant que s'étend & lui permet la Sphère de fon activité: un
Etre qui s'attache par les Bienfaits, qui fe détache par les mauvais traitemens, & va effaier un meilleur Maître; un Etre d'une
ftructure femblable à la nôtre, qui fait les mêmes opérations,
qui a les mêmes paffions, les mêmes douleurs, les mêmes plaifirs, plus ou moins vifs, fuivant l'empire de l'imagination & la
délicateffe des nerfs; un tel Etre enfin ne montre-t-il pas clairement qu'il fent fes torts & les nôtres; qu'il connoît le bien
& le mal, & en un mot a confcience de ce qu'il fait? Son Ame
qui marque comme la nôtre, les mêmes joies, les mêmes mor-
tifications, les mêmes déconcertemens, feroit-elle fans aucune
répugnance, à la vuë de fon femblable déchiré, ou après l'avoir
lui-même impitoiablement mis en pièces? Cela pofé, le don
précieux dont-il s'agit, n'auroit point été refufé aux Animaux;
car puifqu'ils nous offrent des Signes évidens de leur repentir,
comme de leur intelligence, qu'y a-t-il d'abfurde à penfer que
des Etres, des Machines prefque auffi parfaites que nous, foient
comme nous, faites pour penfer, & pour fentir la Nature?

Qu'on ne m'objecte point que les Animaux font pour
la plûpart des Etres féroces, qui ne font pas capables de fentir
les maux qu'ils font; car tous les Hommes diftinguent-ils
mieux les vices & les vertus? Il eft dans notre Efpèce de la
férocité, comme dans la leur. Les Hommes qui font dans la
barbare habitude d'enfreindre la Loi Naturelle, n'en font pas
fi tourmentés; que ceux qui la transgreffent pour la première
fois.

fois, & que la force de l'exemple n'a point endurcis. Il en est de même des Animaux, comme des Hommes. Les uns & les autres peuvent être plus ou moins féroces par tempérament, & ils le deviennent encore plus avec ceux qui le sont. Mais un Animal doux, pacifique, qui vit avec d'autres Animaux semblables, & d'alimens doux, sera ennemi du sang & du carnage; il rougira intérieurement de l'avoir versé; avec cette différence peut-être, que comme chez eux tout est immolé aux besoins, aux plaisirs, & aux commodités de la vie, dont ils jouissent plus que nous, leurs remords ne semblent pas devoir être si vifs que les nôtres, parce que nous ne sommes pas dans la même nécessité qu'eux. La coutume émousse, & peut-être étouffe les remords, comme les plaisirs.

Mais je veux pour un moment supposer que je me trompe, & qu'il n'est pas juste que presque tout l'Univers ait tort à ce sujet, tandis que j'aurois seul raison; j'accorde que les Animaux, même les plus excellens, ne connoissent pas la distinction du bien & du mal moral, qu'ils n'ont aucune mémoire des attentions qu'on a euës pour eux, du bien qu'on leur a fait, aucun sentiment de leurs propres vertus; que ce Lion, par exemple, dont j'ai parlé après tant d'autres, ne se souvienne pas de n'avoir pas voulu ravir la vie à cet Homme qui fut livré à sa furie, dans un Spectacle plus inhumain que tous les Lions, les Tigres & les Ours; tandis que nos Compatriotes se battent, Suisses contre Suisses, Frères contre Frères, se reconnoissent, s'enchaînent, ou se tuënt sans remords, parce qu'un Prince paie leurs meurtres; je suppose enfin que la Loi naturelle n'ait

pas

pas été donnée aux Animaux, quelles en feront les conféquences? L'Homme n'eſt pas pétri d'un Limon plus précieux; la Nature n'a emploié qu'une ſeule & même pâte, dont elle a ſeulement varié les levains. Si donc l'Animal ne ſe repent pas d'avoir violé le ſentiment interieur dont je parle, ou plutôt s'il en eſt abſolument privé, il faut néceſſairement que l'Homme ſoit dans le même cas: moiennant quoi adieu la Loi Naturelle, & tous ces beaux Traités qu'on a publiés ſur elle! Tout le Régne Animal en ſeroit généralement dépourvû. Mais réciproquement ſi l'Homme ne peut ſe diſpenſer de convenir qu'il diſtingue toujours, lorſque la ſanté le laiſſe joüir de lui-même, ceux qui ont de la probité, de l'humanité, de la vertu, de ceux qui ne ſoit ni humains, ni vertueux, ni honnêtes gens; qu'il eſt facile de diſtinguer ce qui eſt vice, ou vertu, par l'unique plaiſir, ou la propre répugnance, qui en ſont comme les effets naturels, il s'enſuit que les Animaux formés de la même matière, à laquelle il n'a peut-être manqué qu'un dégré de fermentation, pour égaler les Hommes en tout, doivent participer aux mêmes prérogatives de l'Animalité, & qu'ainſi il n'eſt point d'Ame, ou de ſubſtance ſenſitive, ſans remords. La Rélléxion ſuivante va fortifier celles-ci.

On ne peut détruire la Loi Naturelle. L'Empreinte en eſt ſi forte dans tous les Animaux, que je ne doute nullement que les plus ſauvages & les plus féroces n'aient quelques momens de repentir. Je crois que la Fille-Sauvage de Châlons en Champagne aura porté la peine de ſon crime, s'il eſt vrai qu'elle ait mangé ſa ſœur. Je penſe la même choſe de tous ceux qui commettent des crimes, même involontaires, ou de tempérament:

rament : de Gaston d'Orléans qui ne pouvoit s'empêcher de
voler ; de certaine femme qui fut sujette au même vice dans
la grossesse, & dont ses enfans héritèrent : de celle qui dans
le même Etat, mangea son mari ; de cette autre qui égorgeoit
les enfans, saloit leurs corps, & en mangeoit tous les jours
comme du petit salé : de cette fille de Voleur Antropophage,
qui la devint à 12 ans, quoiqu'aiant perdu Père & Mère à l'age
d'un an, elle eut été elevée par d'honnêtes gens, pour ne rien
dire de tant d'autres exemples dont nos observateurs sont remplis ; & qui prouvent tous qu'il est mille vices & vertus héré-
ditaires, qui passent des parens aux enfans, comme ceux de la
Nourice, à ceux qu'elle allaite. Je dis donc & j'accorde que
ces malheureux ne sentent pas pour la plupart sur le champ
l'énormité de leur action. La *Boulymie*, par exemple, ou la
faim canine peut éteindre tout sentiment ; c'est une manie
d'estomac qu'on est forcé de satisfaire. Mais revenues à elles-
mêmes, & comme désenivrées, quels remords pour ces femmes qui se rappellent le meurtre qu'elles ont commis dans ce
qu'elles avoient de plus cher ! quelle punition d'un mal invo-
lontaire, auquel elles n'ont pû résister, dont elles n'ont eu aucune conscience ! Cependant ce n'est point assez apparemment
pour les Juges. Parmi les femmes dont je parle, l'une fut
roüeé, & brulée, l'autre enterrée vive. Je sens tout ce que
démande l'intérêt de la societé. Mais il seroit sans doute
à souhaiter qu'il n'y eut pour Juges, que d'excellens Medecins.
Eux seuls pourroient distinguer le criminel innocent, du coupable. Si la raison est esclave d'un sens dépravé, ou en fureur,
comment peut-elle le gouverner?

MAIS

Mais si le crime porte avec soi sa propre punition plus ou moins cruelle; si la plus longue & la plus barbare habitude ne peut tout à-fait arracher le repentir des cœurs les plus inhumains; s'ils sont déchirés par la mémoire même de leurs actions, pourquoi effraier l'imagination des esprits foibles par un Enfer, par des spectres, & des précipices de feu, moins réels encore que ceux de Pascal * ? Qu'est-il besoin de recourir à des fables, comme un Pape de bonne foi l'a dit lui-même, pour tourmenter les malheureux mêmes qu'on fait perir, parce qu'on ne les trouve pas assez punis par leur propre conscience, qui est leur premier Bourreau? Ce n'est pas que je veüille dire que tous les criminels soient injustement punis; je prétens seulement que ceux dont la volonté est dépravée, & la conscience éteinte, le sont assez par leurs remords, quand ils reviennent à eux-mêmes; remords, j'ose encore le dire, dont la Nature auroit dû en ce cas, ce me semble, délivrer des malheureux entrainés par une fatale nécessité.

Les Criminels, les Méchans, les Ingrats, ceux enfin qui ne sentent pas la Nature, Tyrans malheureux & indignes du jour, ont beau se faire un cruel plaisir de leur Barbarie, il est des momens calmes & de réfléxion, où la Conscience vengeresse s'élève, dépose contr'eux, & les condamne à être presque

que

---

* Dans un cercle, ou à table, il lui falloit toujours un rempart de Chaises, ou quelqu'un dans son voisinage du coté gauche, pour l'empêcher de voir des Abimes épouvantables dans lesquels il craignoit quelquefois de tomber, quelque connoissance qu'il eut de ces illusions. Quel effraiant effet de l'Imagination, ou d'une singulière circulation dans un Lobe du cerveau! Grand Homme d'un coté, il étoit à moitié fou de l'autre. La folie & la sagesse avoient chacun leur département, ou leur Lobe, séparé par la faux. De quel coté tenoit-il si fort à Mrs. de Port-Roial?

que fans ceffe déchirés de fes propres mains. Qui tourmente les Hommes, eft tourmenté par lui-même; & les maux qu'il fentira, feront la jufte mefure de ceux qu'il aura faits.

D'un autre côté, il y a tant de plaifir à faire du bien, à fentir, à reconnoître celui qu'on reçoit, tant de contentement à pratiquer la vertu, à être doux, humain, tendre, charitable, compatiffant & généreux, (ce feul mot renferme toutes les vertus), que je tiens pour affez puni, quiconque a le malheur de n'être pas né Vertueux.

Nous n'avons pas originairement été faits pour être Savans ; c'eft peut-être par une efpèce d'abus de nos facultés organiques, que nous le fommes devenus; & cela à la charge de l'Etat, qui nourrit une multitude de Fainéans, que la vanité a decorés du nom de *Philofophes*. La Nature nous a tous créés uniquement ponr être heureux ; ouï tous, depuis le ver qui rampe, jufqu'à l'Aigle qui fe perd dans la Nuë. C'eft pourquoi elle a donné à tous les Animaux quelque portion de la Loi naturelle, portion plus ou moins exquife, felon que le comportent les Organes bien conditionnés de chaque Animal.

A PRESENT comment définirons-nous la Loi naturelle? C'eft un fentiment, qui nous aprend ce que nous ne devons pas faire, par ce que nous ne voudrions pas qu'on nous fît. Oferois-je ajouter à cette idée commune, qu'il me femble que ce fentiment n'eft qu'une efpèce de crainte, ou de fraieur, auffi falutaire à l'efpèce, qu'à l'individu ; car peut-être ne refpectons nous la bourfe & la vie des autres, que pour nous conferver nos Biens, notre honneur & nous-mêmes; femblables à ces

Ivi-

Ixions du Christianisme, qui n'aiment Dieu & n'embraffent tant de chimériques vertus, que parce qu'ils craignent l'Enfer.

Vous voiez que la Loi naturelle n'eft qu'un fentiment intime, qui appartient encore à l'imagination, comme tous les autres, parmi lesquels on compte la penfée. Par confé-quent elle ne fupofe évidemment ni éducation, ni révélation, ni Légiflateur, à moins qu'on ne veüille la confondre avec les Loix Civiles, à la maniere ridicule des Théologiens.

Les armes du Fanatifme peuvent détruire ceux qui fou-tiennent ces vérités; mais elles ne détruiront jamais ces véri-tés mêmes.

Ce n'eft pas que je révoque en doute l'exiftence d'un Etre fuprême; il me femble au contraire que le plus grand de-gré de Probabilité eft pour elle: mais comme cette exiftence ne prouve pas plus la néceffité d'un culte, que toute autre, c'eft une vérité théorique, qui n'eft guères d'ufage dans la Pra-tique: de forte que, comme on peut dire d'après tant d'expé-riences, que la Religion ne fuppofe pas l'exacte probité, les mêmes raifons autorifent à penfer que l'Atheïfme ne l'exclut pas.

Qui fait d'ailleurs fi la raifon de l'Exiftence de l'Homme, ne feroit pas dans fon exiftence même? Peut-être a-t-il été jetté au hazard fur un point de la furface de la Terre, fans qu'on puiffe favoir ni comment, ni pourquoi; mais feulement qu'il doit vivre & mourir; femblable à ces champignons, qui paroiffent d'un jour à l'autre, ou à ces fleurs qui bordent les foffés & couvrent les murailles.

Ne

Ne nous perdons point dans l'infini, nous ne sommes pas faits pour en avoir la moindre idée; il nous est absolument impossible de remonter à l'origine des choses. Il est égal d'ailleurs pour notre repos, que la matière soit éternelle, ou qu'elle ait été créée; qu'il y ait un Dieu, ou qu'il n'y en ait pas. Quelle folie de tant se tourmenter pour ce qu'il est impossible de connoître, & ce qui ne nous rendroit pas plus heureux, quand nous en viendrions à bout.

Mais, dit on, lisez tous les ouvrages des Fénelons, des Nieuwentits, des Abadies, des Derhams, des Raïs &c. Eh bien! que m'apprendront-ils? ou plutôt que m'ont-ils appris? Ce ne font que d'ennuieufes répétitions d'Ecrivains zélés, dont l'un n'ajoute à l'autre qu'un verbiage, plus propre à fortifier, qu'à saper les fondemens de l'Athéisme. Le volume des preuves qu'on tire du spectacle de la nature, ne leur donne pas plus de force. La structure seule d'un doit, d'une oreille, d'un œil, *une observation de Malpighi*, prouve tout, & sans doute beaucoup mieux que *Descartes & Mallebranche*; ou tout le reste ne prouve rien. Les Déistes, & les Chrétiens mêmes devroient donc se contenter de faire observer que dans tout le Régne Animal, les mêmes vües sont exécutées par une infinité de divers moiens, tous cependant exactement géométriques. Car de quelles plus fortes Armes pourroit-on terrasser les Athées? Il est vrai que si ma raison ne me trompe pas, l'Homme, & tout l'Univers semblent avoir été destinés à cette unité de vües. Le Soleil, l'Air, l'Eau, l'Organisation, la forme des corps, tout est arrangé dans l'œil, comme dans un miroir qui présente fidélement à l'imagination les objets qui y sont peints, suivant

G

les

les loix qu' exige cette infinie variété de corps qui servent à la vision. Dans l'oreille, nous trouvons partout une diversité frappante, sans que cette diverse fabrique de l'Homme, des Animaux, des Oiseaux, des Poissons, produise differens usages. Toutes les oreilles sont si mathématiquement faites, qu'elle tendent également au seul & même but, qui est d'entendre. Le Hazard, demande le Déiste, seroit-il donc assez grand Géometre, pour varier ainsi à son gré les ouvrages dont on le suppose Auteur, sans que tant de diversité pût l'empêcher d'atteindre la même fin. Il objecte encore ces parties evidemment contenües dans l'Animal pour de futurs usages; le Papillon dans la Chenille; l'Homme dans le Ver spermatique; un Polype entier dans chacune de ses parties; la valvule du trou ovale, le Poumon dans le fetus; les dens dans leurs Alvéoles; les os dans les fluides, qui s'en détachent & se durcissent d'une manière incompréhensible. Et comme les Partisans de ce système, loin de rien négliger pour le faire valoir, ne se lassent jamais d'accumuler preuves sur preuves, ils veulent profiter de tout, & de la foiblesse même de l'Esprit en certains cas. Voiez, disent-ils, les Spinosa, les Vanini, les Desbarreaux, les Boindins, Apôtres qui font plus d'honneur, que de tort au Déisme! La durée de la santé de ces derniers a été la mesure de leur incrédulité: & il est rare en effet, ajoutent-ils, qu'on n'abjure pas l'Athéisme, dès que les passions se sont affoiblies avec le corps qui en est l'instrument.

Voilà certainement tout ce qu'on peut dit de plus favorable à l'existence d'un Dieu, quoique le dernier argument soit frivole, en ce que ces conversions sont courtes, l'Esprit

repre-

reprenant presque toujours ſes anciennes opinions, & ſe con-
duiſant en conſéquence, dès qu'il a recouvré, ou plutôt retrou-
vé ſes forces dans celles du corps. En voilà du moins beaucoup plus que n'en dit le Medecin *Diderot*, dans ſes *Penſées Phi-*
loſophiques, ſublime ouvrage qui ne convaincra pas un Athée.
Que répondre en effet à un Homme qui dit? „Nous ne con-
„noiſſons point la Nature: Des cauſes cachées dans ſon ſein
„pourroient avoir tout produit. Voiez à votre tour le Polype
„de Trembley! Ne contient il pas en ſoi les cauſes qui don-
„nent lieu à ſa régénération? Quelle abſurdité y auroit-il donc
„à penſer qu'il eſt des cauſes phyſiques pour lesquelles tout
„a été fait, & auxquelles toute la chaine de ce vaſte Univers
„eſt ſi néceſſairement liée & aſſujettie, que rien de ce qui arrive,
„ne pouvoit ne pas arriver; des cauſes dont l'ignorance
„abſolument invincible nous a fait recourir à un Dieu, qui
„n'eſt pas même un *Etre de Raiſon*, ſuivant certains? Ainſi
„détruire le Hazard, ce n'eſt pas prouver l'exiſtence d'un Etre
„ſuprême, puisqu'il peut y avoir autre choſe qui ne ſeroit ni
„Hazard, ni Dieu; je veux dire la Nature, dont l'etude par
„conſéquent ne peut faire que des incrédules; comme le
„prouve la façon de penſer de tous ſes plus heureux ſcrutateurs.

LE *poids de l'Univers*, n'ébranle donc pas un véritable
Athée, loin de *l'écraſer*; & tous ces indices mille & mille fois
rebattus d'un Créateur, indices qu'on met fort au-deſſus de la
façon de penſer dans nos ſemblables, ne ſont évidens, quelque
loin qu'on pouſſe cet argument, que pour les Anti-pirrhoniens,
ou pour ceux qui ont aſſés de confiance dans leur raiſon, pour
croire pouvoir juger ſur certaines apparences, auxquelles, com-

me

me vous voiez, les Athées peuvent en oppofer d'autres peut-
être auffi fortes,& abfolument contraires. Car fi nous écoutons encore les Naturaliftes; ils nous diront que les mêmes
caufes qui, dans les mains d'un Chimifte, & par le Hazard de divers mêlanges, ont fait le premier miroir, dans celles de la Nature ont fait l'eau pure, qui en fert à la fimple Bergère: que le
mouvement qui conferve le monde, a pu le créer; que chaque
corps a pris la place que fa Nature lui a affignée; que l'air a dû
entourer la terre, par la même raifon que le Fer & les autres Métaux font l'ouvrage de fes entrailles; que le Soleil eft une production auffi naturelle, que celle de l'Electricité; qu'il n'a pas
plus été fait pour échaufer la Terre, & tous fes Habitans, qu'il
brule quelquefois, que la pluie pour faire pouffer les grains,
qu'elle gâte fouvent; que le miroir & l'eau n'ont pas plus été
faits pour qu'on pût s'y regarder, que tous les corps polis qui
ont la même propriété: que l'œil eft à la vérité une efpèce de
Trumeau dans lequel l'Ame peut contempler l'image des objets, tels qu'ils lui font reprefentés par ces corps; mais qu'il
n'eft pas démontré que cet organe ait été réellement fait exprès
pour cette contemplation, ni exprès placé dans l'orbite: qu'enfin il fe pourroit bien faire que Lucréce, le Medecin Lamy,&
tous les Epicuriens anciens & modernes, euffent raifon, lorfqu'ils avancent que l'œil ne voit que par ce qu'il fe trouve organifé, & placé comme il l'eft; que, pofées une fois les mêmes
régles de mouvement que fuit la Nature dans la génération &
le dévelopement des corps, il n'etoit pas poffible que ce merveilleux organe fut organifé & placé autrement.

TEL eft le pour & le contre, & l'abrégé des grandes raifons

fons qui partageront éternellement les Philofophes : je ne prens aucun parti.

Non noſtrum inter vos tantas componere lites.

C'eſt ce que je difois à un François de mes amis, auſſi franc Pirrhonien que moi, Homme de beaucoup de mérite, & digne d'un meilleur fort. Il me fit à ce fujet une réponſe fort ſingulière. Il eſt vrai, me dit-il, que le pour & le contre ne doit point inquiéter l'Ame d'un Philofophe, qui voit que rien n'eſt démontré avec aſſez de clarté pour forcer ſon confentement, & même que les idées indicatives qui s'offrent d'un coté, font auſſitôt détruites par celles qui ſe montrent de l'autre. Cependant, reprit-il, l'Univers ne fera jamais heureux, à moins qu'il ne ſoit Athée. Voici quelles étoient les raiſons de cet *abominable* Homme. Si l'Athéiſme, difoit-il, étoit généralement répandu, toutes le branches de la Réligion ſeroient alors détruites & coupées par la racine. Plus de guerres théologiques ; plus de ſoldats de Réligion ; ſoldats terribles ! la Nature infectée d'un poiſon ſacré, reprendroit ſes droits & la pureté. Sourds à toute autre voix, les Mortels tranquilles ne ſuivroient que les conſeils ſpontanés de leur propre individu ; les ſeuls qu'on ne mépriſe point impunément, & qui peuvent ſeuls nous conduire au bonheur par les agréables ſentiers de la vertu.

Telle eſt la Loi Naturelle ; quiconque en eſt rigide obſervateur, eſt honnête Homme, & mérite la confiance de tout le genre humain. Quiconque ne la ſuit pas ſcrupuleuſement, a beau affecter les ſpecieux dehors d'une autre Réligion, c'eſt un fourbe, ou un Hippocrite dont je me défie.

Aprés cela qu'un vain Peuple pense différemment; qu'il
ose affirmer qu'il y va de la probité même, à ne pas croire la
Révélation; qu'il faut en un mot une autre Religion, que celle
de la Nature, quelle qu'elle soit! quelle misere! quelle pitié!
& la bonne opinion que chacun nous donne de celle qu'il a em-
braſſée! Nous ne briguons point ici le ſuffrage du vulgaire.
Qui dreſſe dans ſon cœur des Autels à la Superſtition, eſt né
pour adorer des Idoles, & non pour ſentir la Vertu.

Mais puis que toutes les facultés de l'Ame dépendent
tellement de la propre Organiſation du Cerveau & de tout le
Corps, qu'elles ne ſont viſiblement que cette Organiſation même; voilà une Machine bien éclairée! Car enfin quand l'Homme ſeul auroit reçu en partage la Loi Naturelle, en ſeroit-il
moins une Machine? Des Roües, quelques reſſorts de plus
que dans les Animaux les plus parfaits, le cerveau proportionnellement plus proche du cœur, & recevant auſſi plus de ſang,
la même raiſon donnée; que fais-je enfin? des cauſes inconnües, produiroient toujours cette conſcience délicate, ſi facile
à bleſſer, ces remords que ne ſont pas plus étrangers à la matière, que la penſée, & en un mot toute la différence qu'on
ſuppoſe ici. L'organiſation ſuffiroit-elle donc à tout? Oüi, encore une fois. Puiſque la penſée ſe développe viſiblement
avec les organes, pourquoi la matière dont ils ſont faits, ne
ſeroit-elle pas auſſi ſuſceptible de remords, quand une fois elle
a acquis avec le tems la faculté de ſentir?

L'Ame n'eſt donc qu'un vain terme dont on n'a point
d'idée, & dont un bon Eſprit ne doit ſe ſervir que pour nommer la partie qui penſe en nous. Poſé le moindre principe
                                                              de

de mouvement, les corps animés auront tout ce qu'il leur faut pour se mouvoir, sentir, penser, se repentir, & se conduire en un mot dans le Physique, & dans le Moral qui en dépend.

Nous ne supposons rien; ceux qui croiroient que toutes les difficultés ne seroient pas encore levées, vont trouver des expériences, qui acheveront de les satisfaire.

1. TOUTES les chairs des Animaux palpitent après la mort, d'autant plus long-tems, que l'Animal est plus froid & transpire moins. Les Tortues, les Lézards, les Serpens &c. en font foi.

2. LES muscles séparés du corps, se retirent, lorsqu'on les pique.

3. LES entrailles conservent long-tems leur mouvement péristaltique, ou vermiculaire.

4. UNE simple injection d'eau chaude ranime le cœur & les muscles, suivant Cowper.

5. LE cœur de la Grenouille, surtout exposé au Soleil, encore mieux sur une table, ou une assiette chaude, se remue pendant une heure & plus, après avoir été arraché du corps. Le mouvement semble-t-il perdu sans ressource? Il n'y a qu'à piquer le cœur, & ce muscle creux bat encore. Harvey a fait la même observation sur les Crapaux.

6. LE Chancelier Bacon, Auteur du premier ordre, parle, dans son *Histoire de la vie & de la mort*, d'un homme convaincu de trahison qu'on ouvrit vivant, pour en arracher le cœur & le jetter au feu: ce muscle sauta d'abord à la hauteur perpendicu-

diculaire d'un pié & demi; mais enfuite perdant fes forces, à chaque reprife, toujours moins haut, pendant 7 ou 8 minutes.

7. PRENEZ un petit Poulet encore dans l'œuf; arrachez lui le cœur; vous obferverez les mêmes Phénomènes, avec à peu près les mêmes circonftances. La feule chaleur de l'haleine ranime un Animal prêt à périr dans la Machine Pneumatique.

LES mêmes Expériences que nous devons à Boyle & à Sténon, fe font dans les Pigeons, dans les Chiens, dans les Lapins, dont les morceaux de cœur fe remüent, comme les Cœurs entiers. On voit le même mouvement dans les pattes de Taupe arrachées.

8. LA Chenille, les Vers, l'Araignée, la Mouche, l'Anguille, offrent les mêmes chofes à confiderer; & le mouvement des parties coupées augmente dans l'eau chaude, à caufe du feu qu'elle contient.

9. UN Soldat yvre emporta d'un coup de fabre la tête d'un Coq d'Inde. Cet Animal refta debout, enfuite il marcha, courut; venant à rencontrer une muraille, il fe tourna, battit des ailes, en continuant de courir, & tomba enfin. Etendu par terre, tous les muscles de ce Coq fe remuoient encore. Voilà ce que j'ai vu, & il eft facile de voir à peu près ces phénomènes dans les petits chats, ou chiens, dont on a coupé la tête.

10. LES Polypes font plus que de fe mouvoir, après la Section; ils fe reproduifent dans huit jours en autant d'Animaux

maux, qu'il y a de parties coupées. J'en fuis fâché pour le fy-
flème des Naturaliftes fur la génération, ou plutôt j'en fuis bien
aife ; car que cette découverte nous apprend bien à ne jamais
rien conclurre de géneral, même de toutes les Expériences connües, & les plus décifives !

Voilà beaucoup plus de faits qu'il n'en faut, pour prouver d'une manière inconteftable que chaque petite fibre, ou
partie des corps organifés, fe meut par un principe qui lui eft
propre, & dont l'action ne dépend point des nerfs, comme les
mouvemens volontaires ; puifque les mouvemens en queftion
s'exercent, fans que les parties qui les manifeftent, aient aucun
commerce avec la circulation. Or fi cette force fe fait remarquer jusques dans des morceaux de fibres, le cœur, qui eft un
compofé de fibres fingulièrement entrelacées, doit avoir la même proprieté. L'Hiftoire de Bacon n'étoit pas néceffaire
pour me le perfuader. Il m'étoit facile d'en juger, & par la
parfaite Analogie de la ftructure du Cœur de l'Homme & des
Animaux; & par la maffe même du premier, dans laquelle ce
mouvement ne fe cache aux yeux, que parce qu'il y eft étouf-
fé, & enfin parce que tout eft froid & affaiffé dans les cadavres.
Si les diffections fe faifoient fur des Criminels fuppliciés, dont
les corps font encore chauds, on verroit dans leur cœur les
mêmes mouvemens, qu'on obferve dans les muscles du vifage
des gens décapités.

Tel eft ce principe moteur des Corps entiers, ou des
parties coupées en morceaux, qu'il produit des mouvemens
non déreglés, comme on l'a cru, mais très réguliers, & cela,

H

tant

tant dans les Animaux chauds & parfaits, que dans ceux qui
font froids & imparfaits. Il ne refte donc aucune reffource
à nos Adverfaires, fi ce n'eft de nier mille & mille faits que
chacun peut facilement vérifier.

Si on me demande à préfent quel eft le fiége de cette
force innée dans nos corps; je répons qu'elle réfide très claire-
meur dans ce que les Anciens ont appellé *Parenchyme*; c'eft à
dire dans la fubftance propre des parties, abftraction faite des
Veines, des Artères, des Nerfs, en nn mot de l'Organifation
de tout le corps; & que par conféquent chaque partie contient
en foi des refforts plus ou moins vifs, felon le befoin qu'elles
en avoient.

Entrons dans quelque détail de ces refforts de la Machine humaine. Tous les mouvemens vitaux, animaux, naturels, & automatiques fe font par leur action. N'eft-ce pas
machinalement que le corps fe retire, frappé de terreur à l'afpect
d'un précipice inattendu? que les paupières fe baiffent à la menace d'un coup, comme on l'a dit? que la *Pupille* s'étrécit au
grand jour pour conferver la Rétine, & s'élargit pour voir les
objets dans l'obfcurité? N'eft ce pas machinalement que les
pores de la peau fe ferment en Hyver, pour que le froid ne
pénètre pas l'intérieur des vaiffeaux? que l'eftomac fe foulève,
irrité par le poifon, par une certaine quantité d'Opium, par
tous les Emétiques &c.? que le Cœur, les Artères, les Mufcles
fe contractent pendant le fommeil, comme pendant la veille?
que le Poumon fait l'office d'un fouflet continuellement exercé?
N'eft-ce pas machinalement qu'agiffent tous les Sphincters de la
Veffie,

Veſſie, du *Rectum* &c.? que le Cœur a une contraction plus forte que tout autre muscle? que les muscles érecteurs font dreſſer la Verge dans l'Homme, comme dans les Animaux qui s'en battent le ventre; & même dans l'enfant, capable d'érection, pour peu que cette partie ſoit irritée? Ce qui prouve, pour le dire en paſſant, qu'il eſt un reſſort ſingulier dans ce membre, encore peu connu, & qui produit des effets qu'on n'a point encore bien expliqués, malgre toutes les lumières de l'Anatomie.

Je ne m'etendrai pas davantage ſur tous ces petits reſforts ſubalternes connus de tout le monde. Mais il en eſt un autre plus ſubtil, & plus merveilleux, qui les anime tous; il eſt la ſource de tous nos ſentimens, de tous nos plaiſirs, de toutes nos paſſions, de toutes nos penſées; car le cerveau a ſes muscles pour penſer, comme les jambes pour marcher. Je veux parler de ce principe incitant, & impétueux, qu'Hippocrate appelle ενορμων (l'Ame). Ce principe exiſte, & il a ſon ſiége dans le cerveau à l'origine des nerfs, par lesquels il exerce ſon empire ſur tout le reſte du corps. Par là s'explique tout ce qui peut s'expliquer, jusqu'aux effets ſurprenans des maladies de l'Imagination.

Mais pour ne pas languir dans une richeſſe & une fécondité mal entendüe, il faut ſe borner à un petit nombre de queſtions & de réfléxions.

Pourquoi la vüe, ou la ſimple idée d'une belle femme nous cauſe-t-elle des mouvemens & des déſirs ſinguliers? Ce qui ſe paſſe alors dans certains organes, vient-il de la nature

H 2   même

même de ces organes? Point du tout; mais du commerce &
de l'espèce de sympathie de ces muscles avec l'imagination.
Il n'y a ici qu'un premier ressort excité par le *beneplacitum* des
Anciens, ou par l'image de la beauté, qui en excite un autre,
lequel étoit fort assoupi, quand l'imagination l'a éveillé: &
comment cela, si ce n'est par le désordre & le tumulte du sang
& des esprits, qui galopent avec une promptitude extraordinaire, & vont gonfler les corps caverneux?

PUISQU'IL est des communications évidentes entre la
Mère & l'Enfant*, & qu'il est dur de nier des faits rapportés
par Tulpius & par d'autres Ecrivains aussi dignes de foi, (il n'y
en a point qui le soient plus,) nous croirons que c'est par la
même voie que le fœtus ressent l'impétuosité de l'imagination
maternelle, comme une cire molle reçoit toutes sortes d'impressions; & que les mêmes traces, ou Envies de la Mère, peuvent s'imprimer sur le fœtus, sans que cela puisse se comprendre, quoiqu'en disent Blondel & tous ses adhérens. Ainsi
nous faisons réparation d'honneur au P. Malebranche, beaucoup trop raillé de sa crédulité par des Auteurs qui n'ont point
observé d'assez près la Nature, & ont voulu l'assujettir à leurs
idées.

VOIEZ le Portrait de ce fameux Pope, le Voltaire des
Anglois. Les Efforts, les Nerfs de son Génie sont peints sur
sa Physionomie; Elle est toute en convulsion; ses yeux sortent de l'Orbite, ses sourcils s'élèvent avec les muscles du Front.
Pourquoi? C'est que l'origine des Nerfs est en travail, & que tout
le corps doit se ressentir d'une espèce d'accouchement aussi laborieux.

_____
* *Au moins par les vaisseaux. Est-il sûr qu'il n'y en a point par les nerfs?*

borieux. S'il n'y avoit une corde interne qui tirât ainſi celles du dehors, d'ou viendroient tous ces phénomènes? Admettre une *Ame*, pour les expliquer, c'eſt être réduit à *l'Operation du St. Eſprit*.

En effet ſi ce qui penſe en mon Cerveau, n'eſt pas une partie de ce Viſcère, & conſéquemment de tout le Corps, pourquoi lorſque tranquille dans mon lit je forme le plan d'un Ouvrage, ou que je pourſuis un raiſonnement abſtrait, pourquoi mon ſang s'échaufe-t-il? Pourquoi la fièvre de mon Eſprit paſſe-t-elle dans mes Veines? Demandez-le aux Hommes d'Imagination, aux grands Poëtes, à ceux qu'un ſentiment bien rendu ravit, qu'un goût exquis, que les charmes de la Nature, de la Vérité, ou de la Vertu, tranſportent! Par leur Entouſiaſme, par ce qu'ils vous diront avoir éprouvé, vous jugerez de la cauſe par les effets: par cette *Harmonie*, que Borelli, qu'un ſeul Anatomiſte a mieux connue que tous les Leibnitiens, vous connoitrez l'Unité matérielle de l'Homme. Car enfin ſi la tenſion des nerfs qui fait la douleur, cauſe la fièvre, par laquelle l'Eſprit eſt troublé, & n'a plus de volonté; & que réciproquement l'Eſprit trop exercé trouble le corps, & allume ce feu de conſomption qui a enlevé Bayle dans un âge ſi peu avancé; ſi telle titillation me fait vouloir, me force de déſirer ardemment ce dont je ne me ſoucios nullement le moment d'auparavant; ſi à leur tour certaines traces du Cerveau excitent le même prurit & les mêmes déſirs, pourquoi faire double, qui n'eſt évidemment qu'un? C'eſt en vain qu'on ſe récrie ſur l'empire de la Volonté. Pour un ordre qu'elle donne, elle ſubit cent fois le joug. Et quelle merveille que le corps obéiſſe dans l'état ſain;

H 3

puisqu'un torrent de fang & d'efprits vient l'y forcer ; la volonté aiant pour Miniftres une légion invifible de fluides plus
vifs que l'Eclair, & toujours prêts à la fervir ! Mais comme c'eft
par les Nerfs que fon pouvoir s'exerce, c'eft auffi par eux qu'il
eft arrêté. La meilleure volonté d'un Amant épuifé, les plus
violens défirs lui rendront-ils fa vigueur perdüe ? Hélas ! non;
& elle en fera la première punie, parceque, pofées certaines circonftances, il n'eft pas dans fa puiffance de ne pas vouloir du
plaifir. Ce que j'ai dit de la Paralyfie &c. revient ici.

Le Jauniffe vous furprend ! Ne favez-vous pas que la
couleur des corps dépend de celle des verres au travers desquels on les regarde ! Ignorez-vous que telle eft la teinte des
humeurs, telle eft celle des objets, au moins par rapport à nous,
vains joüets de mille illufions. Mais ôtez cette teinte de l'humeur aqueufe de l'œil ; faites couler la Bile par fon tamis naturel ; alors l'Ame aiant d'autres yeux, ne verra plus jaune. N'eft-
ce pas encore ainfi qu'en abattant la Cataracte, ou en injectant
le Canal d'Euftachi, on rend la Vüe aux Aveugles, & l'Ouïe
aux Sourds. Combien de gens qui n'étoient peut-être que
d'habiles Charlatans dans des fiècles ignorans, ont paffé pour
faire de grands Miracles ! La belle Ame & la puiffante Volonté
qui ne peut agir, qu'autant que les difpofitions du corps le lui
permettent, & dont les goûts changent avec l'âge & la fièvre!
Faut-il donc s'étonner fi les Philofophes ont toujours eu en vüe
la fanté du corps, pour conferver celle de l'Ame? fi Pythagore
a auffi foigneufement ordonné la Diète, que Platon a défendu
le vin ? Le Régime qui convient au corps, eft toujours celui
par lequel les Medecins fenfés prétendent qu'on doit préluder,

lors-

lorsqu'il s'agit de former l'Esprit, de l'élever à la connoiffance de la vérité & de la vertu; vains fons dans le désordre des Maladies & le tumulte des Sens! Sans les Préceptes de l'Hygiène, Épictète, Socrate, Platon, &c. prêchent en vain: toute morale eft infructueufe, pour qui n'a pas la fobriété en partage; c'eft la fource de toutes les Vertus, comme l'Intempérance eft celle de tous les Vices.

En faut-il davantage, (& pourquoi irois-je me perdre dans l'Hiftoire des paffions, qui toutes s'expliquent par l'*ενορμων* d'Hippocrate,) pour prouver que l'Homme n'eft qu'un Animal, ou un Affemblage de refforts, qui tous fe montent les uns par les autres, fans qu'on puiffe dire par quel point du cercle humain la Nature a commencé ? Si ces refforts différent entr'eux, ce n'eft donc que par leur Siége, & par quelques degrés de force, & jamais par leur Nature; & par conféquent l'Ame n'eft qu'un principe de mouvement, ou une Partie matérielle fenfible du Cerveau, qu'on peut, fans craindre l'erreur, regarder comme un reffort principal de toute la Machine, qui a une influence vifible fur tous les autres, & même paroit avoir été fait le premier; en forte que tous les autres n'en feroient qu'une émanation, comme on le verra par quelques Obfervations que je rapporterai, & qui ont été faites fur divers Embryons.

Cette ofcillation naturelle, ou propre à notre Machine, & dont eft douée chaque fibre, &, pour ainfi dire, chaque Élément fibreux, femblable à celle d'un Pendule, ne peut toujours s'exercer. Il faut la renouveller, à mefure qu'elle fe perd; lui donner des forces, quand elle languit; l'affoiblir, lorfqu'elle

eft

eſt opprimée par un excès de force & de vigueur. C'eſt en cela ſeul que la vraie Médecine conſiſte.

Le corps n'eſt qu'une horloge, dont le nouveau chyle eſt l'horloger. Le premier ſoin de la Nature, quand il entre dans le ſang, c'eſt d'y exciter une ſorte de fièvre, que les Chymiſtes qui ne rêvent que fourneaux, ont dû prendre pour une fermentation. Cette fièvre procure une plus grande filtration d'eſprits, qui machinalement vont animer les Muscles & le Cœur, comme s'ils y étoient envoiés par ordre de la Volonté.

Ce ſont donc les cauſes ou les forces de la vie, qui entretiennent ainſi durant 100 ans le mouvement perpetuel des ſolides & des fluides, auſſi néceſſaire aux uns qu'aux autres. Mais qui peut dire ſi les ſolides contribuent à ce jeu, plus que les fluides, & *vice verſa?* Tout ce qu'on ſait, c'eſt que l'action des premiers ſeroit bientôt anéantie, ſans le ſecours des ſeconds. Ce ſont les liqueurs qui par leur choc éveillent & conſervent l'élaſticité des vaiſſeaux, de laquelle dépend leur propre circulation. De-là vient qu'après la mort, le reſſort naturel de chaque ſubſtance eſt plus ou moins fort encore, ſuivant les reſtes de la vie, auxquels il ſurvit, pour expirer le dernier. Tant il eſt vrai que cette force des parties animales peut bien ſe conſerver & s'augmenter par celle de la Circulation, mais qu'elle n'en dépend point, puiſqu'elle ſe paſſe même de l'intégrité de chaque Membre, ou Viſcère, comme on l'a vû!

Je n'ignore pas que cette opinion n'a pas été goutée de tous les Savans, & que Staahl ſur-tout l'a fort dédaignée. Ce grand Chymiſte a voulu nous perſuader que l'Ame étoit la ſeule
cauſe

caufe de tous nos mouvemens. Mais c'eſt parler en Fanatique,
& non en Philoſophe.

Pour détruire l'hypothèſe Staahlienne, il ne faut pas faire
tant d'efforts que je vois qu'on en a faits avant moi. Il n'y a
qu'à jetter les yeux ſur un joüeur de violon. Quelle ſoupleſſe!
Quelle agilité dans les doigts! Les mouvemens ſont ſi prompts,
qu'il ne paroît preſque pas y avoir de ſucceſſion. Or je prie,
ou plutôt je défie les Staahliens de me dire, eux qui connoiſſent ſi bien tout ce que peut notre Ame, comment il ſeroit
poſſible qu'elle exécutât ſi vîte tant de mouvemens, des mouvemens qui ſe paſſent ſi loin d'elle, & en tant d'endroits divers.
C'eſt ſuppoſer un joüeur de flûte qui pourroit faire de brillantes cadences ſur une infinité de trous qu'il ne connoitroit pas,
& auxquels il ne pourroit ſeulement pas appliquer le doigt.

Mais diſons avec Mr. Hecquet qu'il n'eſt pas permis à
tout le Monde d'aller à Corinthe. Et pourquoi Staahl n'auroit-il pas été encore plus favoriſé de la Nature en qualité
d'Homme, qu'en qualité de Chymiſte & de Praticien? Il falloit
(l'heureux Mortel!) qu'il eût reçu une autre Ame que le reſte
des Hommes; une Ame ſouveraine, qui non contente d'avoir
quelque empire ſur le muscles *volontaires*, tenoit ſans peine les
rênes de tous les mouvemens du Corps, pouvoit les ſuspen-
dre, les calmer, ou les exciter à ſon gré! Avec une Maitreſſe
auſſi deſpotique, dans les mains de laquelle étoient en quelque
ſorte les battemens du Cœur & les loix de la Circulation,
point de fièvre ſans doute; point de douleur; point de lan-
gueur; ni honteuſe impuiſſance, ni facheux Priapisme. L'Ame

I   veut,

veut, & les refforts joüent, fe dreffent, ou fe débandent. Comment ceux de la Machine de Staahl fe font-ils fi tôt détraqués? Qui a chez foi un fi grand Medecin, devroit être immortel.

STAAHL au refte n'eft pas le feul qui ait rejetté le principe d'Ofcillation des corps organifés. De plus grands efprits ne l'ont pas emploié, lorfqu'ils ont voulu expliquer l'action du Cœur, l'Erection du *Penis* &c. Il n'y a qu'à lire les Inftitutions de Medecine de Boerhaave, pour voir quels laborieux & féduifans fyftêmes, faute d'admettre une force auffi frappante dans le cœur, ce grand Homme a été obligé d'enfanter à la fueur de fon puiffant génie.

WILLIS & Perrault, Efprits d'une plus foible trempe, mais Obfervateurs affidus de la Nature, (que le fameux Profeffeur de Leyde n'a guères connüe que par autrui, & n'a eüe, presque que de la feconde main,) paroiffent avoir mieux aimé fuppofer une Ame généralement répandüe par tout le corps, que le principe dont nous parlons. Mais dans cette Hypothèfe qui fut celle de Virgile, & de tous les Epicuriens, Hypothèfe que l'hiftoire du Polype fembleroit favorifer à la premiere vüe, les mouvemens qui furvivent au fujet dans lequel ils font inhérens, viennent d'un *refte d'Ame,* que confervent encore les parties qui fe contractent, fans être déformais irritées par le fang & les efprits. D'où l'on voit que ces Ecrivains, dont les ouvrages folides éclipfent aifément toutes les fables Philofophiques, ne fe font trompés que fur le modèle de ceux qui ont donné à la matiére la faculté de penfer, je veux dire, pour s'être mal exprimés, en termes obfcurs, & qui ne fignifient rien.

En

En effet, qu'eſt-ce que ce *reſte d'Ame,* ſi ce n'eſt la force motrice des Leibnitiens, mal renduë par une telle expreſſion, &
que cependant Perrault ſur-tout a véritablement entrevüe. V.
ſon *Traité de la Mécanique des Animaux.*

A préſent qu'il eſt clairement démontré contre les Cartéſiens, les Staahliens, les Mallebranchiſtes, & les Théologiens
peu dignes d'être ici placés, que la matière ſe meut par elle-
même, non ſeulement lorſqu'elle eſt organiſée, comme dans un
Cœur entier, par exemple, mais lors même que cette organiſation eſt détruite; la curioſité de l'Homme voudroit ſavoir
comment un Corps, par cela même qu'il eſt originairement
doué d'un ſoufle de Vie, ſe trouve en conſéquence orné de la
faculté de ſentir, & enfin par celle-ci de la Penſée. Et pour
en venir à bout, ô bon Dieu, quels efforts n'ont pas faits certains Philoſophes! Et quel galimathias j'ai eu la patience de
lire à ce ſujet!

Tout ce que l'Expérience nous apprend, c'eſt que tant
que le mouvement ſubſiſte, ſi petit qu'il ſoit, dans une ou pluſieurs fibres; il n'y a qu'à les piquer, pour réveiller, animer
ce mouvement preſque éteint, comme on l'a vû dans cette
foule d'Expériences dont j'ai voulu accabler les Syſtèmes. Il
eſt donc conſtant que le mouvement & le ſentiment s'excitent
tour à tour, & dans les Corps entiers, & dans les mêmes
Corps, dont la ſtructure eſt détruite, pour ne rien dire de certaines Plantes qui ſemblent nous offrir les mêmes phénomènes
de la réunion du ſentiment & du mouvement.

MAIS

Mais de plus, combien d'excellens Philofophes ont démontré que la penfée n'eft qu'une faculté de fentir; & que l'Ame raifonnable, n'eft que l'Ame fenfitive appliquée à contempler les idées, & à raifonner ! Ce qui feroit prouvé par cela feul que, lorfque le fentiment eft éteint, la penfée l'eft auffi, comme dans l'Apoplexie, la Léthargie, la Catalepfie &c. Car ceux qui ont avancé que l'Ame n'avoit pas moins penfé dans les maladies foporeufes, quoiqu'elle ne fe fouvint pas des idées qu'elle avoit eües, ont foutenu une chofe ridicule.

Pour ce qui eft de ce dévelopement, c'eft une folie de perdre le tems à en rechercher le mécanisme. La Nature du mouvement nous eft auffi inconnüe que celle de la matière. Le moien de découvrir comment il s'y produit, à moins que de reffufciter avec l'Auteur de *l'Hiftoire de l'Ame* l'ancienne & in intelligible Doctrine des *formes fubftantielles !* Je fuis donc tout auffi confolé d'ignorer comment la Matière, d'inerte & fimple, devient active & compofée d'organes, que de ne pouvoir regarder le Soleil fans verre rouge. Et je fuis d'auffi bonne compofition fur les autres Merveilles incompréhenfibles de la Nature, fur la production du Sentiment & de la Penfée dans un Etre qui ne paroiffoit autrefois à nos yeux bornés qu'un peu de boüe.

Qu'on m'accorde feulement que la Matière organifée eft douée d'un principe moteur, qui feul la différentie de celle qui ne l'eft pas (eh! peut-on rien refufer a l'Obfervation la plus inconteftable?) & que tout dépend dans les Animaux de la diverfité de cette Organifation, comme je l'ai affez prouvé;

c'en

c'en eſt aſſez pour deviner l'Enigme des Subſtances & celle de l'Homme. On voit qu'il n'y en a qu'une dans l'Univers, & que l'Homme eſt la plus parfaite. Il eſt au Singe, aux Animaux les plus ſpirituels, ce que le Pendule Planétaire de Huygens, eſt à une Montre de Julien le Roi. S'il a fallu plus d'inſtru- mens, plus de Roüages, plus de reſſorts pour marquer les mouvemens des Planètes, que pour marquer les Heures, ou les repeter; s'il a fallu plus d'art à Vaucanſon pour faire ſon *Fluteur*, que pour ſon *Canard*, il eût dû en emploier encore davantage pour faire un *Parleur*; Machine qui ne peut plus être regardée comme impoſſible, ſurtout entre les mains d'un nouveau Prométhée. Il étoit donc de même néceſſaire que la Nature emploiât plus d'art & d'appareil pour faire & entretenir une Machine, qui pendant un ſiècle entier pût marquer tous les battemens du cœur & de l'eſprit; car ſi on n'en voit pas au pouls les heures, c'eſt du moins le Baromètre de la chaleur & de la vivacité, par laquelle on peut juger de la nature de l'Ame. Je ne me trompe point; le corps humain eſt une horloge, mais immenſe, & conſtruite avec tant d'artifice & d'habileté, que ſi la roüe qui ſert à marquer ſes ſecondes, vient à s'arrêter; celle des minutes tourne & va toujours ſon train; comme la roüe des Quarts continüe de ſe mouvoir: & ainſi des autres, quand les premières, roüillées, ou dérangées par quelque cauſe que ce ſoit, ont interrompu leur marche. Car n'eſt-ce pas ainſi que l'obſtruction de quelques Vaiſſeaux ne ſuffit pas pour détruire, ou ſuſpendre le fort des mouvemens, qui eſt dans le cœur, comme dans la pièce ouvrière de la Machine; puiſ- qu'au contraire les fluides dont le volume eſt diminué, aiant

moins

moins de chemin à faire, le parcourent d'autant plus vîte, em-
portés comme par un nouveau courant, que la force du cœur
s'augmente, en raison de la réfiſtance qu'il trouve à l'extrémité
des vaiſſeaux? Lorſque le nerf optique ſeul comprimé ne laiſſe
plus paſſer l'image des Objets, n'eſt-ce pas ainſi que la privation
de la Vûe n'empêche pas plus l'uſage de l'Oüie, que la privation de ce ſens, lorſque les fonctions de la *Portion Molle* ſont
interdites, ne ſuppoſe celle de l'autre? N'eſt-ce pas ainſi encore
que l'un entend, ſans pouvoir dire qu'il entend, (ſi ce n'eſt
après l'attaque du mal,) & que l'autre qui n'entend rien, mais
dont les nerfs linguaux ſont libres dans le cerveau, dit machinalement tous les rêves qui lui paſſent par la tête? Phénomènes qui ne ſurprennent point les Medecins éclairés. Ils ſavent
à quoi s'en tenir ſur la Nature de l'Homme: & pour le dire en
paſſant; de deux Medecins, le meilleur, celui qui mérite le
plus de confiance, c'eſt toujours, à mon avis, celui qui eſt le
plus verſé dans la Phyſique, ou la Mécanique du corps humain,
& qui laiſſant l'Ame, & toutes les inquiètudes que cette chimère
donne aux ſots & aux ignorans, n'eſt occupé ſérieuſement que
du pur Naturaliſme.

L A I S S O N S donc le prétendu Mr. Charp ſe mocquer des
Philoſophes qui ont regardé les Animaux, comme des Machines. Que je penſe differemment! Je crois que Descartes
ſeroit un Homme reſpectable à tous égards, ſi né dans un ſiècle
qu'il n'eût pas dû éclairer, il eût connu le prix de l'Expérience
& de l'Obſervation, & le danger de s'en écarter. Mais il n'eſt
pas moins juſte que je faſſe ici une autentique réparation à ce
grand Homme, pour tous ces petits Philoſophes, mauvais plai-
ſans,

fans, & mauvais Singes de Locke, qui au lieu de rire impudem-
ment au nés de Descartes, feroient mieux de fentir que fans lui
le champ de la Philofophie, comme celui du bon Efprit fans
Newton, feroit peu être encore en friche.

Il eft vrai que ce célèbre Philofophe s'eft beaucoup
trompé, & perfonne n'en disconvient. Mais enfin il a connu la
Nature Animale ; il a le premier parfaitement démontré que
les Animaux étoient de pures Machines. Or après une découverte de cette importance, & qui fuppofe autant de fagacité, le
moien fans ingratitude, de ne pas faire grace à toutes fes erreurs!

Elles font à mes yeux toutes réparées par ce grand
aveu. Car enfin, quoiqu'il chante fur la diftinction des deux
fubftances ; il eft vifible que ce n'eft qu'un tour d'adreffe, un
rufe de ftile, pour faire avaler aux Théologiens un poifon caché
à l'ombre d'une Analogie qui frappe tout le Monde, & qu'eux
feuls ne voient pas. Car c'eft elle, c'eft cette forte Analogie,
qui force tous les Savans & les vrais juges d'avoüer que ces êtres
fiers & vains, plus diftingués par leur orgueil, que par le nom
d'Hommes, quelque envie qu'ils aient de s'élever, ne font au
fond que des Animaux, & des Machines perpendiculairement
rampantes. Elles ont toutes ce merveilleux Inftinct, dont
l'Education fait de l'Efprit, & qui a toujours fon fiége dans le
Cerveau, & à fon défaut, comme lorsqu'il manque, ou eft offifié,
dans la Moëlle allongée, & jamais dans le Cervelet ; car je l'ai
vu confiderablement bleffé ; d'autres * l'ont trouvé fchirreux,
fans que l'Ame cefsât de faire fes fonctions.

Etre

* Haller dans les Tranfact. Philofoph.

ETRE Machine, fentir, penfer, favoir diftinguer le bien du mal, comme le bleu du jaune, en un mot être né avec de l'Intelligence, & un Inftinct fûr de Morale, & n'être qu'un Animal, font donc des chofes qui ne font pas plus contradictoires, qu'être un Singe, ou un Perroquet, & favoir fe donner du plaifir. Car puifque l'occafion fe préfente de le dire, qui eût jamais deviné *à priori*, qu'une goute de la liqueur qui fe lance dans l'accouplement, fît reffentir des plaifirs divins, & qu'il en naîtroit une petite créature, qui pourroit un jour, pofées certaines loix, joüir des mêmes délices? Je crois la penfée fi peu incompatible avec la matière organifée, qu'elle femble en être une propriété, telle que l'Electricité, la Faculté motrice, l'Impénétrabilité, l'Etendüe. &c.

VOULEZ-vous de nouvelles obfervations? En voici qui font fans réplique, & qui prouvent toutes que l'Homme reffemble parfaitement aux Animaux dans fon origine, comme dans tout ce que nous avons déjà cru effentiel de comparer.

J'EN appelle à la bonne foi de nos Obfervateurs. Qu'ils nous difent s'il n'eft pas vrai que l'Homme dans fon Principe n'eft qu'un Ver, qui devient Homme, comme la Chenille, Papillon. Les plus graves * Auteurs nous ont appris comment il faut s'y prendre pour voir cet Animalcule. Tous les Curieux l'ont vû, comme Hartfoeker, dans la femence de l'Homme, & non dans celle de la Femme; il n'y a que les fots qui s'en foient fait fcrupule. Comme chaque goute de fperme contient une infinité de ces petits vers, lorfqu'ils font lancés à l'Ovaire, il n'y a que le plus adroit, ou le plus vigoureux qui

ait

---

* *Boerb.* Inft. Med, *& tant d'autres.*

ait la force de s'infinüer & de s'implanter dans l'œuf que fournit la femme, & qui lui donne fa première nourriture.　Cet
œuf, quelquefois fupris dans les Trompes de Fallope, eft porté
par ces canaux à la Matrice, où il prend racine, comme un
grain de blé dans la terre.　Mais quoiqu'il y devienne mon-
ftrueux par fa croiffance de 9 mois, il ne différe point des œufs
des autres femelles, fi ce n'eft que fa peau (*l'Amnios*) ne fe dur-
cit jamais, & fe dilate prodigieufement, comme on en peut
juger, en comparant le fœtus trouvé en fituation & prêt d'éclore,
(ce que j'ai eu le plaifir d'obferver dans une femme, morte un
moment avant l'Accouchement,) avec d'autres petits Embryons très proches de leur origine: car alors c'eft toujours l'œuf
dans fa Coque, & l'Animal dans l'œuf, qui gêné dans fes mouvemens, cherche machinalement à voir le jour, & pour y
réuffir, il commence par rompre avec la tête cette membrane,
d'où il fort, comme le Poulet, l'Oifeau &c. de la leur.　J'ajouterai une obfervation que je ne trouve nulle part; c'eft que
l'Amnios n'en eft pas plus mince, pour s'être prodigieufement
étendu; femblable en cela à la Matrice, dont la fubftance même
fe gonfle de fucs infiltrés, indépendamment de la réplétion &
du déploiement de tous fes Coudes Vasculeux.

VOIONS l'Homme dans & hors de fa Coque; exami-
nons avec un Microfcope les plus jeunes Embryons, de 4,
de 6, de 8 ou de 15 jours; après ce tems les yeux fuffifent.
Que voit-on? La tête feule; un petit œuf rond avec deux
points noirs qui marquent les yeux.　Avant ce tems, tout
étant plus informe, on n'aperçoit qu'une pulpe médullaire,
qui eft le Cerveau, dans lequel fe forme d'abord l'origine des

K

Nerfs,

Nerfs, ou le principe du sentiment, & le cœur qui a déjà par lui-même dans cette pulpe la faculté de battre : c'est le *Punctum saliens* de Malpighi, qui doit peut-être déjà une partie de sa vivacité à l'influence des nerfs. Ensuite peu-à-peu on voit la Tête allonger le Col, qui en se dilatant forme d'abord le *Thorax*, où le cœur a déjà descendu, pour s'y fixer; après quoi vient le bas ventre, qu'une cloison (le diafragme) sépare. Ces dilatations donnent l'une, les bras, les mains, les doits, les ongles, & les poils; l'autre les cuisses, les jambes, les pieds &c. avec la seule différence de situation qu'on leur connoit, qui fait l'appui & le balancier du corps. C'est une Végétation frappante. Ici ce sont des cheveux qui couvrent le sommet de nos têtes; là ce sont des feuilles & des fleurs. Par tout brille le même Luxe de la Nature; & enfin l'Esprit Recteur des Plantes est placé, où nous avons nôtre ame, cette autre Quintessence de l'Homme.

TELLE est l'Uniformité de la Nature qu'on commence à sentir, & l'Analogie du régne Animal & Végétal, de l'Homme à la Plante. Peut-être même y a-t-il des Plantes Animales, c'est-à-dire, qui en végétant, ou se battent comme les Polypes, ou font d'autres fonctions propres aux Animaux?

VOILA à peu près tout ce qu'on sait de la génération. Que les parties qui s'attirent, qui sont faites pour s'unir ensemble, & pour occuper telle, ou telle place, se réünissent toutes suivant leur Nature; & qu'ainsi se forment les yeux, le cœur, l'estomac, & enfin tout le corps, comme de grands Hommes l'ont écrit, cela est possible. Mais comme l'expérience nous

aban-

abandonne au milieu de ces subtilités, je ne supposerai rien, regardant tout ce qui ne frappe pas mes sens, comme un mystère impénétrable. Il est si rare que les deux semences se rencontrent dans le Congrès, que je serois tenté de croire que la semence de la femme est inutile à la génération.

MAIS, comment en expliquer les phénomènes, sans ce commode rapport de parties, qui rend si bien raison des ressemblances des enfans, tantôt au Père, & tantôt à la Mère? D'un autre coté l'embaras d'une explication doit-elle contrebalancer un fait? Il me paroît que c'est le Mâle qui fait tout, dans une femme qui dort, comme dans la plus lubrique. L'arrangement des parties seroit donc fait de toute éternité dans le germe, ou dans le Ver même de l'Homme. Mais tout ceci est fort au dessus de la portée des plus excellens Observateurs. Comme ils n'y peuvent rien saisir, ils ne peuvent pas plus juger de la mécanique de la formation & du dévelopement des Corps, qu'une Taupe, du chemin qu'un Cerf peut parcourir.

NOUS sommes de vraies Taupes dans le champ de la Nature; nous n'y faisons guères que le trajet de cet Animal; & c'est nôtre orgueil qui donne des bornes à ce qui n'en a point. Nous sommes dans le cas d'une Montre qui diroit: (un Fabuliste en feroit un Personnage de conséquence dans un Ouvrage frivole;) ,,quoi! c'est ce sot ouvrier qui m'a faite, moi qui ,,divise le tems! moi qui marque si exactement le cours du ,,Soleil; moi qui répete à haute voix les heures, que j'indi- ,,que! Non cela ne se peut pas'' Nous dédaignons de mê-

me,

me, Ingrats que nous sommes, cette mère commune de tous les *Règnes*, comme parlent les Chymistes. Nous imaginons, ou plutôt supposons, une cause supérieure à celle à qui nous devons tout, & qui a véritablement tout fait d'une manière inconcevable. Non, la matière n'a rien de vil, qu'aux yeux grossiers qui la méconnoissent dans ses plus brillans Ouvrages; & la Nature n'est point une Ouvrière bornée. Elle produit des millions d'Hommes avec plus de facilité & de plaisir, qu'un Horloger n'a de peine à faire la montre la plus composée. Sa puissance éclate également, & dans la production du plus vil Insecte, & dans celle de l'Homme le plus superbe; le règne Animal ne lui coute pas plus que le Végetal, ni le plus beau Génie, qu'un Epi de blé. Jugeons donc par ce que nous voions, de ce qui se dérobe à la curiosité de nos yeux & de nos recherches, & n'imaginons rien au delà. Suivons le Singe, le Castor, l'Eléphant &c. dans leurs Operations. S'il est évident qu'elles ne peuvent se faire sans intelligence, pourquoi la refuser à ces Animaux? & si vous leur accordez une Ame, Fanatiques, vous êtes perdus; vous aurez beau dire que vous ne décidez point sur sa Nature, tandis que vous lui ôtez l'immortalité; qui ne voit que c'est une assertion gratuite? Qui ne voit quelle doit être, ou mortelle, ou immortelle, comme la nôtre, dont elle doit subir le même sort, quel qu'il soit; & qu'ainsi c'est *tomber dans Scilla, pour vouloir éviter Caribde?*

BRISEZ la chaîne de vos préjugés; armez-vous du flambeau de l'Expérience, & vous ferez à la Nature l'Honneur qu'elle mérite; au lieu de rien conclure à son désavantage, de l'igno-

rance

rance, où elle vous a laiffés. Ouvrez les yeux feulement, &
laiffez-là ce que vous ne pouvez comprendre; & vous verrez que ce Laboureur dont l'Efprit & les lumières ne s'étendent pas plus loin, que les bords de fon fillon, ne diffère
point effentiellement du plus grand Génie, comme l'eût
prouvé la diffection des cerveaux de Descartes & de Newton:
vous ferez perfuadé que l'imbécille, ou le ftupide, font des
Bêtes à figure Humaine, comme le Singe plein d'Efprit, eft
un petit Homme fous une autre forme; & qu'enfin tout dé-
pendant abfolument de la diverfité de l'organifation, un Animal bien conftruit, à qui on a appris l'Aftronomie, peut
prédire une Eclipfe, comme la guérifon, ou la mort, lorsqu'il a porté quelque tems du génie & de bons yeux à l'E-
cole d'Hippocrate & au lit des Malades. C'eft par cette file
d'obfervations & de vérités qu'on parvient à lier à la matière
l'admirable propriété de penfer, fans qu'on en puiffe voir les
liens, parce que le fujet de cet attribut nous eft effentiellement inconnu.

NE difons point que toute Machine, ou tout Animal,
périt tout-à-fait, ou prend une autre forme, après la mort,
car nous n'en favons abfolument rien. Mais affurer qu'une
Machine immortelle eft une chimère, ou un *être de raifon*, c'eft
faire un raifonnement auffi abfurde, que celui que feroient
des Chenilles, qui voiant les dépouilles de leurs femblables,
déploreroient amérement le fort de leur efpèce qui leur fembleroit s'anéantir. L'Ame de ces Infectes, (car chaque Animal
a la fienne,) eft trop bornée pour comprendre les Métamor-
phofes de la Nature. Jamais un feul des plus rufés d'entr'eux

n'eût

n'eût imaginé qu'il dût devenir Papillon.   Il en eſt de même
de nous.   Qué ſavons-nous plus de nôtre deſtinée, que de
nôtre origine? Soumettons-nous donc à une ignorance invincible, de laquelle nôtre bonheur dépend.

Qui penſera ainſi, ſera ſage, juſte, tranquille ſur ſon ſort,
& par conſéquent heureux.   Il attendra la mort, ſans la craindre, ni la déſirer ;   & chériſſant la vie, comprenant à peine
comment le dégoût vient corrompre un cœur dans ce lieu
plein de délices; plein de reſpect pour la Nature; plein de
reconnoiſſance, d'attachement, & de tendreſſe, à proportion
du ſentiment, & des bienfaits qu'il en a reçus, heureux enfin
de la ſentir, & d'être au charmant Spectacle de l'Univers, il
ne la détruira certainement jamais dans ſoi, ni dans les autres.
Que dis-je! plein d'humanité, il en aimera le caractère juſques dans ſes ennemis.   Jugez comme il traitera les autres.
Il plaindra les vicieux, ſans les haïr; ce ne ſeront à ſes yeux
que des Hommes contrefaits.   Mais en faiſant grace aux
défauts de la conformation de l'Eſprit & du corps, il n'en
admirera pas moins leurs beautés, & leurs vertus.   Ceux que
la Nature aura favoriſés, lui paroitront mériter plus d'égards,
que ceux qu'elle aura traités en Marâtre.   C'eſt ainſi qu'on
a vû que les dons naturels, la ſource de tout ce qui s'acquiert,
trouvent dans la bouche & le cœur du Matérialiſte, des hommages que tout autre leur refuſe injuſtement.   Enfin le Matérialiſte convaincu, quoique murmure ſa propre vanité, qu'il
                                                              n'eſt

n'eſt qu'une Machine, ou qu'un Animal, ne maltraitera point ſes ſemblables; trop inſtruit ſur la Nature des ces actions, dont l'inhumanité eſt toujours proportionnée au degré d'Analogie prouvée ci-devant; & ne voulant pas en un mot, ſuivant la Loi Naturelle donnée à tous les Animaux, faire à autrui, ce qu'il ne voudroit pas qu'on lui fît.

CONCLUONS donc hardiment que l'Homme eſt une Machine; & qu'il n'y a dans tout l'Univers qu'une ſeule ſub-ſtance diverſement modifiée. Ce n'eſt point ici une Hypo-theſe élévée à force de demandes & de ſuppoſitions: ce n'eſt point l'ouvrage du Préjugé, ni même de ma Raiſon ſeule; j'euſſe dédaigné un Guide que je crois ſi peu ſûr, ſi mes ſens portant, pour ainſi dire, le flambeau, ne m'euſſent engagé à la ſuivre, en l'éclairant. L'Expérience m'a donc parlé pour la Raiſon; c'eſt ainſi que je les ai jointes enſemble.

MAIS on a dû voir que je ne me ſuis permis le raiſon-nement le plus rigoureux & le plus immédiatement tiré, qu'à la ſuite d'une multitude d'Obſervations Phyſiques qu'aucun Savant ne conteſtera; & c'eſt encore eux ſeuls que je recon-nois pour Juges des conſéquences que j'en tire; récuſant ici tout Homme à préjugés, & qui n'eſt ni Anatomiſte, ni au fait de la ſeule Philoſophie qui eſt ici de miſe, celle du corps humain. Que pourroient contre un Chêne auſſi ferme & ſolide, ces foibles Roſeaux de la Théologie, de la Métaphy-

ſique

fique & des Ecoles; Armes puériles, femblables aux fleurets
de nos falles, qui peuvent bien donner le plaifir de l'Efcrime,
mais jamais entamer fon Adverfaire. Faut-il dire que je
parle de ces idées creufes & triviales, de ces raifonnemens
rebattus & pitoiables, qu'on fera fur la prétendüe incompatibilité de deux fubftances, qui fe touchent & fe remüent fans
ceffe l'une & l'autre, tant qu'il reftera l'ombre du préjugé, ou
de la fuperftition fur la Terre? Voilà mon Syftême, ou plutôt
la Vérité, fi je ne me trompe fort.   Elle eft courte & fimple.
Difpute à préfent qui voudra!

SECOND

SECOND

MEMOIRE

POUR SERVIR

À

L'HISTOIRE NATURELLE

DE

L'HOMME.

TABLE DES CHAPITRES.

Chap. I. Expoſition de l'Ouvrage.

Chap. II. De la Matière.

Chap. III. De l'étenduë de la Matière.

Chap. IV. Des propriétés méchaniques paſſives de la matière, dépendantes de l'étenduë.

Chap. V. De la puiſſance motrice de la matière.

Chap. VI. De la faculté ſenſitive de la matière.

Chap. VII. Des formes ſubſtantielles.

Chap. VIII. De l'ame végétative.

Chap. IX. De l'ame ſenſitive des Animaux.

Chap. X. Des facultés du corps qui ſe rapportent à l'ame ſenſitive.
  §. I. Des ſens.
  §. II. Mécaniſme des ſenſations.
  §. III. Loix des ſenſations.
  §. IV. Que les ſenſations ne font pas connoître la nature des corps, & qu'elles changent avec les organes.
  §. V. Raiſons Anatomiques de la diverſité des ſenſations.
  §. VI. De la petiteſſe des idées.
  §. VII. Differens ſiéges de l'Ame.
  §. VIII. De l'étenduë de l'Ame.
  §. IX. Que l'être ſenſitif eſt par conſéquent matériel.
  §. X. De la mémoire.
  §. XI. De l'imagination.
  §. XII. Des paſſions.

Chap. XI. Des facultés qui dépendent de l'habitude des organes ſenſitifs.
  §. I. Des inclinations & des appétits.
  §. II. De l'inſtinct.
  §. III. Que les animaux expriment leurs idées par les mêmes ſignes que nous.
  §. IV. De la pénétration & de la conception.

CHAP. XII.

TABLE DES CHAPITRES.

CHAP. XII. *Des affections de l'ame sensitive.*

§. I. *Les sensations, le discernement & les connoissances.*

§. II. *De la volonté.*

§. III. *Du goût.*

§. IV. *Du génie.*

§. V. *Du sommeil & des Rêves.*

§. VI. *Conclusion sur l'être sensitif.*

CHAP. XIII. *Des facultés intellectuelles, ou de l'Ame raisonnable.*

§. I. *Des perceptions.*

§. II. *De la liberté.*

§. III. *De la Réflexion, &c.*

§. IV. *De l'arrangement des idées.*

§. V. *De la Méditation, ou de l'Examen.*

§. VI. *Du Jugement.*

CHAP. XIV. *Que la foi seule peut fixer notre croyance sur la nature de l'Ame raisonnable.*

CHAP. XV. *Histoires qui confirment que toutes nos idées viennent des sens.*

HIST. I. *Du Sourd de Chartres.*

HIST. II. *D'un Homme sans idées morales.*

HIST. III. *De l'Aveugle de Cheselden.*

HIST. IV. *Méthode d'Amman pour apprendre aux sourds à parler.*

——— *Réflexions sur l'éducation.*

HIST. V. *D'un enfant trouvé parmi des Ours.*

HIST. VI. *Des Hommes sauvages appellés* Satyres.

Belle Conjecture d'Arnobe.

——— *Conclusion de l'ouvrage.*

TRAITÉ

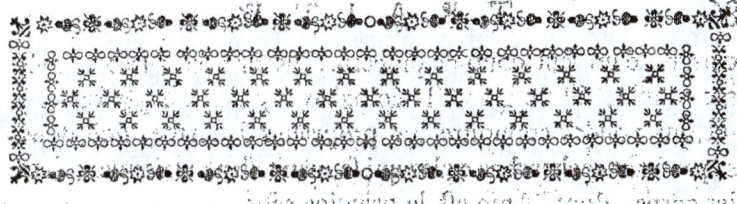

TRAITÉ DE L'AME.

CHAPITRE I.

Exposition de l'Ouvrage.

C E n'est ni Aristote, ni Platon, ni Descartes, ni Mallebranche, qui vous apprendront ce que c'est que votre Ame. En vain vous vous tourmentez pour connoître sa nature, n'en déplaise à votre vanité & à votre indocilité, il faut que vous vous soumettiez à l'ignorance & à la foi. L'essence de l'Ame de l'homme & des animaux est, & sera toujours aussi inconnue, que l'essence de la matière & des corps. Je dis plus; l'Ame dégagée du corps par abstraction, ressemble à la matière considérée sans aucunes formes: on ne peut la concevoir. L'ame & le corps ont été faits ensemble dans le même instant, &

L 3

com-

comme d'un feul coup de pinceau. Ils ont été jettés au même moule, dit un grand Théologien * qui a ofé penfer. Celui qui voudra connoître les propriétés de l'Ame, doit donc
auparavant rechercher celles qui fe manifeftent clairement dans
les corps, dont l'Ame eft le principe actif.

Cette réfléxion conduit naturellement à penfer qu'il n'eft
point de plus fûrs guides que les fens. Voilà mes Philofophes. Quelque mal qu'on en dife, eux feuls peuvent éclairer
la raifon dans la recherche de la vérité; ouï, c'eft à enx feuls
qu'il faudra toujours revenir, quand on voudra férieufement la
connoître.

Voyons donc avec autant de bonne foi, que d'impartialité, ce que nos fens peuvent découvrir dans la matière, dans
la fubftance des corps, & fur-tout des corps organifés; mais
n'y voyons que ce qui y eft, & n'imaginons rien. La matière
eft par elle-même un principe paffif, elle n'a qu'une force
d'inertie: c'eft pourquoi toutes les fois qu'on la verra fe mouvoir, on pourra conclure que fon mouvement vient d'un autre
principe, qu'un bon efprit ne confondra jamais avec celui qui le
contient, je veux dire, avec la matière ou la fubftance des corps,
parce que l'idée de l'un, & l'idée de l'autre, forment deux
idées intellectuelles, auffi différentes que l'actif & le paffif. Si
donc il eft dans les corps un principe moteur, & qu'il foit
prouvé que ce même principe qui fait battre le cœur, faffe auffi
fentir les nerfs & penfer le cerveau, ne s'enfuivra-t-il pas clairement que c'eft à ce principe qu'on donne le nom *d'Ame.* Il eft
démon-

* *S. TERTULLIEN de refurrect.*

démontré que le corps humain n'est dans sa première origine qu'un *ver*, dont toutes les métamorphoses n'ont rien de plus surprenant que celles de tout autre insecte. Pourquoi ne seroit-il pas permis de rechercher la nature, ou les propriétés du principe inconnu, mais évidemment *sensible* & *actif*, qui fait ramper ce *ver* avec orgueil sur la surface de la terre? La vérité n'est-elle donc pas plus faite pour l'homme, que le bonheur auquel il aspire? Ou n'en serions-nous si avides, & pour ainsi dire, si amoureux, que pour n'embrasser qu'une nuë, au lieu de la Déesse, comme les Poëtes l'ont feint d'Ixion.

CHAPITRE II.

De la Matière.

TOUS les Philosophes qui ont attentivement examiné la nature de la matière, considérée en elle-même, indépendamment de toutes les formes qui constituent les corps, ont découvert dans cette substance diverses propriétés, qui découlent d'une essence absolument inconnuë. Telles sont, 1º. la puissance de recevoir différentes formes, qui se produisent dans la matière même, & par lesquelles la matière peut acquérir la force motrice & la faculté de sentir; 2º. l'étenduë actuelle, qu'ils ont bien reconnuë pour un attribut, mais non pour l'essence de la matière.

Il y en a cependant en quelques uns, & entr'autres Descartes, qui ont voulu réduire l'essence de la matière à la simple étenduë, & borner toutes les propriétés de la matière à celles

de

de l'étenduë; mais ce fentiment a été rejetté par tous les autres Modernes, qui ont été plus attentifs à toutes les propriétés de cette fubftance; en forte que la puiffance d'acquérir la force motrice & la faculté de fentir, a été de tout tems confidérée, de même que l'étenduë, comme une propriété effentielle de la matière.

Toutes les diverfes propriétés qu'on remarque dans ce principe inconnu, démontrent un être dans lequel exiftent ces mêmes propriétés, un être qui par conféquent doit exifter par lui-même. Or on ne conçoit pas, ou plutôt il paroît impoffible, qu'un être qui exifte par lui-même, puiffe ni fe créer, ni s'anéantir. Il ne peut y avoir évidemment que les formes, dont fes propriétés effentielles le rendent fufceptible, qui puiffent fe détruire & fe reproduire tour-à-tour. Auffi l'expérience nous force-t-elle d'avouër que rien ne fe fait de rien.

Tous les Philofophes qui n'ont point connu les lumières de la foi, ont penfé que ce principe fubftantiel des corps a exifté & exiftera toujours, & que les élémens de la matière ont une folidité indeftructible, qui ne permet pas de craindre que le monde vienne à s'écrouler. La plupart des Philofophes Chrêtiens reconnoiffent auffi qu'il exifte néceffairement par lui-même, & qu'il n'eft point de fa nature d'avoir pu commencer, ni de pouvoir finir, comme on peut le voir dans un Auteur du fiécle dernier qui profeffoit * la Théologie à Paris.

Сна-

---

* *GOUDIN Philofophia juxtà inconcuffa tutiffimaque Divi Thomæ Dogmata.* Lugd. 1678.

CHAPITRE III.

De l'étendüe de la Matière.

QUOIQUE nous n'ayons aucune idée de l'essence de la matière, nous ne pouvons refuser notre consentement aux propriétés que nos sens y découvrent.

J'ouvre les yeux, & je ne vois autour de moi que matière, ou qu'étendüe. L'étendüe est donc une propriété qui convient toujours à toute matière, qui ne peut convenir qu'à elle seule, & qui par conséquent est coëssentielle à son sujet.

Cette propriété suppose dans la substance des corps, trois dimensions, longueur, largeur & profondeur. En effet, si nous consultons nos connoissances, qui viennent toutes des sens, on ne peut concevoir la matière, ou la substance des corps, sans l'idée d'un être à la fois, long, large & profond; parce que l'idée de ces trois dimensions est nécessairement liée à celle que nous avons de toute grandeur, ou quantité.

Les Philosophes qui ont le plus médité sur la matière, n'entendent pas par l'étendüe de cette substance, une étendüe solide, formée de parties distinctes, capable de résistance. Rien n'est uni, rien n'est divisé dans cette étendüe: car pour diviser, il faut une force qui désunisse; il en faut une aussi, pour unir les parties divisées. Or suivant ces Physiciens, la matière n'a point de force actuellement active; parce que toute force ne peut venir que du mouvement, ou de quelque effort ou tendance au mouvement, & qu'ils ne reconnoissent dans la ma-

M

tière

tière dépouillée de toute forme par abstraction, qu'une force motrice en *puissance*.

Cette théorie est difficile à concevoir ; mais les principes posés, elle est rigoureusement vraie dans ses conséquences. Il en est de ces vérités, comme des vérités algébriques, dont on connoît mieux la certitude, que l'esprit ne la conçoit.

L'étenduë de la matière n'est donc qu'une étenduë metaphysique, qui n'offre rien de sensible, suivant l'idée de ces mêmes Philosophes. Ils pensent avec raison qu'il n'y a que l'étenduë solide qui puisse frapper nos sens.

Il nous paroît donc que l'étenduë est un attribut essentiel à la matière, un attribut qui fait partie de sa forme métaphysique ; mais nous sommes fort éloignés de croire qu'une étenduë solide constitue son essence.

Cependant avant Descartes, quelques Anciens avoient fait consister l'essence de la matière dans l'étenduë solide. Mais cette opinion que les Cartésiens ont tant fait valoir, a été victorieusement combattüe dans tous les tems, par des raisons évidentes que nous exposerons dans la suite ; car l'ordre veut que nous examinions auparavant à quoi se réduisent les propriétes de l'étenduë.

CHAPITRE IV.

Des propriétés mécaniques-passives de la matière, dépendantes de l'étenduë.

CE qu'on appelle forme en général, consiste dans les divers états, ou les différentes modifications, dont la matière est

fuscep-

fufceptible. Ces modifications reçoivent l'être, ou leur exiftence, de la matière même, comme l'empreinte d'un cachet la
reçoit de la cire qu'elle modifie. Elles conftituënt tous les différens états de cette fubftance : c'eft par elles qu'elle prend toutes les diverfes formes des corps, & qu'elle conftituë ces corps
mêmes.

Nous n'examinerons pas ici quelle peut être la nature de
ce principe, confidéré féparément de fon étenduë & de toute
autre forme. Il fuffit d'avoüer qu'elle eft inconnuë : ainfi il
eft inutile de rechercher fi la matière peut exifter dépouillée de
toutes ces formes, fans lesquelles nous ne pouvons la concevoir. Ceux qui aiment les difputes frivoles, peuvent fur les pas
des Scholaftiques, pourfuivre toutes les queftions qu'on peut
faire à ce fujet ; nous n'enfeignerons que ce qu'il faut précife-
ment fçavoir de la doctrine de ces formes.

Il y en a de deux fortes ; les unes actives, les autres paffives. Je ne traite dans ce Chapitre que des dernières. Elles
font au nombre de quatre ; fçavoir la grandeur, la figure, le
repos & la fituation. Ces formes font des états fimples, des
dépendances paffives de la matière, des modes qui ne peuvent
jamais l'abandonner, ni en détruire la fimplicité.

Les Anciens penfoient, non fans raifon, que ces formes
mécaniques paffives de la matière n'avoient pas d'autre fource
que l'étenduë ; perfuadés qu'ils étoient que la matière contient
potentiellement toutes ces formes en foi, par cela feul que ce qui
eft étendu, qu'un être doué des dimenfions dont on a parlé,
peut évidemment recevoir telle ou telle grandeur, figure, fituation, &c.

M 2 Voilà

Voilà donc les formes mécaniques-paffives contenuës en puiffance dans l'étenduë, dépendantes abfolument des trois dimenfions de la matière, & de leur diverfe combinaifon; & c'eft en ce fens qu'on peut dire que la matière confidérée fimplement dans fon étenduë, n'eft elle-même qu'un principe paffif. Mais cette fimple étenduë, qui la rend fufceptible d'une infinité de formes, ne lui permet pas d'en recevoir aucune, fans fa propre force motrice; car c'eft la matière déja revêtuë des formes, au moyen desquelles elle a reçu la puiffance motrice, ou le mouvement actuel, qui fe procure elle-même fucceffivement toutes les différentes formes qu'elle reçoit: & fuivant la même idée, fi la matière eft la mère des formes, comme parle Ariftote, elle ne l'eft que par fon mariage, ou par fon union avec la force motrice même.

Cela pofé: fi la matière eft quelquefois forcée de prendre une certaine forme, & non telle autre, cela ne peut venir de fa nature trop *inerte*, ou de fes formes mécaniques-paffives dépendantes de l'étenduë, mais d'une nouvelle forme qui mérite ici le premier rang, parce qu'elle joüe le plus grand rôle dans la nature; c'eft la forme active, ou la puiffance motrice; la forme, je le répète, par laquelle la matière produit celles qu'elle reçoit.

Mais avant que de faire mention de ce principe moteur, qu'il me foit permis d'obferver en paffant que la matière, confiderée feulement comme un être paffif, ne paroît mériter que le fimple nom de matière, auquel elle étoit autrefois reftreinte; que la matière, entant qu'abfolument inféparable de l'étenduë,

duë, de l'impénétrabilité, de la divifibilité, & des autres formes mécaniques-paffives, n'étoit pas réputée par les Anciens la même chofe que ce que nous appellons aujourd'hui du nom de fubftance, & qu'enfin loin de confondre ces deux termes, comme font les Modernes, il prenoient la matière, fimplement comme un attribut ou une partie de cette fubftance, conftituée telle, ou élevée à la dignité de corps par la puiffance motrice dont je vais parler.

CHAPITRE V.

De la puiffance motrice de la matière.

LES Anciens perfuadés qu'il n'y avoit aucuns corps fans une force motrice, regardoient la fubftance des corps comme un compofé de deux attributs primitifs: par l'un, cette fubftance avoit la puiffance de fe mouvoir; & par l'autre, celle d'être mûe. En effet, dans tout corps qui fe meut, il n'eft pas poffible de ne pas concevoir ces deux attributs, c'eft-à-dire, la chofe qui fe meut, & la même chofe qui eft mûe.

On vient de dire qu'on donnoit autrefois le nom de matière à la fubftance des corps, entant que fufceptible de mouvement: cette même matière devenüe capable de fe mouvoir, étoit envifagée fous le nom de principe actif, donné alors à la même fubftance. Mais ces deux attributs paroiffent fi effentiellement dépendans l'un de l'autre, que Ciceron, * pour

M 3   mieux

* In utroque tandem utrumque. *Academ. quæft. lib. 1.*

mieux exprimer cette union essentielle & primitive de la matière & de son principe moteur, dit que l'un & l'autre se trouve l'un dans l'autre; ce qui rend fort bien l'idée des 'Anciens.

D'où l'on comprend que les Modernes ne nous ont donné qu'une idée peu exacte de la matière, lorsqu'ils ont voulu par une confusion mal entenduë donner ce nom à la substance des corps; puisqu'encore une fois la matière, ou le principe passif de la substance des corps, ne fait qu'une partie de cette substance. Ainsi il n'est pas surprenant qu'ils n'y ayent pas découvert la force motrice & la faculté de sentir.

On doit voir à présent, ce me semble, du premier coup d'œil, que s'il est un principe actif, il doit avoir dans l'essence inconnuë de la matière, une autre source que l'étenduë; ce qui confirme que la simple étenduë ne donne pas une idée complette de toute l'essence, ou forme Métaphysique de la substance des corps, par cela seul qu'elle exclut l'idée de toute activité dans la matière. C'est pourquoi si nous démontrons ce principe moteur; si nous faisons voir que la matière, loin d'être aussi indifférente qu'on le croit communément, au mouvement & au repos, doit être regardée comme une substance active, aussi bien que passive, quelle ressource auront ceux qui ont fait consister son essence dans l'étendue?

Les deux principes dont on vient de parler, l'étendue & sa force motrice, ne sont que des puissances de la substance des corps; car de même que cette substance est susceptible de mouvement, sans en avoir effectivement, elle a aussi toujours, lors même qu'elle ne se meut pas, la faculté de se mouvoir.

Les

Les Anciens ont véritablement remarqué que cette force motrice n'agiſſoit dans la ſubſtance des corps, que lorſque cette ſubſtance étoit revêtuë de certaines formes : ils ont auſſi obſervé que les divers mouvemens qu'elle produit, ſont tous aſſujettis, ou réglés par ces différentes formes. C'eſt pourquoi les formes au moyen deſquelles la ſubſtance des corps pouvoit non ſeulement ſe mouvoir, mais ſe mouvoit diverſement, ont été nommées *formes matérielles*.

Il ſuffiſoit à ces premiers maîtres de jetter les yeux ſur tous les phénomenes de la nature, pour découvrir dans la ſubſtance des corps la force de ſe mouvoir elle-même. En effet, ou cette ſubſtance ſe meut elle-même, ou lorſqu'elle eſt en mouvement, c'eſt une autre ſubſtance qui le lui communique. Mais voit-on dans cette ſubſtance autre choſe qu'elle-même en action ; & ſi quelquefois elle paroît recevoir un mouvement qu'elle n'a pas, le reçoit elle de quelqu'autre cauſe que ce même genre de ſubſtance dont les parties agiſſent les unes ſur les autres ?

Si donc on ſuppoſe un autre Agent, je demande quel il eſt, & qu'on me donne des preuves de ſon exiſtence ; mais puiſqu'on n'en a pas la moindre idée, ce n'eſt pas même un *Etre de raiſon*.

Après cela il eſt clair que les Anciens ont dû facilement reconnoître une force intrinſéque de mouvement au dedans de la ſubſtance des corps ; puiſqu'enfin on ne peut, ni prouver, ni concevoir aucune autre ſubſtance qui agiſſe ſur elle.

Mais ces mêmes Auteurs ont en même-tems avoué, ou plutôt prouvé, qu'il étoit impoſſible de comprendre comment

ce

ce myſtère de la nature peut s'opérer, parce qu'on ne connoît point l'eſſence des corps. Ne connoiſſant pas l'Agent, quel moyen en effet de pouvoir connoître ſa manière d'agir? Et la difficulté ne demeureroit-elle pas la même, en admettant une autre ſubſtance, principalement un être dont on n'auroit aucune idée, & dont on ne pourroit pas même raiſonnablement reconnoître l'exiſtence.

Ce n'eſt pas auſſi ſans fondement qu'ils ont penſé que la ſubſtance des corps enviſagée ſans aucune forme, n'avoit aucune activité, mais quelle étoit *tout en puiſſance.* * Le corps humain, par exemple, privé de la forme propre, pourroit-il exécuter les mouvemens qui en dépendent? De même ſans l'ordre & l'arrangement de toutes les parties de l'univers, la matière qui les compoſe pourroit-elle produire tous les divers phénomènes qui frappent nos ſens?

Mais les parties de cette ſubſtance qui reçoivent des formes, ne peuvent pas elles-mêmes ſe les donner; ce ſont toujours d'autres parties de cette même ſubſtance déja revêtuë de formes, qui les leur procurent. Ainſi c'eſt de l'action de ces parties, preſſées les unes par les autres, que naiſſent les formes par lesquelles la forme motrice des corps devient effectivement active.

C'eſt au froid & au chaud qu'on doit, à mon avis, réduire, comme ont fait les Anciens, les formes productives des autres formes; parce qu'en effet, c'eſt par ces deux qualités actives générales que ſont vraiſemblablement produits tous les corps ſublunaires.   Deſcar-

---

* *Totum in fieri.*

Descartes, génie fait pour se frayer de nouvelles routes & s'égarer, a prétendu avec quelques autres Philosophes, que Dieu étoit la seule cause efficiente du mouvement, & qu'il l'imprimoit à chaque instant dans tous les corps. Mais ce sentiment n'est qu'une hypothèse qu'il a tâché d'ajuster aux lumières de la Foi; & alors ce n'est plus parler en Philosophe, ni à des Philosophes, surtout à ceux qu'on ne peut convaincre que par la force de l'évidence.

Les Scholastiques Chrétiens des derniers siécles ont bien senti l'importance de cette simple réfléxion : c'est pourquoi ils se sont sagement bornés aux seules lumières purement philosophiques sur le mouvement de la matière, quoiqu'ils eussent pu faire voir que Dieu même a dit qu'il avoit ''empreint d'un ''principe actif les élemens de la matière.'' *Genes. 1. Isaye 66.*

On pourroit former ici une longue chaîne d'autorités, & prendre dans les Professeurs les plus célébres, une substance de la doctrine de tous les autres : mais sans un fatras de citations, il est assez évident que la matière contient cette force motrice qui l'anime, & qui est la cause immédiate de toutes les loix du mouvement.

CHAPITRE VI.
De la faculté sensitive de la Matière.

NOUS avons parlé de deux attributs essentiels de la matière, desquels dépendent la plupart de ses propriétés, sçavoir l'étenduë & la force motrice. Nous n'avons plus maintenant qu'à prouver un troisiéme attribut; je veux dire la faculté de

N

sentir

fentir, que les Philofophes * de tous les fiécles ont reconnuë dans cette même fubftance. Je dis tous les Philofophes, quoique je n'ignore pas tous les efforts qu'ont vainement faits les Cartéfiens pour l'en dépouiller. Mais pour écarter des difficultés infurmontables, ils fe font jettés dans un labyrinthe dont ils ont cru fortir par cet abfurde fyftême, "que les bêtes font „ de pures machines.

Une opinion fi rifible n'a jamais eu d'accès chez les Philofophes qué comme un badinage d'efprit, ou un amufement philofophique. C'eft pourquoi nous ne nous arrêterons pas à la réfuter. L'expérience ne nous prouve pas moins la faculté de fentir dans les bêtes, que dans les hommes : hors moi qui fuis fort affuré que je fens, je n'ai d'autre preuve du fentiment des autres hommes que par les fignes qu'ils m'en donnenr. Le langage de convention, je veux dire, la parole, n'eft pas le figne qui l'exprime le mieux : il y en a un autre commun aux hommes & aux animaux, qui le manifefte avec plus de certitude ; je parle du langage affectif, tel que les plaintes, les cris, les careffes, la fuite, les foupirs, le chant, & en un mot toutes les expreffions de la douleur, de la trifteffe, de l'averfion, de la crainte, de l'audace, de la foumiffion, de la colère, du plaifir, de la joie, de la tendreffe, &c. Un langage auffi énergique a bien plus de force pour nous convaincre, que tous les Sophifmes de Descartes pour nous perfuader.

Peut-être les Cartéfiens, ne pouvant fe refufer à leur propre fentiment intérieur, fe croient-ils mieux fondés à reconnoître

la

* Voyez la Thèfe que M. Leibnitz fit foutenir à ce fujet au Prince Eugène, & l'*Origine ancienne de la Phyfique moderne*, par le P. Régnault.

la même faculté de fentir dans tous les hommes, que dans les autres animaux ; parce que ceux-ci n'ont pas à la vérité exactement la figure humaine. Mais ces Philofophes s'en tenant ainfi à l'écorce des chofes, auroient bien peu examiné la parfaite reffemblance qui frappe les connoiffeurs, entre l'homme & la bête: car il n'eft ici queftion que de la fimilitude des organes des fens, lesquels, à quelques modifications près, font abfolument les mêmes, & accufent évidemment les mêmes ufages.

Si ce parallèle n'a pas été faifi par Defcartes, ni par fes Sectateurs, il n'a pas échappé aux autres Philofophes, & furtout à ceux qui fe font curieufement appliqués à *l'Anatomie comparée.*

Il fe préfente une autre difficulté qui intereffe davantage notre amour propre: c'eft l'impoffibilité où nous fommes encore de concevoir cette propriété comme une dépendance, ou un attribut de la matière. Mais qu'on faffe attention que cette fubftance ne nous laiffe appercevoir que des chofes ineffables. Comprend-on mieux comment l'étenduë découle de fon effence? comment elle peut être muë par une force primitive dont l'action s'exerce fans contact, & mille autres merveilles qui fe dérobent tellement aux recherches des yeux les plus clairvoyans, qu'elles ne leur montrent que le rideau qui les cache, fuivant l'idée d'un illuftre Moderne*.

Mais ne pourroit-on pas fuppofer, comme ont fait quelques uns, que le fentiment qui fe remarque dans les corps animés

N 2

* *LEIBNITZ.*

més, appartiendroit à un être diſtinct de la matière de ces corps, à une ſubſtance d'une différente nature, & qui ſe trouveroit unie avec eux? Les lumières de la raiſon nous permettent-elles de bonne foi d'admettre de telles conjectures? Nous ne connoiſſons dans les corps que de la matière, & nous n'obſervons la faculté de ſentir que dans ces corps: ſur quel fondement donc établir un être idéal, déſavoüé par toutes nos connoiſſances?

Il faut cependant convenir avec la même franchiſe, que nous ignorons ſi la matière a en ſoi la faculté immédiate de ſentir, ou ſeulement la puiſſance de l'acquérir par les modifications, ou par les formes dont elle eſt ſuſceptible; car il eſt vrai que cette faculté ne ſe montre que dans les corps organiſés.

Voilà donc encore une nouvelle faculté qui ne réſideroit auſſi qu'en puiſſance dans la matière, ainſi que toutes les autres dont on a fait mention; & telle a été encore la façon de penſer des Anciens, dont la Philoſophie pleine de vûes & de pénétration méritoit d'être élevée ſur les débris de celle des Modernes. Ces derniers ont beau dédaigner des ſources trop éloignées d'eux: l'ancienne Philoſophie * prévaudra toujours devant ceux qui ſont dignes de la juger; parce qu'elle forme, (du moins par rapport au ſujet que je traite,) un ſyſtème ſolide, bien lié, & comme un corps qui manque à tous ces membres épars de la Phyſique moderne.

CHA-

------

* Metaphyſique.

CHAPITRE VII.
Des formes substantielles.

Nous avons vu que la matière est mobile, qu'elle a la puissance de se mouvoir par elle-même; qu'elle est susceptible de sensation & de sentiment. Mais il ne paroît pas, du moins si l'on s'en rapporte à l'expérience, ce grand maître des Philosophes, que ces propriétés puissent être mises en exercice, avant que cette substance soit, pour ainsi dire, habillée de quelques formes qui lui donnent la faculté de se mouvoir & de sentir. C'est pourquoi les Anciens regardoient ces formes, comme faisant partie de la réalité des corps; & de là vient qu'ils les ont nommées *formes substantielles*. * En effet, la matière considérée par abstraction, ou séparément de toute forme, est un être incomplet, suivant le langage des Ecoles, un être qui n'existe point dans cet état, & sur lequel du moins les sens, ni la raison, n'ont aucune prise. Ce sont donc véritablement les formes qui le rendent sensible, & pour ainsi dire, le réalisent. Ainsi, quoique, rigoureusement parlant, elles ne soient point des substances, mais de simples modifications, on a été fondé à leur donner le nom de formes substantielles, parce qu'elles perfectionnent la substance des corps, & en font en quelque sorte partie.

D'ailleurs pourvu que les idées soient clairement exposées, nous dédaignons de réformer des mots consacrés par l'usage, & qui ne peuvent induire en erreur, lorsqu'ils sont définis, & bien entendus.

N 3   Les

* *GOUD.* T. II, p. 94. 98.

Les Anciens n'avoient donné le nom de formes substantielles, qu'aux modifications qui constituënt essentiellement les
corps, & qui leur donnent à chacun ces caractères décisifs qui
les distinguent l'un de l'autre. Ils nommoient seulement formes *accidentelles*, les modifications qui viennent par accident,
& dont la destruction n'entraîne pas nécessairement celle des
formes qui constituënt la nature des corps; comme le mouvement local du corps humain, qui peut cesser, sans altérer l'intégrité de son organisation.

Les formes substantielles ont été divisées en simples & en
composées. Les formes simples sont celles qui modifient les
parties de la matière, telle que la grandeur, la figure, le mouvement, le repos & la situation; & ces parties de la matière revê-
tuës de ces formes, sont ce qu'on appelle *corps simples*, ou *élemens*. Les formes composées consistent dans l'assemblage des
corps simples, unis & arrangés dans l'ordre, & la quantité
nécessaire pour construire, ou former les différens mixtes.

Les mêmes Philosophes de l'antiquité ont aussi en quelque
sorte distingué deux sortes de formes substantielles dans les
corps vivans; sçavoir celles qui constituënt les parties organiques de ces corps, & celles qui sont regardées comme étant
leur principe de vie. C'est à ces dernieres qu'ils ont donné le
nom d'Ame. Ils en ont fait trois sortes; l'Ame végétative qui
appartient aux plantes, l'Ame sensitive, commune à l'homme
& à la bête: mais parce que celle de l'homme semble avoir un
plus vaste empire, des fonctions plus étenduës, des vuës plus
grandes, ils l'ont appellée *Ame raisonnable*. Disons un mot de
l'Ame végétative. Mais auparavant, qu'il me soit permis de
répon-

répondre à une objection que m'a faite un habile homme. „ Vous n'admettez, dit-il, dans les animaux, pour principe de „ sentiment, aucune substance qui soit différente de la matière: „ pourquoi donc traiter d'absurde le Cartésianisme, en ce qu'il „ suppose que les animaux sont de pures machines ? & quelle si „ grande différence y a-t-il entre ces deux opinions ? „ Je ré- pons d'un seul mot : Descartes refuse tout sentiment, toute fa- culté de sentir à ses machines, ou à la matière dont il suppose que les animaux sont uniquement faits : & moi je prouve clai- rement, si je ne me trompe fort, que s'il est un être qui soit, pour ainsi dire, pétri de sentiment, c'est l'animal; il semble avoir tout reçu en cette monnoie, qui (dans un autre sens) manque à tant d'hommes. Voilà la différence qu'il y a entre le célèbre Moderne dont je viens de parler, & l'Auteur de cet Ouvrage.

CHAPITRE VIII.

De l'Ame végétative.

Nous avons dit qu'il falloit rappeller au froid & au chaud les formes productives de toutes les formes des corps. Il a paru un excellent Commentaire de cette Doctrine des Anciens, par M. Quesnay. Cet habile homme la démontre par toutes les recherches & toutes les expériences de la Physi- que Moderne, ingénieusement rassemblées dans un *Traité du Feu,* où *l'Ether* subtilement rallumé, joue le premier rôle dans la formation des corps. M. Lamy Médécin, n'a pas cru devoir ainsi borner l'empire de l'Ether; il explique la formation des Ames de tous les corps par cette même cause. L'Ether est un

esprit

efprit infiniment fubtil, une matière très déliée & toujours en mouvement, connuë fous le nom de feu pur & célefte, parce que les Anciens en avoient mis la fource dans le Soleil, d'où fuivant eux, il eft lancé dans tous les corps plus ou moins, felon leur nature & leur confiftence; & „quoique de foi-même „il ne brûle pas, par les différens mouvemens qu'il donne aux „particules des autres corps où il eft renfermé, il brûle & fait „reffentir la chaleur. Toutes les parties du monde ont quel- „que portion de ce feu Elémentaire, que plufieurs Anciens „regardent comme l'Ame du monde. Le feu vifible a beau- „coup de cet Efprit, l'air auffi, l'eau beaucoup moins, la terre „très-peu. Entre les mixtes, les minéraux en ont moins, les „plantes plus, & les animaux beaucoup davantage. Ce feu, „ou cet efprit, eft leur Ame, qui s'augmente avec le corps par „le moyen des alimens qui en contiennent, & dont il fe fépare „avec le chile, & devient enfin capable de fentiment, grace „à un certain mêlange d'humeurs, & à cette ftructure particu- „liere d'organes qui forment les corps animés: car les ani- „maux, les minéraux, les plantes mêmes, & les os qui font la „bafe de nos corps, n'ont pas de fentiment, quoiqu'ils ayent „chacun quelque portion de cet Ether, parce qu'ils n'ont pas „la même organifation.‟

Les Anciens entendoient par l'Ame végétative la caufe qui dirige toutes les opérations de la génération, de la nutri- tion & de l'accroiffement de tous les corps vivans.

Les Modernes, peu attentifs à l'idée que ces premiers Maî- tres avoient de cette efpéce d'Ame, l'ont confonduë avec l'or-
gani-

ganifation même des végétaux & des animaux, tandis qu'elle eft la caufe qui conduit & dirige cette organifation.

On ne peut en effet concevoir la formation des corps vivans, fans une caufe qui y préfide, fans un principe qui règle & amène tout à une fin déterminée; foit que ce principe confifte dans les loix générales par lesquelles * s'opère tout le mécanisme des actions de ces corps; foit qu'il foit borné à des loix particulières, originairement réfidentes ou inclufes dans le germe de ces corps mêmes, & par lesquelles s'exécutent toutes fes fonctions pendant leur accroiffement & leur durée.

Les Philofophes dont je parle, ne fortoient pas des propriétés de la matière pour établir ces principes. Cette fubftance à laquelle ils attribuënt la faculté de fe mouvoir elle-même, avoit auffi le pouvoir de fe diriger dans fes mouvemens, l'un ne pouvant fubfifter fans l'autre; puisqu'on conçoit clairement que la même puiffance doit être également, & le principe de ces mouvemens, & le principe de cette détermination, qui font deux chofes abfolument individuelles & inféparables. C'eft pourquoi ils regardoient l'Ame végétative, comme une forme fubftantielle purement matérielle, malgré l'efpece d'intelligence dont ils imaginoient qu'elle n'étoit pas dépourvûe.

CHAPITRE IX.
De l'Ame Senſitive des Animaux.

LE principe matériel, ou la forme fubftantielle, qui dans les animaux fent, difcerne & connoît, a été généralement nom-

* BOERH. Elem. Chem. p. 35. 36. Abregé de la Théorie Chimique, p. 6. 7.

O

nommée par les Anciens, *Ame senfitive*. Ce principe doit être soigneusement distingué du corps organique même des animaux, & des opérations de ces corps, qu'ils ont attribuées à l'Ame végétative, comme on vient de le remarquer. Ce font cependant les organes mêmes de ces corps animés, qui occasionnent à cet être senfitif les fensations dont il est affecté.

On a donné le nom de sens, aux organes particulièrement destinés à faire naître ces fensations dans l'Ame. Les Médecins les divisent en sens externes & en sens internes; mais il ne s'agit ici que des premiers, qui font, comme tout le monde sçait, au nombre de cinq; la vûe, l'ouïe, l'odorat, le goût & le tact, dont l'empire s'étend sur un grand nombre de fensations, qui toutes font des fortes de toucher.

Ces organes agissent par l'entremise des nerfs, & d'une matière qui coule au-dedans de leur imperceptible cavité, & qui est d'une si grande subtilité, qu'on lui a donné le nom d'esprit animal, si bien démontré ailleurs par une foule d'expériences & de folides raifonnemens, que je ne perdrai point de tems à en prouver ici l'exiftence.

Lorsque les organes des fens font frappés par quelque objet, les nerfs qui entrent dans la ftructure de ces organes font ébranlés, le mouvement des esprits modifié se tranfmet au cerveau jusqu'au *senforium commune*, c'est-à-dire, jusqu'à l'endroit même, où l'Ame senfitive reçoit les fensations à la faveur de ce reflux d'esprits, qui par leur mouvement agissent fur elle.

Si l'impreffion d'un corps fur un nerf senfitif est forte & profonde, fi elle le tend, le déchire, le brûle, ou le rompt, il
en

en réfulte pour l'Ame une fenfation qui n'eft plus fimple, mais douloureufe: & réciproquement, fi l'organe eft trop foiblement affecté, il ne fe fait aucune fenfation. Donc pour que les fens faffent leurs fonctions, il faut que les objets impriment un mouvement proportionné à la nature foible ou forte de l'organe fenfitif.

Il ne fe fait donc aucune fenfation, fans quelque changement dans l'organe qui lui eft deftiné, ou plutôt dans la feule furface du nerf de cet organe. Ce changement peut-il fe faire par *l'intromiffion* du corps qui fe fait fentir? Non; les envelopes dures des nerfs rendent la chofe évidemment impoffible. Il n'eft produit que par les diverfes propriétés des corps fenfibles, & de là naiffent les différentes fenfations.

Beaucoup d'expériences nous ont fait connoître que c'eft effectivement dans le cerveau, que l'Ame eft affectée des fenfations propres à l'animal: car lorfque cette partie eft confidérablement bleffée, l'animal n'a plus ni fentiment, ni difcernement, ni connoiffance: toutes les parties qui font au deffus des plaies & des ligatures, confervent entr'elles & le cerveau le mouvement & le fentiment, toujours perdu au-deffous, entre la ligature & l'extrémité. La fection, la corruption des nerfs & du cerveau, la compreffion même de cette partie, &c. ont appris à Galien la même vérité. Ce Sçavant a donc parfaitement connu le fiége de l'Ame, & la néceffité abfoluë des nerfs pour les fenfations: il a fçu 1°. que l'Ame fent, & n'eft réellement affectée que dans le cerveau, des fentimens propres à l'animal. 2°. Qu'elle n'a de fentiment & de connoiffance, qu'autant qu'elle reçoit l'impreffion actuelle des efprits animaux.

O 2

Nous

Nous ne rapporterons point ici les opinions d'Aristote, de Chryſippe, de Platon, de Deſcartes, de Vieuſſens, de Roſſet, de Willis, de Lanciſi, &c. Il en faudroit toujours revenir à Galien, comme à la Vérité même. Hippocrate paroît auſſi n'avoir pas ignoré où l'Ame fait ſa réſidence.

Cependant la plupart des anciens Philoſophes, ayant à leur tête les Stoïciens; & parmi les Modernes, Perrault, Stuart, & Tabor, ont penſé que l'Ame ſentoit dans toutes les parties du corps, parce qu'elles ont toutes des nerfs. Mais nous n'avons aucune preuve d'une ſenſibilité auſſi univerſellement répanduë. L'expérience nous a même appris que lorſque quelque partie du corps eſt retranchée, l'Ame a des ſenſations, que cette partie qui n'eſt plus, ſemble encore lui donner. L'ame ne ſent donc pas dans le lieu même où elle croit ſentir. Son erreur conſiſte dans la manière dont elle ſent, & qui lui fait rapporter ſon propre ſentiment aux organes qui le lui occaſionnent, & l'avertiſſent en quelque ſorte de l'impreſſion qu'ils reçoivent eux-mêmes des cauſes extérieures. Cependant nous ne pouvons pas aſſurer que la ſubſtance de ces organes ne ſoit pas elle-même ſuſceptible de ſentiment, & qu'elle n'en ait pas effectivement. Mais ces modifications ne pourroient être connuës qu'à cette ſubſtance même, & non au tout, c'eſt-à-dire, à l'animal auquel elles ne ſont pas propres, & ne ſervent point.

Comme les doutes qu'on peut avoir à ce ſujet, ne ſont fondés que ſur des conjectures, nous ne nous arrêterons qu'à ce que l'expérience, qui ſeule doit nous guider, nous apprend ſur les ſenſations que l'Ame reçoit dans les corps animés.

Beau-

Beaucoup d'Auteurs mettent le siége de l'Ame presque dans un seul point du cerveau, & dans un seul point du corps calleux, d'où comme de son trône, elle régit toutes les parties du corps.

L'être sensitif ainsi cantonné, resserré dans des bornes aussi étroites, ils le distinguent 1°. de tous les corps animés, dont les divers organes concourent seulement à lui fournir ses sensations: 2°. des esprits mêmes qui le touchent, le remuënt, le pénétrent par la diverse force de leur choc, & le font si diversément sentir.

Pour rendre leur idée plus sensible, ils comparent l'Ame au timbre d'une montre, parce qu'en effet l'Ame est en quelque sorte dans le corps, ce qu'est le timbre dans la montre. Tout le corps de cette machine, les ressorts, les roües ne font que des instrumens, qui par leurs mouvemens concourent tous ensemble à la régularité de l'action du marteau sur le timbre, qui attend, pour ainsi dire, cette action, & ne fait que la recevoir: car lorsque le marteau ne frappe pas le timbre, il est comme isolé de tout le corps de la montre, & ne participe en rien à tous ses mouvemens.

Telle est l'Ame pendant un sommeil profond. Privée de toutes sensations, sans nulle connoissance de tout ce qui se passe au dehors & au dedans du corps qu'elle habite, elle semble attendre le réveil, pour recevoir en quelque sorte le coup de marteau donné par les esprits sur son timbre. Ce n'est en effet que pendant la veille qu'elle est affectée par diverses sensations, qui lui font connoître la nature des impressions que les corps externes communiquent aux organes.

Que

Que l'Ame n'occupe qu'un point du cerveau, ou qu'elle ait un fiége plus étendu, peu importe à nôtre fyftème. Il eft certain qu'à en juger par la chaleur, l'humidité, l'âpreté, la douleur, &c. que tous les nerfs fentent également, on croiroit qu'ils devroient tous être intimement réünis pour former cette efpece de rendez-vous de toutes les fenfations. Cependant on verra que les nerfs ne fe raffemblent en aucun lieu du cerveau, ni du cervelet, ni de la moëlle de l'épine.

Quoiqu'il en foit, les principes que nous avons pofés une fois bien établis, on doit voir que toutes les connoiffances, même celles qui font les plus habituelles, ou les plus familières à l'Ame, ne réfident en elle, qu'au moment même qu'elle en eft affectée. *L'habituel* de ces connoiffances ne confifte que dans les modifications permanentes du mouvement des efprits, qui les lui préfentent, ou plutôt qui les lui procurent très fréquemment. D'où il fuit que c'eft dans la fréquente répétition des mêmes mouvemens que confiftent la mémoire, l'imagination, les inclinations, les paffions, & toutes les autres facultés qui mettent de l'ordre dans les idées, qui le maintiennent & rendent les fenfations plus ou moins fortes & étenduës: & de là viennent encore la pénétration, la conception, la juftefse, & la liaifon des connoiffances; & cela, felon le dégré d'excellence, ou la perfection des organes des différens animaux.

C H A P I T R E X.
Des facultés du corps qui fe rapportent à l'Ame fenfitive.

LES Philofophes ont rapporté à l'Ame fenfitive toutes les facultés qui fervent à lui exciter des fenfations. Cependant

dant il faut bien diftinguer ces facultés, qui font purement mécaniques, de celles qui appartiennent véritablement à l'être fenfitif. C'eft pourquoi nous allons les réduire à deux claffes.

Les facultés du corps qui fourniffent des fenfations, font
celles qui dépendent des organes des fens, & uniquement du
mouvement des efprits contenus dans les nerfs de ces organes,
& des modifications de ces mouvemens. Tels font la diverfité
des mouvemens des efprits excités dans les nerfs des différens
organes, & qui font naître les diverfes fenfations dépendantes
de chacun d'eux, dans l'inftant même qu'ils font frappés, ou
affectés par des objets extérieurs. Nous rapporterons encore
ici les modifications habituelles de ces mêmes mouvemens, qui
rappellent néceffairement les mêmes fenfations que l'Ame avoit
déjà reçuës par l'impreffion des objets fur les fens. Ces modifications tant de fois répétées forment la mémoire, l'imagination, les paffions.

Mais il y en a d'autres également ordinaires, & habituelles,
qui ne viennent pas de la même fource: elles dépendent originairement des diverfes difpofitions organiques des corps animés, lefquelles forment les inclinations, les appétits, la pénétration, l'inftinct & la conception.

La feconde claffe renferme les facultés qui appartiennent
en propre à l'être fenfitif; comme les fenfations, les perceptions, le difcernement, les connoiffances, &c.

§. I.
Des fens.

La diverfité des fenfations varie felon la nature des organes qui les tranfmettent à l'Ame. L'ouïe porte à l'Ame la fenfation

sation du bruit ou du son, la vuë lui imprime les sentimens de lumière & de couleurs, qui lui représentent l'image des objets qui s'offrent aux yeux; l'Ame reçoit de l'odorat toutes les sensations connuës sous le nom d'odeurs; les saveurs lui viennent à la faveur du goût : le toucher enfin, ce sens universellement répandu par toute l'habitude du corps, lui fait naître les sensations de toutes les qualités appellées *tactiles*, telles que la chaleur, la froideur, la dureté, la mollesse, le poli, l'âpre, la douleur & le plaisir, qui dépendent des divers organes du tact; parmi lesquels nous comptons les parties de la génération, dont le sentiment vif pénétre & transporte l'Ame dans les plus doux & les plus heureux momens de notre existence.

Puisque le nerf optique & le nerf acoustique font seuls, l'un voir les couleurs, l'autre entendre les sons; puisque les seuls nerfs moteurs portent à l'Ame l'idée des mouvemens, qu'on n'apperçoit les odeurs qu'à la faveur de l'odorat, &c. il s'ensuit que chaque nerf est propre à faire naître différentes sensations, & qu'ainsi le *sensorium commune* a, pour ainsi dire, divers territoires, dont chacun a son nerf, reçoit & loge les idées apportées par ce tuyau. Cependant il ne faut pas mettre dans les nerfs mêmes la cause de la diversité des sensations; car l'expansion du nerf auditif ressemble à la rétine, & cependant il en résulte des sensations bien opposées. Cette variété paroît clairement dépendre de celle des organes placés avant les nerfs, de sorte qu'un organe dioptrique, par exemple, doit naturellement servir à la vision.

Non seulement les divers sens excitent différentes sensations, mais chacun d'eux varie encore à l'infini celles qu'il porte
à l'Ame

à l'Ame, selon les différentes manières dont ils sont affectés par les corps externes. C'est pourquoi la sensation du bruit peut être modifiée par une multitude de tons différens, & peut faire appercevoir à l'Ame l'éloignement & le lieu de la cause qui produit cette sensation. Les yeux peuvent de même en modifiant la lumière, donner des sensations plus ou moins vives de la lumière & des couleurs, & former par ces différentes modifications, les idées d'étendue, de figure, d'éloignement, &c. Tout ce qu'on vient de dire est exactement vrai des autres sens.

§. II.

Mécanisme des sensations.

Tâchons, à la faveur de l'œil, de pénétrer dans le plus subtil mécanisme des sensations. Comme l'œil est le seul de tous les organes sensitifs, où se peigne & se représente visiblement l'action des objets extérieurs, il peut seul nous aider à concevoir quelle sorte de changement ces objets font éprouver aux nerfs qui en sont frappés. Prenez un œil de bœuf, dépouillez-le adroitement de la sclérotique & de la choroïde; mettez où étoit la première de ces membranes, un papier dont la concavité s'ajuste parfaitement avec la convexité de l'œil. Présentez ensuite quelque corps que ce soit devant le trou de la pupille, vous verrez très-distinctement au fond de l'œil l'image de ce corps. D'où j'infère en passant, que la vision n'a pas son siége dans la choroïde; mais dans la rétine.

En quoi consiste la peinture des objets? Dans un retracement proportionnellement diminutif des rayons lumineux qui

P

par-

partent de ces objets. Ce retracement forme une impreſſion
de la plus grande délicateſſe, comme il eſt facile d'en juger par
tous les rayons de la pleine Lune, qui concentrés dans le foyer
d'un miroir ardent, & reflechis fur le plus fenfible thermomètre,
ne font aucunement monter la liqueur de cet inſtrument. Si
l'on confidère de plus, qu'il y a autant de fibres dans cette ex-
panſion du nerf optique, que de points dans l'image de l'objet,
que ces fibres font infiniment tendres & molles, & ne forment
guères qu'une vraie pulpe, ou moëlle nerveuſe, on concevra
non feulement que chaque fibrille ne fe trouvera chargée que
d'une trés-petite portion des rayons; mais qu'à cauſe de fon
extrême délicateſſe, elle n'en recevra qu'un changement fimple, leger, foible, ou fort fuperficiel; & en conſéquence de
cela, les eſprits animaux à peine excités, réfluëront avec la
plus grande lenteur: à meſure qu'ils retourneront vers l'origine
du nerf optique, leur mouvement fe rallentira de plus en plus,
& par conſéquent l'impreſſion de cette peinture ne pourra
s'étendre, fe propager le long de la corde optique, fans s'affoiblir. Que penfez-vous à préfent de cette impreſſion portée
juſqu'à l'Ame même? N'en doit-elle pas recevoir un effet fi
doux, qu'elle le fente à peine?

De nouvelles expériences viennent encore à l'appui de
cette théorie. Mettez l'oreille à l'extrémité d'un arbre droit &
long, tandis qu'on gratte doucement avec l'ongle à l'autre bout.
Une fi foible cauſe doit produire fi peu de bruit, qu'il fembleroit devoir s'étouffer ou fe perdre dans toute la longueur du
bois. Il fe perd en effet pour tous les autres, vous feul enten-
dez un bruit fourd, presqu'imperceptible. La même choſe fe
paſſe

paſſe en petit dans le nerf optique, parce qu'il eſt infiniment moins ſolide. L'impreſſion une fois reçuë par l'extrémité d'un canal cylindrique, plein d'un fluide non élaſtique, doit néceſſairement ſe porter juſqu'à l'autre extrémité, comme dans ce bois dont je viens de parler, & dans l'expérience ſi connuë des billes de billard; or les nerfs ſont des tuyaux cylindriques, du moins chaque fibre ſenſible nerveuſe montre clairement aux yeux cette figure.

Mais de petits cylindres d'un diamétre auſſi étroit ne peuvent vraiſemblablement contenir qu'un ſeul globule à la file, qu'une ſuite ou rang d'eſprits animaux. Cela s'enſuit de l'extrême facilité qu'ont ces fluides à ſe mouvoir au moindre choc, ou de la régularité de leurs mouvemens, de la préciſion, de la fidélité des traces, ou des idées qui en réſultent dans le cerveau: tous effets qui prouvent que le ſuc nerveux eſt compoſé d'élémens globuleux, qui nagent peut-être dans une matière éthérée; & qui ſeroient inexplicables, en ſuppoſant dans les nerfs, comme dans les autres vaiſſeaux, diverſes eſpèces de globules, dont le tourbillon changeroit l'homme le plus attentif, le plus prudent, en ce qu'on nomme un franc étourdi.

Que le fluide nerveux ait du reſſort, ou qu'il n'en ait pas, de quelque figure que ſoient les élémens, ſi l'on veut expliquer les phénoménes des ſenſations, il faut donc admettre 1°. l'éxiſtence & la circulation des eſprits. 2°. Ces mêmes eſprits qui mis en mouvement par l'action des corps externes, rétrogradent juſqu'à l'Ame. 3°. Un ſeul rang de globules ſphériques, dans chaque fibre cylindrique, pour courir au moindre tact, pour galopper au moindre ſignal de la volonté. Cela poſé,

avec

avec quelle vîteſſe le premier globule pouſſé doit-il pouſſer le dernier, & le jetter, pour ainſi dire, ſur l'Ame, qui ſe réveille à ce coup de marteau, & reçoit des idées plus ou moins vives, rélativement au mouvement qui lui a été imprimé. Ceci amene naturellement les Loix des Senſations: les voici.

§. III.

Loix des Senſations.

I. Loi. Plus un objet agit diſtinctement ſur le *ſenſorium*, plus l'idée qui en réſulte, eſt nette & diſtincte.

II. Loi. Plus il agit vivement ſur la même partie matéri-elle du cerveau, plus l'idée eſt claire.

III. Loi. La même clarté réſulte de l'impreſſion des ob-jets ſouvent renouvellée.

IV. Loi. Plus l'action de l'objet eſt vive, plus elle eſt différente de toute autre, ou extraordinaire, plus l'idée eſt vive & frappante. On ne peut ſouvent la chaſſer par d'autres idées, comme Spinoſa dit l'avoir éprouvé, lorſqu'il vit un de ces grands hommes du Bréſil. C'eſt ainſi qu'un blanc & un noir qui ſe voyent pour la première fois, ne l'oublieront jamais, parce que l'Ame regarde long-tems un objet extraordinaire, y penſe & s'en occupe ſans ceſſe. L'eſprit & les yeux paſſent légèrement ſur les choſes qui ſe préſentent tous les jours. Une plante nouvelle ne frappe que le Botaniſte. On voit par là qu'il eſt dangereux de donner aux enfans des idées effrayantes, telle que la peur du Diable, du Loup, &c.

Ce n'eſt qu'en réfléchiſſant ſur les notions ſimples, qu'on ſaiſit les idées compliquées: il faut que les premières ſoient toutes repréſentées clairement à l'Ame, & qu'elle les conçoive

diſtindiftinctement l'une après l'autre; c'est-à-dire, qu'il faut choifir un feul fujet fimple, qui agiffe tout entier fur le *fenforium*, & ne foit troublé par aucun autre objet, à l'exemple des Géomètres, qui par habitude ont le talent que la maladie donne aux mélancoliques, de ne pas perdre de vuë leur objet. C'est la première conclufion qu'on doit tirer de notre première Loi; la féconde eft qu'il vaut mieux méditer, que d'étudier tout haut, comme les enfans & les écoliers: car on ne retient que des fons, qu'on nouveau torrent d'idées emporte continuellement. Au refte, fuivant la troifiéme Loi, des traces plus fouvent marquées font plus difficiles à effacer, & ceux qui ne font point en état de méditer, ne peuvent guéres apprendre que par le mauvais ufage dont j'ai parlé.

Enfin comme il faut qu'un objet, qu'on veut voir clairement au microfcope, foit bien éclairé, tandis que toutes les parties voifines font dans l'obfcurité; de même pour entendre diftinctement un bruit qui d'abord paroiffoit confus, il fuffit d'écouter attentivement: le fon trouvant une oreille bien préparée, harmoniquement tenduë, frappe le cerveau plus vivement. C'eft par les mêmes moyens qu'un raifonnement qui paroiffoit fort obfcur, eft enfin trouvé clair; cela s'enfuit de la II. Loi.

§. I V.

Que les Senfations ne font pas connaître la nature des corps,
& qu'elles changent avec les organes.

Quelque lumineufes que foient nos fenfations, elles ne nous éclairent jamais fur la nature de l'objet actif, ni fur celle de l'organe paffif. La figure, le mouvement, la maffe, la dureté,

P 3   font

font bien des attributs des corps fur lesquels nos fens ont quelque prife.   Mais combien d'autres propriétés qui réfident dans les derniers élémens des corps, & qui ne font pas faifies par nos organes, avec lesquels elles n'ont du rapport que d'une façon confufe qui les exprime mal, ou point du tout? Les couleurs, la chaleur, la douleur, le goût, le tact, &c. varient à tel point, que le même corps paroît tantôt chaud, & tantôt froid à la même perfonne, dont l'organe fenfitif par conféquent ne retrace point à l'Ame le véritable état des corps.   Les couleurs ne changent-elles pas auffi, felon les modifications de la lumière? Elles ne peuvent donc être regardées comme des propriétés des corps.   L'ame juge confufément des goûts, qui ne lui manifeftent pas même la figure des fels.

Je dis plus: on ne conçoit pas mieux les premières qualités des corps.   Les idées de grandeur, de dureté, &c. ne font déterminées que par nos organes.   Avec d'autres fens, nous aurions des idées différentes des mêmes attributs, comme avec d'autres idées nous penferions autrement que nous ne penfons de tout ce qu'on appelle ouvrage de génie, ou de fentiment. Mais je referve à parler ailleurs de cette matière.

Si tous les corps avoient le même mouvement, la même figure, la même denfité, quelque différens qu'ils fuffent d'ailleurs entr'eux, il fuit qu'on croiroit qu'il n'y a qu'un feul corps dans la nature, parce qu'ils affecteroient tous de la même manière l'organe fenfitif.

Nos idées ne viennent donc pas de la connoiffance des propriétés des corps, ni de ce en quoi confifte le changement qu'éprouvent nos organes. Elles fe forment par ce changement

ment feul. Suivant fa nature, & fes dégrés, il s'éleve dans notre Ame des idées qui n'ont aucune liaifon avec leurs caufes
occafionnelles & efficientes, ni fans doute avec la volonté,
malgré laquelle elles fe font place dans la moëlle du cerveau.
La douleur, la chaleur, la couleur rouge, ou blanche, n'ont rien
de commun avec le feu, ou la flamme; l'idée de cet élément eft
fi étrangere à ces fenfations, qu'un homme fans aucune teinture
de Phyfique ne la concevra jamais.

D'ailleurs les fenfations changent avec les organes; dans
certaines jauniffes, tout paroît jaune. Changez avec le doigt
l'axe de la vifion, vous multiplierez les objets, vous en varierez
à votre gré la fituation & les attitudes. Les engelures, &c. font
perdre l'ufage du tact. Le plus petit embarras dans le canal
d'Euftachi fuffit pour rendre fourd. Les fleurs blanches ôtent
tout le fentiment du vagin. Une taye fur la cornée, fuivant
qu'elle répond plus ou moins au centre de la prunelle, fait voir
diverfement les objets. La cataracte, la goutte ferène, &c. jettent dans l'aveuglement.

Les fenfations ne repréfentent donc point du tout les chofes, telles qu'elles font en elles-mêmes, puifqu'elles dépendent
entièrement des parties corporelles qui leur ouvrent le paffage.

Mais pour cela nous trompent-elles? Non certes, quoiqu'on en dife, puifqu'elles nous ont été données plus pour la
confervation de notre machine, que pour acquérir des connoiffances. La réfléxion de la lumière produit une couleur jaune
dans un œil plein de bile; l'Ame alors doit donc voir jaune.
Le fel & le fucre impriment des mouvemens oppofés aux papilles du goût; on aura donc en conféquence des idées contrai-

res,

res, qui feront trouver l'un falé, & l'autre doux. A dire vrai, les fens ne nous trompent jamais, que lorsque nous jugeons avec trop de précipitation fur leurs rapports : car autrement ce font des miniftres fidèles ; l'Ame peut compter qu'elle fera fûrement avertie par eux des embûches qu'on lui tend ; les fens veillent fans ceffe, & font toujours prêts à corriger l'erreur les uns des autres. Mais comme l'Ame dépend à fon tour des organes qui la fervent, fi tous les fens font eux-mêmes trompés, le moyen d'empêcher le *fenforium commune* de participer à une erreur auffi générale ?

§. V.

Raifons Anatomiques de la diverfité des fenfations.

Quand même tous les nerfs fe raffembleroient, les fenfations n'en feroient pas moins diverfes : mais outre qu'il s'en faut beaucoup que cela foit vrai, fi ce n'eft les nerfs optiques & acouftiques, c'eft que les nerfs font réellement féparés dans le cerveau. 1°. L'origine de chaque nerf ne doit pas être fort éloignée de l'endroit où le fcalpel les démontre, & ne peut plus les fuivre, comme il paroît dans les nerfs auditifs & pathétiques. 2°. On voit clairement fans microfcope, que les principes nerveux font affez écartés ; (cela fe remarque fur-tout dans les nerfs olfactifs, optiques & auditifs, qui font à une très grande diftance l'un de l'autre :) & que les fibres nerveufes ne fuivent pas les mêmes directions, comme le prouvent encore les nerfs que je viens de nommer. 3°. L'extrême molleffe de toutes ces fibres, fait qu'elles fe confondent aifément avec la moëlle : la 4ᵉ. & la 8ᵉ. paire peuvent ici fervir d'exemple. 4°. Telle eft la feule impénétrabilité des corps, que les premiers filamens de

tant

tant de différens nerfs ne peuvent se réunir en un seul point. 5°. La diversité des sensations, telle que la chaleur, la douleur, le bruit, la couleur, l'odeur, qu'on éprouve à la fois; ces deux sentimens distincts à l'occasion du toucher d'un doigt de la main droite, & d'un doigt de la main gauche, à l'occasion même d'un seul petit corps rond, qu'on fait rouler sous un doigt sur lequel le doit voisin est replié; tout prouve que chaque sens a son petit département particulier dans la moëlle du cerveau, & qu'ainsi le siége de l'Ame est composé d'autant de parties, qu'il y a de sensations diverses qui y répondent. Or qui pourroit les nombrer? Et que de raisons pour multiplier & modifier le sentiment à l'infini? Le tissu des envelopes des nerfs, qui peut être plus ou moins solide, leur pulpe plus ou moins molle, leur situation plus ou moins lâche, leur diverse construction à l'une & à l'autre extrémité, &c.

Il s'ensuit de ce que nous avons dit jusqu'à présent, que chaque nerf différe l'un de l'autre à sa naissance, & en conséquence ne paroît porter à l'Ame qu'une sorte de sensations, ou d'idées. En effet l'histoire physiologique de tous les sens prouve que chaque nerf a un sentiment relatif à sa nature, & plus encore à celle de l'organe au travers duquel se modifient les impressions externes. Si l'organe est dioptrique, il donne l'idée de la lumière & des couleurs; s'il est acoustique, on entend, comme on l'a déjà dit, &c.

§. VI.
De la petitesse des idées.

Ces impressions des corps extérieurs sont donc la vraie cause Physique de toutes nos idées; mais que cette cause est

Q

extra-

extraordinairement petite! Lorsqu'on regarde le Ciel au travers
du plus petit trou, tout ce vaste hemisphére se peint au fond de
l'œil, son image est beaucoup plus petite que le trou par où
elle a passé. Que seroit-ce donc d'une étoile de la 6ᵉ. grandeur,
ou de la 6ᵉ. partie d'un globule sanguin? L'ame la voit cependant fort clairement avec un bon microscope. Quelle cause
infiniment exigue? & par conséquent quelle doit être l'exilité de
nos sensations & de nos idées? Et que cette exilité de sensations
& d'idées paroît nécessaire par rapport à l'immensité de la mémoire! Où loger en effet tant de connoissances, sans le peu de
place qu'il leur faut, & sans l'étenduë de la moëlle du cerveau
& des divers lieux qu'elles habitent.

§. VII.
Différens siéges de l'Ame.

Pour fixer, ou marquer avec précifion, quels sont ces divers
territoires de nos idées, il faut encore recourir à l'Anatomie,
sans laquelle on ne connoît rien du corps, & avec laquelle seule
on peut lever la plûpart des voiles qui dérobent l'Ame à la curiosité de nos regards & de nos recherches.

Chaque nerf prend son origine, de l'endroit, où finit la dernière artériole de la substance corticale du cerveau; cette origine est donc, où commence visiblement le filament médullaire,
qui part de ce fin tuyau qu'on en voit naître & sortir sans microscope. Tel est réellement le lieu d'où la plûpart des nerfs
semblent tirer leur origine, où ils se réünissent, & où l'être sensitif paroît réfugié. Les sensations & les mouvemens animaux
peuvent-ils être raisonnablement placés dans l'artère? Ce
tuyau est privé de sentiment par lui-même, & il n'est changé
par

par aucun effort de la volonté. Les fenfations ne font point
auffi dans le nerf au deffous de fa continuité avec la moëlle: les
plaies & autres obfervations nous le perfuadent. Les mouvemens à leur tour n'ont point leur fiége au deffous de la continuité du nerf avec l'artère, puisque tout nerf fe meut au gré
de la volonté. Voilà donc le *fenforium* bien établi dans la moëlle, & cela jusqu'à l'origine même artérielle de cette fubftance
médullaire. D'où il fuit encore une fois que le fiége de l'Ame
a plus d'étenduë qu'on ne s'imagine; encore fes limites feroient-
elles peut-être trop bornées dans un homme, fur tout très-
fçavant, fans l'immenfe petiteffe ou exilité des idées dont nous
avons parlé.

§. VIII.

De l'étendue de l'Ame.

Si le fiége de l'Ame a une certaine étenduë, fi elle fent en
divers lieux du cerveau, ou ce qui revient au même, fi elle y a
véritablement differens fiéges, il faut néceffairement qu'elle ne
foit pas elle-même inétenduë, comme le prétend Defcartes; car
dans fon fyftème, l'Ame ne pourroit agir fur le corps, & il feroit
auffi impoffible d'expliquer l'union & l'action réciproque des
deux fubftances, que cela eft eft facile à ceux qui penfent qu'il
n'eft pas poffible de concevoir aucun être fans étenduë. En
effet, le corps & l'Ame font deux natures entierement oppofées,
felon Defcartes; le corps n'eft capable que de mouvement,
l'Ame que de connoiffance; donc il eft impoffible que l'Ame
agiffe fur le corps, ni le corps fur l'Ame. Que le corps fe
meuve, l'Ame qui n'eft point fujette aux mouvemens, n'en ref-

Q 2

fensentira aucune atteinte. Que l'Ame pense, le corps n'en ressentira rien, puisqu'il n'obéit qu'au mouvement.

N'est-ce pas dire avec Lucrece, que l'Ame n'étant pas matérielle, ne peut agir sur le corps, ou qu'elle l'est effectivement, puisqu'elle le touche & le remuë de tant de façons? Ce qui ne peut convenir qu'à un corps * .

Si petite & si imperceptible qu'on suppose l'étenduë de l'Ame, malgré les phénomènes qui semblent prouver le contraire, & qui démontreroient plûtôt ** plusieurs Ames, qu'une Ame sans étenduë, il faut toujours qu'elle en ait une, quelle qu'elle soit, puisqu'elle touche immédiatement cette autre étenduë énorme du corps, comme on conçoit que le globe du monde seroit touché par toute la surface du plus petit grain de sable qui seroit placé sur son sommet? L'étenduë de l'Ame forme donc en quelque sorte le corps de cet être sensible & actif; & à cause de l'intimité de sa liaison, qui est telle qu'on croiroit que les deux substances sont individuellement attachées & jointes ensemble, & ne font qu'un seul tout, Aristote *** dit, "qu'il „n'y a point d'Ame sans corps, & que l'Ame n'est point un corps." A dire vrai, quoique l'Ame agisse sur le corps & se détermine sans doute par une activité qui lui est propre, cependant je ne sçais si elle est jamais active, avant que d'avoir été passive; car il semble que l'Ame pour agir, ait besoin de recevoir

voir

---

* *Tangere nec tangi, nisi corpus, nulla potest res.*

** Quelques anciens Philosophes les ont admises, pour expliquer les differentes contradictions dans lesquelles l'Ame se surprend elle-même, telles que, par exemple, les pleurs d'une femme qui seroit bien fâchée de voir ressusciter son mari, & *vice versa.*

*** *De Anima text. 26. c. 2.*

voir les impreffions des efprits modifiés par les facultés corporelles.   C'eft ce qui a peut-être fait dire à plufieurs; que l'Ame
dépend tellement du tempérament & de la difpofition des organes, qu'elle fe perfectionne & s'embellit avec eux.

Vous voyez que pour expliquer l'union de l'Ame au corps,
il n'eft pas befoin de tant fe mettre l'efprit à la torture, que
l'ont fait ces grands génies, Ariftote, Platon, Defcartes, Mallebranche, Leibnitz, Staahl, & qu'il fuffit d'aller rondement fon
droit chemin, & de ne pas regarder derrière, ou de côté, lorfque la vérité eft devant foi.   Mais il y a des gens qui ont tant
de préjugés, qu'ils ne fe baifferoient feulement pas pour ramaffer
la vérité, s'ils la rencontroient où ils ne veulent pas qu'elle
foit.

Vous concevez enfin qu'après tout ce qui a été dit fur la
diverfe origine des nerfs & les différens fiéges de l'Ame, il fe
peut bien faire qu'il y ait quelque chofe de vrai dans toutes les
opinions des Auteurs à ce fujet, quelqu'oppofées quelles paroiffent : & puisque les maladies du cerveau, felon l'endroit
qu'elles attaquent, fuppriment tantôt un fens, tantôt un autre,
ceux qui mettent le fiége de l'Ame dans les *nates,* ou les *teftes,*
ont-ils plus de tort que ceux qui voudroient la cantonner dans
le *centre ovale,* dans le *corps calleux,* ou même dans la *glande pinéale?*   Nous pourrons donc appliquer à toute la moëlle du
cerveau, ce que Virgile dit * de tout le corps, où il prétend
avec les Stoïciens que l'Ame eft répanduë.

Q 3   En

                    Totos diffufa per artus
    Mens agitat molem, & magno fe corpore mifcet.
                    Virg. Æneid. l. 6.

En effet où est votre Ame, lorsque votre odorat lui communique des odeurs qui lui plaifent, ou la chagrinent, fi ce n'eft dans ces couches d'où les nerfs olfactifs tirent leur origine? Où eft-elle, lorsqu'elle apperçoit avec plaifir un beau Ciel, une belle perfpective, fi elle n'eft dans les couches optiques? Pour entendre, il faut qu'elle foit placée à la naiffance du nerf auditif, &c. Tout prouve donc que ce timbre auquel nous avons comparé l'Ame, pour en donner une idée fenfible, fe trouve en plufieurs endroits du cerveau, puisqu'il eft réellement frappé à plufieurs portes. Mais je ne prétens pas dire pour cela qu'il y ait plufieurs Ames; une feule fuffit fans doute avec l'étenduë de ce fiége médullaire que nous avons été forcés par l'expérience de lui accorder; elle fuffit, dis-je, pour agir, fentir, & penfer, autant qu'il lui eft permis par les organes.

§. IX.

Quu l'être fenfitif eft par confequent matériel.

Mais quels doutes s'élevent dans mon Ame, & que notre entendement eft foible & borné! Mon Ame montre conftamment, non la penfée, qui lui eft accidentelle, quoiqu'en difent les Cartéfiens, mais de l'activité & de la fenfibilité. Voilà deux propriétés inconteftables, reconnuës par tous les Philofophes qui ne fe font point laiffés aveugler par l'efprit fyftématique, le plus dangereux des efprits. Or, dit-on, toutes propriétés fuppofent un fujet qui en foit la baze, qui exifte par lui-même, & auquel appartiennent de droit ces mêmes propriétés. Donc, conclut-on, l'Ame eft un être féparé du corps, une efpéce de *monade fpirituelle*, une *forme fubfiftante*, comme parlent les adroits & prudens Scholaftiques; c'eft-à-dire, une fubftance

dont

dont la vie ne dépend pas de celle du corps. On ne peut mieux raisonner sans doute; mais le sujet de ces propriétés, pourquoi voulez-vous que je l'imagine d'une nature absolument distincte du corps, tandis que je vois clairement que c'est l'organisation même de la moëlle aux premiers commencemens de sa naissance, (c'est-à-dire, à la fin du *cortex*,) qui exerce si librement dans l'état sain toutes ces propriétés? Car c'est une foule d'observations & d'expériences certaines, qui me prouvent ce que j'avance, au lieu que ceux qui disent le contraire peuvent nous étaler beaucoup de Métaphysique, sans nous donner une seule idée. Mais seroient-ce donc des fibres médullaires qui formeroient l'Ame? Et comment concevoir que la matière puisse sentir & penser? J'avouë que je ne le conçois pas; mais, outre qu'il est impie de borner la toute-puissance du Créateur, en soutenant qu'il n'a pu faire penser la matière, lui qui d'un mot a fait la lumière, dois-je dépouïller un Etre des propriétés qui frappent mes sens, parce que l'essence de cet Etre m'est inconnuë? Je ne vois que matière dans le cerveau; qu'étenduë, comme on l'a prouvé, dans sa partie sensitive: vivant, sain, bien organisé, ce viscère contient à l'origine des nerfs un principe actif répandu dans la substance médullaire; je vois ce principe qui sent & pense, se déranger, s'endormir, s'éteindre avec le corps. Quê dis-je! l'Ame dort la première; son feu s'éteint à mesure que les fibres dont elle paroit faite, s'affoiblissent & tombent les unes sur les autres. Si tout s'explique par ce que l'Anatomie & la Physiologie me découvrent dans la moëlle, qu'ai-je besoin de forger un Etre idéal? Si je confonds l'Ame avec les organes corporels, c'est donc que tous les phénomènes m'y détermi-

nent,

nent, & que d'ailleurs Dieu n'a donné à mon Ame aucune idée
d'elle-même, mais feulement affez de difcernement & de bonne
foi pour fe reconnoître dans quelque miroir que ce foit, & ne
pas rougir d'être née dans la fange. Si elle eft vertueufe & ornée de mille belles connoiffances, elle eft affez noble, affez re-
commendable.

Nous remettons à expofer les phénomènes dont je viens
de parler, lorfque nous ferons voir le peu d'empire de l'Ame
fur le corps, & combien la volonté lui eft affervie. Mais l'ordre des matières que je traite, exige que la mémoire fuccéde aux
fenfations, qui m'ont mené beaucoup plus loin que je ne pen-
fois.

§. X.
De la Mémoire.

Tout jugement eft la comparaifon de deux idées que l'Ame
fçait diftinguer l'une de l'autre. Mais comme dans le même inftant elle ne peut contempler qu'une feule idée; fi je n'ai point
de mémoire, lorfque je vais comparer la feconde idée, je ne re-
trouve plus la première. Ainfi, (& c'eft une réparation d'honneur à la mémoire trop en décri,) point de mémoire, point de
jugement. Ni la parole, ni la connoiffance des chofes, ni le fentiment interne de notre propre exiftence, ne peuvent demeurer
certainement en nous fans mémoire. A-t-on oublié ce qu'on a
fçu? il femble qu'on ne faffe que fortir du néant; on ne fçait point
avoir déjà exifté, & que l'on continuera d'être encore quelque
tems. Wepfer parle d'un malade qui avoit perdu les idées
mêmes des chofes, & n'avoit plus d'exactes perceptions; il pre-
noit le manche pour le dedans de la cuillier. Il en cite un au-

tre

tre qui ne pouvoit jamais finir fa phrafe, parce qu'avant d'avoir fini, il en avoit oublié le commencement; & il donne l'hiftoire d'un troifiéme, qui faute de mémoire, ne pouvoit plus épeler, ni lire. La Motte fait mention de quelqu'un qui avoit perdu l'ufage de former des fons & de parler. Dans certaines affecti-ons du cerveau, il n'eft pas rare de voir les malades ignorer la faim & la foif; Bonnet en cite une foule d'exemples. Enfin un homme qui perdroit toute mémoire, feroit un atome pen-fant, fi on peut penfer fans elle; inconnu à lui-même, il igno-reroit ce qui lui arriveroit, & ne s'en rapporteroit rien.

La caufe de la mémoire eft tout-à-fait mécanique, com-me elle-même; elle paroît dépendre de ce que les impreffions corporelles du cerveau, qui font les traces d'idées qui fe fui-vent, font voifines; & que l'Ame ne peut faire la découverte d'une trace, ou d'une idée, fans rappeller les autres qui avoient coutume d'aller enfemble. Cela eft très vrai de ce qu'on a ap-pris dans la jeuneffe. Si l'on ne fe fouvient pas d'abord de ce qu'on cherche, un vers, un feul mot le fait retrouver. Ce phé-nomene démontre que les idées ont des territoires féparés, mais avec quelque ordre. Car pour qu'un nouveau mouve-ment, par exemple, le commencement d'un vers, un fon qui frappe les oreilles, communique fur le champ fon impreffion à la partie du cerveau, qui eft analogue à celle où fe trouve le premier veftige de ce qu'on cherche, c'eft-à-dire, cette autre partie de la moëlle, où eft cachée la mémoire, ou la trace des vers fuivans, & y repréfente à l'Ame la fuite de la première idée, ou des premiers mots, il eft néceffaire que de nouvelles idées foient portées par une loi conftante au même lieu dans lequel

R

avoient

avoient été autrefois gravées d'autres idées de même nature que celles-là. En effet si cela se faisoit autrement, l'arbre au pied duquel on a été volé, ne donneroit pas plus sûrement l'idée d'un voleur, que quelqu'autre objet. Ce qui confirme la même vérité, c'est que certaines affections du cerveau détruisent tel ou tel sens, sans toucher aux autres. Le Chirurgien que j'ai cité, a vu un homme qui perdit le tact d'un coup à la tête. Hildanus parle d'un homme qu'une commotion de cerveau rendit aveugle. J'ai vu une Dame, qui, guérie d'une apopléxie, fut plus d'un an à recouvrer sa mémoire; il lui fallut revenir à l'a, b, c, de ses premières connoissances, qui s'augmentoient & s'élevoient en quelque sorte avec les fibres affaissées du cerveau, qui n'avoient fait par leur *collabescence* qu'arrêter & intercepter les idées. Le P. Mabillon étoit fort borné; une maladie fit éclore en lui beaucoup d'esprit, de pénétration, & d'aptitude pour les Sciences. Voilà une de ces heureuses maladies contre lesquelles bien des gens pourroient troquer leur santé, & ils feroient un marché d'or. Les aveugles ont assez communément beaucoup de mémoire: tous les corps qui les environnent ont perdu les moyens de les distraire; l'attention, la réfléxion leur coûte peu; de là on peut envisager long-tems & fixement chaque face d'un objet, la présence des idées est plus stable & moins fugitive. M. de la Motte, de l'Académie Françoise, dicta tout de suite sa Tragédie *d'Inés de Castro.* Quelle étenduë de mémoire d'avoir 2000 vers présens, & qui défilent tous avec ordre devant l'Ame, au gré de la volonté ! Comment se peut-il faire qu'il n'y ait rien d'embrouillé dans cette espece de cahos ! On a dit bien plus de Pascal; on

raconte

raconte qu'il n'a jamais oublié ce qu'il avoit appris. On pense au reste, & avec assez de raison, puisque c'est un fait, que ceux qui ont beaucoup de mémoire, ne sont pas ordinairement plus suspects de jugement, que les Medecins de religion, parce que la moëlle du cerveau est si pleine d'anciennes idées, que les nouvelles ont peine à y trouver une place distincte: j'entens ces idées *mères*, si on me permet cette expression, qui peuvent juger les autres, en les comparant, & en déduisant avec justesse une 3e. idée de la combinaison des deux premières. Mais qui eut plus de jugement, d'esprit & de mémoire, que les deux hommes illustres que je viens de nommer?

Nous pouvons conclure de tout ce qui a été dit au sujet de la mémoire, que c'est une faculté de l'Ame qui consiste dans les modifications permanentes du mouvement des esprits animaux, excités par les impressions des objets qui ont agi vivement, ou très-souvent sur les sens: en sorte que ces modifications rappellent à l'Ame les mêmes sensations avec les mêmes circonstances de lieu, de tems, &c. qui les ont accompagnées, au moment qu'elle les a reçues par les organes qui sentent.

Lorsqu'on sent qu'on a eu autrefois une idée semblable à celle qui passe actuellement par la tête, cette sensation s'appelle donc *mémoire:* & cette même idée, soit que la volonté y consente, soit qu'elle n'y consente pas, se réveille nécessairement à l'occasion d'une disposition dans le cerveau, ou d'une cause interne, semblable à celle qui l'avoit fait naitre auparavant, ou d'une autre idée qui a quelque affinité avec elle.

R 2 §. XI.

§. XI.

De l'Imagination.

L'imagination confond les diverses sensations incomplettes que la mémoire rappelle à l'Ame, & en forme des images,
ou des tableaux, qui lui représentent des objets différens, soit
pour les circonstances, soit pour les accompagnemens, ou
pour la variété des combinaisons; j'entens des objets différens
des exactes sensations reçues autrefois par les sens.

Mais pour parler de l'imagination avec plus de clarté,
nous la définirons une perception d'une idée produite par des
causes internes, & semblable à quelqu'une des idées que les
causes externes avoient coutume de faire naître. Ainsi lorsque
des causes matérielles cachées dans quelque partie du corps
que ce soit, affectent les nerfs, les esprits, le cerveau, de la même manière que les causes corporelles externes, & en conséquence excitent les mêmes idées, on a ce qu'on appelle de
l'imagination. En effet lorsqu'il naît dans le cerveau une disposition physique, parfaitement semblable à celle que produit
quelque cause externe, il doit se former la même idée, quoiqu'il n'y ait aucune cause présente au dehors: c'est pourquoi les
objets de l'imagination sont appellés phantômes, ou spectres,
Φαντάσματα.

Les sens internes occasionnent donc, comme les externes,
des changemens de pensées; ils ne diffèrent les uns des autres,
ni par la façon dont on pense, qui est toujours la même pour
tout le monde, ni par le changement qui se fait dans le *sensorium,* mais par la seule absence d'objets externes. Il est peu
surprenant que les causes internes puissent imiter les causes

extérieures, comme on le voit en se preffant l'œil, (ce qui change fi fingulièrement la vifion) dans les fonges, dans les imaginations vives, dans le délire, &c.

L'imagination dans un homme fain eft plus foible que la perception des fenfations externes; & à dire vrai, elle ne donne point de vraie perception. J'ai beau imaginer en paffant la nuit fur le Pont-neuf, la magnifique perfpective des lanternes allumées, je n'en ai la perception que lorfque mes yeux en font frappés. Lorfque je penfe à l'Opéra, à la Comédie, à l'Amour, qu'il s'en faut que j'éprouve les fenfations de ceux qu'enchante la le Maure, ou qui pleurent avec Merope, ou qui font dans les bras de leurs maîtreffes. Mais dans ceux qui rêvent, ou qui font en délire, l'imagination donne de vraies perceptions; ce qui prouve clairement qu'elle ne diffère point dans fa nature même, ni dans fes effets fur le *fenforium,* quoique la multiplicité des idées, & la rapidité avec laquelle elles fe fuivent, affoibliffent les anciennes idées retenuës dans le cerveau, où les nouvelles prennent plus d'empire: & cela eft vrai de toutes les impreffions nouvelles des corps fur le nôtre.

L'imagination eft vraie ou fauffe, foible ou forte. L'imagination vraie repréfente les objets dans un état naturel, au lieu que dans l'imagination fauffe, l'Ame les voit autrement qu'ils ne font. Tantôt elle reconnoît cette illufion; & alors ce n'eft qu'un vertige, comme celui de Pafcal, qui avoit tellement épuifé par l'étude les efprits de fon cerveau, qu'il imaginoit voir du côté gauche un précipice de feu, dont il fe faifoit toujours garantir par des chaifes, ou par toute autre efpèce de rempart, qui pût l'empêcher de voir ce goufre phantaftique effrayant,

R 3

que ce grand homme connoiſſoit bien pour tel. Tantôt l'Ame participant à l'erreur générale de tous les ſens externes & inter- nes, croit que les objets ſont réellement ſemblables aux phan- tômes produits dans l'imagination, & alors c'eſt un vrai délire.

L'imagination foible eſt celle qui eſt auſſi légérement af- fectée par les diſpoſitions des ſens internes, que par l'impreſſion des externes ; tandis que ceux qui ont une imagination forte, ſont vivement affectés & remués par les moindres cauſes ; & on peut dire que ceux-là ont été favoriſés de la nature, puisque pour travailler avec ſuccès aux ouvrages de génie & de ſenti- ment, il faut une certaine force dans les eſprits, qui puiſſe gra- ver vivement & profondément dans les cerveau les idées que l'imagination a faites, & les paſſions qu'elle veut peindre. Cor- neille avoit les organes doués ſans doute d'une force bien ſupé- rieure en ce genre ; ſon théâtre eſt l'école de la grandeur d'ame, comme le remarque M. de Voltaire. Cette force ſe manifeſte encore dans Lucrece même, ce grand Poëte, quoi- que le plus ſouvent ſans harmonie. Pour être grand Poëte, il faut de grandes paſſions.

Quand quelque idée ſe réveille dans le cerveau avec autant de force, que lorsqu'elle y a été gravée pour la premiere fois, & cela par un effet de la mémoire & d'une imagination vive, on croit voir au dehors l'objet connu de cette penſée. Une cauſe préſente, interne, forte, jointe à une mémoire vive, jette les plus ſages dans cette erreur, qui eſt ſi familière à ce *délire ſans fiévre* des mélancholiques. Mais ſi la volonté ſe met de la partie, ſi les ſentimens qui en réſultent dans l'Ame, l'irritent, alors on eſt, à proprement parler, en fureur.

Les

Les Maniaques occupés toujours du même objet, s'en font si bien fixé l'idée dans l'esprit, que l'Ame s'y fait & y donne son consentement. Plusieurs se ressemblent en ce que, hors du point de leur folie, ils sont d'un sens droit & sain & s'ils se laissent séduire par l'objet même de leur erreur, ce n'est qu'en conséquence d'une fausse hypothèse, qui les écarte d'autant plus de la raison, qu'ils sont plus conséquens, ordinairement. Michel Montagne a un chapitre sur l'imagination, qui est fort curieux: il fait voir que le plus sage a un objet de délire, &, comme on dit, sa folie. C'est une chose bien singulière & bien humiliante pour l'homme, de voir que tel génie sublime, dont les Ouvrages font l'admiration de l'Europe, n'a qu'à s'attacher trop longtems à une idée si extravagante, si indigne de lui qu'elle puisse être, il l'adoptera, jusqu'à ne vouloir jamais s'en départir; plus il verra & touchera, par exemple, sa cuisse & son nez, plus il sera convaincu que l'une est de paille, & l'autre de verre; & aussi clairement convaincu, qu'il l'est du contraire, dès que l'Ame a perdu de vue son objet, & que la raison a repris ses droits. C'est ce qu'on voit dans la manie.

Cette maladie de l'esprit dépend de causes corporelles connues; & si on a tant de peine à la guérir, c'est que ces malades ne croient point l'être, & ne veulent point entendre dire qu'ils le sont, de sorte que si un Médecin n'a pas plus d'esprit que de gravité, ou de Galénique, ses raisonnemens gauches & mal adroits les irritent & augmentent leur manie. L'ame n'est livrée qu'à une forte impression dominante, qui seule l'occupe tout entière, comme dans l'amour le plus violent, qui est une forte de manie. Que sert donc alors de s'opiniâtrer à parler raison à un homme qui n'en a plus? *Quid vota furentem, quid*

delu-

delubra juvant? Tout le fin, tout le myſtère de l'art, eſt de tâcher d'exciter dans le cerveau une idée plus forte, qui aboliſſe
l'idée ridicule qui occupe l'Ame; car par là on rétablit le jugement & la raiſon, avec l'égale diſtribution du ſang & des eſprits.

§. XII.
Des *Paſſions.*

Les paſſions ſont des modifications habituelles des eſprits
animaux, lesquelles fourniſſent preſque continuellement à l'A-
me des ſenſations agréables ou déſagréables, qui lui inſpirent du
déſir, ou de l'averſion pour les objets, qui ont fait naître dans
le mouvement de ces eſprits les modifications accoutumées.
De là naiſſent l'amour, la haine, la crainte, l'audace, la pitié,
la férocité, la colère, la douceur, tel ou tel penchant à certaines voluptés. Ainſi il eſt évident que les paſſions ne doivent pas ſe confondre avec les autres facultés récordatives, telles que la mémoire & l'imagination, dont elles ſe diſtinguent
par l'impreſſion agréable ou déſagréable des ſenſations de l'A-
me; au lieu que les autres agens de notre réminiſcence ne ſont
conſidérés qu'autant qu'ils rappellent ſimplement les ſenſations,
telles qu'on les a reçuës, ſans avoir égard à la peine, ou au
plaiſir qui peut les accompagner.

Telle eſt l'aſſociation des idées dans ce dernier cas, que
les idées externes ne ſe repréſentent point telles qu'elles ſont au
dehors, mais jointes avec certains mouvemens qui troublent
le *ſenſorium:* & dans le premier cas, l'imagination fortement
frappée, loin de retenir toutes les notions, admet à peine une
ſeule notion ſimple d'une idée complexe, ou plutôt ne voit que
ſon objet fixe interne.

Mais

Mais entrons dans un plus grand détail des paffions. Lorsque l'Ame apperçoit les idées qui lui viennent par les fens, elles produifent par cette même repréfentation de l'objet, des fentimens de joie ou de trifteffe; ou elles n'excitent, ni les uns, ni les autres; celles-ci fe nomment *indifférentes*: au lieu que les premières font aimer, ou haïr l'objet qui les fait naître par fon action.

Si la volonté qui réfulte de l'idée tracée dans le cerveau, fe plaît à contempler, à conferver cette idée; comme lorfqu'on penfe à une jolie femme, à certaine réüffite, &c. c'eft ce qu'on nomme *joie, volupté, plaifir*. Quand la volonté défagréablement affectée, fouffre d'avoir une idée, & la voudroit loin d'elle, il en réfulte de la trifteffe. L'amour & la haine font deux paffions defquelles dépendent toutes les autres. L'amour d'un objet préfent me réjouït; l'amour d'un objet paffé eft un agréable fouvenir; l'amour d'un objet futur eft ce qu'on nomme *défir*, ou *efpoir*, lorfqu'on défire, ou qu'on efpere en jouïr. Un mal préfent excite de la trifteffe, ou de la haine; un mal paffé donne une réminifcence fâcheufe; la crainte vient d'un mal futur. Les autres affections de l'Ame font divers degrés d'amour, ou de haine. Mais fi ces affections font fortes, qu'elles impriment des traces fi profondes dans le cerveau, que toute notre économie en foit bouleverfée, & ne connoiffe plus les loix de la raifon; alors cet état violent fe nomme *paffion*, qui nous entraîne vers fon objet, malgré notre Ame. Les idées qui n'excitent, ni joie, ni trifteffe, font appellées indifférentes, comme on vient de le dire: telle eft l'idée de l'air, d'une pierre, d'un cercle, d'une maifon, &c. Mais excepté ces idées là, tou-

S

tes

tes les autres tiennent à l'amour, ou à la haine, & dans l'homme
tout respire la passion. Chaque âge a les siennes. On souhaite naturellement ce qui convient à l'état actuel du corps.
La jeunesse forte & vigoureuse aime la guerre, les plaisirs de
l'amour, & tous les genres de volupté; l'impotente vieillesse,
au lieu d'être belliqueuse, est timide; avare, au lieu d'aimer la
dépense; la hardiesse est témérité à ses yeux, & la jouïssance est
un crime, parce qu'elle n'est plus faite pour elle. On observe
les mêmes appétits, & la même conduite dans les brutes, qui
sont comme nous gais, folâtres, amoureux dans le jeune âge,
& s'engourdissent ensuite peu-à-peu pour tous les plaisirs. A
l'occasion de cet état de l'Ame qui fait aimer, ou haïr, il se fait
dans le corps des mouvemens musculaires, par le moyen desquels nous pouvons nous unir, ou de corps, ou de pensée,
à l'objet de notre plaisir, & écarter celui dont la présence nous
révolte.

Parmi les affections de l'Ame, les unes se font avec conscience, ou sentiment intérieur; & les autres sans ce sentiment.
Les affections du premier genre appartiennent à cette loi, par
laquelle le corps obéit à la volonté; il n'importe de chercher
comment cela s'opére. Pour expliquer ces suites, ou effets
des passions, il suffit d'avoir recours à quelque accélération ou
retardement dans le mouvement du suc nerveux, qui paroît se
faire dans le principe du nerf. Celles du second genre sont
plus cachées; & les mouvemens qu'elles excitent, n'ont pas
encore été bien exposés. Dans une très-vive joie, il se fait
une grande dilatation du cœur: le pouls s'éleve, le cœur pal-
pite, jusqu'à faire entendre quelquefois ses palpitations, & il

se

se fait aussi quelquefois une si grande transpiration, qu'il s'ensuit souvent la défaillance, & même la mort subite. La colère
augmente tous les mouvemens, & conséquemment la circulation du sang; ce qui fait que le corps devient chaud, rouge,
tremblant, tout-à-coup prêt à déposer quelques sécrétions qui
l'irritent, & sujet aux hémorrhagies. De là ces fréquentes
apopléxies, ces diarrhées, ces cicatrices r'ouvertes, ces in-
flammations, ces ictères, cette augmentation de transpiration.
La terreur, cette passion, qui, en ébranlant toute la machine,
la met, pour ainsi dire, en garde pour sa propre défense, fait
à peu-près les mêmes effets que la colère; elle ouvre les artères, guérit quelquefois subitement les paralysies, la létargie, la
goute, arrache un malade aux portes de la mort, produit l'apopléxie, fait mourir de mort subite, & cause enfin les plus terribles effets. Une crainte médiocre diminue tous les mouvemens, produit le froid, arrête la transpiration, dispose le corps
à recevoir les miasmes contagieux, produit la pâleur, l'horreur,
la foiblesse, le relâchement des sphincters, &c. Le chagrin
produit les mêmes accidens, mais moins forts, & principalement retarde tous les mouvemens vitaux & animaux. Cependant un grand chagrin a quelquefois fait tout-à-coup périr.
Si vous rapportez tous ces effets à leurs causes, vous trouverez
que les nerfs doivent nécessairement agir sur le sang; en sorte
que son cours réglé par celui des esprits, s'augmente, ou se retarde avec lui. Les nerfs qui tiennent les artéres, comme dans
des filets, paroissent donc dans la colère & la joie exciter la
circulation du sang artériel, en animant le ressort des artères:
dans la crainte & le chagrin, passion qui semble diminutive de

S 2

la

la crainte, (au moins pour ses effets,) les artères resserrées, étranglées, ont peine à faire couler leur sang. Or où ne trouve-t-on pas ces filets nerveux? Ils sont à la carotide interne, à l'artère temporale, à la grande méningienne, à la vertébrale, à la souclavière, à la racine de la souclavière droite, & de la carotide, au tronc de l'aorte, aux artères brachiales, à la céliaque, à la mésentérique, à celles qui sortent du bassin; & par tout ils sont bien capables de produire ces effets. La pudeur qui est une espéce de crainte, resserre la veine temporale, où elle est environnée des branches de la *portion dure*, & retient le sang au visage. N'est-ce pas aussi par l'action des nerfs que se fait l'érection, effet qui dépend si visiblement de l'arrêt du sang? N'est-il pas certain que l'imagination seule procure cet état aux Eunuques mêmes? Que cette seule cause produit l'éjaculation, non seulement la nuit, mais quelquefois le jour même? Que l'impuissance dépend souvent des défauts de l'imagination, comme de sa trop grande ardeur, ou de son extrême tranquillité, ou de ses différentes maladies, comme on en lit des exemples dans Venette & Montagne? Il n'est pas jusqu'à l'excès de la pudeur, d'une certaine retenuë, ou timidité, dont on se corrige bien vite à l'école des femmes galantes, qui ne mette souvent l'homme le plus amoureux, dans une incapacité de les satisfaire. Voilà à la fois la théorie de l'amour, & celle de toutes les autres passions; l'une vient merveilleusement à l'appui des autres. Il est évident que les nerfs jouënt ici le plus grand rôle, & qu'ils sont le principal ressort des passions. Quoique nous ne connoissions point les passions par leurs causes; les lumières que le mécanisme des mouvemens des corps animés

a réa répanduës de nos jours, nous permettent donc du moins de les expliquer toutes affez clairement par leurs effets: & dès qu'on fçait, par exemple, que le chagrin refferre les diametres des tuyaux, quoiqu'on ignore quelle eft la premiere caufe qui fait que les nerfs fe contractent autour d'eux, comme pour les étrangler; tous les effets qui s'enfuivent, de mélancolie, d'atra-bile & de manie, font faciles à concevoir: l'imagination affectée d'une idée forte, d'une paffion violente, influë fur le corps & le tempérament; & réciproquement les maladies du corps attaquent l'imagination & l'efprit. La mélancolie prife dans le fens des Médecins, une fois formée, & devenüe bien atrabilaire dans le corps de la perfonne la plus gaie, la rendra donc né-ceffairement des plus triftes: & au lieu de ces plaifirs qu'on aimoit tant, on n'aura plus de goût que pour la folitude.

C H A P I T R E XI.

Des facultés qui dépendent de l'habitude des organes fenfitifs.

Nous avons expliqué la mémoire, l'imagination & les paf-fions; facultés de l'Ame qui dépendent vifiblement d'une fimple difpofition du *fenforium*, laquelle n'eft qu'un pur arran-gement mécanique des parties qui forment la moëlle du cer-veau. On a vu 1°. que la mémoire confifte en ce qu'une idée femblable à celle qu'on avoit eüe autrefois, à l'occafion de l'im-preffion d'un corps externe, fe réveille & fe repréfente à l'Ame: 2°. Que fi elle fe réveille affez fortement, pour que la difpofi-tion interne du cerveau enfante une idée très-forte ou très-vive, alors on a de ces imaginations fortes, dont quelques Au-

teurs

teurs * font une claffe, ou une efpéce particuliére; & qui perfuadent très fortement l'Ame que la caufe de cette idée exifte
hors du corps. 3°. Que l'imagination eft de toutes les parties
de l'Ame, la plus difficile à régler, & celle qui fe trouble & fe
dérange avec le plus de facilité: de là vient que l'imagination
en général nuit beaucoup plus au jugement, que la mémoire
même, fans laquelle l'Ame ne peut combiner plufieurs idées.
On diroit que ce fens froid, appellé commun, quoique fi rare,
s'éclipfe & fe fond en quelque forte à la chaleur des mouvemens vifs & turbulens de la partie phantaftique du cerveau. 4°.
Enfin j'ai fait voir combien de caufes changent les idées mêmes
des chofes, combien il faut de fages précautions pour éviter
l'erreur qui féduit l'homme en certains cas malgré lui-même.
Qu'il me foit permis d'ajouter que ces connoiffances font abfolument néceffaires aux Médecins mêmes, pour connoître,
expliquer & guérir les diverfes affections du cerveau.

Paffons à un nouveau genre de facultés corporelles qui fe
rapportent à l'Ame fenfitive. La mémoire, l'imagination, les
paffions, ont formé la première claffe: les inclinations, les appétits, l'inftinct, la pénétration & la conception, vont compo-
fer la feconde.

§. I.

Des inclinations & des appétits.

Les inclinations font des difpofitions qui dépendent de la
ftructure particuliere des fens, de la folidité, de la moleffe des
nerfs qui fe trouvent dans ces organes, ou plutôt qui les conftituent; des divers degrés de mobilité dans les efprits, &c.
C'eft

* Boerh. *Inft. med. de fenf. intern.*

C'est à cet état qu'on doit les penchans, ou les dégouts naturels, qu'on a pour différens objets qui viennent frapper les sens.

Les appétits dépendent de certains organes, destinés à nous donner les sensations qui nous font désirer la jouïssance, ou l'usage des choses utiles à la conservation de notre machine, & à la propagation de notre espece; appétit aussi pressant & qui reconnoît les mêmes principes, ou les mêmes causes, que la faim *. Il est bon de sçavoir que les Anciens ont aussi placé dans cette même classe certaines dispositions de nos organes qui nous donnent de la répugnance, & même de l'horreur, pour les choses qui pourroient nous nuire. C'est pourquoi ils avoient distingué ces appétits en *concupiscibles*, & *en irascibles;* c'est-à-dire, en ceux qui nous font désirer ce qui est bon, ou salutaire, qui ne nous y font jamais penser sans plaisir; & en ceux qui nous font penser à ce qui nous est contraire, avec assez de peine & de répugnance pour le rebuter. Quand je dis nous, c'est qu'il faut, n'en déplaise à l'orgueil humain, que les hommes se confondent ici avec les animaux, puisqu'il s'agit de facultés que la nature a données en commun aux uns & aux autres.

§. II.

De l'instinct.

L'instinct consiste dans des dispositions corporelles purement mécaniques, qui font agir les animaux sans nulle délibération, indépendamment de toute expérience, & comme par une espece de nécessité; mais cependant, (ce qui est bien admirable,) de la manière qui leur convient le mieux pour la con-

* M. Senae. *Anat. d'Hist.* p. 514.

conservation de leur être. D'où naissent la simpathie que certains animaux ont les uns pour les autres, & quelquefois pour l'homme même, auquel il en est qui s'attachent tendrement toute leur vie; l'antipathie, ou aversion naturelle, les ruses, le discernement, le choix indélibéré automatique, & pourtant sûr de leurs alimens, & même des plantes salutaires qui peuvent leur convenir dans leurs différentes maladies. Lorsque notre corps est affligé de quelque mal, qu'il ne fait ses fonctions qu'avec peine, il est comme celui des animaux, machinalement déterminé à chercher les moyens d'y remedier, sans cependant les connoître *.

La raison ne peut concevoir comment se font des opérations en apparence aussi simples. Le docte Médecin que je cite se contente de dire, qu'elles se font en conséquence des loix auxquelles l'Auteur de la nature a assujetti les corps animés, & que toutes les premières causes dépendent immédiatement de ces loix. L'enfant nouveau-né fait différentes fonctions, comme s'il s'y étoit exercé pendant toute la grossesse, sans connoître aucun des organes qui servent à ces fonctions; le papillon à peine formé fait jouër ses nouvelles aîles, vole, & se balance parfaitement dans l'air; l'abeille qui vient de naître, ramasse du miel & de la cire; le perdreau à peine éclos, distingue le grain qui lui convient. Ces animaux n'ont point d'autre maître que l'instinct. Pour expliquer tous ces mouvemens & ces opérations, il est donc évident que Staahl a grand tort de prétexter l'adresse que donne l'habitude.

II

---

* Boerh. Inst. Med. §. 4.

Il est certain, comme l'observe l'homme du monde le plus
capable * d'arracher les secrets de la nature, qu'il y a dans les
mouvemens des corps animés autre chose qu'une mécanique
intelligible, je veux dire, „une certaine force qui appartient
„aux plus petites parties dont l'animal est formé, qui est répan-
„duë dans chacune, & qui caractérise non seulement chaque
„espece d'animal, mais chaque animal de la même espece, en
„ce que chacun se meut, & sent diversement & à sa manière,
„tandis que tous appetent nécessairement ce qui convient à la
„conservation de leur être, & ont une aversion naturelle qui
„les garantit sûrement de ce qui pouroit leur nuire.‟

Il est facile de juger que l'homme n'est point ici excepté.
Ouï, sans doute, c'est cette forme propre à chaque corps, cette
force innée dans chaque élément fibreux, dans chaque fibre
vasculeuse, & toujours essentiellement différente en soi de ce
qu'on nomme élasticité, puisque celle-ci est détruite, que l'autre subsiste encore, après la mort même, & se réveille par la
moindre force mouvante; c'est cette cause, dis-je, qui fait que
j'ai moins d'agilité qu'une puce, quoique je saute par la même
mécanique; c'est par elle, que dans un faux pas, mon corps se
porte aussi prompt qu'un éclair à contrebalancer sa chute, &c.
Il est certain que l'Ame & la volonté n'ont aucune part à toutes
ces actions du corps, inconnuës aux plus grands Anatomistes;
& la preuve en est, que l'Ame ne peut avoir qu'une seule idée
distincte à la fois. Or quel nombre infini de mouvemens
divers lui faudroit-il prévoir d'un coup d'œil, choisir, combiner, ordonner avec la plus grande justesse? Qui sçait combien

* M. de Maupertuis.

T

il

il faut de muscles pour sauter ; comme les fléchisseurs doivent être relachés, les extenseurs contractés, tantôt lentement, tantôt vîte ; comment tel poids & non tel autre peut s'élever? Qui connoît tout ce qu'il faut pour courir, franchir de grands espaces avec un corps d'une pésanteur énorme, pour planer dans les airs, pour s'y élever à perte de vuë & traverser une immensité de Pays? Les muscles auroient-ils donc besoin du conseil d'un être qui n'en sçait seulement pas le nom ; qui n'en connoît ni les attaches, ni les usages, pour se préparer à transporter sans risque & faire sauter toute la machine à laquelle ils sont attachés? L'ame n'est point assez parfaite pour cela, dans l'homme, comme dans l'animal ; il faudroit qu'elle eût infuse, cette science infinie géométrique supposée par Staahl, tandis qu'elle ne connoît pas les muscles qui lui obéïssent. Tout vient donc de la seule force de l'instinct, & la monarchie de l'Ame n'est qu'une chimére. Il est mille mouvemens dans le corps, dont l'Ame n'est pas même la cause conditionnelle. La même cause qui fait fûir ou approcher un corbeau à la présence de certains objets, ou lorsqu'il entend quelque bruit, veille aussi sans cesse à son insçu, à la conservation de son être. Mais ce même corbeau, ces oiseaux de la grande espéce qui parcourent les airs, ont le sentiment propre à leur instinct.

Concluons donc que chaque animal a son sentiment propre & sa manière de l'exprimer, & qu'elle est toujours conforme au plus droit sens, à un instinct, à une mécanique qui peut passer toute intelligence, mais non les tromper : & confirmons cette conclusion par de nouvelles observations.

§. III.

§. III.

Que les animaux expriment leurs idées par les mêmes
signes que nous.

Nous tacherons de marquer avec précision en quoi consistent les connoissances des animaux, & jusqu'où elles s'étendent; mais sans entrer dans le détail trop rebattu de leurs opérations, fort agréables sans doute dans les ouvrages de certains Philosophes qui ont daigné plaire *, admirables dans le livre de la nature. Comme les animaux ont peu d'idées, ils ont aussi peu de termes pour les exprimer. Ils apperçoivent comme nous, la distance, la grandeur, les odeurs, la plûpart des *secondes qualités,* ** & s'en souviennent. Mais outre qu'ils ont beaucoup moins d'idées, ils n'ont guéres d'autres expressions que celles du langage affectif dont j'ai déja parlé. Cette disette vient-elle du vice des organes? Non, puisque les Perroquets redisent les mots qu'on leur apprend, sans en sçavoir la signification, & qu'ils ne s'en servent jamais pour rendre leurs propres idées. Elle ne vient point aussi du défaut d'idées, car ils apprennent à distinguer la diversité des personnes, & même des voix, & nous répondent par des gestes trop vrais, pour qu'ils n'expriment pas leur volonté.

Quelle différence y a-t-il donc entre notre faculté de discourir & celle des bêtes? La leur se fait entendre, quoique muette, ce sont d'excellens pantomimes; la nôtre est *verbeuse,* nous sommes souvent de vrais babillards.

T 2   Voilà

---

* V. principalement le P. Bougeant, *Ess. Phil. sur le lang. des Bêtes.*
** Comme parle Locke.

Voilà des idées & des fignes d'idées qu'on ne peut refufer aux bêtes, fans choquer le fens commun. Ces fignes font perpétuels, intelligibles à tout animal du même genre, & même d'une efpéce différente, puifqu'ils le font aux hommes mêmes. Je fçai auffi certainement, dit Lamy * , qu'un Perroquet a de la connoiffance, comme je fçai qu'un étranger en a; les mêmes marques qui font pour l'un, font pour l'autre: il faut avoir moins de bon fens que les animaux, pour leur refufer des connoiffances.

Qu'on ne nous objecte pas que les fignes du difcernement des bêtes font arbitraires, & n'ont rien de commun avec leurs fenfations: car tous les mots dont nous nous fervons le font auffi, & cependant ils agiffent fur nos idées, ils les dirigent, ils les changent. Les lettres qui ont été inventées plus tard que les mots, étant raffemblées, forment les mots, de forte qu'il nous eft égal de lire des caractères; ou d'entendre les mots qui en font faits, parce que l'ufage nous y a fait attacher les mêmes idées, antérieures aux uns & aux autres. Lettres, mots, idées, tout eft donc arbitraire dans l'homme, comme dans l'animal: mais il eft évident, lorfqu'on jette les yeux fur la maffe du cerveau de l'homme, que ce vifcère peut contenir une multitude prodigieufe d'idées, & par conféquent exige pour rendre ces idées, plus de fignes que les animaux. C'eft en cela précifément que confifte toute la fupériorité de l'homme.

Mais les hommes, & même les femmes, fe mocquent-elles mieux les unes des autres, que ces oifeaux qui redifent les chanfons des autres oifeaux, de manière à leur donner un ridicule

par-

* Difc. Anat. p. 226.

parfait? Quelle différence y a-t-il entre l'enfant & le perroquet qu'on inftruit? Ne redifent-ils pas également les fons dont on frappe leurs oreilles, & cela avec tout auffi peu d'intelligence l'un que l'autre. Admirable effet de l'union des fens externes avec les fens internes; de la connexion de la parole de l'un, avec l'ouïe de l'autre; & d'un lien fi intime entre la volonté & les mouvemens mufculeux, qu'ils s'exercent toujours au gré de l'animal, lorsque la ftructure du corps le permet! L'oifeau qui entend chanter pour la première fois, reçoit l'idée du fon; déformais il n'aura qu'à être attentif aux airs nouveaux, pour les redire, (fur-tout s'il les entend fouvent,) avec autant de facilité que nous prononçons un nouveau mot Anglois. L'expérience * a même fait connoître qu'on peut apprendre à parler & à lire en peu de ** tems à un fourd de naiffance, par conféquent mûet; ce fourd qui n'a que des yeux, n'a-t-il pas moins d'avantage, qu'une perruche qui a de fines oreilles?

§. IV.

De la pénétration & de la conception.

Il nous refte à expofer deux autres facultés qui font des dépendances du même principe, je veux dire de la difpofition originaire & primitive des organes: fçavoir, la pénétration & la conception qui naiffent de la perfection des facultés corporelles fenfitives.

La *pénétration* eft une heureufe difpofition qu'on ne peut définir, dans la ftructure intime des fens & des nerfs, & dans le mouvement des efprits. Elle pénétre l'Ame de fenfations fi

T 3

nettes,

* Voy. Amman. *de loquelâ.* p. 81. & 103.
** Deux mois, *Amman* 81.

nettes, si exquises, qu'elles la mettent elles-mêmes en état de les distinguer promptement & exactement l'une de l'autre.

Ce qu'on appelle *conception*, ou *compréhension*, est une faculté dépendante des mêmes parties, par laquelle toutes les facultés dont j'ai parlé, peuvent donner à l'Ame un grand nombre de sensations à la fois, & non moins claires & distinctes, en sorte que l'Ame embrasse, pour ainsi dire, dans le même instant & sans nulle confusion, plus ou moins d'idées, suivant le dégré d'excellence de cette faculté.

CHAPITRE XII.
Des affections de l'Ame sensitive.
§. I.
Les sensations, le discernement & les connoissances.

NON seulement l'Ame sensitive a une exacte connoissance de ce qu'elle sent, mais ses sentimens lui appartiennent précisément, comme des modifications d'elle-même. C'est en distinguant ces diverses modifications qui la touchent, ou la remuënt diversement, qu'elle voit & discerne les différens objets qui les lui occasionnent: & ce discernement, lorsqu'il est net, &, pour ainsi dire, sans nuages, lui donne des connoissances exactes, claires, évidentes.

Mais les sensations de notre Ame ont deux faces qu'il faut envisager: ou elles sont purement spéculatives, & lorsqu'elles éclairent l'esprit, on leur donne le nom de connoissances; ou elles portent à l'Ame des affections agréables, ou désagréables, & c'est alors qu'elles sont le plaisir, ou le bonheur, la peine, ou

le

le malheur de notre être: en effet nous ne jouïffons très certainement que des modifications de nous-mêmes, & il eft vrai de
dire que l'Ame réduite à la poffeffion d'elle-même, n'eft qu'un
être accidentel.   La preuve de cela, c'eft que l'Ame ne fe connoît point, & qu'elle eft privée d'elle-même, lorfqu'elle eft
privée de fenfations.   Tout fon bien-être & tout fon mal-être,
ne réfident donc que dans les impreffions agréables ou défagré-
ables qu'elle reçoit paffivement; c'eft-à-dire, qu'elle n'eft pas la
maîtreffe de fe les procurer & de les choifir à fon gré,   puifqu'elles dépendent manifeftement de caufes qui lui font entierement étrangeres.

Il s'enfuit que le bonheur ne peut dépendre de la manière
de penfer, ou plutôt de fentir; car il eft certain, & je ne crois
pas que perfonne en difconvienne, qu'on ne penfe & qu'on ne
fent, pas comme on voudroit.   Ceux-là donc qui cherchent le
bonheur dans leurs réfléxions, ou dans la recherche de la vérité
qui nous fuit, le cherchent où il n'eft pas.   A dire vrai, le bonheur dépend de caufes corporelles, telles que certaines difpofitions du corps, naturelles, ou acquifes, je veux dire, procurées
par l'action de corps étrangers fur le nôtre.   Il y a des gens
qui, grace à l'heureufe conformation de leurs organes & à la
modération de leurs défirs, font heureux à peu de frais, ou du
moins font le plus fouvent tranquilles & contens de leur fort,
de manière que ce n'eft guères que par accident qu'ils peuvent
fe furprendre dans un état malheureux.   Il y en a d'autres, (&
malheureufement c'eft le plus grand nombre,) à qui il faut fans
ceffe des plaifirs nouveaux, tous plus piquans les uns que les
autres; mais ceux-là ne font heureux que par accident, comme

celui

celui que la mufique, le vin, ou l'opium réjouït : & il n'arrive
que trop fréquemment que le dégoût & le repentir fuivent de
près ce plaifir charmant, qu'on regardoit comme le feul bien
réel, comme le feul Dieu digne de tous nos hommages & nos
facrifices. L'homme n'eft donc pas fait pour être parfaitement
heureux. S'il l'eft, c'eft quelquefois ; le bonheur fe préfente
comme la vérité, par hazard, au moment qu'on s'y attend le
moins. Cependant il faut fe foumettre à la rigueur de fon état,
& fe fervir, s'il fe peut, de toute la force de fa raifon, pour en
foutenir le fardeau. Ces moyens ne procurent pas le bonheur,
mais ils accoutument à s'en paffer, &, comme on dit, à prendre patience, à faire de néceffité vertu. Ces courtes réfléxions
fur le bonheur m'ont dégouté de tant de traités du même fujet,
où le ftyle eft compté pour les chofes, où l'efprit tient lieu du
bon fens, où l'on éblouït par le preftige d'une frivole éloquence, faute de raifonnemens folides, où enfin on fe jette à
corps perdu dans l'ambitieufe Métaphyfique, parce qu'on n'eft
pas Phyficien. La Phyfique feule peut abréger les difficultés,
comme le remarque M. de Fontenelle *. Mais fans une connoiffance parfaite des parties qui compofent les corps animés,
& des loix mécaniques auxquelles ces parties obéiffent, pour
faire leurs mouvemens divers, le moyen de débiter fur le Corps
& l'Ame, autre chofe que de vains paradoxes, ou des fyftèmes
frivoles, fruits d'une imagination déréglée, ou d'une faftueufe
préfomption ! C'eft cependant du fein de cette ignorance qu'on
voit fortir tous ces petits Philofophes, grands conftructeurs
d'hypothèfes, ingénieux créateurs de fonges bizares & fingu-
liers,

* Digreffion fur les Anciens & les Modernes.

liers, qui fans théorie, comme fans expérience, croient feuls poſſéder la vraie Philoſophie du corps humain. La nature ſe montreroit à leurs regards, qu'ils la méconnoîtroient; ſi elle n'étoit pas conforme à la manière dont ils ont cru la concevoir. Flatteuſe & complaiſante imagination, n'eſt-ce donc point aſſez pour vous de ne chercher qu'à plaire, & d'être le plus parfait modéle de coquéterie? Faut il que vous ayez une tendreſſe vraiment maternelle pour vos enfans les plus contrefaits & les plus inſenſés, & que contente de votre ſeule fécondité, vos productions ne paroiſſent ridicules ou extravagantes, qu'aux yeux d'autrui? Ouï, il eſt juſte que l'amour propre qui fait les Auteurs, & ſurtout les mauvais Auteurs, les paye en ſecret des louanges que le Public leur refuſe, puiſque cette eſpéce de dédommagement qui ſoutient leur courage, peut les rendre meilleurs, & même excellens dans la ſuite.

§. II.

De la volonté.

Les ſenſations qui nous affectent, décident l'Ame à vouloir, ou à ne pas vouloir, à aimer, ou à haïr ces ſenſations, ſelon le plaiſir, ou la peine qu'elles nous cauſent; cet état de l'Ame ainſi décidée par ſes ſenſations, s'appelle *volonté*.

Mais il faut qu'on diſtingue ici la volonté, de la liberté. Car on peut être agréablement, & en conſéquence volontairement affecté par une ſenſation, ſans être maître de la rejetter, ou de la recevoir. Tel eſt l'état agréable & volontaire, où ſe trouvent tous les animaux, & l'homme même, lorſqu'ils ſatisfont quelques uns de ces beſoins preſſans, qui empêchoient

U

Alexan-

Alexandre de croire qu'il fût un Dieu, comme difoient fes flatteurs, puifqu'il avoit befoin de garderobe & de concubine.

Mais confidérons un homme qui veut veiller, & à qui on
donne de l'opium ; il eft invité au fommeil par les fenfations
agréables que lui procure ce divin remède ; & fa volonté eft tellement changée, que l'Ame eft forcément décidée à dormir.
Comme les bêtes ne jouïffent probablement que de ces *voli-*
tions, il n'eft pour elle ni bien, ni mal moral.   L'opium affoupit
donc l'Ame avec le corps : à grande doze, il rend furieux.
Les cantharides intérieurement prifes, font naître la paffion
d'amour avec une aptitude à la fatisfaire, qui fouvent coute bien
cher.   L'ame d'un homme mordu d'un chien enragé, enrage
enfin elle-même.   Le *pouff,* drogue vénimeufe fort en ufage
dans le Mogol, maigrit le corps, rend impuiffant, & ôte peu-
à-peu l'Ame raifonnable, pour ne lui fubftituer que l'Ame, je
ne dis pas fenfitive, mais végétative.   Toute l'hiftoire des poifons * prouve affez que ce qui a été dit des *philtres* amoureux
des Anciens, n'eft pas fi fabuleux ; & que toutes les facultés de
l'Ame, jufqu'à la confcience, ne font que des dépendances du
corps.   Il n'y a qu'à trop boire & manger pour fe réduire à la
condition des bêtes.   Socrate enyvré fe mit à danfer à la vue
d'un excellent Pantomime, ** & au lieu d'exemples de fageffe,
ce précepteur de la Patrie n'en donna plus que de luxure & de
volupté.   Dans les plus grands plaifirs, il eft impoffible de penfer, on ne peut que fentir.   Dans les momens qui les fuivent,
                                                              &

* V. Mead, *de Venenis.*
** Les mouvemens fe communiquent d'un homme à un autre homme ; les
      fentimens fe gagnent de même, & la converfation des gens d'efprit
      en donne.   Cela eft facile à expliquer par ce qui a été dit. c. XI. §. III.

& qui ne font pas eux-mêmes fans volupté, l'Ame fe replie en
quelque forte fur les délices qu'elle vient de gouter, comme
pour en jouïr à plus longs traits; elle femble vouloir augmenter
fon plaifir, en l'éxaminant: mais elle a tant fenti, tant exifté,
qu'elle ne fent & n'eft presque plus rien. Cependant l'accable-
ment où elle tombe lui eft cher; elle n'en fortiroit pas vîte fans
violence, parce que cette raviffante convulfion des nerfs, qui a
enyvré l'Ame de fi grands tranfports, doit durer encore quelque tems; femblable à ces vertiges, où l'on voit tourner les
objets, long-temps après qu'ils ne tournent plus. Tel qui
feroit bien fâché de faire tort * à fa famille en rêve, n'a plus la
même volonté, à l'occafion d'un certain prurit, qui va pour
ainfi dire, chercher l'Ame dans les bras du fommeil, & l'aver-
tir qu'il ne tient qu'à elle d'être heureufe un petit moment: &
fi la nature, lorsqu'elle s'éveille, eft prête à trahir fa première
volonté, alors une autre volonté nouvelle s'éleve dans l'Ame,
& fuggère à la nature les plus courts moyens de fortir d'un état
urgent, pour s'en procurer un plus agréable, dont on va fe
repentir, fuivant l'ufage, & comme il arrive furtout à la fuite des
plaifirs pris fans befoin.

Voilà l'homme, avec toutes les illufions dont il eft le
jouët, & la proie. Mais fi ce n'eft pas fans plaifir que la nature
nous trompe & nous égare, qu'elle nous trompe toujours ainfi.

Enfin rien de fi borné que l'empire de l'Ame fur le corps,
& rien de fi étendu que l'empire du corps fur l'Ame. Non feulement l'Ame ne connoit pas les mufcles qui lui obéïffent, &

U 2

quel

---

* Le bon Leeuwenhoeck nous certifie que fes obfervations *Hartfoekerien-
nes* n'ont jamais été faites aux dépens de fa famille,

quel est son pouvoir volontaire sur les organes vitaux; mais elle n'en exerce jamais d'arbitraire sur ces mêmes organes. Que dis-je! elle ne sçait pas même si la volonté est la cause efficiente des actions musculeuses, ou simplement une cause occasionnelle, mise en jeu par certaines dispositions internes du cerveau, qui agissent sur la volonté, la remuënt secrettement, & la déterminent de quelque manière que ce soit. Staahl pensé différemment ; il donne à l'ame, comme on l'a insinué, un empire absolu; elle produit tout chez lui, jusqu'aux hémorrhoïdes. Voyez sa théorie de Médecine, où il s'efforce de prouver cette imagination par des raisonnemens Métaphysiques, qui ne la rendent que plus incompréhensible, &, si j'osois le dire, plus ridicule.

§. III.
Du goût.

Les sensations considérées, ou comme de simples connoissances, ou en tant qu'elles sont agréables, ou désagréables, font porter à l'Ame deux sortes de jugemens. Lorsqu'elle découvre des vérités, qu'elle s'en assure elle-même avec une évidence qui captive son consentement, cette opération de l'Ame consentante, qui ne peut se dispenser de se rendre aux lumières de la vérité, est simplement appellée *jugement*. Mais lorsqu'elle apprécie l'impression agréable, ou désagréable, qu'elle reçoit de ses différentes sensations, alors ce jugement prend le nom de *goût*. On donne le nom de *bon goût*, aux sensations qui flattent le plus généralement tous les hommes, & qui sont, pour ainsi dire, les plus accréditées, les plus en vogue: & réciproquement le mauvais goût, n'est que le goût le plus singulier, & le moins

ordi-

ordinaire, c'est-à-dire, les sensations les moins communes. Je connois des gens de lettres, qui pensent différemment; ils prétendent, que le bon ou le mauvais goût, n'est qu'un jugement raisonnable, ou bizarre, que l'Ame porte de ses propres sensations. Celles, disent-ils, qui plaisent à la vérité à quelques uns, toutes défectueuses & imparfaites qu'elles sont, parce qu'ils en jugent mal, ou trop favorablement; mais qui déplaisent, ou répugnent au plus grand nombre, parce que ces derniers ont ce qu'on appelle un bon esprit, un esprit droit; ces sensations font l'objet du mauvais goût. Je crois, moi, qu'on ne peut se tromper fur le compte de ses sensations: je pense qu'un jugement qui part du sens intime, tel que celui qu'on porte de son propre sentiment, ou de l'affection de son Ame, ne peut porter à faux, parce qu'il ne consiste qu'à goûter un plaisir, ou à sentir une peine, qu'on éprouve en effet, tant que dure une sensation agréable, ou désagréable. Il y en a qui aiment, par exemple, l'odeur de la corne de cheval, d'une carte, du parchemin brûlé. Tant qu'on n'entendra par *mauvais goût*, qu'un goût singulier, je conviendrai que ces personnes font de mauvais goût, & que les femmes grosses dont les goûts changent avec les dispositions du corps, font aussi de très-mauvais goût, tandis qu'il est évident qu'elles font seulement avides de choses assez généralement méprisées, & dont elles ne faisoient elles-mêmes aucun cas avant la grossesse, & qu'ainsi elles n'ont alors que des goûts particuliers, rélatifs à leur état, & qui se remarquent rarement. Mais quand on juge agréable la sensation que donne l'odeur de la pomade à la Maréchale, celle du musc, de l'ambre, & de tant d'autres parfums, si commodes aux barbets pour retrouver leurs maîtres, & cela dans le tems même qu'on

U 3   jouït

jouït du plaifir que toutes ces chofes font à l'Ame, on ne peut pas dire qu'on en juge mal, ni trop favorablement. S'il eft de meilleurs goûts les uns que les autres, ce n'eft jamais que par rapport aux fenfations plus agréables, qu'éprouve la même per- fonne: & puisqu'enfin tel goût que je trouve délicieux, eft dé- teflé par un autre, fur lequel il agit tout autrement, où eft donc ce qu'on nomme *bon* & *mauvais goût?* Non, encore une fois, les fenfations de l'homme ne peuvent le tromper; l'Ame les apprécie précifément ce qu'elles valent, rélativement au plaifir, ou au défagrément qu'elle en reçoit.

§. IV.
Du Génie.

Je vais tâcher de fixer l'idée du Génie, avec plus de préci- fion que je n'ai fait jusqu'à préfent. On entend communé- ment par ce mot *Génie,* le plus haut point de perfection, où l'efprit humain puiffe atteindre. Il ne s'agit plus que de fçavoir ce qu'on entend par cette perfection. On la fait confifter dans la faculté de l'efprit la plus brillante, dans celle qui frappe le plus, & même étonne, pour ainfi dire, l'imagination: & en ce fens, dans lequel j'ai employé moi-même le terme de *Génie,* pour me conformer à l'ufage que j'avois deffein de corriger enfuite, nos Poëtes, nos Auteurs fyftématiques, tout, jusqu'à l'Abbé Cartaut de la Villate *, auroit droit au Génie; & le Phi- lofophe qui auroit le plus d'imagination, le P. Mallebranche, feroit le premier de tous.

Mais fi le génie eft un efprit auffi jufte, que pénétrant; auffi vrai, qu'étendu; qui non feulement évite conftamment l'erreur,

com-

---

* Effai Hiftorique & Philofophique du goût.

comme un Pilote habile évite les écueils; mais se servant de la raison, comme il se sert de la Boussole; ne s'écarte jamais de son but, manie la vérité avec autant de précision, que de clarté, & enfin embrasse aisément, & comme d'un coup d'œil, une multitude d'idées, dont l'enchaînement forme un système expérimental, aussi lumineux dans ses principes, que juste dans ses conséquences, adieu les prétentions de nos beaux esprits, & de nos plus célébres constructeurs d'hypothèses! Adieu cette multitude de génies! Qu'ils seront rares désormais! Passons en revuë les principaux Philosophes modernes, ausquels le nom de génie a été prodigué, & commençons par Descartes.

Le chef-d'œuvre de Descartes est sa Méthode, & il a poussé fort loin la Géométrie, du point où il l'a trouvée; peut-être autant que Newton l'a poussée lui-même, du point où l'avoit laissée Descartes. Enfin personne ne lui refuse un esprit naturellement Philosophique. Jusques-là Descartes n'est pas un homme ordinaire; ce seroit même un génie, si pour mériter ce titre, il ne falloit qu'éclipser & laisser fort loin derrière soi tous les autres Mathématiciens. Mais les idées des grandeurs sont simples, faciles à saisir & à déterminer. Le cercle en est petit, & des signes toujours présens à la vuë, les rendent toujours sensibles; de sorte que la Géometrie & l'Algébre sont les Sciences où il y a moins de combinaisons à faire, surtout de combinaisons difficiles; on n'y voit par-tout que problêmes, & jamais il n'y en eut moins à résoudre. De là vient que les jeunes gens qui s'appliquent aux Mathématiques pendant trois ou quatre ans, avec autant de courage que d'esprit, vont bientôt de pair avec ceux qui ne sont pas faits pour franchir les limi-

tes

tes de l'Art : & communément les Géométres, loin d'être des génies, ne font pas même des gens d'efprit ; ce que j'attribue à ce petit nombre d'idées qui les abforbent, & bornent l'efprit, au lieu de l'étendre, comme on fe l'imagine. Quand je vois un Géométre qui a de l'efprit, je conclus qu'il en a plus qu'un autre ; fes calculs n'emportent que le fuperflu, & le néceffaire lui refte toujours. Eft-il étonnant que le cercle de nos idées fe refferre proportionnellement à celui des objets qui nous occupent fans ceffe ? Les Géométres, j'en conviens, manient facilement la vérité ; & ce feroit doublement leur faute, s'ils ne fçavoient pas la vraie méthode de l'expofer, depuis que le célé-bre M. Clairaut a donné fes *Elémens de Géométrie ;* (car, bon Dieu ! avant cet excellent ouvrage, en quel défordre, & quel cahos étoit cette fcience !) Mais faites-les fortir de leur petite fphére ; qu'ils ne parlent ni de Phyfique, ni d'Aftronomie ; qu'ils paffent à de plus grands objets, qui n'aient aucun rapport avec ceux qui dépendent des Mathématiques, par exemple, à la Métaphyfique, à la Morale, à la Phyfiologie, à la Littérature : femblabes à ces enfans qui croyoient toucher le ciel au bout de la plaine, ils trouveront le monde des idées bien grand. Que de problêmes, & de problêmes très-compofés & très-difficiles ! Quelle foule d'idées, (fans compter la peine que les Géométres ne fe donnent pas ordinairement d'être lettrés & érudits,) & de connoiffances diverfes à embraffer d'une vue générale, à raf-fembler, à comparer ! Ceux qui faute de lumières veulent des autorités pour juger, n'ont qu'à lire le Difcours que M. de Mau-pertuis prononça le jour qu'il fut reçu à l'Académie Françoife, & l'on verra fi j'éxagère le peu de mérite des Géométres, & les talens néceffaires pour réüffir dans des Sciences d'une fphére

plus

plus étenduë. Je n'en appelle, comme on voit, qu'au suffrage
d'un profond Géométre, & pourtant homme de beaucoup
d'esprit, & qui plus est, vrai génie, si on l'est par les plus
rares qualités qui le caractérisent, la vérité, la justesse, la précision & la clarté. Qu'on me montre en Descartes des qualités
aussi essentielles au génie, & sur tout qu'on me les fasse voir ailleurs qu'en Géométrie, puisqu'encore une fois le premier des
Géométres seroit peut-être le dernier des Métaphysiciens ; &
l'illustre Philosophe dont je parle, en est lui-même une preuve
trop sensible. Il parle des idées, sans sçavoir d'où, ni comment
elles lui viennent ; ses deux premières définitions sur l'essence
de l'Ame & de la matière, sont deux erreurs, d'où découlent
toutes les autres. Assurément dans ces *Méditations Métaphysiques*
dont M. Deslandes admire la profondeur, ou plutôt l'obscurité,
Descartes ne sçait ce qu'il cherche, ni où il veut aller ; il ne
s'entend pas lui-même. Il admet des idées innées ; il ne voit
dans les corps qu'une force divine. Il montre son peu de jugement, soit en refusant le sentiment aux bêtes ; soit en formant
un doute impraticable, inutile, puéril ; soit en adoptant le
faux, comme le vrai ; en ne s'accordant pas souvent avec lui-
même ; en s'écartant de sa propre Méthode ; en s'élevant par la
vigueur déreglée de ses esprits, pour tomber d'autant plus, &
n'en retirer que l'honneur de donner, comme le téméraire
Icare, un nom immortel aux Mers dans lesquelles il s'est noyé.

Je veux, & je l'ai insinué moi-même, que les égaremens
mêmes de Descartes soient ceux d'un grand homme ; je veux
que sans lui nous n'eussions point eu les Huygens, les Boyle,
les Mariotte, les Newton, les Musschenbroeck, les s'Gravesande,

X   les

lès Boerhaave, &c. qui ont enrichi la Phyſique d'une prodigieuſe multitude d'expériences ; & qu'en ce ſens il ſoit fort permis aux imaginations vives de ſe donner carrière. Mais, n'en déplaiſe à M. Privat de Molière, grand partiſan des ſyſtèmes, & en particulier de l'hypothèſe Cartéſienne, qu'eſt-ce que cela prouve en faveur des conjectures frivoles de Deſcartes ? Il a beau dire, des ſyſtèmes gratuits ne ſeront jamais que des châteaux en l'air, ſans utilité, comme ſans fondement.

Que dirons-nous de cet enfant de l'imagination, de cet ingrat, qui déclamant contr'elle, peut bien paſſer pour battre ſa mère, ou ſa propre nourrice ? Il a été plus habile à édifier, que Bayle ne l'étoit à détruire ; mais ce ſçavant homme avoit le plus ſouvent l'eſprit juſte, & promt à éviter l'erreur ; & Malle-branche n'a montré qu'un eſprit faux, incapable de ſaiſir la vérité ; l'imagination qui le domine, ne lui permet pas de parler des paſſions, ſans en montrer ; ni d'expoſer les erreurs des ſens, ſans les éxagérer. J'admire la magnificence de ſon ouvrage, il forme une chaîne nulle part interrompuë ; mais l'erreur, l'illuſion, les rêves, les vertiges, le délire, en ſont les matériaux, & comme les guides qui le menent à l'immortalité. Son palais reſſemble à celui des Fées, leurs mains ont apprêté les mêts qu'il nous ſert. Qu'on a bien raiſon de dire qu'il n'a recherché la vérité que dans le titre de ſon livre ! Il ne montre pas plus de ſagacité à la découvrir, que d'adreſſe à la faire connoître aux autres. Eſclave des préjugés, il adopte tout ; dupe d'un phan-tôme, ou d'une apparition, il réaliſe les chiméres qui lui paſſent par la tête. Les préjugés ont juſtement été comparés à ces faux amis qu'il faut abandonner, dés qu'on en a reconnu la per-fidie.

fidie. Eh! qui la doit reconnoître, qui doit s'en garantir, si ce n'est un Philosophe?

Ce n'est pas tout: non seulement il voit tout en Dieu, excepté ses extravagances & ses folies; mais on a remarqué qu'il en fait un Machiniste si mal habile, que son ouvrage ne peut aller, si l'ouvrier ne le fait mouvoir sans cesse: comme s'il avoit prétendu par cette idée Cartésienne, faire trouver peu surprenant, que Dieu se fût repenti d'avoir fait l'homme.

Après cela, Mallebranche auroit-il prétendu au rang des Génies, c'est-à-dire, de ces esprits heureusement faits pour connoître & exposer clairement la vérité? Qu'il en est différent! Mais sans doute on le prendra pour un esprit céleste, étheré, dont les spéculations s'étendent au delà du douziéme ciel de Ptolomée; car des idées acquises par les sens, que dis-je! les idées innées de Descartes ne lui suffisent pas; il lui en faut de divines, puisées dans le sein de l'immensité, dans l'infini: il lui faut un *monde spirituel, intelligible* (ou plutôt inintelligible,) où se trouvent les *idées,* c'est-à-dire, les images, les représentations de tous les corps, au hazard d'en conclure que Dieu est tout ce qu'on voit, & qu'on ne peut faire un pas, sans le trouver dans ce vaste Univers, selon l'idée que Lucain exprime ainsi dans le neuviéme livre de sa Pharsale;

Jupiter est quodcumque vides, quòcumque moveris.

Le célébre Leibnitz raisonne à perte de vuë sur l'être, & la substance; il croit connoître l'essence de tous les corps. Sans lui, il est vrai, nous n'eussions jamais deviné qu'il y eût des *Monades* au monde, & que l'Ame en fût une; nous n'eussions point connu ces fameux principes qui excluënt toute égalité dans la

X 2

nature,

nature, & expliquent tous les phénomenes par une *raifon,* plus *inutile,* que *fuffifante.*   Wolf fe préfente ici, comme un Commentaire fous fon Texte.   Rendons la même juftice à cet illuftre Difciple, à ce Commentateur, Original jufqu'à donner fon nom à la fecte de fon maître, qui s'accroît tous les jours fous fes aufpices.   Le fyftème qu'il a embelli par la fécondité & la fubtilité d'idées merveilleufement fuivies, eft fans doute les plus ingénieux de tous.   Jamais l'efprit humain ne s'eft fi conféquemment égaré: quelle intelligence, quel ordre, quelle clarté préfident à tout l'ouvrage! De fi grands talens le font à jufte titre regarder comme un Philofophe très-fupérieur à tous les autres, & à celui même qui a fourni le fond de la Philofophie Wolfienne.   La chaîne de fes principes eft bien tiffuë, mais l'or dont elle paroît formée, mis au creufet, ne paroît qu'un métal impofteur.   Eh! faut-il donc tant d'art à enchaffer l'erreur, pour mieux la multiplier? Ne diroit-on pas, à les entendre, ces ambitieux Métaphyficiens, qu'ils auroient affifté à la création du monde, ou au débrouïllement du cahos?   Cependant leurs premiers principes ne font que des fuppofitions hardies, où le génie a bien moins de part, qu'une préfomptueufe imagination.   Qu'on les appelle, fi l'on veut, de grands génies, parce qu'ils ont recherché & fe font vantés de connoître les prémières caufes! Pour moi je crois que ceux qui les ont dédaignées, leur feront toujours préférables: & que le fuccès des Locke, des Boerhaave, & de tous ces hommes fages, qui fe font bornés à l'examen des caufes fecondes, prouve bien que l'amour propre eft le feul qui n'en tire pas le même avantage, que des prémières!

§. V.

§. V.

Du sommeil & des rêves.

La cause prochaine du sommeil paroît être l'affaissement des fibres nerveuses qui partent de la substance corticale du cerveau. Cet affaissement peut être produit, non seulement par l'augmentation du cours des liqueurs qui compriment la moëlle, & par la diminution de cette circulation, qui ne suffit pas pour distendre les nerfs, mais encore par la dissipation, ou l'épuisement des esprits, & par la privation des causes irritantes, qui procure du repos & de la tranquillité, & enfin par le transport d'humeurs épaisses & imméables dans le cerveau. Toutes les causes du sommeil peuvent s'expliquer par cette première.

Dans le sommeil parfait, l'Ame sensitive est comme anéantie, parce que toutes les facultés de la veille qui lui donnoient des sensations, sont entiérement interceptées en cet état de compression du cerveau.

Pendant le sommeil imparfait, il n'y a qu'une partie de ces facultés, qui soit suspenduë, ou interrompuë; & les sensations qu'elles produisent, sont incomplettes, ou toujours défectueuses en quelque point. C'est par là qu'on distingue les rêves qui résultent de ces sortes de sensations, d'avec celles qui affectent l'Ame au réveil. Les connoissances que nous avons alors avec plus d'exactitude & de netteté, nous découvrent assez la nature des rêves, qui sont formés par un cahos d'idées confuses & imparfaites. Il est rare que l'Ame apperçoive en rêvant quelque vérité fixe, qui lui fasse reconnoître son erreur.

X 3

Nous

Nous avons en rêvant un sentiment intérieur de nous-mêmes, & en même tems un assez grand délire, pour croire voir, & pour voir en effet clairement une infinité de choses hors de nous; nous agissons, soit que la volonté ait quelque part, ou non, à nos actions. Communément les objets qui nous ont le plus frappés dans le jour, nous apparoissent la nuit, & cela est également vrai des chiens & des animaux en général. Il suit de là que la cause immédiate des rêves est toute impression forte, ou fréquente, sur la portion sensitive du cerveau, qui n'est point endormie, ou affaissée, & que les objets dont on est si vivement affecté, sont visiblement des jeux de l'imagination. On voit encore que le délire qui accompagne les insomnies & les fièvres, vient des mêmes causes, & que le rêve est une demi-veille, en ce qu'une portion du cerveau demeure libre & ouverte aux traces des esprits, tandis que toutes les autres sont tranquilles & fermées. Lorsqu'on parle en rêve, il faut de nécessité que les muscles du larinx, de la langue & de la respiration, obéissent à la volonté, & que par conséquent la région du *sensorium*, d'où partent les nerfs qui vont se rendre à ces muscles, soit libre & ouverte, & que ces nerfs mêmes soient remplis d'esprits. Dans les pollutions nocturnes, les muscles releveurs & accélérateurs agissent beaucoup plus fortement, que si on étoit éveillé; ils reçoivent conséquemment une quantité d'esprits beaucoup plus considérable : car quel homme sans toucher, & peut-être même en touchant une belle femme, pourroit répandre la liqueur de l'accouplement, autant de fois que cela arrive en rêve à des gens sages, vigoureux, ou échauffés? Les hommes & les animaux gesticulent, sautent, tréssaillent,

lent, se plaignent; les Ecoliers redisent leurs leçons; les Prédicateurs déclament leurs Sermons, &c. Les mouvemens du corps répondent à ceux qui se passent dans le cerveau.

Il est facile d'expliquer à présent les mouvemens de ceux qu'on appelle *somnambules*, ou *noctambules*, parce qu'ils se promenent en dormant. Plusieurs Auteurs racontent des histoires curieuses à ce sujet; ils ont vu faire les chutes les plus terribles, & souvent sans danger.

Il suit de ce qui a été dit touchant les rêves, que les somnambules dorment à la vérité parfaitement dans certaines parties du cerveau, tandis qu'ils sont éveillés dans d'autres, à la faveur desquelles le sang & les esprits, qui profitent des passages ouverts, coulent aux organes du mouvement. Notre admiration diminuera encore plus, en considérant les dégrés successifs, qui des plus petites actions faites en dormant, conduisent aux plus grandes & aux plus composées, toutes les fois qu'une idée s'offre à l'Ame avec assez de force pour la convaincre de la présence réelle du fantôme que l'imagination lui présente: & alors il se forme dans le corps des mouvemens qui répondent à la volonté que cette idée fait naître. Mais pour ce qui est de l'adresse & des précautions que prennent les somnambules, avons-nous plus de facilité qu'eux, à éviter mille dangers, lorsque nous marchons la nuit dans des lieux inconnus? La Topographie du lieu se peint dans le cerveau du Noctambule, il connoît le lieu qu'il parcourt; & le siége de cette peinture est chez lui nécessairement aussi mobile, aussi libre, aussi clair, que dans ceux qui veillent.

§. VI.

§. VI.
Conclusion sur l'Etre sensitif.

Il y a beaucoup d'autres choses, qui concernent nos connoissances, & qui n'intéressent pas peu notre curiosité; mais
elles sont au dessus de notre portée : nous ignorons quelles
qualités doit acquérir le principe matériel sensitif, pour avoir
la faculté immédiate de sentir; nous ne sçavons pas si ce principe possède cette puissance dans toute sa perfection, dès le
prémier instant qu'il habite un corps animé. Il peut bien avoir
des sensations plus imparfaites, plus confuses, ou moins distinctes; mais ces défauts ne peuvent-ils pas venir des autres organes corporels qui lui fournissent ces sensations? Cette possibilité
est du moins facile à établir, puisqu'elles lui sont toutes retran-
chées par l'interception du cours des esprits durant le sommeil;
& que ce même principe sensitif, dans un sommeil léger, ou
imparfait, n'a que des sensations incomplètes, quoique par lui-
même il soit immédiatement prêt à les recevoir complètes &
distinctes. Je ne demande pas ce que devient ce principe à la
mort, s'il conserve cette immédiate faculté de sentir, & si dans
ce cas d'autres causes que les organes qui agissent sur lui durant
la vie, peuvent lui donner des sensations qui le rendent heureux
ou malheureux. Je ne demande pas, „si cette partie dégagée
„de ses liens, & conservant son essence, reste errante, toujours
„prête à reproduire un animal nouveau, ou à reparoître revêtue
„d'un nouveau corps, après qu'avoir été dissipée dans l'air, où
„dans l'eau, cachée dans les feuilles des plantes, ou dans la chair
„des animaux, elle se retrouveroit dans la semence de l'animal
„qu'elle devroit reproduire?„ Je m'inquiète peu, si l'Ame capa-
„ble

„ble d'animer de nouveaux corps, ne pourroit pas reproduire
„toutes les espéces possibles par la seule diversité des combinai-
„fons.‟ * Ces questions font d'une nature à rester éternellement indécises. Il faut avouër que nous n'avons fur tout cela
aucune lumière, parce qu'on ne fçait rien au delà de ce que
nous apprennent les fenfations, qui nous abandonnent ici; &
par conféquent on ne doit pas fe permettre de former là deffus
aucune forte de conjecture. Un homme d'efprit propofe des
problêmes, le fot & l'ignorant décident; mais la difficulté refte
toujours pour le Philofophe. Soumettons-nous donc à l'ignorance, & laiffons murmurer notre vanité. Ce qui me paroît
affez vrai, & conforme aux principes établis ci devant, c'eft que
les animaux perdent en mourant leur puiffance immédiate de
fentir, & que par conféquent l'Ame fenfitive eft véritablement
anéantie avec eux. Elle n'éxiftoit que par des modifications
qui ne font plus.

CHAPITRE XIII.
Des facultés intellectuelles, ou de l'Ame raifonnable.

Les facultés propres à l'Ame raifonnable, font les perceptions intellectuelles, la liberté, l'attention, la réfléxion,
l'ordre ou l'arrangement des idées, l'éxamen & le jugement.

§. I.
Des Perceptions.

Les perceptions font les rapports que l'Ame découvre
dans les fenfations qui l'affectent. Les fenfations produifent
des rapports qui font purement fenfibles, & d'autres qu'on ne

Y

décou-

* Venus Phyfique.

découvre que par un éxamen férieux. Lorsque nous enten-
dons quelque bruit, nous fommes frappés de deux chofes; 1º.
du bruit, qui eft la fenfation: 2º. de la diftance de nous à la
caufe qui fait le bruit, laquelle eft diftincte de la fenfation du
bruit, quoiqu'elle n'en foit pourtant qu'une dépendance, rélative à la manière dont ce fon nous affecte; & qu'elle ne foit
par conféquent qu'une fimple perception, mais une perception fenfible, parce c'eft le fimple fentiment qui nous la donne:
3º. de la manière dont la caufe produit le bruit, en ébranlant
l'air qui vient frapper nos oreilles. Mais cette connoiffance ne
peut s'acquérir que par les recherches de l'efprit; & ce font les
connoiffances de ce dernier genre, qu'on appelle *perceptions intellectuelles*, parce que la fimple fenfation ne peut nous les donner par elle-même, & qu'il faut, pour les avoir, fe replier fur
elle, & l'éxaminer

Ces perceptions ne fe découvrent donc qu'à l'aide des fenfations attentivement recherchées; car lorfque je vois un quarré,
je n'y apperçois rien au premier coup d'œil que ce qui frappe
les animaux mêmes; tandis qu'un Géometre qui applique tout
fon génie à découvrir les proprietés de cette figure, reçoit de
l'impreffion que ce quarré fait fur fes fens, une infinité de perceptions intellectuelles, qui échapent pour toujours à ceux qui
bornés à la fenfation de l'objet, ne voyent pas plus loin que
leurs yeux. Concluons donc que cette opération de l'Ame,
fi déliée, fi métaphyfique, fi rare dans la plupart des têtes, n'a
d'autre fource que la faculté de fentir, mais de fentir en Philofophe, ou d'une manière plus attentive & plus étudiée.

§. II.

§. II.

De la Liberté.

La Liberté est la faculté d'examiner attentivement, pour découvrir des vérités, ou de déliberer pour nous déterminer avec raison à agir, ou à ne pas agir. Cette faculté nous offre deux choses à considérer. 1°. Les motifs qui nous déterminent à examiner, ou à déliberer; car nous ne faisons rien sans quelque impression, qui agissant sur le fonds de l'Ame, remuë & détermine notre volonté. 2°. Les connoissances qu'il faut examiner pour s'assurer des vérités qu'on cherche, ou les motifs qu'il faut peser, ou apprécier, pour prendre un parti.

Il est clair que dans le premier cas, ce sont des sensations qui préviennent les premieres démarches de notre liberté, & qui prédéterminent l'Ame, sans qu'il s'y mêle aucune délibération de sa part, puisque ce sont ces sensations mêmes qui la portent à délibérer. Dans le second cas, il ne s'agit que d'un éxamen des sensations, & à la faveur de cette revüe attentive nous pouvons trouver les vérités que nous cherchons, & les constater. Or il s'agit des différens motifs, ou des diverses sensations, qui nous portent les uns à agir, les autres à ne pas agir, Il est donc vrai que la liberté consiste aussi dans la faculté de sentir.

Je ne veux cependant pas passer sous silence une dispute qui est encore sans décision; l'examen qui est le principal acte de la liberté, exige une volonté déterminée à s'appliquer aux objets qu'on veut exactement connoître, & cette volonté fixe est connuë sous le nom d'attention, la mère des sciences. Or on demande si cette même volonté n'exige pas dans l'Ame une force par laquelle elle puisse se fixer, & s'assujettir elle-même à l'objet de ses recherches, ou si les motifs qui la prédéterminent, suffisent pour fixer & soutenir son attention.

Non nostrum inter vos tantas componere lites.

Comme on n'a pu encore s'accorder sur ce point, il y a toute apparence que toutes les raisons alléguées de part & d'autre ne portent point avec elles ce *criterium veritatis,* auquel seul acquiescent les esprits philosophiques : c'est pourquoi nous ne ferons point de vaines tentatives pour applanir de si grandes difficultés. Qu'il nous suffise de remarquer que dans l'attention, l'Ame peut agir par sa propre force, je veux dire, par sa force motrice, par cette activité coëssentielle à la matière, & que presque tous les Philosophes, comme on l'a dit, ont comptée au nombre des attributs essentiels de l'être sensitif, & en général de la substance des corps.

Mais ne passons pas si légérement sur l'attention. Les idées qui sont du ressort des sciences sont complexes. Les notions particulieres qui forment ces idées, sont détruites par les flots d'autres idées qui se chassent successivement. C'est ainsi que s'affoiblit & disparoît peu-à-peu l'idée que nous voulons retourner de tous les côtés, dont nous voulons envisager toutes les faces, & graver toutes les parties dans la mémoire. Pour la retenir, qu'y a-t-il donc à faire, si ce n'est d'empêcher cette succession rapide d'idées toujours nouvelles, dont le nombre accable ou distrait l'Ame, jusqu'à lui interdire la faculté de penser. Il s'agit donc ici de mettre comme une espéce de frein qui retienne l'imagination, de conserver ce même état du *sensorium commune,* procuré par l'idée qu'on veut saisir & examiner;

ner; il faut détourner entièrement l'action de tous les autres
objets, pour ne conferver que la feule impreffion du premier
objet qui l'a frappée, & en concevoir une idée diftincte, claire,
vive, & de longue durée; il faut que toutes les facultés de l'Ame,
tendües & clairvoyantes vers un feul point, c'est-à-dire, vers
la penfée favorite à laquelle on s'attache, foient aveugles par
tout ailleurs: il faut que l'efprit affoupiffe lui-même ce tumulte
qui fe paffe en nous-mêmes malgré nous; enfin, il faut que l'attention de l'Ame foit bandée en quelque forte fur une feule
perception, que l'Ame y penfe avec complaifance, avec force,
comme pour conferver un bien qui lui eft cher. En effet, fi la
caufe de l'idée dont on s'occupe, ne l'emporte de quelque
dégré de force, fur toutes les autres idées, elles entreront de
dehors dans le cerveau; & il s'en formera même au dedans, indépendamment de celles-là, qui feront des traces nuifibles à nos
recherches, jufqu'à les déconcerter & les mettre en déroute.
L'attention eft la clé qui peut ouvrir, pour ainfi dire, la feule
partie de la moëlle du cerveau, où loge l'idée qu'on veut fe
repréfenter à foi même. Alors fi les fibres du cerveau extrêmement tendües, ont mis une barriere qui ôte tout commerce
entre l'objet choifi, & toutes les idées indifcretes qui s'empref-
fent à le troubler, il en réfulte la plus claire, la plus lumineufe
perception qui foit poffible.

Nous ne penfons qu'à une feule chofe à la fois dans le même tems: une autre idée fuccede à la première, avec une vî-
teffe qu'on ne peut définir; mais qui cependant paroît être différente en divers fujets. La nouvelle idée qui fe préfente à
l'Ame, en eft apperçue, fi elle fuccéde, lorfque la première a

difparu;

difparu; autrement l'Ame ne la diftingue point. Toutes nos penfées s'expriment par des mots, & l'efprit ne penfe pas plus deux chofes à la fois, que la langue ne prononce deux mots. D'où vient donc la vivacité de ceux qui réfolvent fi vîte les pro-blêmes les plus compofés & les plus difficiles? De la facilité avec laquelle leur mémoire retient comme vraie, la propofition la plus proche de celle qui expofe le problême. Ainfi tandis qu'ils penfent à l'onziéme propofition, par exemple, ils ne s'in-quiétent plus de la vérité de la dixiéme; & ils regardent com-me des axiomes, toutes les chofes précedentes, démontrées au-paravant, & dont ils ont un recueil clair dans la tête. C'eft ainfi qu'un grand Médecin voit d'un coup d'œil toutes les cau-fes de la maladie & ce qu'il faut faire pour les combattre.

Il ne nous refte plus qu'à traiter de la réfléxion, de la mé-ditation, & du jugement.

§. III.
De la Réflexion, &c.

La réfléxion eft une faculté de l'Ame qui rappelle & raffem-ble toutes les connoiffances qui lui font néceffaires pour dé-couvrir les vérités qu'elle cherche, ou dont elle a befoin pour délibérer, ou apprécier les motifs qui doivent la déterminer à agir, ou à ne pas agir. L'Ame eft conduite dans cette recher-che par la liaifon que les idées ont entr'elles, & qui lui fournif-fent en quelque manière le fil qui doit la guider, pour qu'elle puiffe fe fouvenir des connoiffances qu'elle veut raffembler, à deffein de les examiner enfuite, & de fe décider; en forte que l'idée dont elle eft actuellement affectée, la fenfation qui l'oc-cupe au moment préfent, la méne peu-à-peu, infenfiblement, &

com-

comme par la main, à toutes les autres qui y ont quelque rapport. D'une connoissance générale, elle passe ainsi facilement aux espéces; & des espéces, elle descend jusqu'aux particularités, de même qu'elle peut être conduite par les effets à la cause, de cette cause aux propriétés, & des propriétés à l'être. Ainsi c'est toujours par l'attention qu'elle apporte à ses sensations, que celles dont elle est actuellement occupée, la conduisent à d'autres, par la liaison que toutes nos idées ont entr'elles. Tel est le fil que la nature prête à l'Ame pour la conduire dans le labyrinthe de ses pensées, & lui faire démêler le cahos de matière & d'idées, où elle est plongée.

§. IV.

De l'arrangement des idées.

Avant de définir la méditation, je dirai un mot sur l'arrangement des idées. Comme elles ont entr'elles divers rapports, l'Ame n'est pas toujours conduite par la plus courte voie dans ses recherches. Cependant lorsqu'elle est parvenue, quoique par des chemins détournés, à se rappeller les connoissances qu'elle vouloit rassembler, elle apperçoit entr'elles des rapports qui peuvent la conduire par des sentiers plus lumineux & plus courts. Elle se fixe à cette suite de rapports, pour retrouver & examiner ces connoissances avec plus d'ordre & de facilité.

Nous voilà donc encore fort en droit d'inférer, que l'Ame raisonnable n'agit que comme sensitive, même lorsqu'elle réfléchit, & travaille à arranger ses idées.

§. V.

De la Méditation, ou de l'Examen.

Lorsque l'Ame est déterminée à faire quelques recherches, qu'elle a recueilli les connoissances qui lui sont nécessaires,

qu'elle

qu'elle les a arrangées & mises en revûe avec ordre, vis-à-vis
d'elle-même, elle s'applique férieusement à les contempler
avec cet œil fixe qui ne perd pas de vûe son objet, pour y découvrir toutes les perceptions qui échapent, lorsqu'on n'en
a que des fensations paffagères; & c'eft cet examen qui met
l'Ame en état de juger, ou de s'affûrer des vérités qu'elle pour-
fuit, ou bien de fentir le poids des motifs qui la doivent décider
fur le parti qu'elle doit prendre.

Il eft inutile d'obferver que cette opération de l'Ame dépend auffi entièrement de la faculté fenfitive, parce que examiner, n'eft autre chofe que fentir plus exactement & plus diftinctement, pour découvrir dans les fenfations, les perceptions qui
ont pu légerement gliffer fur l'Ame, faute d'y avoir fait affez
d'attention, toutes les autres fois que nous en avons été affectés.

§. VI.
Du Jugement.

La plupart des hommes jugent de tout, & ce qui revient
au même, en jugent mal. Eft-ce faute d'idées fimples, qui
font toutes des notions feules, ifolées? Non; perfonne ne
confond l'idée du bleu, avec celle du rouge; mais on fe trompe
dans les idées compofées, dont l'effence dépend de l'union de
plufieurs idées fimples. On n'attend pas à avoir acquis la perception de toutes les notions qui entrent dans deux idées compofées; il faut pour cela de la patience & de la modeftie; attributs, qui font trop rougir l'orgueil & la pareffe de l'homme.
Mais fi la notion de l'idée A, convient avec celle de l'idée B, je
juge fouvent qu'A & B font les mêmes, faute de faire attention
que la première notion n'eft qu'une partie de l'idée, dans laquelle

quelle font renfermées d'autres notions, qui répugnent à cette conclusion. La volonté même nous trompe beaucoup. Nous avons lié deux idées, par fentiment d'amour, ou de haine; nous les uniffons, quoiqu'elles foient très différentes, & nous jugeons des idées propofées, non par elles-mêmes, mais par ces idées avec lesquelles nous les avons liées, & qui ne font pas des notions *componentes* de l'idée qu'il falloit juger, mais des notions tout-à-fait étrangères & accidentelles à cette même idée. On excufe l'un, & on condamne l'autre, fuivant le fentiment dont on eft affecté. On eft encore trompé par ce vice de la volonté, & de l'affociation des idées, quand avant de juger, on fouhaite que quelque idée s'accorde, ou ne s'accorde pas avec une autre; d'où naît ce goût pour telle fecte, ou pour telle hypothèfe, avec lequel on ne viendra jamais à bout de connoître la vérité.

Comme le jugement eft la combinaifon des idées, le raifonnement eft la comparaifon des jugemens. Pour qu'il foit jufte, il faut avoir deux idées claires, ou une perception exacte de deux chofes; il faut auffi bien voir la troifiéme idée qu'on leur compare, & que l'évidence nous force de déduire affirmativement, ou négativement, de la convenance, ou de la difconvenance de ces idées. Cela fe fait dans un clin d'œil, quand on voit clair, c'eft-à-dire, quand on a de la pénétration, du difcernement, & de la mémoire.

Les fots raifonnent mal, ils ont fi peu de mémoire, qu'ils ne fe fouviennent pas de l'idée qu'ils viennent d'appercevoir, ou s'ils ont pu juger de la fimilitude de leurs idées, ils ont déjà perdu de vûe ce jugement, lorfqu'il s'agit d'en inférer une troifiéme idée, qui foit la jufte conféquence des deux autres. Les

Z

fols

fols parlent fans liaifon dans leurs idées, ils rêvent, à proprement parler. En ce fens les fots font des efpeces de fols. Ils ne fe rendent pas juftice de croire *n'être qu'ignorans ;* car ils n'ont leur efprit qu'en amour propre, dédommagement bien entendu de la part de la nature.

Il s'enfuit de notre Théorie, que lorfque l'Ame apperçoit diftinctement & clairement un objet, elle eft forcée par l'évidence même de fes fenfations, de confentir aux vérités qui la frappent fi vivement : & c'eft à cet acquiefcement paffif, que nous avons donné le nom de jugement. Je dis *paffif,* pour faire voir qu'il ne part pas de l'action de la volonté, comme le dit Defcartes. Lorfque l'Ame découvre avec la même lumière les avantages qui prévalent dans les motifs qui nous doivent décider à agir, ou à ne pas agir, il eft clair que cette décifion n'eft encore qu'un jugement de la même nature que celui qu'elle fait, lorfqu'elle céde à la vérité par l'évidence qui accompagne fes fenfations.

Nous ne connoiffons point ce qui fe paffe dans le corps humain, pour que l'Ame exerce fa faculté de juger, de raifonner, d'appercevoir, de fentir, &c. Le cerveau change fans ceffe d'état, les efprits y font toujours de nouvelles traces, qui donnent néceffairement de nouvelles idées, & font naître dans l'Ame une fucceffion continuelle & rapide de diverfes opérations. Pour n'avoir point d'idées, il faut que les canaux, où coulent ces efprits, foient entierement bouchés par la preffion d'un fommeil très-profond. Les fibres du cerveau fe relevent-elles de leur affaiffement ? Les efprits enfilent les chemins ouverts, & les idées qui font inféparables des efprits, marchent & galopent

pent avec eux. *Toutes les penfées,* comme l'obferve judicieufe-
ment Croufaz, *naiffent les unes des autres; la penfée,* (ou plutôt
l'Ame dont la penfée n'eft qu'un accident,) *fe varie & paffe par
différens états; & fuivant la variété de fes états & de fes manières
d'être, ou de penfer, elle parvient à la connoiffance, tantôt d'une chofe,
tantôt d'une autre. Elle fe fent elle-même, elle eft à elle-même fon
objet immédiat; & en fe fentant ainfi, elle fe repréfente des chofes différentes de foi.* Que ceux qui croient que les idées différent de la
penfée; que l'Ame a comme la vuë, fes yeux & fes objets, &
qu'en un mot toutes les diverfes contemplations de l'Ame ne
font pas diverfes manières de fe fentir elle-même, répondent
à cette fage réfléxion.

CHAPITRE XIV.
Que la foi feule peut fixer notre croyance fur la nature de l'Ame raifonnable.

IL eft démontré que l'Ame raifonnable a des fonctions beaucoup plus étenduës que l'Ame fenfitive, bornée aux connoiffances qu'ells peut acquérir dans les bêtes, où elle eft uniquement réduite aux fenfations & aux perceptions fenfibles, &
aux déterminations machinales, c'eft-à-dire, fans délibération,
qui en réfultent. L'Ame raifonnable peut en effet s'élever jufqu'aux perceptions, ou aux idées intellectuelles, quoiqu'elle
jouïffe peu de cette noble prérogative dans la plupart des hommes. Peu, (c'eft un aveu que la vérité ne m'arrache pas fans
douleur,) peu fortent de la fphère du monde fenfible, parce
qu'ils y trouvent tous les biens, tous les plaifirs du corps, &
qu'ils ne fentent pas l'avantage des plaifirs philofophiques, du

bon-

bonheur même qu'on goûte, tant qu'on s'attache à la recherche de la vérité; car l'étude fait plus que la *piété*, non seulement elle *préserve de l'ennui*; mais elle procure souvent cette espéce de volupté, ou plutôt de satisfaction intérieure, que j'ai appellée sensations d'esprit, lesquelles sans doute sont fort du goût de l'amour propre.

Après cela est-il donc surprenant que le monde abstrait, intellectuel, où il n'est pas permis d'avoir un sentiment, qu'il ne soit examiné par les plus rigoureux Censeurs; est-il surprenant, dis-je, que ce monde soit presque aussi désert, aussi abandonné, que celui de l'illustre fondateur de la secte Cartésienne, puisqu'il n'est habité que par un petit nombre de sages, c'est-à-dire, d'hommes qui pensent (car c'est-là la vraie sagesse, le reste est préjugés)? Eh! qu'est-ce que penser, si ce n'est passer sa vie à cultiver une terre ingrate, qui ne produit qu'à force de soins & de culture. En effet sur cent personnes, y en a-t-il deux pour qui l'étude & la réflexion ayent des charmes? Sous quel aspect le monde intellectuel, dont je parle, se montre-t-il aux autres hommes, qui connoissent tous les avantages de leurs sens, excepté le principal, qui est l'esprit? On n'aura pas de peine à croire qu'il ne leur paroît dans le lointain qu'un pays idéal, dont les fruits sont purement imaginaires.

C'est en conséquence de cette supériorité de l'Ame humaine, sur celle des animaux, que les Anciens l'ont appellée Ame raisonnable. Mais ils ont été fort attentifs à rechercher, si ces facultés ne venoient pas de celles du corps, qui sont encore plus excellentes dans l'homme. Ils ont d'abord remarqué que tous les hommes n'avoient pas, à beaucoup près, le même dégré,

gré, la même étenduë d'intelligence; & en cherchant la raifon de cette différence, ils ont cru qu'elle ne pouvoit dépendre que de l'organifation corporelle, plus parfaite dans les uns, que dans les autres, & non de la nature même de l'Ame. Des obfervations fort fimples les ont confirmés dans leur opinion. Ils ont vu que les caufes qui peuvent produire du dérangement dans les organes, troublent, altèrent l'efprit, & peuvent rendre imbécille l'homme du monde qui a le plus d'intelligence & de fagacité.

De-là ils ont conclu affez clairement, que la perfection de l'efprit confifte dans l'excellence des facultés organiques du corps humain: & fi leurs preuves n'ont pas été jufqu'ici folidement réfutées, c'eft qu'elles portent fur des faits; & à quoi fervent en effet tous les raifonnemens, contre des expériences inconteftables & des obfervations journalières?

Il faut cependant fçavoir que quelques uns ont regardé notre Ame, non feulement comme une *fubftance fpirituelle*, parce que chez eux cette expreffion ne fignifioit qu'une matière déliée, active, & d'une fubtilité imperceptible; mais même comme immatérielle, parce qu'ils diftinguoient dans la fubftance des corps, comme on l'a tant de fois repété, la partie muë, c'eftà-dire, celle qu'ils regardoient fimplement comme mobile, & à laquelle ils ne donnoient que le nom de matière, d'avec les formes actives & fenfitives de ces fubftances. Ainfi l'Ame n'étoit autrefois décorée des Epithètes de *fpirituelle* & *d'immatérielle*, que parce qu'on la regardoit comme la forme, ou la faculté active & fenfitive parfaitement développée, & même élevée au plus haut point de pénétration dans l'homme. On

Z 3

con-

connoît par ce que je viens de dire la véritable origine de la Métaphysique, justement dégradée de sa chimérique noblesse.

Plusieurs ont voulu se signaler, en soutenant que l'Ame raisonnable & l'Ame sensitive formoient deux Ames d'une nature réellement distincte, & qu'il falloit bien se donner de garde de confondre ensemble. Mais comme il est prouvé que l'Ame ne peut juger que sur les sensations qu'elle a, l'idée de ces Philosophes a paru impliquer une contradiction manifeste, qui a révolté tous les esprits droits & exemts de préjugés. Aussi avons-nous souvent fait observer que toutes les opérations de l'Ame sont totalement arrêtées, lorsque son sentiment est suspendu, comme dans toutes les maladies du cerveau, qui bouchent & détruisent toutes les communications d'idées entre ce viscère & les organes sensitifs; de sorte que plus on examine toutes les facultés intellectuelles en elles-mêmes, plus on demeure fermement convaincu qu'elles sont toutes renfermées dans la faculté de sentir, dont elles dépendent si essentiellement, que sans elle, l'Ame ne feroit jamais aucune de ses fonctions.

Enfin quelques Philosophes ont pensé que l'Ame n'est ni matière, ni corps, parce que considérant la matière par abstraction, ils l'envisageoient douée seulement de propriétés passives & mécaniques; & ils ne regardoient aussi les corps, que comme revêtus de toutes les formes sensibles, dont ces mêmes propriétés peuvent rendre la matière susceptible. Or, comme ce sont les Philosophes qui ont fixé la signification des termes, & que la foi pour se faire entendre aux hommes, a dû se servir nécessairement du langage même des hommes; de là vient que c'est peut-être en ce sens dont on a abusé, que la foi a distingué

l'Ame

l'Ame, & de la matière, & du corps qu'elle habite: & fur ce que les anciens Métaphyficiens avoient prouvé que l'Ame eft une fubftance active & fenfible, & que toute fubftance eft par foi même impériffable, de là ne femble-t-il pas naturel que la foi ait prononcé en conféquence que l'Ame étoit immortelle?

Voilà comme on peut accorder, felon moi, la Révélation & la Philofophie, quoique celle-ci finiffe, où l'autre commence. C'eft aux feules lumières de la foi à fixer nos idées fur l'inexplicable origine du mal; c'eft à elle à nous déveloper le jufte & l'injufte, à nous faire connoître la nature de la liberté, & tous les fecours furnaturels qui en dirigent l'exercice: enfin puifque les Théologiens ont une Ame fi fupérieure à celle des Philofophes, qu'ils nous difent & nous faffent imaginer, s'ils peuvent, ce qu'ils conçoivent fi bien, l'effence de l'Ame, & fon état après la mort. Car non feulement la faine & raifonnable Philofophie avoüe franchement qu'elle ne connoît pas cet être incomparable qu'on décore du beau nom d'Ame, & d'attributs divins, & que c'eft le Corps qui lui paroît penfer; * mais elle a toujours blâmé les Philofophes qui ont ofé affirmer quelque chofe de pofitif fur l'effence de l'Ame, femblable en cela à ces fages Académies ** qui n'admettant que des faits en Phyfique, n'adoptent ni les fyftèmes, ni les raifonnemens des Membres qui les compofent.

J'avoüe

---

* *Je fuis corps & je penfe.* (Volt. Lett. Phil. *fur l'Ame.*) Voyez comme il fe moque agréablement du raifonnement qu'on fait dans les Ecoles pour prouver que la matière (qu'on ne connoît pas) ne peut penfer.

** Voyez la Préface que M. de Fontenelle a mife à la tête des Mémoires de l'Académie des Sciences.

J'avoüe encore une fois que j'ai beau concevoir dans la matière les parties les plus déliées, les plus subtiles, & en un mot la plus parfaite organisation, je n'en conçois pas mieux que la matière puisse penser. Mais, 1°. la matière se meut d'elle-même; je demande à ces Philosophes, qui semblent avoir assisté à la création, qu'ils m'expliquent ce mouvement, s'ils le conçoivent. 2°. Voilà un corps organisé! Que de sentimens s'impriment dans ce corps, & qu'il est difficile d'appercevoir la cause qui les produit! 3°. Est-il plus aisé de se faire une idée d'une substance qui n'étant pas matière, ne seroit à la portée ni de la nature, ni de l'art; qu'on ne pourroit rendre sensible par aucuns moyens; d'une substance qui ne se connoît pas elle-même, qui apprend & oublie à penser dans les différens âges de la vie?

Si l'on me permet de parcourir ces âges un moment, nous voyons que les enfans sont des espèces d'oiseaux, qui n'apprennent que peu de mots & d'idées à la fois, parce qu'ils ont le cerveau mol. Le jugement marche à pas lent derrière la mémoire; il faut bien que les idées soient faites & gravées dans le cerveau, avant que de pouvoir les arranger & les combiner. On raisonne, on a de l'esprit; il s'accroît par le commerce de ceux qui en ont, il s'embellit par la communication des idées, ou des connoissances d'autrui. L'adolescence est-elle passée? Les Langues & les Sciences s'apprennent difficilement, parce que les fibres peu flexibles n'ont plus la même capacité de recevoir promptement, & de conserver les idées acquises. Le Vieillard, *laudator temporis acti*, est esclave des préjugés qui se sont endurcis avec lui. Les vaisseaux rapprochent leurs parois vui-

des,

dés, ou font corps avec la liqueur deſſechée, tout juſqu'au
cœur & au cerveau s'oſſifie avec le tems; les eſprits ſe filtrent
à peine dans le cerveau & dans le cervelet, les ventricules du
cœur n'ont plus qu'un foible coup de piſton; défaut de ſang &
de mouvement, défaut de parens & d'amis, qu'on ne connoît
plus, défaut de ſoi-même qu'on ignore. Tel eſt l'âge décrépit,
la nouvelle enfance, la ſeconde végétation de l'homme, qui
finit, comme il a commencé. Faut-il pour cela être Miſantrope
& mépriſer la vie? Non; ſi on a du plaiſir à ſentir, il n'eſt
point de plus grand bien que la vie; ſi on a ſçu en jouïr, quoiqu'on en diſe, quoi que chantent nos Poëtes, * c'étoit *la peine
de naître,* de vivre & de mourir.

Vous avez vu que la faculté ſenſitive exécute ſeule toutes
les facultés intellectuelles; qu'elle fait tout chez l'homme,
comme chez les animaux; que par elle enfin tout s'explique.
Pourquoi donc demander à un être imaginaire plus diſtingué,
les raiſons de votre ſupériorité ſur tout ce qui reſpire? Quel
beſoin vous faites-vous d'une ſubſtance d'une plus haute origine? Eſt-ce qu'il eſt trop humiliant pour votre amour propre,
d'avoir tant d'eſprit, tant de lumières, ſans en connoître la ſource? Non; comme les femmes ſont vaines de leur beauté, les
beaux eſprits auront toujours un orgueil qui les rendra odieux
dans la ſociété; & les Philoſophes même ne ſeront peut-être
jamais aſſez Philoſophes, pour éviter cet écueil univerſel. Au
reſte qu'on faſſe attention que je ne traite ici que de l'Hiſtoire
naturelle des corps animés, & que pour ce qui ne concerne en
rien cette Phyſique, il ſuffit, ce me ſemble, qu'un Philoſophe

Aa   Chré-

_____

* Rouſſeau, *Miroir de la vie.*

Chrêtien se soumette aux lumières de la Révélation, & renonce volontiers à toutes ses spéculations, pour chérir une ressource commune à tous les Fidèles. Oüi, sans doute, cela doit suffire, & par conséquent rien ne peut nous empêcher de pousser plus loin nos recherches Physiques, & de confirmer cette théorie des sensations par des faits incontestables.

CHAPITRE XV.

Histoires qui confirment que toutes les idées viennent des sens.

HISTOIRE PREMIERE.

D'un Sourd de Chartres.

UN jeune homme fils d'un Artisan, sourd & muet de nais-
„sance, commença tout d'un coup à parler, au grand
„étonnement de toute la Ville. On sçut de lui que quelques
„trois ou quatre mois auparavant, il avoit entendu le son des
„cloches, & avoit été extrêmement surpris de cette sensation
„nouvelle & inconnuë. Ensuite il lui étoit sorti comme une
„espece d'eau de l'oreille gauche, & il avoit entendu parfaite-
„ment des deux oreilles. Il fut ces trois ou quatre mois
„à écouter sans rien dire, s'accoutumant à répéter tout bas les
„paroles qu'il entendoit, & s'affermissant dans la prononciation
„& dans les idées attachées aux mots. Enfin il se crut en état
„de rompre le silence, & il déclara qu'il parloit, quoique ce ne
„fût encore qu'imparfaitement. Aussi-tôt des Théologiens
„habiles l'interrogèrent sur son état passé, & leurs principales
„que-

„questions roulerent fur Dieu, fur l'Ame, fur la bonté, ou la
„malice morale des actions. Il ne parut pas avoir pouffé fes
„penfées jusques-là. Quoiqu'il fût né de parens Catholiques,
„qu'il affiftât à la Meffe, qu'il fût inftruit à faire le Signe de la
„Croix, & à fe mettre à genoux dans la contenance d'un hom-
„me qui prie, il n'avoit jamais joint à cela aucune intention,
„ni compris celle que les autres y joignoient: il ne fçavoit pas
„bien diftinctement ce que c'étoit que la mort, & il n'y penfoit
„jamais. Il menoit une vie purement animale, toute occupée
„des objets fenfibles & préfens, & du peu d'idées qu'il recevoit
„par les yeux. Il ne tiroit pas même de la comparaifon de ces
„idées, tout ce qu'il femble qu'il auroit pu en tirer. Ce n'eft
„pas qu'il n'eût naturellement de l'efprit, * mais l'efprit d'un
„homme privé du commerce des autres, eft fi peu cultivé, fi
„peu exercé, qu'il ne penfoit qu'autant qu'il y étoit indifpen-
„fablement forcé par les objets extérieurs. Le plus grand **
„fond des idées des hommes eft dans leur commerce récipro-
„que.“

Cette Hiftoire connuë de toute la Ville de Chartres, fe
trouve dans celle de l'Académie des Sciences. ***

HISTOIRE II.
D'un Homme fans Idées Morales.

Depuis plus de quinze ans il y a à l'Hôtel de Conti un Tour-
neur de broche, qui n'ayant rien de fourd, fi ce n'eft l'efprit,

Aa 2 répond

---

* On plutôt la faculté d'en avoir.
** Tout le fond. M. de F. l'affirme fans y penfer, lorfqu'il dit que ce
   Sourd *n'avoit que les idées qu'il recevoit par les yeux,* car il s'enfuit qu'a-
   veugle, il eût été fans idées.
*** 1703. p. 19. *de l'Hift.*

répond qu'il a été au Potager, lorsqu'on lui demande s'il a été à la Meffe. Il n'a aucune idée acquife de la Divinité, & lorsqu'on veut fçavoir de lui s'il croit en Dieu, le coquin dit que non, & qu'il n'y en a point. Ce fait paffe dans cet Hôtel pour le *duplicata* de celui de Chartres, auquel pour cette raifon je l'ai joint.

H I S T O I R E III.
De l'aveugle de Chefelden.

Pour voir, il faut que les yeux foient, pour ainfi dire, à l'uniffon des objets. Mais fi les parties internes de cet admirable organe, n'ont pas leur pofition naturelle, on ne voit que fort confufément. M. de Voltaire, *Elemens de la Philofophie de Nevvton. chap. 6.* rapporte que l'aveugle-né âgé de 14 ans, auquel Chefelden abatit la cataracte, ne vit immédiatement après cette opération, qu'une lumière colorée, fans qu'il pût *diftinguer un globe d'un cube*, & qu'il n'eût aucune idée d'étenduë, de diftance, de figure, &c. Je crois, 1°. que faute d'une jufte pofition dans les parties de l'œil, la vifion devoit fe faire mal; (pour qu'elle fe rétabliffe, il faut que le criftallin détrôné, ait eu le tems de fe fondre, car il n'eft pas néceffaire à la vuë.) 2°. S'il voit de la lumière & des couleurs, il voit par conféquent de l'étenduë. 3°. Les aveugles ont le tact fin: un fens profite toujours du défaut d'un autre fens: les houpes nerveufes, non perpendiculaires, comme par tout le corps, mais paralleles & longitudinalement étenduës jufqu'à la pointe des doigts, comme pour mieux examiner un objet; ces houpes, dis-je, qui font l'organe du tact, ont un fentiment exquis dans les aveugles, qui par conféquent

féquent acquiérent facilement par le toucher les idées des figures, des diftances, &c. Or un globe attentivement confidéré
par le toucher, clairement imaginé & conçu, n'à qu'à fe montrer aux yeux ouverts; il fera conforme à l'image, ou à l'idée
gravée dans le cerveau; & conféquemment il ne fera pas poffible à l'Ame de ne pas diftinguer cette figure de toute autre, fi
l'organe dioptrique a l'arrangement interne néceffaire à la vifion.
C'eft ainfi qu'il eft auffi impoffible aux doigts d'un très-habile
Anatomifte de ne pas reconnoître les yeux fermés, tous les os
du corps humain, de les emboiter enfemble; & d'en faire un
fquelette, qu'à un parfait Muficien de ne pas refferrer fa glotte,
au point précis, pour prendre le vrai ton qu'on lui demande.
Les idées reçuës par les yeux fe retrouvent en touchant, & celles du tact, en voyant.

D'ailleurs on étoit prévenu pour ce qui avoit été décidé
avant cette opération, par Locke p. 97. 98. fur le problême du
fçavant Molineux; c'eft pourquoi j'ofe mettre en fait de deux
chofes l'une: Ou on n'a pas donné le tems à l'organe dioptrique ébranlé, de fe remettre dans fon affiéte naturelle; ou à force de tourmenter le nouveau voyant, on lui a fait dire ce qu'on
étoit bien aife qu'il dît. Car on a, pour appuyer l'erreur, plus
d'adreffe, que pour découvrir la vérité. Ces *habiles Théologiens*
qui interrogerent le fourd de Chartres, s'attendoient à trouver
dans la nature de l'homme des jugemens antérieurs à la prémière fenfation. Mais Dieu qui ne fait rien d'inutile, ne nous
a donné aucune idée primitive, même, comme on l'a dit tant
de fois, de fes propres attributs; & pour revenir à l'aveugle de
Chefelden, ces jugemens lui euffent été inutiles pour diftinguer

Aa 3   à la

à la vuë le globe d'un cube : il n'y avoit qu'à lui donner le tems
d'ouvrir les yeux, & de regarder le tableau composé de l'Univers.
Lorsque j'ouvre ma fenêtre, puis-je au premier instant distinguer les objets ? De même le *pouce* peut paroître *grand comme une
maison*, lorsque c'est la premiere fois qu'on apperçoit la lumiere.
Ce qu'il y auroit là d'étonnant, c'est qu'un homme qui voit les
choses si fort en grand, n'eût aucune perception de grandeur,
comme on le dit contradictoirement.

HISTOIRE IV.

ou Méthode d'Amman pour apprendre aux sourds à parler.

Voici la Méthode selon laquelle Amman apprend à parler en
peu de tems aux sourds & muets de naissance. * 1°. Le
disciple touche le gosier du maître qui parle, pour acquerir par
le tact l'idée, ou la perception du tremblement des organes de
la parole. 2°. Il examine lui-même de la même manière son
propre gosier, & tâche d'imiter les mêmes mouvemens que le
toucher lui a déjà fait appercevoir. 3°. Ses yeux lui servent
d'oreilles, (selon l'idée d'Amman,) c'est-à-dire, il regarde attentivement les divers mouvemens de la langue, de la machoire,
& des levres, lorsque le maître ** prononce une lettre. 4°. Il
fait les mêmes mouvemens devant un miroir, & les répete jusqu'à une parfaite exécution. 5°. Le maître serre doucement
les narines de son écolier, pour l'accoutumer à ne faire passer
l'air que par la bouche. 6°. Il écrit la lettre qu'il fait prononcer,

---

* Celui qui devient sourd dans l'enfance avant que de sçavoir parler, lire &
écrire, devient muet peu-à-peu ; j'ai vérifié cette observation sur deux
sœurs sourdes & muettes que j'ai vuës au Fort Louis.

** On commence par les voyelles.

cer, pour qu'on l'étudie, & qu'on la prononce fans cesse en particulier.

Les sourds ne parlent pas, comme on le croit, dès qu'ils entendent; autrement nous parlerions tous facilement une langue étrangere, qui ne s'apprend que par l'habitude des organes à la prononcer: ils ont cependant plus de facilité à parler; c'est pourquoi l'ouïe qu'Amman donne aux sourds, est le grand mistere & la baze de son art. Sans doute à force d'agiter le fond de leur gorge, comme ils voient faire, ils sentent à la faveur du canal d'Euftachi un tremblement, une titillation, qui leur fait distinguer l'air sonore de celui qui ne l'est pas, & leur apprend qu'ils parlent, quoique d'une voix rude & grossiere, qui ne s'adoucit que par l'exercice & la répétition des mêmes sons. Voilà l'origine d'une sensation qui leur étoit inconnuë; voilà le modéle de la fabrique de toutes nos idées. Nous n'apprenons nous-mêmes à parler, qu'à force d'imiter les sons d'autrui, de les comparer avec les nôtres, & de les trouver enfin ressemblans. Les oiseaux, comme on l'a dit ailleurs, ont la même faculté que nous, le même rapport entre les deux organes, celui de la parole, & celui de l'ouïe.

Un sourd donne de la voix, quelle qu'elle soit, dès la première leçon d'Amman. Alors tandis que la voix se forme dans le larinx, on lui apprend à tenir la bouche ouverte, autant, & non plus qu'il faut pour prononcer telle ou telle voyelle. Mais comme ces lettres ont toutes beaucoup d'affinité entr'elles, & n'exigent pas des mouvemens fort différens, les sourds, & même ceux qui ne le sont pas, ne tiennent pas la bouche précisément ouverte au point nécessaire; c'est pourquoi ils se

trom-

trompent dans la prononciation; mais il faut applaudir cette méprise, loin de la relever, parce qu'en tâchant de répéter la même faute (qu'ils ne connoissent pas,) ils en font une plus heureuse, & donnent enfin le son qu'on demande.

Une phisionomie spirituelle, un âge tendre, * les organes de la parole bien conditionnés, voilà ce qu'Amman exige de son Disciple, & il préfere l'hyver aux autres saisons, parce que l'air condensé par le froid, rend la parole des sourds, beaucoup plus sensible à eux-mêmes. Notre cerveau est originairement une masse informe, sans nulle idée; il a seulement la faculté d'en avoir, il les obtient de l'éducation, avec la puissance de les lier, & de les combiner ensemble. Cette éducation consiste dans un pur mécanisme, dans l'action de la parole de l'un, sur l'ouïe de l'autre, qui rend les mêmes sons & apprend les idées arbitraires qu'on a attachées à ces sons: ou pour ne pas quitter nos sourds, dans l'impression de l'air & des sons qu'on leur fait rendre à eux-mêmes machinalement, comme je l'ai dit, sur leur propre nerf acoustique, qui est une des cordes, si l'on me permet de m'exprimer ainsi, à la faveur desquelles les sons & les idées vont se graver dans la substance medullaire du cerveau, & jettent ainsi les premières semences de l'esprit & de la raison.

Amman a tort de croire que le défaut de la luette empêche de parler. M. Astruc, ** & plusieurs autres Auteurs ***
dignes

---

* Depuis huit ans jusqu'à quinze. Plus jeunes, ils sont trop badins, & ne sentent pas l'utilité de ces leçons; plus vieux, leurs organes sont engourdis.

** De Morb. Vener.

*** Bartholin, Hildanus, Fallope, &c.

dignes de foi ont des observations contraires. Mais il faut
d'ailleurs une parfaite organisation, & comme une communication (qui s'ouvre en quelque sorte au moindre signal,) du cerveau,
aux nerfs des instrumens qui servent à parler. Sans ces organes
naturellement bien faits, les sourds instruits par Amman pourroient bien un jour entendre les autres parler, & mettre leurs
pensées par écrit, mais ils ne pourroient jamais parler eux-
mêmes. Il faut aussi des organes bien conditionnés, lorsqu'on
apprend à un animal à parler, ou qu'on l'instruit pour divers usages. Un sourd, & par conséquent muet de naissance, peut apprendre à lire & à prononcer un grand nombre de mots dans
deux mois. Amman en cite un, qui sçavoit lire & réciter par
mémoire l'Oraison Dominicale au bout de 15. jours. Il parle
d'un autre enfant qui dans un mois apprit à bien prononcer les
lettres, à lire, & à écrire passablement: il sçavoit même assez
bien l'ortographe. Le plus court moyen de l'enseigner aux
sourds, & de leur faire retenir plus aisément les idées des mots,
c'est de leur faire coudre, ou joindre ensemble les lettres, (qu'ils
entendent à leur manière & qu'ils répétent fort exactement)
dans leur tête, dans leur bouche, & sur le papier. La difficulté
des combinaisons doit être proportionnée à l'aptitude du Disciple; on mêle des voyelles, des demi-voyelles, des consonnes, les unes & les autres, tantôt devant, tantôt derrière: mais
dans le commencement on réculeroit, pour vouloir trop avancer. Les idées naissantes de deux ou trois lettres seroient trou-
blées par un plus grand nombre; l'esprit se replongeroit dans
son cahos.

Bb   Après

Après les voyelles, on vient aux demi-voyelles, & aux consonnes, & aux lettres les plus faciles de ces dernières, enfin à leurs combinaisons les plus aisées : & lorsqu'on sçait prononcer toutes les lettres, on sçait lire.

La lettre *M* séparée de *l'E* muet, qui tient à elle dans la prononciation, s'apprend, par la main que le sourd enfonce dans son gosier, & l'effort qu'il fait pour fermer la bouche, en parlant.

La lettre *N* se prononce en regardant dans le miroir la situation de la langue, & en portant une main au nés du maître, & l'autre au fond de sa bouche, pour sentir le tremblement du larinx, & comme l'air sonore sort des narines.

Les sourds apprennent la lettre *L* en n'appliquant leur langue qu'aux dents supérieures, incisives & canines, & à la partie du palais voisin de ces dents : cette action étant faite, on leur fait signe avec la main de faire sortir leur voix par la bouche.

Dans la lettre *R* la voix s'éleve, saute en quelque sorte & se rompt. Il faut du tems pour acquérir la souplesse & la mobilité nécessaire à cette prononciation. Cependant je commence, dit l'Auteur, par mettre la main du sourd dans ma bouche, pour qu'il touche en quelque sorte ma prononciation, & apperçoive comme ce son est modifié ; & en même tems, il se doit regarder dans un miroir, pour examiner le tremblement & la fluctuation de la langue.

C'est encore dans le miroir, qu'on apprend à rendre sa langue convexe, autant qu'il le faut pour prononcer ensemble *ch*, sur-tout si on examine avec la main comment l'air sort de la bouche.

Pour

Pour prononcer K, T, P, on fait attention aux mouve-mens de la bouche & de la langue du maître, & on examine toujours avec les doigts le mouvement de son gosier.

L'x se prononce comme S K. Il faut donc sçavoir com-biner deux consonnantes simples, avant que de passer aux con-sonnantes doubles. Tous les sourds prononcent assez facile-ment les consonnes simples, & sur-tout la lettre H. Elles ne font qu'un air muet, ou peu sonore qui en fermant, ou en ou-vrant ses conduits, fort successivement, ou tout à coup.

Lorsque le Disciple sçait prononcer séparément chaque lettre de l'Alphabet, il faut qu'il s'accoutume à prononcer, la bouche fort ouverte, les consonnes & les demi-voyelles, pour que les levres & les dents ne l'empêchent pas de voir dans le miroir les mouvemens de la langue. Ensuite il doit peu-à-peu s'exercer à les prononcer à toutes sortes d'ouvertures: & lors-qu'enfin on a acquis cette faculté, on prend deux ou trois let-tres qu'on tâche de prononcer de suite, ou sans interruption, suivant l'habileté qu'on a déjà.

L'Ecolier ayant fait ces progrès, lit une ligne d'un livre & répete par cœur les mêmes mots, après que le Maître, qu'il exa-mine attentivement, les a prononcés. D'un coup d'œil par ce moyen, il imite seul les sons qu'il lit, comme s'il les entendoit, parce que l'idée lui en est récente & bien gravée.

Amman remarque que c'est à peu près par le même dia-métre de l'ouverture de la bouche qu'on prononce o, u, e, i, o, e, u, e: m, n, ng, p, t, к: ch, к. Toutes ces lettres sortent du fond du gosier. Ainsi elles sont fort difficiles à distinguer par un sourd. Aussi prononce-t-il mal, jusqu'à ce qu'il ait appris

beau-

beaucoup de mots; mais enfin il eſt de fait qu'il répete avec le tems, & comprend fort bien les diſcours d'autrui.

Les *exploſives*, *p, t, k,* ne ſe prononcent pas ſans quelque élevation apparente du larinx; elles ſe diſtinguent par là des *naſales* m, n, ng. La prononciation des lettres ch, eſt ſenſible à l'œil; c'eſt comme en liſant, qu'un ſourd conçoit qu'on ce lui dit; il eſt bon de lui parler dans la bouche pour mieux ſe faire entendre, lorsqu'il s'eſt déjà entendu lui-même, comme on l'a dit; mais on l'inſtruit mieux par la vuë & le toucher, *Aures ſunt in oculis,* dit fort bien l'Auteur du Traité *de Loquelâ,* **p.** 102.

Le Diſciple ſçait-il enfin lire & parler? On commence par lui apprendre les noms des choſes qui ont le plus d'uſages, & qui ſe préſentent le plus familièrement, comme dans l'éducation de tous les enfans; les ſubſtantifs, adjeċtifs, les verbes, les adver-bes, les conjonċtions, les déclinaiſons, les conjugaiſons, & les contraċtions particulières de la langue qu'on enſeigne.

Amman finit ſon petit, mais excellent Traité, par donner l'Art de corriger tous les défauts du langage, mais je ne le ſui-vrai pas plus loin. Cette Méthode eſt d'autant plus au deſſus du *Bureau Typographique,* & du *Quadrille des Enfans,* qu'un ſourd-né, plus animal qu'un enfant, a par ſon ſeul inſtinċt déjà appris à parler. Le ſçavant Maître des ſourds apprend à la fois & en peu de tems à parler, à lire, & à écrire ſuivant les régles de l'or-tographe: & tout cela, comme vous voyez, machinalement, ou par des ſignes ſenſibles, qui ſont la voie de communication de toutes les idées. Voilà un de ces hommes dont il eſt fâcheux que

que la vie ne soit pas proportionnée à l'utilité dont elle est au public.

Réflexions sur l'Education.

Rien ne ressemble plus aux Disciples d'Amman, que les enfans; il faut donc les traiter à peu près de la même manière. Si on veut imprimer trop de mouvemens dans les muscles, & trop d'idées, ou de sensations dans le cerveau des sourds, la confusion se met dans les uns & dans les autres. De même la mémoire d'un enfant, le discernement qui ne fait que d'éclore, sont fatigués de trop d'ouvrage. La foiblesse des fibres & des esprits exige un repos attentif. Il faut donc, 1°. ne pas devancer la raison, mais profiter du premier moment qu'on la voit paroître, pour fixer dans l'esprit le sens des mots appris machinalement. 2°. Suivre à la piste les progrès de l'Ame, voir comment la raison se dévelope, en un mot observer exactement à quel dégré arrêter, pour ainsi dire, le thermomètre du petit jugement des enfans, afin de proportionner à sa sphère, successivement augmentée, l'étendue des connoissances dont il faut l'embellir & le fortifier; & de ne faire travailler l'esprit, ni trop, ni trop peu. 3°. De si tendres cerveaux sont comme une cire molle dont les impressions ne peuvent s'effacer, sans perdre toute la substance qui les a reçues; de là les idées fausses, les mots vuides de sens: les préjugés demandent dans la suite une refonte, dont peu d'esprits sont susceptibles, & qui dans l'âge turbulent des passions devient presque impossible. Ceux qui sont chargés d'instruire un enfant, ne doivent donc jamais lui imprimer que des idées si évidentes, que rien ne soit capable

Bb 3   d'en d'en éclipser la clarté. Mais pour cela il faut qu'ils en ayent eux-mêmes de semblables, ce qui est fort rare. On enseigne, comme on a été enseigné, & de là cette infinie propagation d'a-bus & d'erreurs. La prévention pour les premières idées, est la source de toutes ces maladies de l'esprit. On les a acquises machinalement, & sans y prendre garde, en se familiarisant avec elles, on croit que ces notions sont nées avec nous. Un célébre Abbé de mes amis, Métaphysicien de la première force, croyoit que tous les hommes étoient Musiciens nés; parce qu'il ne se souvenoit pas d'avoir appris les airs avec lesquels sa nourrice l'endormoit. Tous les hommes sont dans la même erreur; & comme on leur a donné à tous les mêmes idées, s'ils ne parloient tous que François, ils feroient de leur langue le même phantôme que de leurs idées. Dans quel cahos, dans quel labyrinthe d'erreurs & de préjugés, la mauvaise éducation nous plonge! Et qu'on a grand tort de permettre aux enfans des raisonnemens sur des choses dont ils n'ont point d'idées, ou dont ils n'ont que des idées confuses!

HISTOIRE V.
D'un Enfant trouvé parmi des Ours.

UN jeune enfant, âgé de dix ans, fut trouvé l'an 1694 parmi un troupeau d'Ours, dans les forêts qui sont aux confins de la Lithuanie & de la Russie. Il étoit horrible à voir; il n'a-voit ni l'usage de la raison, ni celui de la parole: sa voix & lui-même n'avoient rien d'humain, si ce n'est la figure extérieure du corps. Il marchoit sur les mains & sur les pieds, comme les quadrupedes: séparé des Ours, il sembloit les regretter;

l'en-

l'ennui & l'inquiétude étoient peints fur fa phyfionomie, lorsqu'il fut dans la fociété des hommes; on eut dit un prifonnier,
(& il fe croyoit tel) qui ne cherchoit qu'à s'enfuïr, jusqu'à ce
qu'ayant appris à lever fes mains contre un mur, & enfin à fe
tenir debout fur fes pieds, comme un enfant, ou un petit chat,
& s'étant peu-à-peu accoutumé aux alimens des hommes, il
s'apprivoifa enfin après un long efpace de tems, & commença
à proferer quelques mots d'une voix rauque, & telle que je l'ai
dépeinte.   Lorsqu'on l'interrogeoit fur fon état fauvage, fur le
tems que cet Etat avoit duré, il n'en avoit pas plus de mémoire,
que nous n'en avons de ce qui s'eft paffé, pendant que nous
étions au berceau.

Conor * qui raconte cette Hiftoire arrivée en Pologne,
pendant qu'il étoit à Varfovie à la Cour de Jean Sobieski, alors
fur le Thrône, ajoute que le Roi même, plufieurs Sénateurs, &
quantité d'autres habitans du Pays dignes de foi, lui affurèrent
comme un fait conftant, & dont perfonne ne doute en Pologne,
que les enfans font quelquefois nourris par des ourfes, comme
Remus & Romulus le furent, dit-on, par une Louve.   Qu'un
enfant foit à fa porte, ou proche d'une haye, ou laiffé par imprudence feul dans un champ, tandis qu'un ours affamé pâture dans
le voifinage, il eft auffi-tôt dévoré & mis en piéces: mais s'il eft
pris par une ourfe qui allaite, elle le porte où font fes petits,
auxquels elle ne fert pas plus de mère & de nourrice, qu'à l'enfant même, qui quelques années après eft quelquefois apperçu
& pris par les chaffeurs.

Conor

* P. 133, 134, 135, Evang. Med.

Conor cite une avanture semblable à celle dont il a été témoin, & qui arriva dans le même lieu (à Varsovie) en 1669, & qui se passa sous les yeux de M. Wanden nommé Brande de Cleverskerk, Ambassadeur en Angleterre l'an 1699. Il décrit ce cas, tel qu'il lui a été fidélement raconté par cet Ambassadeur, dans son Traité du Gouvernement du Royaume de Pologne.

J'ai dit que ce pauvre enfant dont parle Conor, ne jouissoit d'aucunes lumières de la raison; la preuve en est qu'il ignoroit la misère de son état; & qu'au lieu de chercher le commerce des hommes, il les fuyoit, & ne désiroit que de retourner avec ses Ours. Ainsi, comme le remarque judicieusement notre Historien, cet enfant vivoit machinalement, & ne pensoit pas plus qu'une bête, qu'un enfant nouveau né, qu'un homme qui dort, qui est en léthargie, ou en apoplexie.

HISTOIRE VI.
Des Hommes sauvages, appellés Satyres.

LES hommes sauvages, * assez communs aux Indes & en Afrique, sont appellés *Avang-outang* par les Indiens, & *Quoias morrou* par les Afriquains.

Ils ne sont ni gras, ni maigres, ils ont le corps quarré, les membres si trapus & si musculeux, qu'ils sont très-vites à la course, & ont une force incroyable. Au devant du corps ils n'ont de poil en aucun endroit; mais par derrière, on diroit d'une forêt de crins noirs dont tout le dos est couvert & hérissé.

La

---

* Il y a deux ans qu'il parut à la Foire saint Laurent un grand Singe, semblable au Satyre de Tulpius.

La face de ces animaux reſſemble au viſage de l'homme: mais leurs narines ſont camuſes & courbées, & leur bouche eſt ridée & ſans dents.

Leurs oreilles ne different en rien de celles des hommes, ni leur poitrine; car les Satyres femelles ont de fort gros tétons, & les mâles n'en ont pas plus qu'on n'en voit communément aux hommes. Le nombril eſt fort enfoncé, & les membres ſupérieurs & inférieurs reſſemblent à ceux de l'homme, comme deux gouttes d'eau, ou un œuf à un autre œuf.

Le coude eſt articulé, comme le nôtre; ils ont le même nombre de doigts, le pouce fait comme celui de l'homme, des molets aux jambes, & une baſe à la plante du pied, ſur laquelle tout leur corps porte comme le nôtre, lorsqu'ils marchent à notre manière, ce qui leur arrive ſouvent.

Pour boire, ils prennent fort bien d'une main l'anſe du gobelet, & portent l'autre au fond du vaſe; enſuite ils eſſuient leurs levres avec la plus grande propreté. Lorsqu'ils ſe couchent, ils ont auſſi beaucoup d'attention & de délicateſſe, ils ſe ſervent d'oreiller & de couverture dont ils ſe couvrent avec un grand ſoin, lorsqu'ils ſont apprivoiſés. La force de leurs muſcles, de leur ſang & de leurs eſprits, les rend braves & intrépides, comme nous-mêmes: mais tant de courage eſt reſervé aux mâles, comme il arrive encore dans l'eſpéce humaine. Souvent ils ſe jettent avec fureur ſur les gens même armés; comme ſur les femmes & les filles, ausquelles ils font à la vérité de plus douces violences. Rien de plus laſcif, de plus impudique & de plus propre à la fornication, que ces animaux. Les femmes

Cc de

de l'Inde ne font pas tentées deux fois d'aller les voir dans les cavernes, où ils fe tiennent cachés. Ils y font nuds, & y font l'amour avec auffi peu de préjugés que les chiens.

Pline, S. Jérôme & autres nous ont donné d'après les Anciens, des defcriptions fabuleufes de ces animaux lafcifs, comme on en peut juger, en les comparant avec celle-ci. Nous la devons à Tulpius Médecin d'Amfterdam. * Cet Auteur ne parle du Satyre qu'il a vu, que comme d'un animal; il n'eft occupé qu'à décrire les parties de fon corps, fans faire mention s'il parloit & s'il avoit des idées. Mais cette parfaite reffemblance qu'il reconnoît entre le corps du Satyre & celui des autres hommes, me fait croire que le cerveau de ce prétendu animal eft originairement fait pour fentir & penfer comme les nôtres. Les raifons d'analogie font chez eux beaucoup plus fortes que chez les autres animaux.

Plutarque parle d'un Satyre qui fut pris en dormant, & amené à Sylla: la voix de cet animal reffembloit au henniffement des chevaux & au bêlement des boucs. Ceux qui dès l'enfance ont été égarés dans les forêts, n'ont pas la voix beaucoup plus claire & plus humaine; ils n'ont pas une feule idée, comme on l'a vu dans le fait rapporté par Conor, je ne dis pas de morale, mais de leur état, qui a paffé comme un fonge, ou plutôt, fuivant l'expreffion proverbiale, comme un rêve à la
Suiffe,

* Obfervat. Med. Ed. d'Elzev. L. III. C. LVI, p. 270.

Suiffe, qui pourroit durer cent ans fans nous donner une feule idée.   Cependant ce font des hommes, & tout le monde en convient.   Pourquoi donc les Satyres ne feroient-ils que des animaux? S'ils ont les inftrumens de la parole bien organifés, il eft facile de les inftruire à parler & à penfer, comme les autres Sauvages: je trouverois plus de difficulté à donner de l'éducation, & des idées aux fourds de naiffance.

Pour qu'un homme croye n'avoir jamais eu de commencement, il n'y a qu'à le féqueftrer de bonne-heure du commerce des hommes; rien ne pouvant l'éclairer fur fon origine, il croira non feulement n'être point né, mais même ne jamais finir.   Le fourd de Chartres qui voyoit mourir fes femblables, ne favoit pas ce que c'étoit que la mort; car n'en pas avoir une perception *bien diftincte,* comme M. de F. en convient, c'eft n'en avoir aucune idée.   Comment donc fe pourroit-il faire qu'un Sauvage qui ne verroit mourir perfonne, fur-tout de fon efpéce, ne fe crût pas immortel?

Lorfqu'un homme fort de fon état de bête, & qu'on l'a affez inftruit, pour qu'il commence à réflêchir, comme il n'a point penfé durant le cours de fa vie fauvage, toutes les circonftances de cet état font perduës pour lui, il les écoute, comme nous écoutons ce qu'on nous raconte de notre enfance, qui nous paroîtroit une vraie fable, fans l'exemple de tous les autres enfans.   La naiffance & la mort, nous paroîtroient également des chimeres, fans ceux qu'on voit naître & mourir.

Les

Les Sauvages qui se souviennent de la variété des états par où ils ont passé, n'ont été égarés qu'à un certain point; aussi les trouve-t-on marchant comme les autres hommes sur les piés seulement. Car ceux qui depuis leur origine ont long-tems vécu parmi les bêtes, ne se souviennent point d'avoir existé dans la société d'autres êtres; leur vie sauvage, quelque longue qu'elle ait été, ne les a pas ennuyés, elle n'a duré pour eux, qu'un instant, comme on l'a déjà dit; enfin ils ne peuvent se persuader qu'ils n'ont pas toujours été tels qu'ils se trouvent au moment qu'on leur ouvre les yeux sur leur misère, en leur procurant des sensations inconnües, & l'occasion de se replier sur ces sensations.

Toute la Hollande a eu le plaisant spectacle d'un enfant, abandonné dans je ne sai quel désert, élevé & trouvé enfin parmi des chévres sauvages. Il se traînoit & vivoit comme ces animaux; il avoit les mêmes goûts, les mêmes inclinations, les mêmes sons de voix: la même imbécilité étoit peinte sur sa physionomie. M. Boerhaave qui nous faisoit cette histoire en 1733. l'a, je crois, tirée du Bourguemaitre Tulpius.

On parloit beaucoup à Paris, quand j'y publiai la première édition de cet ouvrage, d'une fille sauvage qui avoit mangé sa sœur, & qui étoit alors au Couvent à Châlons en Champagne. Mgr. le Maréchal de Saxe m'a fait l'honneur de me raconter bien des particularités de l'histoire de cette fille.

Mais

Mais elles font plus curieufes, que néceffaires pour comprendre & expliquer ce qu'il y a de plus furprenant dans tous ces faits. Un feul fuffit pour donner la clé de tous les autres; au fond ils fe reffemblent tous; comme toutes nos obfervations de Médecine fur un même fujet, dont une bonne Théorie facilite beaucoup mieux l'intelligence, que tous les livres de ces Docteurs Cliniques & bornés.

§. VII.

BELLE CONJECTURE D'ARNOBE,
qui vient à l'appui de tous ces faits.

J'ai rapporté plufieurs * faits que le hazard, ou un art admirable, ont fournis aux Fontenelles, aux Chefeldens, aux Lockes, aux Ammans, aux Tulpius, aux Boerhaaves, aux Conors &c. Je paffe à prefent à ce qui m'a paru digne de les couronner; c'eft une belle conjecture d'Arnobe, laquelle porte vifiblement fur des obfervations qu'il avoit eu occafion de faire, quoiqu'il n'en dife qu'un mot en paffant.

Faifons, dit-il, ** un trou en forme de lit, dans la terre; qu'il foit entouré de murs, couvert d'un toit; que ce lieu ne foit ni trop chaud, ni trop froid: qu'on n'y entende abfolument aucun bruit: imaginons les moyens de n'y faire

entrer

---

* Je n'ai oublié que *l'Aveugle-né* de la Motte le Vayer; mais cet oubli n'eft pas de confeqüence, par la raifon que j'ai donnée.
** *Advers. Gent. L. II.*

entrer qu'une pâle lueur entrecoupée de ténébres. Qu'on mette un enfant nouveau né dans ce fouterrain; que fes fens ne foient frappés d'aucuns objets, qu'une nourrice nüe, en filence, lui donne fon lait & fes foins. A-t-il befoin d'alimens plus folides? Qu'ils lui foient portés par la même femme: qu'ils foient toujours de la même nature, tels que le pain & l'eau froide, büe dans le creux de la main. Que cet enfant, forti de la race de Platon ou de Pithagore, quitte enfin fa folitude à l'âge de vingt, trente, ou quarante ans; qu'il paroiffe dans l'affemblée des mortels! Qu'on lui demande, avant qu'il ait appris à penfer & à parler, ce qu'il eft lui même, quel eft fon père, ce qu'il a fait, ce qu'il a penfé, comment il a été nourri & élevé jufqu'à ce tems. Plus ftupide qu'une bête, il n'aura pas plus de fentiment que le bois, ou le caillou; il ne connoitra ni la terre, ni la mer, ni les aftres, ni les météores, ni les plantes, ni les animaux. S'il a faim, faute de fa nourriture ordinaire, ou plutôt faute de connoitre tout ce qui peut y fuppléer, il fe laiffera mourir. Entouré de feu, ou de bêtes venimeufes, il fe jettera au milieu du danger, parce qu'il ne fait encore ce que c'eft que la crainte. S'il eft forcé de parler, par l'impreffion de tous ces objets nouveaux, dont il eft frappé; il ne fortira de fa bouche béante, que des fons inarticulés, comme *plufieurs ont coutume de faire en pareil cas.* Demandez lui, non des idées abftraites & difficiles de Métaphyfique, de Morale, ou de

Géo-

Géometrie; mais feulement la plus fimple queftion d'Arith-métique, il ne comprend pas ce qu'il entend, ni que vôtre voix puiffe fignifier quelque chofe, ni même fi c'eft à lui, ou à d'autres que vous parlez. Où eft donc cette portion im-mortelle de la Divinité? Où eft cette Ame, qui entre dans le corps, fi docte & fi éclairée, & qui par le fecours de l'in-ftruction ne fait que fe rappeller les connoiffances qu'elle avoit infufes? Eft-ce donc là cet Etre fi raifonnable & fi fort au deffus des autres êtres? Hélas! ouï, voilà l'homme; il vivroit éternellement féparé de la focieté, fans acquérir une feule idée. Mais poliffons cet diamant brut, envoyons ce vieux enfant à l'école, *quantum mutatus ab illo?* L'Ani-mal devient homme, & homme docte & prudent. N'eft-ce pas ainfi, que le bœuf, l'âne, le cheval, le chameau, le per-roquet apprennent, les uns à rendre divers fervices aux hom-mes, & les autres à parler, & peut-être, (fi, comme Locke, on pouvoit croire le Chev. Temple,) à faire une conver-fation fuivie.

Jufqu'ici Arnobe que j'ai librement traduit & abrégé. Que cette peinture eft admirable dans l'original! C'eft un des plus beaux morceaux de l'Antiquité.

CONCLUSION DE L'OUVRAGE.

Point de fens, point d'idées.

Moins on a de fens, moins on a d'idées.

Peu

Peu d'education, peu d'idées.

Point de senſations reçües, point d'idées.

Ces principes ſont les conſéquences néceſſaires de toutes les obſervations & expériences, qui ſont la baſe inébranlable de cet ouvrage. Donc l'Ame dépend eſſentiellement des organes du corps, avec lesquels elle ſe forme, croît, décroît. *Ergo participem leti quoque convenit eſſe.* *

F I N.

* Lucret. de Nat. Rer.

TROI-

TROISIÉME
MEMOIRE

POUR SERVIR

À

L'HISTOIRE NATURELLE

DE

L'HOMME.

Dd   ABRÉ-

ABRÉGÉ

DES

SYSTÊMES,

POUR

FACILITER L'INTELLIGENCE

DU

TRAITÉ

DE L'AME.

Mundum tradidit disputationibus eorum.

ABRÉ-

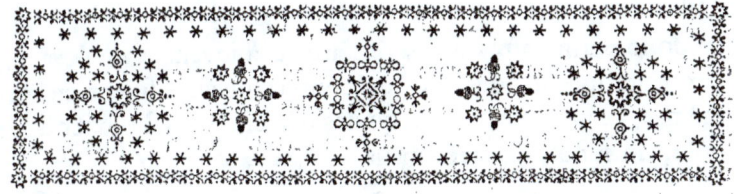

ABRÉGÉ
DES SYSTÊMES.

§. I.
DESCARTES.

D ESCARTES a purgé la Philosophie de toutes ces expreſſions *Ontologiques*, par lesquelles on s'imagine pouvoir rendre intelligibles les idées abſtraites de l'Etre. Il a diſſipé ce cahos, & a donné le modèle de l'art de raiſonner avec plus de juſteſſe, de clarté, & de méthode. Quoiqu'il n'ait point ſuivi lui-même ſa propre méthode, nous lui devons l'eſprit philoſophique qui va dans un moment remarquer toutes ſes erreurs, & celui qu'on fait aujourd'hui régner dans tous les livres. Que d'ouvrages bien faits depuis Deſcartes! Que d'heureux efforts depuis les ſiens! Ses plus frivoles conjectures ont fait naître l'idée de faire mille expériences, auxquelles on n'auroit peut-être jamais ſongé. Il

Dd 3   eſt

eſt donc permis aux Eſprits vifs, ardens à inventer, de devancer par leurs ſpéculations, quelqu' inutiles qu'elles ſoient en elles mêmes, l'expérience même qui les détruit. C'eſt riſquer d'être utile, du moins indirectement.

2. Ceux qui diſent que Deſcartes ne fait pas un grand Géométre, peuvent, comme dit M. de Voltaire, (*Lettre ſur* l'Ame 73. 74.) ſe reprocher de battre leur nourrice. Mais on voit par ce que je dis plus loin au ſujet de la Géométrie, qu'il ne ſuffit pas d'être un grand Géométre, pour être à juſte titre qualifié de génie.

3. Après la Méthode & les Ouvrages géométriques de ce Philoſophe, on ne trouve plus que des ſyſtèmes, c'eſt à dire, des imaginations, des Erreurs. Elles ſont ſi connües, qu'il ſuffira, ce me ſemble, de les expoſer. Deſcartes avoüe comme Locke, qu'il n'a aucune idée de l'Etre, & de la Subſtance, & cependant il la définit (*Def. 6. de ſes Medit. Rep. aux 2. Object. à la 2. des 3*e *& aux 4*e.) Il fait conſiſter l'eſſence de la matière qu'il ne connoit pas, dans l'étendüe ſolide; & lorſqu'on lui demande ce que c'eſt que le corps, ou la ſubſtance étendüe, il répond que c'eſt une ſubſtance compoſée de pluſieurs autres ſubſtances étendües, qui le ſont encore elles-mêmes de pluſieurs autres ſemblables. Voilà une définition bien claire & bien expliquée. Avec cette étendüe, Deſcartes n'admet que du mouvement dans les corps. Dieu eſt la cauſe première de ce mouvement, comme Deſcartes eſt l'Auteur de ces loix reconnües pour fauſſes, & que les Cartéſiens mêmes corrigent tous les jours dans leurs Ouvrages. On explique tous les phénomenes par ces deux ſeules propriétés, l'étendüe matérielle, & le mouvement

com-

communiqué fans cefse immédiatement par la force divine. On imagine non feulement qu'il n'y a que trois fortes de particules, ou de matière dans le monde, *fubtilis, globulofa, ftriata*, mais on décide de quelle manière Dieu a mis chacune d'elles en mouvement. Ces particules remplissent tellement le monde, qu'il eft abfolument plein. Sans Newton, ou plutôt fans la Phyfique, la Mécanique, & l'Aftronomie, adieu le vuide des Anciens! On fabrique des tourbillons, & des cubes, qui expliquent tout, jusqu'à ce qui eft inexplicable, la Création. Voilà le poifon, voici l'antidote. L'Auteur avoüe dans fon *L. des Princip. art. 9.* que fon fyftème pourroit bien n'être pas vrai, & qu'il ne lui paroit pas tel à lui-même. Que pouvoit-il donc penfer de fon rifible Traité *de form. fœt?*

4. Defcartes eft le prémier qui ait admis un principe moteur, différent de celui qui eft dans la matière, connu, comme on l'a dit au commencement du T. de l'A., fous le nom de force motrice, ou de forme active. Mallebranche convient lui-même de ce que j'avance, pour en faire honneur à Defcartes. Ariftote & tous les Anciens, (excepté les Epicuriens, qui par un interêt hypothétique n'avoient garde d'admettre aucun principe moteur, ni matériel, ni immatériel) reconnurent la force motrice de la matière, fans laquelle on ne peut completter l'idée des Corps. Mallebranche (L. VI. p. 387. in 40. 1678.) convient du fait, & à plus forte raifon Leibnitz, dont on parlera à fon Article. Enfin fi vous lifez Goudin, p. 21. 165-167. 264. &c. Tom. II. 2 Edit. Barbay, *Comment. in Arift. Phyf.* p. 121-123. & autres Scholaftiques, vous verrez que la force motrice de la matière a été enfeignée dans tous les tems dans nos Ecoles Chrêtien-

tiennes. *Ratio principii activi*, dit Goudin, *convenit substantiis corporeis, & inde pendent affectiones corporum quà cernuntur in modo.*

5. Descartes écrit à la fameuse Princesse Palatine Elisabeth, qu'on n'a aucune assurance du destin de l'Ame après la mort: il définit la pensée, *Art.* 13. toute connoissance, tant sensitive, qu'intellectuelle. Ainsi penser, selon Descartes, c'est sentir, imaginer, vouloir, comprendre; & lorsqu'il fait consister l'essence de l'Ame dans la pensée, lorsqu'il dit que c'est une substance qui pense, il ne donne aucune idée de la Nature de l'Ame; il ne fait que le dénombrement de ses propriétés, qui n'a rien de si révoltant. Chez ce Philosophe l'Ame spirituelle, inétendüe, immortelle, font de vains sons pour endormir les Argus de Sorbonne. Tel a été encore son but, lorsqu'il a fait venir l'origine de nos idées, de Dieu même immédiatement. *Quâ quæso ratione*, dit le Professeur en Théologie que je viens de citer, *Cartesius demonstravit ideas rerum esse immediate a Deo nobis inditas & non a sensibus acceptas, sicuti docent Aristoteles, Divus Thomas, ac primates Theologi ac Philosophi? . . . . cur anima non esset corporea, licet supra suam cogitationem reflectendo in ea corporeitatem non adverteret, & quid non potest, qui omnia potuit?* M. Goudin ne se seroit point si fort emporté contre Descartes, s'il l'eût aussi bien entendu, que le Medecin Lamy, qui le soupçonne avec raison d'être un adroit Matérialiste: & si M. Deslandes, (*Histoire de la Philosophie, T. II.* à l'article de *l'immortalité de l'Ame*) eût aussi solidement réfléchi, qu'il a coutume de faire, il n'eût pas avancé témérairement, que Descartes est *le prémier qui ait bien éclairci les preuves de ce Dogme; qui ait bien fait distinguer l'Ame du Corps, les Substances spirituelles, de celles qui ne le sont pas;* il ne s'en seroit pas fié
aux

aux quatre propofitions qu'il rapporte, & qui loin de rien *éclair-cir*, font auffi obfcures que la queftion même. Un Etre inétendu ne peut occuper aucun Efpace; & Defcartes qui convient de cette vérité, recherche férieufement le fiége de l'Ame, & l'établit dans la glande pinéale. Si un Etre fans aucunes parties, pouvoit être conçu exifter réellement quelque part, ce feroit dans le vuide, & il eft banni de l'hypothèfe Cartéfienne. Enfin ce qui eft fans extenfion, ne peut agir fur ce qui en a une. A quoi fervent donc les caufes occafionelles, par lesquelles on explique l'union de l'Ame & du Corps? Il eft évident par là que Defcartes n'a parlé de l'Ame, que parce qu'il étoit forcé d'en parler, & d'en parler de la manière qu'il en a parlé, dans un tems, ou fon mérite même étoit plus capable de nuire à fa fortune, que de l'avancer. Defcartes n'avoit qu'à ne pas rejetter les propriétés frappantes dans la matière, & tranfporter à l'Ame la définition qu'il a donnée de la matière, il eût evité mille erreurs; & nous n'euffions point été privés des grands progrés que cet excellent Efprit eut pû faire, fi au lieu de fe livrer à de vains fyftèmes, il eut toûjours tenu le fil de fa Géometrie, & ne fe fût point écarté de fa propre Méthode. Encore, hélas! ce fil eft-il un bien mauvais guide. Il a égaré Spinofa, qui n'eft qu'un outré Cartéfien.

§. II.
MALLEBRANCHE.

1º. MALLEBRANCHE, après avoir diftingué la fubftance de fes modifications, & défini ce dont il n'a point d'idée, l'effence des chofes (*V. Rech. de la Verit.* L. 3. C. 1. 2.

E e   Part.

Part. C. 7. 8.) fait confifter celle de la matière dans l'étendüe, comme avoit fait Defcartes. En habile Cartéfien, il déploie toute fa force & fon éloquence contre les fens, qu'il imagine *toûjours trompeurs*; il nie auffi le vuide, met l'effence de l'Ame dans la penfée (L. 3. p. 1. c. 1. &c.) qui n'eft qu'un *mode*.

2°. Quoiqu'il admette dans l'homme deux fubftances diftinctes, il explique les facultés de l'Ame par celles de la matière, (L. 1. c. 1. L. III. c. VIII.) fur une idée fauffe du mot *penfée*, dont il fait une fubftance, il croit qu'on penfe toûjours, & que lorfque l'Ame n'a pas *confcience* de fes penfées, c'eft alors qu'elle penfe le plus, parcequ'on a toûjours l'idée de l'Etre en général. (L. 3. c. 2. p. 1. c. 8.) Il définit l'Entendement, „la „faculté de recevoir différentes idées; & la volonté, celle de „recevoir différentes inclinations (L. 1. c. 1.); ou, fi l'on „veut, une impreffion naturelle qui nous porte vers le bien en „général, l'unique amour (L. 4. c. 1.) que Dieu nous imprime: „Et la liberté, eft la force qu'a l'Efprit de déterminer cette im- „preffion divine, vers les objets qui nous plaifent. Nous n'a- „vons cependant, ajoute-t-il, ni idée claire, ni même fentiment „intérieur de cette égalité de mouvement vers le bien:" & c'eft de ce défaut d'idées qu'il part pour donner les définitions que je viens de rapporter, auxquelles on s'apperçoit effective- ment que l'Auteur manque d'idées.

3°. Mallebranche eft le premier des Philofophes, qui ait mis fort en vogue les efprits animaux, mais comme une Hy- pothêfe, car il n'en prouve nulle part l'exiftence d'une manière invincible. Cela étoit refervé aux Medecins, & principalement à Boerhaave, le plus grand Théoricien de tous.

4°. Je

4°. Je viens au fonds du Syftème principal du P. Malle-branche. Le voici:

,,Les Objets que l'Ame aperçoit, font dans l'Ame, ou ,,hors de l'Ame; les premiers fe voyent dans le miroir de nos ,,fentimens; & les autres dans leurs *idées* (L. 3. c. 1. p. 2.); c'eft-,,à-dire, non eux-mêmes, ni dans les idées, ou images qui nous ,,en viennent par les fens (L. 3. c. 1-4. p. 2. c. IX.), mais dans ,,quelque chofe qui étant intimement uni à nôtre Ame, nous ,,repréfente les corps externes. Cette chofe eft Dieu. Il eft ,,très étroitement uni à nos Ames par fa préfence, cette pré-,,fence claire, intime, néceffaire de Dieu agit fortement fur ,,l'efprit. On ne peut fe défaire de l'idée de Dieu. Si l'Ame ,,confidère un Etre en particulier, alors elle s'approche de quel-,,ques unes des perfections divines, en s'éloignant des autres, ,,qu'elle peut aller chercher le moment fuivant. (L. III. p. 2. ,,v. VI.)

,,Les corps ne font vifibles que par le moyen de l'étendüe. ,,Cette étendüe eft infinie, fpirituelle, néceffaire, immuable, ,,(fouvent M. en parle comme d'une étendüe compofée); c'eft ,,un des attributs de Dieu. Or tout ce qui eft en Dieu, eft ,,Dieu; c'eft donc en Dieu que je vois les corps. Je vois clai-,,rement l'infini, en ce fens que je vois clairement, qu'il n'a ,,point de bout. Je ne puis voir l'infini dans des Etres finis; ,,donc &c. Donc l'idée de Dieu ne fe préfente à mon Ame, que ,,par fon union intime avec elle. Donc il n'y a que Dieu qu'on ,,connoiffe par lui-même, comme on ne connoit tout que par ,,lui.

Ee 2   Comme

„Comme tout ce qui eſt en Dieu, eſt très ſpirituel, & très
„intelligible, & très préſent à l'eſprit ; de là vient que nous
„voyons les corps ſans peine, dans cette idée que Dieu renfer-
„me en ſoi, & que j'appelle *l'étendüe*, ou *le monde intelligible*. Ce
„monde ne repréſente en ſoi les corps que comme poſſibles,
„avec toutes les idées des vérités ; & non les *vérités* mêmes,
„qui ne ſont *rien de réel* (L. 3. c. 6. p. 2.). Mais les ſentimens
„de lumière & de couleurs, dont nous ſommes affectés par
„l'étendüe, nous font voir les corps exiſtans. Ainſi Dieu, les
„corps poſſibles, les corps exiſtans, ſe voyent dans le monde,
„intelligible, qui eſt Dieu, comme nous nous voyons dans
„nous-mêmes. Les Ames des autres hommes ne ſe connoiſ-
„ſent que par conjectures, enfin il ſuit que nôtre entendement
„reçoit toutes les idées, non par l'union des deux ſubſtances,
„(qui eſt inutile dans ce ſyſtème) : mais par l'union ſeule du
„*Verbe*, ou de la ſageſſe de Dieu ; par ce monde immatériel, qui
„renferme l'idée, la repréſentation, & comme l'image du
„monde matériel ; par l'étendüe intelligible, qui eſt les corps
„poſſibles, ou la ſubſtance divine même, entant qu'elle peut
„être participée par les corps, dont elle eſt repréſentative. "

C'eſt juſqu'ici Malebranche qui parle, ou que je fais parler
conformément à ſes principes ; deſquels il s'enſuit, comme on
l'a remarqué il y a long-tems, que les corps ſont des modifications de Dieu, que nôtre célèbre Metaphyſicien appelle tant
de fois l'être en général, qu'il ſembleroit n'en faire qu'un Etre
idéal. Ainſi voilà nôtre dévot Oratorien, Spinoſiſte ſans le
ſavoir, quoiqu'il fût déjà Cartéſien, car encore une fois Spinoſa
l'étoit. Mais comme dit ſagement M. de S. Hyacinthe dans ſes

Recher-

Recherches philosophiques, c'eſt une choſe qu'il ne faut pas chercher à approfondir, de peur ſans doute que les plus grands Philoſophes ne fuſſent convaincus d'Athéïſme.

De telles viſions ne méritent pas d'être ſérieuſement réfutées. Qui pourroit ſeulement imaginer ce qu'un cerveau brulé
par des méditations abſtraites croit concevoir? Il eſt certain
que nous n'appercevons pas l'infini, & que nous ne connoiſſons
pas même le fini par l'infini: & cette vérité ſuffit pour ruïner
le ſyſtème du P. Malebranche, qui porte tout entier ſur une
ſuppoſition contraire. D'ailleurs je n'ai point d'idée de Dieu,
ni des Eſprits: il m'eſt donc impoſſible de concevoir comment
mon Ame eſt unie à Dieu.

Paſcal a bien raiſon de dire qu'on ne peut concevoir un
Etre penſant ſans tête. C'eſt là en effet que ſont nos idées;
elles ne ſont que des modifications de nôtre ſubſtance; & ſi je
n'en avois pas une parfaite conviction par mon ſens intime, je
ſerois également ſûr que mes idées des objets ſont dans moi &
à moi; & non hors de moi, non dans Dieu, ni à Dieu; puiſque c'eſt toûjours dans moi que ſe grave l'image qui repréſente
les corps. D'où il s'enſuit que ces idées hors de mon Ame,
diſtinguées de ma ſubſtance, quelque étroitement unies qu'on
les ſuppoſe, ſont chimériques. Je croirai que je vois en Dieu,
quand une expérience fondée ſur le ſens intime, quand ma conſcience me l'aura appris. Malebranche au reſte paroit avoir
pris la magnifique imagination de ſon *monde intelligible.* 1°. Dans
Marcel Platonicien, *Zodiaq. Chant* 7. où l'on trouve des rêves
à peu près ſemblables. 2°. dans le *Parménide* de Platon, qui
croyoit que les idées étoient des Etres réels, diſtincts des créa-

tures

tures qui les apperçoivent hors d'elles. Ce fubtil Philofophe, n'a donc pas même ici le mérite de l'invention, & encore ce mérite-là feroit-il peu d'honneur à l'efprit. Il vaut mieux approfondir une vérité déjà découverte, que d'avoir la dangé-reufe gloire d'inventer le faux, & d'enfiler une hypothèfe de nouvelles chimères.

§. III.
L E I B N I T Z.

LEIBNITZ fait confifter l'effence, l'être, ou la fubftance, (car tous ce noms font fynonimes,) dans des *Monades;* c'eft-à-dire, dans des corps fimples, immuables, indiffolubles, folides, individuels, ayant toûjours la même figure & la même maffe. Tout le monde connoit ces Monades, depuis la brillante acquifition que les Leibnitiens ont faite de Me. la M. du Chattelet. Il n'y a pas, felon Leibnitz, deux particules homo-gènes dans la matière; elles font toutes différentes les unes des autres. C'eft cette conftante hétérogénéïté de chaque élément, qui forme & explique la diverfité de tous les corps. Nul Etre penfant, & à plus forte raifon Dieu, ne fait rien fans choix, fans motifs qui les déterminent. Or fi les Atomes de la matière étoient tous égaux, on ne pourroit concevoir pourquoi Dieu eut préferé de créer, & de placer tel atome, ici, plûtôt que là; ni comment une matière homogène eut pû former tant de dif-férens corps. Dieu n'ayant aucuns motifs de préférence, ne pourroit créer deux Etres femblables poffibles. Il eft donc néceffaire qu'ils foyent tous hétérogènes. Voilà comme on combat l'homogénéïté des élémens par le fameux *principe de la Raifon*

Raison suffisante. J'avoüe qu'il n'est pas prouvé qu'un élément doive être similaire, comme le pensoit Mr. Boerhaave; mais réciproquement, parce qu'on me dit que Dieu ne fait rien sans une raison qui le détermine; dois-je croire que rien n'est égal, que rien ne se ressemble dans la Nature, & que toutes les Monades, ou essences, sont différentes? Il est évident que ce Système ne roule que sur la supposition de ce qui se passe dans un Etre, qui ne nous a donné aucune notion de ses attributs. M. Clarke & plusieurs autres Philosophes admettent des cas de parfaite égalité, qui excluent toute *raison* Leibnitienne; elle seroit alors non *suffisante,* mais *inutile,* comme on le dit dans le *Traité de l'Ame.*

Comme on dit *l'Homme,* & *le Monde de Descartes,* on dit les *Monades de Leibnitz,* c'est-à-dire, des imaginations. Il est possible, je le veux, qu'elles se trouvent conformes aux réalités. Mais nous n'avons aucun moien de nous assûrer de cette conformité. Il faudroit pour cela connoître la première détermination de l'être, comme on connoit celle de toute figure, ou essence géométrique, par exemple, d'un cercle, d'un triangle, &c. Mais de pareilles connoissances ne pourroient s'acquérir qu'au premier instant de la création des êtres, à laquelle personne n'a assisté: & cette création même est encore une hypothèse qui souffre des difficultés insurmontables, lesquelles ont fait tant d'Athées, & la moitié de la baze fondamentale du Spinosisme.

Puisque nous ne connoissons pas la *substance,* nous ne pouvons donc savoir, si les élemens de la matière sont similaires, ou non; & si véritablement le principe de la *Raison suffisante* en est un. A dire vrai, ce n'est qu'un principe de Système, & fort

inutile

inutile dans la recherche de la vérité. Ceux qui n'en ont jamais
entendu parler, favent par les idées qu'ils ont acquifes, que le
tout, par exemple, eft plus grand que fa partie; & quand ils
connoitroient ce principe, auroient-ils fait un pas de plus, pour
dire que cela eft vrai, parcequ'*il y a dans le tout quelque chofe qui
fait comprendre pourquoi il eft plus grand que fa partie?*

La Philofophie de Mr. Leibnitz porte encore fur un autre
principe, mais moins, & encore plus inutile, c'eft celui de *contradiction.* Tous ces prétendus premiers principes n'abrégent
& n'éclaircifsent rien; ils ne font eftimables & commodes,
qu'autant qu'ils font le réfultat de mille connoiffances particulières, qu'un Général d'Armée, un Miniftre, un Négociateur,&c.
peuvent rédiger en axiomes utiles & importans.

Ces êtres, qui féparés, font des *monades,* ou la *fubftance,* forment par leur affemblage les corps, ou l'étendüe; étendüe métaphyfique, comme je l'ai dit (Chap. IV.) puisqu'elle eft formée
par des êtres fimples, parmi lesquels on compte l'Ame fenfitive
& raifonnable. Leibnitz a reconnu dans la matière 1°. non
feulement une force *d'inertie;* mais une force *motrice,* un *principe d'action,* autrement appellé *Nature.* 2°. Des perceptions,
& des fenfations, femblables en petit à celles des corps animés.
On ne peut en effet les refufer, du moins à tout ce qui n'eft pas
inanimé.

Leibnitz remarque 3°. que dans tous les tems on a reconnu
la force motrice de la matière; 4°. que la Doctrine des Philofophes fur cette propriété effentielle, n'a commencé à être in-
terrompüe qu'au tems de Defcartes. 5°. Il attribuë la même
opinion aux Philofophes de fon tems. 6°. Il conclut que chaque
être

être indépendamment de tout autre, & par la force qui lui est propre, produit tous ses changemens. 7°. Il voudroit cependant partager cet ouvrage entre la cause prémière, & la cause seconde, Dieu & la Nature; mais il n'en vient à bout que par des distinctions inutiles, ou par de frivoles abstractions.

Venons au système de *l'harmonie préétablie*; c'est une suite des principes établis cy-devant. Il consiste en ce que tous les changemens du corps correspondent si parfaitement aux changemens de la *Monade*, appellée *Esprit*, ou *Ame*, qu'il n'arrive point de mouvemens dans l'une, auxquels ne coëxiste quelque idée dans l'autre, & *vice versâ*. Dieu a préétabli cette harmonie, en faisant choix des substances, qui par leur propre force produiroient de concert la suite de leurs *mutations*; de sorte que tout se fait dans l'Ame, comme s'il n'y avoit point de corps, & tout se passe dans le corps, comme s'il n'y avoit point d'Ame. Leibnitz convient que cette dépendance n'est pas réelle, mais métaphysique, ou idéale. Or est-ce par une fiction qu'on peut découvrir & expliquer les perceptions? Les modifications de nos Organes semblent en être la vraie cause; mais comment cette cause produit-elle des idées? réciproquement comment le corps obeït-il à la volonté? Comment une Monade spirituelle, ou inétenduë, peut-elle faire marcher à son gré toutes celles qui composent le corps, & en gouverner tous les organes? L'Ame ordonne des mouvemens dont les moyens lui sont inconnus; & dès qu'elle veut qu'ils soyent, ils sont, aussi vîte que la lumière fut. Quel plus bel appanage, quel tableau de la Divinité, diroit Platon! Qu'on me dise ce que c'est que la matière; & quel est le mécanisme de l'organisation de mon corps,

& je répondrai à ces queſtions.   En attendant on me permettra
de croire que nos idées, ou perceptions, ne ſont autre choſe
que des modifications corporelles, quoique je ne conçoive pas
comment des modifications penſent, aperçoivent, &c.

§. IV.
WOLF.

J'ai donné une idée très ſuccincte des Syſtèmes de trois grands
Philoſophes: je paſſe à l'abrégé de celui de Wolf, fameux
commentateur de Leibnitz, & qui ne cede en rien à tous les
autres.   Il définit l'être, *tout ce qui eſt poſſible*; & la ſubſtance,
un ſujet durable & modifiable.   Ce qu'on entend par ſujet, ou
ſubſtratum, comme parle Locke, eſt une choſe qui eſt, ou exiſte
en elle-même, & par elle-même; ainſi elle peut être ronde,
quarrée, &c.   Au contraire les accidens ſont des êtres qui ne
ſubſiſtent point par eux-mêmes, mais qui ſont dans d'autres
êtres, auxquels ils ſont inhérens, comme les trois côtés dans
un triangle.   Ce ſont donc des manières d'être; & par conſéquent ils ne ſont point modifiables, quoiqu'en diſent les Scholaſtiques, dont la ſubtilité a été juſqu'à faire du cercle, & de ſa
rondeur, deux êtres réellement diſtincts; ce qui me ſurprend
d'autant plus, qu'ils ont eux-mêmes le plus ſouvent confondu
la penſée avec le corps.

L'eſſence, ou l'être, ſelon Wolf, eſt formé par des déterminations eſſentielles, qu'aucune autre ne détermine, ou qui
ne préſuppoſent rien par où on puiſſe concevoir leur exiſtence.
Elles ſont la ſubſtance, comme les trois côtés ſont le triangle.
Toutes les propriétés, ou tous les attributs de cette figure
décou-

découlent de ces déterminations effentielles; & par conféquent,
quoique les attributs foient des déterminations conftantes, ils
fuppofent un fujet qui les détermine; quelque chofe qui foit
prémier, qui foit avant tout, qui foit le fujet, & n'en ait pas
béfoin. C'eft ainfi que Wolf croit marquer ce en quoi confifte
la fubftance, contre Locke, Philofophe beaucoup plus fage, qui
avoüe qu'on n'en a point d'idée. Je paffe fous filence fes déterminations variables; ce ne font que des modifications. Tout
cela ne nous donne pas la moindre notion de l'être, du foutien,
du fupport des attributs, de ce fujet dont les modes varient
fans ceffe. Pour connoître l'effence de quelque chofe que ce
foit, il faudroit en avoir des idées qu'il eft impoffible à l'efprit
humain d'acquerir. Les objets fur lesquels nos fens n'ont
aucune prife, font pour nous, comme s'ils n'étoient point.
Mais comment un Philofophe entreprend-il de donner aux
autres des idées qu'il n'a pas lui-même? v. Wolf *Inft. Phyf.*
furtout chap. 3.

„L'être fimple, ou l'élément, n'eft ni étendu, ni divifible,
„ni figuré, il ne peut remplir aucun efpace. Les corps réful-
„tent de la multitude & de la réünion de ces êtres fimples,
„dont ils font compofés, & comme on dit, des *aggrégats.*
„L'imagination ne peut diftinguer plufieurs chofes entr'elles,
„fans fe les repréfenter les unes hors des autres; ce qui forme
„le phénomene de l'étendüe, qui n'eft par conféquent que
„métaphyfique, & dans laquelle confifte l'effence de la ma-
„tière. "

Non feulement l'étendüe n'eft qu'une apparence, felon
Wolf; mais la force motrice qu'il admet, la force d'inertie,

Ff 2   font

font des phénomenes, ainfi que les couleurs mêmes, c'eft-à-dire, des perceptions confufes de la réalité des objets. Ceci roule fur une fauffe & ridicule hypothèfe des perceptions. Wolf fuppofe „que nos fenfations font compofées d'un nombre „infini de perceptions partielles, qui toutes féparément repré- „fentent parfaitement les êtres fimples, ou font femblables aux „réalités; mais que toutes ces perceptions fe confondant en „une feule, repréfentent confondües, des chofes diftinctes.‟

Il admet contre Locke des perceptions obfcures dans le fommeil, dont l'Ame n'a point confcience: & par conféquent il croit avec Mallebranche que l'Ame penfe toûjours, au moment qu'elle y penfe le moins. Nous avons prouvé ailleurs le contraire. Mais, fuivant Wolf, toute fubftance fimple n'eft pas douée de perceptions; il en dépoüille les monades Leibnitiennes; & il ne croit pas que la fenfation foit une fuite, & comme un développement néceffaire de la force motrice. D'où il fuit, (contre fes propres principes) que les perceptions ne font qu'accidentelles à l'Ame; & par conféquent encore il eft auffi contradictoire, que gratuit, d'affurer, comme fait Wolf, que l'Ame eft un petit monde fenfitif, un miroir vivant de l'vnivers, qu'elle fe repréfente par fa propre force, même en dormant. Pourquoi cela? Ecoutez, (car cela eft fort important pour expliquer l'origine & la génération des idées) parceque l'objet qui donne la perception, eft lié avec toutes les parties du monde, & qu'ainfi les fenfations tiennent à l'vnivers par nos organes.

Je ne parle point du Syftème de l'Harmonie préétablie, ni des deux principes fameux de Leibnitz, *le principe de Contradiction, & le principe de la Raifon fuffifante.* C'eft une Doctrine qu'on

qu'on juge bien que Wolf a fait valoir avec cette fagacité, cette intelligence, cette jufteffe, & même cette clarté qui lui eft propre, fi ce n'eft lorfqu'elle vient quelquefois à fe couvrir des nüages de l'Ontologie. Exemple fi contagieux dans une Secte qui s'accroît tous les jours, qu'il faudra bientôt qu'un nouveau Defcartes vienne purger la Métaphyfique de tous ces termes obfcurs dont l'efprit fe repaît trop fouvent. La Philofophie Wolfienne ne pouvoit fe difpenfer d'admettre ce qui fervoit de fondement à la Léibnitienne; mais je fuis faché d'y trouver en même tems des traces du jargon inintelligible des écoles.

Je viens encore un moment à la force motrice. C'eft comme dit Wolf, „le réfultat des différentes forces actives des „élémens, confondües entr'elles; c'eft un effort des êtres fim- „ples, qui tend à changer fans ceffe le mobile de lieu. Ces „efforts font femblables à ceux que nous faifons pour agir;" Wolf en fait lui-même de bien plus grands fans doute, pour que Dieu, témoin de cette action de la Nature, (qui fait tout dans le Syftème de ce fubtil Philofophe) ne refte pas oifif, & pour ainfi dire, les bras croifés devant elle: ce qui tend à l'Athéifme. Mais dans ce partage il n'eft pas plus heureux que fon Maître. C'eft toûjours la Nature qui agit feule, qui produit, & conferve tous les phénomenes. Le choc des fubftances les unes fur les autres, fait tout, quoiqu'il ne foit pas décidé, s'il eft réel, ou apparent: Car en général les Leibnitiens fe contentent de dire que nous ne pouvons juger que fur des apparences, dont la caufe nous eft inconnüe. Tant de modeftie a dequoi furprendre dans des Philofophes fi hardis, fi téméraires à s'élever aux premiers principes, qui cependant dans l'hypothèse des perceptions Wolfiennes, devoient au premier coup d'œil paroitre incompréhenfibles.

Il étoit, ce me femble, curieux & utile d'obferver, par quelles voies les plus grands génies ont été conduits dans un Labyrinthe d'erreurs, dont ils ont en vain cherché l'iffuë. La connoiffance du point où ils ont commencé à s'égarer, à fe féparer, à fe rallier, peut feule nous faire éviter l'erreur, & découvrir la vérité, qui eft fouvent fi près d'elle, qu'elles fe touchent presque. Les fautes d'autrui font comme une ombre qui augmente la lumière; & par conféquent rien n'eft plus important dans la recherche de la vérité, que de s'affurer de l'origine de nos erreurs. Le premier antidote, eft la connoiffance du poifon.

Mais fi tant de beaux génies fe font laiffés aveugler par l'efprit de Syftème, l'écueil des plus grands hommes, rien doit-il nous infpirer plus de méfiance dans la recherche de la vérité? Ne devons-nous pas penfer que tous nos foins, nos projets, doivent être de refter toujours attachés au char de la Nature, & de nous en faire honneur, à l'exemple de ces vrais génies, les Newton, les Boerhaave, ces deux glorieux efclaves dont la nature a fi bien recompenfé les fervices (*Boerh. de honore med. fervit*). Mais pour arriver à ce but, il faut fe défaire courageufement de fes préjugés, de fes goûts les plus favoris pour telle ou telle fecte, comme on quitte d'anciens amis dont on reconnoit la perfidie. Il eft affez ordinaire aux plus grands Philofophes de fe vanter, comme les petits Maitres; ceux-ci ont fouvent obtenu des faveurs de femmes qu'ils n'ont jamais ni vües

ni,

ni connuës; ceux-là prétendent avoir pris la Nature sur le fait comme dit un fameux Néologue; qu'elle leur a révélé tous ses secrets, & qu'ils ont, pour ainsi dire, tout vû, tout entendu, lors même que la Nature garde encore plus de voiles, que jamais n'en eut *l'Isis* des Egyptiens. Pour avancer dans le chemin de la vérité, qu'il faut suivre une conduite différente! I faut faire assidûment les mêmes pas avec la Nature, toujour aidé, comme dit M^e. la M. du Chattelet, du *Bâton* de l'observation & de l'expérience. Il faut en Physique imiter la conduite qu'a tenue le sage Sydenham en Médecine.

§. V.
LOCKE.

1º. **M.** Locke fait l'aveu de son ignorance sur la nature de l'essence des corps; en effet, pour avoir quelque idée de l'être, ou de la substance, (car tous ces mots sont synonimes,) il faudroit savoir une Géometrie, inaccessible même aux plus sublimes Métaphysiciens, celle de la nature. Le sage Anglois n'a donc pû se faire une notion imaginaire de l'essence des corps, comme Wolf le lui reproche sans assez de fondement.

2º. Il prouve contre l'Auteur de l'Art de Penser & tous les autres Logiciens, l'inutilité des Syllogismes, & de ce qu'on appelle Analyses parfaites, par lesquelles on a la puérilité de vouloir prouver les axiomes les plus évidens, minuties qui ne se trouvent ni dans Euclide, ni dans Clairaut (Voyez Locke L. 4. c. 17. §. 10. p. 551. 552.); mais qui abondent en *Scholies* dans Wolf.

3º. Il

3°. Il a cru les principes généraux, très propres à enſei-
gner aux autres les connoiſſances qu'on a ſoi-même. En quoi je
ne ſuis pas de ſon avis, ni par conſéquent de celui de l'Auteur
de la Logique trop eſtimée que je viens de citer, chap. 4. c. 7.
Le grand étalage, cette multitude confuſe d'axiomes, de pro-
poſitions générales ſyſtèmatiquement arrangées, ne ſont point
un fil aſſuré pour nous conduire dans le chemin de la vérité.
Au contraire cette méthode ſynthétique, comme l'a fort bien
ſenti M. Clairaut, eſt la plus mauvaiſe qu'il y ait pour inſtruire.
Je dis même qu'il n'eſt point de cas, ou de circonſtances dans
la vie, où il ne faille acquérir des idées particulières, avant que
de les rappeller à des généralités. Si nous n'avions acquis par
les ſens les idées de tout, & de partie, avec la notion de la
différence qu'il y a entre l'un & l'autre, ſçaurions-nous que le
tout eſt plus grand que ſa partie? Il en eſt ainſi de toutes ces
vérités qu'on appelle éternelles, & que Dieu même ne peut
changer.

4°. Locke a été le deſtructeur des idées innées, comme
Newton l'a été du ſyſtème Cartéſien. Mais il a fait, me ſemble, trop d'honneur à cette ancienne chimère, de la réfuter par
un ſi grand nombre de ſolides réfléxions. Selon ce Philoſophe
& la vérité, rien n'eſt plus certain que cet ancien axiome, mal
reçu autrefois de Platon, de Timée, de Socrate, & de toute
l'Académie : *Nihil eſt in intellectu, quod prius non fuerit in ſenſu.*
Les idées viennent par les ſens, les ſenſations ſont l'unique
ſource de nos connoiſſances. Locke explique par elles toutes
les opérations de l'Ame.

5°. Il paroit avoir crû l'Ame matérielle, quoique ſa modeſtie ne lui ait pas permis de le décider. „Nous ne ſerons peut-
être

„être jamais, dit-il, capables de décider, si un être purement
„matériel pense, ou non, & parce que nous ne concevons ni
„la matière, ni l'esprit." Cette simple réfléxion n'empêchera
pas les Scholastiques d'argumenter en forme pour l'opinion
contraire, mais elle sera toujours l'écueil de tous leurs vains
raisonnemens.

6°. Il renonce à la vanité de croire que l'Ame pense toujours; il démontre par une foule de raisons tirées du sommeil,
de l'enfance, de l'apoplexie, &c. que l'homme peut exister, sans
avoir le sentiment de son être: que non seulement il n'est pas
évident que l'Ame pense en tous ces états; mais qu'au contraire,
à en juger par l'observation, elle paroit manquer d'idées, &
même de sentiment. En un mot, M. Locke nie que l'Ame
puisse penser & pense réellement, sans avoir conscience d'elle
même, c'est-à-dire, sans sçavoir qu'elle pense, sans avoir quelque notion, ou quelque souvenir des choses qui l'ont occupée.
Ce qui est bien certain, c'est que l'opinion de ce subtil Métaphysicien est confirmée par les progrès & la décadence mutuelle de l'Ame & du Corps, & principalement par les phénomènes des maladies, qui démontrent clairement, à mon avis,
contre Pascal même, (c. 23. n. 1.) que l'homme peut fort bien
être conçu sans la pensée, & par conséquent qu'elle ne fait
point l'être de l'homme.

Quelle différence d'un Philosophe aussi sage, aussi retenu,
à ces présomptueux Métaphysiciens, qui ne connoissant ni la
force, ni la foiblesse de l'esprit humain, s'imaginent pouvoir
atteindre à tout, ou à ces pompeux Declamateurs, qui, comme
Abadie, (*de la vérité de la Religion Chrétienne*) aboient presque,

G g   pour

pour perſuader; & qui par le dévot entouſiaſme d'une imagination échauffée, & preſque en courroux, font fuïr la vérité,
au moment même qu'elle auroit le plus de diſpoſition à ſe laiſſer, pour ainſi dire, apprivoiſer ? Pour punir ces illuminés fanatiques, je les ai condamnés à écouter tranquilement, s'ils peuvent, l'hiſtoire des différens faits que le hazard a fournis dans
tous les tems, comme pour confondre les préjugés.

7°. Il eſt donc vrai que M. Locke a le premier débrouillé
le cahos de la Métaphyſique, & nous en a le premier donné les
vrais principes, en rappellant les choſes à leur première origine.
La connoiſſance des égaremens d'autrui l'a mis dans la bonne
voie. Comme il a penſé que les obſervations ſenſibles ſont
les ſeules qui méritent la confiance d'un bon eſprit, il en a fait
la baze de ſes méditations; par tout il ſe ſert du compas de la
juſteſſe, ou du flambeau de l'experience. Ses raiſonnemens
ſont auſſi ſéveres, qu'exemts de préjugés, & de partialité; on
n'y remarque point auſſi cette eſpèce de fanatisme d'irréligion,
qu'on blâme dans quelques-uns. Eh! ne peut-on ſans paſſion
remedier aux abus, & ſecoüer le joug des préjugés ? Il eſt d'autant plus ridicule à un Philoſophe de déclamer contre les Ré-
ligionaires, qu'il trouve mauvaiſe la repréſaille.

§. VI.
BOERHAAVE.

1°. M. Boerhaave a penſé qu'il étoit inutile de rechercher les
attributs qui conviennent à l'être, comme à l'être; c'eſt
ce qu'on nomme dernières cauſes Métaphyſiques. Il rejette
ces cauſes, & ne s'inquiéte pas même des premières Phyſiques,

tels

tels que les Elémens, l'origine de la première forme, des semences, & du mouvement (Inft. Med. XXVIII.).

2°. Il divife l'homme en Corps, & en Ame, & dit que la
penfée ne peut être que l'opération de l'efprit pur (XXVII.);
cependant non feulement il ne donne jamais à l'Ame les épithe-
tes de fpirituelle, & d'immortelle; mais lorsqu'il vient à traiter
des *fens internes*, on voit que cette fubftance n'eft point fi particulière, mais n'eft que je ne fçais quel fens interne, comme
tous les autres, dont elle femble être la réünion.

3°. Il explique par le feul mécanifme toutes les facultés
de l'Ame raifonnable; & jusqu'à la penfée la plus métaphyfique, la plus intellectuelle, la plus vraie de toute éternité, ce
grand Théoricien foumet tout aux loix du mouvement: de
forte qu'il m'eft évident qu'il n'a connu dans l'homme qu'une
Ame fenfitive plus parfaite que celle des animaux. Voyez fes
leçons données par Mr. Haller, & librement traduites en François; Les *Inftitutions* qui en font le texte; furtout *de fenfib. intern.*
& fes Difcours *de honore Medic. Servitut. de ufu ratiocinii Mecanici
in Medicina: De comparando certo in Phyf. &c.*

4°. On fçait ce qu'il en penfa couter à ce grand Philofophe, pour avoir femblé prendre le parti de Spinofa devant un
inconnu avec lequel il voyageoit. (*Vie de Boerh.* par M. de la M.
Schultens. *Orat. in Boerh. Laud.*) Mais au fond, autant qu'on
en peut juger par fes ouvrages, perfonne ne fut moins Spinofifte: partout il reconnoit l'invifible main de Dieu, qui a tiffu,
felon lui, jusqu'aux plus petits poils de notre corps; d'où l'on
voit, comme par tant d'autres endroits, combien ce Médecin
célèbre étoit différent de ces deux Epicuriens Modernes, Gaf-

fendi

ſendi & Lami, qui n'ont pas voulu croire que les Inſtrumens du corps humain fuſſent faits pour produire certains mouvemens déterminés, dès qu'il ſurviendroit une cauſe mouvante, (*Boerh. Inſt. Med.* XL.) & qui enfin ont adopté à cet égard le Syſtême de Lucrece (*de Natura Rerum* L. IV.). S'agit-il d'expliquer la correſpondance mutuelle du corps & de l'Ame? Ou le ſavant Profeſſeur de Leide tranche nettement la difficulté, en admettant au fond une ſeûle & même ſubſtance: ou, quand il veut battre la campagne, comme un autre, il ſuppoſe des Loix Cartéſiennes établies par le Créateur, ſelon leſquelles tel mouvement corporel donne a l'Ame telle penſée, & *vice verſa &c.* avoüant d'ailleurs qu'il eſt abſolument inutile aux Médecins de connoitre ces Loix, & impoſſible aux plus grands Génies de venir à bout de les découvrir. Je ne ſuis ici que l'Hiſtorien des opinions *vocales, ou typographiques* de mon illuſtre Maître, qui fut ſans contredit un parfait Déiſte. Qui peut ſe flatter de connoitre les opinions intimes du cœur? *Deus ſolus ſcrutator cordium.*

§. VII.
S P I N O S A.

V OICI en peu de mots le ſiſtême de Spinoſa. Il ſoutient 1°. qu'une ſubſtance ne peut produire une autre ſubſtance. 2°. que rien ne peut-être créé de rien, ſelon ce vers de Lucrece,

Nullam rem e nihilo fieri Divinitus unquam.

3°. Qu'il n'y a qu'une ſeule ſubſtance, parce qu'on ne peut appeller ſubſtance, que ce qui eſt éternel, indépendant de toute cauſe ſupérieure, que ce qui exiſte par ſoi-même & néceſſairement. Il ajoute que cette ſubſtance unique, ni diviſée, ni diviſible fible, eft non feulement doüée d'une infinité de perfections, mais qu'elle fe modifie d'une infinité de manières: entant qu'étenduë, les corps, & tout ce qui occupe un efpace; entant que penfée, les ames, & toutes les intelligences, font fes modifications. Le tout cependant refte immobile, & ne perd rien de fon effence pour changer.

Spinofa définit les fens conféquemment à fes principes: *des mouvemens de l'Ame, cette partie penfante de l'Univers, produits par ceux des corps, qui font des parties étenduës de l'Univers.* Définition évidemment fauffe; puisqu'il eft prouvé cent & cent fois, 1°. que la penfée n'eft qu'une modification accidentelle du principe fenfitif, qui par conféquent ne fait point *partie penfante de l'Univers:* 2°. que les chofes externes ne font point repréfentées à l'Ame, mais feulement quelques propriétés différentes de ces chofes, toutes rélatives & arbitraires; & qu'enfin la pluspart de nos fenfations, ou de nos idées, dépendent tellement de nos organes, qu'elles changent fur le champ avec eux. Il fuffit de lire Bayle, (Dictionnaire Critique, à l'article de *Spinofa*,) pour voir que ce bon homme (car *quoique* athée, il étoit doux & bon,) a tout confondu & tout embroüillé, en attachant de nouvelles idées aux mots reçus. Son Athéifme reffemble affés bien au labyrinthe de Dédale, tant il a de tours & de détours tortueux. M. l'Abbé de Condillac a eu la patience de les parcourir tous, & leur a fait trop d'honneur. Dans le fyftème de Spinofa, qui a été autrefois celui de Xénophanes, de Meliffus, de Parmenide, & de tant d'autres, adieu la Loy naturelle, nos principes naturels ne font que nos principes accoutumés! Le Traducteur du Traité de la Vie heureufe de Seneque a pouffé fort loin

cette

cette idée, qui ne paroit pas avoir déplu a ce grand Génie, Pascal, lorsqu'il dit: *qu'il craint bien que la nature ne soit une première coutume, & que la coutume ne soit une seconde nature.* Suivant Spinosa encore, l'homme est un veritable Automate, une Machine assujettie à la plus constante necessité, entrainée par un impétueux fatalisme, comme un Vaisseau par le courant des Eaux. L'Auteur de *l'Homme Machine* semble avoir fait son livre exprès pour défendre cette triste vérité.

Les anciens Hebreux, Alchimistes, & Auteurs sacrés ont mis Dieu dans le feu pur, (Boerh. *de ign.*) dans la matière ignée ou éthetée; d'où, comme de son Throne, il lançoit des feux vivifians sur toute la Nature. Ceux qui voudront acquérir une plus grande connoissance des systèmes, doivent lire l'excellent Traité que Mr. l'Abbé de Condillac en a donné. Il ne me reste plus qu'à parler de ceux qui ont pris parti, tantot pour la mortalité, tantôt pour l'immortalité de l'Ame.

§. VIII.

De ceux qui ont cru l'Ame mortelle & immortelle.

Si nous n'avons pas de preuves philosophiques de l'immortalité de l'Ame, ce n'est certainement pas que nous soyons bien aises qu'elles nous manquent. Nous sommes tous naturellement portés à croire ce que nous souhaitons. L'amour propre trop humilié de se voir prêt d'être anéanti, se flatte, s'enchante de la riante perspective d'un bonheur éternel. J'avouë moi même que toute ma Philosophie ne m'empêche pas de regarder la mort comme la plus triste nécessité de la nature, dont je voudrois pour jamais perdre l'affligeante idée. Je puis dire avec l'aimable Abbé de Chaulieu.

Plus j'approche du terme, & moins je le redoute:
Par des principes sûrs, mon esprit affermi;
Content, persuadé, ne connoit plus le doute;
Des suites de ma fin je n'ai jamais frémi.

Et plein d'une douce espérance;
Je mourrai dans la confiance,
Au sortir de ce triste lieu,
De trouver un azyle, une retraite sûre,
Ou dans le sein de la nature,
Ou bien dans les bras de mon Dieu.

Cependant je cesse d'être en quelque sorte, toutes les fois que je pense que je ne serai plus.

Passons en revüe les opinions, ou les desirs des Philosophes sur ce sujet. Parmi ceux qui ont souhaité que l'Ame fût immortelle, on compte 1°. Seneque (*Epist. 107. &c. Quæst. Nat. L. 7. &c.*) 2°. Socrate. 3°. Platon, qui donne à la vérité (*in Phæd.*) une demonstration ridicule de ce Dogme, mais qui convient ailleurs, *qu'il ne le croit vrai, que parcequ'il l'a oüi dire.* 4°. Ciceron (*de Naturâ Deorum,*) L. 2. quoiqu'il vacille, L. 3. dans sa propre Doctrine, pour revenir à dire ailleurs *qu'il affectionne beaucoup le Dogme de l'immortalité, quoique peu vraisemblable.* 5°. Pascal, parmi les modernes; mais sa manière de raisonner (*v. Pens. sur la Relig.*) est peu digne d'un Philosophe. Ce grand homme s'imaginoit avoir de la foi, & il n'avoit qu'envie de croire, mais sur de légitimes motifs qu'il cherchoit, & chercheroit encore, s'il vivoit. Croire, parce qu'on ne risque rien, c'est croire comme un Enfant, parce qu'on ne sait rien de ce qui concerne

cerne l'objet de la croiance. Le parti le plus sage est du moins de douter, pourvû que nos doutes servent à régler nos actions, & à nous conduire d'une manière irréprochable, selon la raison & les loix. Le Sage aime la vertu, pour la vertu même.

Enfin les Stoïciens, les Celtes, les anciens Brétons, &c. désiroient tous que l'Ame ne s'éteignît point avec le corps. Tout le monde, dit plaisamment Pomponace, (*de immort. Anim.*) souhaite l'immortalité, comme un mulet désire la génération qu'il n'obtient pas.

Ceux qui ont pensé sans balancer, que l'Ame étoit mortelle, sont en bien plus grand nombre. Bion se livre à toutes sortes de plaisanteries, en parlant de l'autre monde. César s'en moque au milieu même du Sénat, au lieu de chercher à domter l'hydre du peuple, & à l'accoûtumer au frein nécessaire des préjugés. Lucrece, (*de Nat. rer. L. 3.*) Plutarque, &c. ne connoissent d'autre Enfer, que les remords. Je sai, dit l'Auteur d'Electre,

> „ *Je sai que les remords d'un cœur, né vertueux,*
> „ *Souvent pour les (crimes) punir vont plus loin que les Dieux.*

Virgile (*Georg*) se moque du bruit * imaginaire de l'Acheron; & il dit (*Eneïd. L. 3.*) que les Dieux ne se mêlent point des affaires des hommes.

> *Scilicet is superis labor est, ea cura quietos,*
> *Sollicitat.*

Lucrece

* *Felix qui potuit rerum cognoscere causas.*
Atque metus omnes & inexorabile fatum
Subjecit pedibus, strepitumque Acherontis!
L'Abbé de Chaulieu a très bien paraphrasé ces vers.

Lucrece dit la même chose.

Utque omnis per se divûm natura necesse est
Immortali ævo summâ cum pace fruatur,
Semota à nostris rebus, sejunctaque longè;
Nam privata dolore omni, privata periclis,
Ipsa suis pollens opibus, nil indiga nostri,
Nec benè pro meritis gaudet, nec tangitur irâ.

En un mot tous les Poëtes de l'Antiquité, Homère, Héfiode, Pindare, Callimaque, Ovide, Juvenal, Horace, Tibule, Catule, Manilius, Lucain, Petrone, Perfe, &c. ont foulé aux pieds les craintes de l'autre vie. Moyfe même n'en parle pas, & les Juifs ne l'ont point connüe; ils attendent le Meffie, pour décider l'affaire.

Hippocrate, Pline, Galien, en un mot tous les Medecins Grecs, Latins, & Arabes, n'ont point admis la diftinction des deux fubftances, & la plûpart n'ont connu que la Nature.

Diogène, Leucippe, Democrite, Epicure, Lactance, les Stoiciens, quoique d'avis differens entr'eux fur le concours des Atomes, fe font tous réünis fur le point dont il s'agit; & en général tous les Anciens euffent volontiers adopté ces deux vers d'un Poëte françois.

„Une heure après ma mort, mon Ame evanouïe,
„Sera ce qu'elle étoit une heure avant ma vie.

Dicæarque, Asclépiade, ont regardé l'Ame comme l'Harmonie de toutes les parties du Corps. Platon à la vérité foutient que l'Ame eft incorporelle, mais c'eft comme faifant partie

Hh

d'une

d'une chimère qu'il admet fous le nom *d'Ame du monde*; & felon le même Philofophe, toutes les Ames des Animaux & des hommes font de même Nature; & la difficulté de leurs fonctions ne vient que de la différence des corps qu'elles habitent.

Ariftote dit auffi, que „ceux qui prétendent qu'il n'y a „point d'Ame fans corps, & que l'Ame n'eft point un corps, „ont raifon; car, ajoute-t-il, l'Ame n'eft point un corps, mais „c'eft quelque chofe du corps.‟ *Animam qui exiftimant, neque fine corpore, neque corpus aliquod, bene opinantur : corpus enim non eft, corporis autem eft aliquid.* (de Anim. Text 26. c, 2.) Il en-entend bonnement la forme, ou un accident, dont il fait un être féparé de la matière. D'où l'on voit qu'il n'y a qu'à bien éplucher ceux d'entre les Anciens qui paroiffent avoir crû l'Ame immatérielle, pour fe convaincre qu'ils ne diffèrent pas des autres. Nous avons vû d'ailleurs qu'ils penfoient que la fpiritualité étoit auffi bien un véritable attribut de la fubftance, que la matérialité même: ainfi ils fe reffemblent tous.

Je ferai ici une réfléxion. Platon définit l'Ame, une effence fe mouvant d'elle-même, & Pythagore un nombre fe mouvant de lui-même. D'où ils concluoient qu'elle étoit immortelle. Descartes en tire une conféquence toute oppofée; tandis qu'Ariftote qui vouloit combattre l'immortalité de l'Ame, n'a cependant jamais fongé à nier la conclufion de ces anciens Philofophes, & s'en eft tenu feulement à nier fortement le principe, pour plufieurs raifons que nous fupprimons, & qui font rapportées dans *Macrobe*. Ce qui fait voir avec quelle

con-

confiance on a tiré en differens tems des mêmes Principes, des conclusions contradictoires. *O deliræ hominum mentes!*

Le syftême de la fpiritualité de la Matière étoit encore fort en vogue dans les quatre premiers fiécles de l'Eglife. On crut jufqu'au Concile de Latran, que l'Ame de l'Enfant étoit la production moyenne de celles du Père & de la Mère. Ecoutons Tertullien: *Animam corporalem profitemur, habentem proprium genus fubftantiæ, & foliditatis, per quam quod & fentire & pati poffit . . . . quid dicis cæleftem, quam unde cæleftem intelligas, non habes? . . . . caro atque anima fimul fiunt fine calculo temporis, atque fimul in utero etiam figurantur . . . . minimè divina res eft, quoniam quidem mortalis.*

Origène, St. Irenée, St. Juftin Martyr, Théophile d'Antioche, Arnobe, &c. ont penfé avec Tertullien que l'Ame a une étendue formelle, comme depuis peu l'a écrit St. Hyacinthe.

St. Auguftin penfe-t-il autrement? lorfqu'il dit: *Dum corpus animat, vitâque imbuit, anima dicitur: dum vult, Animus: dum fcientiâ ornata eft, ac judicandi peritiam exercet, mens; dum recolit, ac reminifcitur, memoriâ: dum ratiocinatur, ac fingula difcernit, ratio: dum contemplationi infiftit, fpiritus: dum fentiendi vim obtinet, fenfus eft anima.*

Il dit dans le même ouvrage (*de Anim.*) 1°. Que l'Ame habite dans le fang, parce qu'elle ne peut vivre dans le fec: pourquoi? Admirez la fagacité de ce grand homme; & comme en certains tems on peut devenir tel à peu de frais!

Hh 2 *Parce*

Parce que c'eſt un eſprit. 2°. Il avoüe qu'il ignore ſi les Ames ſont créées tous les jours, ou ſi elles deſcendent par propagation, des Pères aux enfans. 3°. Il conclut qu'on ne peut rien réſoudre ſur la Nature de l'Ame. Pour traiter ce ſujet, il ne faut être ni Théologien, ni Orateur: il faut être plus; Philoſophe.

Mais pour revenir encore à Tertullien; quoique les Ames s'éteignent avec les corps, tout éteintes qu'elles ſont, ſuivant cet Auteur, elles ſe rallument, comme une bougie, au Jugement dernier, & rentrent dans les corps reſſuſcités, ſans leſquels elles n'ont point ſouffert, *ad perficiendum & ad patiendum ſocietatem carnis* (Anima) *expoſtulat, ut tam plenè per eam pati poſſit, quam ſine ea plenè agere non potuit.* (*De Reſurr.* L. 1. 98). C'eſt ainſi que Tertullien imaginoit que l'Ame pouvoit être tout enſemble mortelle & immortelle, & qu'elle ne pouvoit être immortelle, qu'autant qu'elle ſeroit matérielle. Peut-on ajuſter plus ſingulièrement la mortalité, l'immortalité, & la matérialité, de l'Ame, avec la réſurrection des corps? Conor va plus loin, (*Evangelium Medici*) il pouſſe l'extravagance juſqu'à entreprendre d'expliquer phyſiquement ce myſtère.

Les Scholaſtiques Chrêtiens n'ont pas penſé autrement que les Anciens ſur la Nature de l'Ame. Ils diſent tous avec St. Thomas. *Anima eſt principium quo vivimus, movemur, & intelligimus.* „Vouloir & comprendre, dit Goudin, ſont auſſi bien des mouvemens matériels, que vivre „& végéter.‟ Il ajoute un fait ſingulier, qui eſt, que dans un

un Concile tenu à Vienne „fous Clement V. l'Autorité de
„l'Eglife ordonna de croire que l'Ame n'eft que la forme
„fubftantielle du Corps; qu'il n'y a point d'idées innées,
„(comme l'a penfé le même S. Thomas) & déclara héréti-
„ques, tous ceux qui n'admettoient pas la matérialité de
„l'Ame.

Raoul Fornier, Profeffeur en droit, enfeigne la même
Chofe dans fes *Difcours Académiques fur l'Origine de l'Ame*, im-
primés à Paris en 1619. avec une approbation & des éloges
de plufieurs Docteurs en Théologie.

Qu'on life tous les Scholaftiques, on verra qu'ils ont reconnu une force motrice dans la matière, & que l'Ame n'eft
que la forme fubftantielle du corps. Il eft vrai qu'ils ont dit
qu'elle étoit une forme fubfiftante (Goudin T. II. p. 93. 94.),
ou qui fubfifte par elle même, & vit indépendamment de la
Vie du corps. De la ces *entités* diftinctes, *ces accidens abfolus*,
ou plûtot abfolument inintelligibles. Mais c'eft une diftinction évidemment frivole; car puisque les Scholaftiques conviennent avec les Anciens 1°. que les formes tant fimples,
que compofées, ne font que de fimples attributs, ou de pures
dépendances des corps: 2°. Que l'Ame n'eft que la *forme*,
ou l'*accident* du corps; ils ajoutent en vain pour fe masquer,
ou fe fauver de l'Ennemi, les épithètes de *fubfiftante*, ou d'*ab-
folu:* il falloit auparavant preffentir les conféquences de la
Doctrine qu'ils embraffoient, & la rejetter, s'il eût été poffible,
plûtot que d'y faire de ridicules reftrictions. Car qui croira
de bonne foi, que ce qui eft matériel dans tous les corps ani-

Hh 3   més

més, cesse de l'être dans l'homme? La contradiction est trop révoltante. Mais les Scholastiques l'ont eux-mêmes sentie, plus que les Théologiens, à l'abri desquels ils n'ont que voulu se mettre par ces détours, & ces vains subterfuges.

Bayle dit dans son *Dictionnaire*, à l'article de *Lucrece*, que „ceux qui nient que l'Ame soit distincte de la matière, doivent „croire tout l'univers animé, ou plein d'Ames: que les plan-„tes & les pierres mêmes sont des substance pensantes; des „substances qui peuvent bien ne pas sentir les odeurs, ne pas „voir les couleurs, ne pas entendre les sons; mais qui doivent „nécessairement avoir des connoissances dans l'hypothèse des „Matérialistes, ou des Atomistes; parce que les principes „matériels simples, de quelque nom qu'on les décore, n'ont „rien de plus précieux que ceux qui forment une pierre; & „qu'en conséquence ce qui pense dans un corps, doit penser „dans un autre.

Tel est le Sophisme de Bayle sur une prétendüe substan-ce, à laquelle il est clair par cent & cent endroits de ses Ouvra-ges, qu'il ne croyoit pas plus que la Motte le Vayer, & tant d'autres théologiquement persifleurs. Il faudroit avoir l'esprit bien faux & bien bouché, pour ne pas découvrir l'erreur de ce mauvais raisonnement. Ce n'est point la Nature des principes solides des corps, qui en fait toute la variété; mais la diverse configuration de leurs Atomes. Ainsi la diverse disposition des fibres des corps animés, qui sont faites d'élémens terrestres colés fortement ensemble; celle des vaisseaux qui sont compo-sés de fibres; des membranes qui sont vasculeuses &c. produit

tant

tant d'efprits differens dans le régne animal, pour ne rien dire
de la variété qui fe trouve dans la confiftance & le cours des
liqueurs; dernière caufe qui entre (pour fa moitié) dans la
production des divers efprits, ou inftinets dont je parle. Si les
corps des autres Régnes, n'ont ni fentimens, ni penfées; c'eft
qu'ils ne font pas organifés pour cela, comme les hommes &
les animaux: femblables à une eau qui tantôt croupit, tantôt
coule, tantôt monte, defcend, ou s'élance en jet d'eau, fuivant
les caufes phyfiques & inévitables qui agiffent fur elle. Un
homme d'efprit, en fait, comme le cheval avec fon fer tire du
feu du caillou. Il n'en doit pas être plus orgueilleux que cet
animal. Les Montres à répétition font de plus grand prix, &
non d'une autre nature que les plus fimples.

Je finirai par une remarque fur l'opinion que les anciens
avoient de la Spiritualité & de la Matérialité. Ils entendoient
par l'une, un affemblage de parties matérielles, légères & déliées,
jufqu'à fembler en effet quelque chofe d'incorporel, ou d'immatériel; & par l'autre, ils concevoient des parties pefantes, grof-
fières, vifibles, palpables. Ces parties matérielles, appercevá-
bles, forment tous les corps par leurs diverfes modifications;
tandis que les autres parties imperceptibles, quoique de même
Nature, conftituent toutes les Ames. Entre une *fubftance fpirituelle*, & une *fubftance matérielle*, il n'y a donc d'autre différence
que celle qu'on met entre les modifications, ou les façons d'être
d'une même fubftance: & felon la même idée, ce qui eft matériel, peut devenir infenfiblement fpirituel, & le devient en effet.
Le blanc d'oeuf peut ici fervir d'exemple; lui, qui à force de
s'atténuer, & de s'affiner au travers des filiéres vafculeufes infiniment

niment étroites du poulet, forme tous les esprits nerveux de cet
Animal. Eh que l'Analogie prouve bien que la lymphe fait la
même chose dans l'homme! Oseroit-on comparer l'Ame, aux
esprits animaux, & dire qu'elle ne différe des corps, que comme
ceux-ci différent des humeurs grossières, par le fin tissu & l'extrême agilité des ses Atomes?

C'en est assés, & plus qu'il ne faut, sur l'immortalité de
l'Ame.　　Aujourd'hui c'est un Dogme essentiel à la Religion;
autrefois c'étoit une Question purement philosophique, comme
le Christianisme n'étoit qu'une Secte.　　Quelque parti qu'on
prît, on ne s'avançoit pas moins dans le Sacerdoce.　On pouvoit croire l'ame mortelle, quoique spirituelle; ou immortelle,
quoique matérielle.　　Aujourd'hui il est défendu de penser
qu'elle n'est pas spirituelle, quoique cette spiritualité ne se trouve
nulle part révéleé: Et quand elle le seroit, il faudroit ensuite
croire à la Révélation, ce qui n'est pas une petite affaire
pour un Philosophe: *hoc opus, hic labor est.*

QUATRIÉME
MEMOIRE

POUR SERVIR

À

L'HISTOIRE NATURELLE

DE

L'HOMME.

L'HOMME-
PLANTE.

PRÉ-

PRÉFACE

L'Homme est ici métamorphosé en Plante, mais ne croïez pas que ce soit une fiction dans le goût de celles d'Ovide. La seule Analogie du Règne Végétal, & du Règne Animal, m'a fait découvrir dans l'un, les principales Parties qui se trouvent dans l'autre. Si mon imagination joüe ici quelquefois, c'est, pour ainsi dire, sur la Table de la Vérité : mon Champ de Bataille est celui de la Nature, dont il n'a tenu qu'à moi d'être assés peu singulier, pour en dissimuler les variétés.

L'HOMME PLANTE

CHAPITRE PREMIER

ous commençons à entrevoir l'Uniformité de la Nature: ces rayons de Lumière, encore foibles, font dûs à l'étude de l'Histoire Naturelle; mais jusqu'à quel point va cette uniformité?

Prenons garde d'outrer la Nature, elle n'est pas si uniforme, qu'elle ne s'écarte souvent de ses loix les plus favorites: tachons de ne voir que ce qui est, sans nous flatter de tout voir: tout est piège, ou écueil, pour un esprit vain & peu circonspect.

Pour juger de l'analogie qui se trouve entre les deux principaux Règnes, il faut comparer les Parties des Plantes avec celles de l'Homme, & ce que je dis de l'Homme, l'appliquer aux Animaux.

       Il y

Il y a dans notre Espèce, comme dans les Végétaux, une Racine principale & des Racines Capillaires. Le Réservoir des Lombes & le Canal Thorachique, forment l'une, & les Veines Lactées sont les autres. Mêmes usages, mêmes fonctions par tout. Par ces Racines, la nourriture est portée dans toute l'étendüe du Corps organisé.

L'Homme n'est donc point un Arbre renversé, dont le Cerveau seroit la Racine, puisqu'elle résulte du seul concours des Vaisseaux Abdominaux qui sout les prémiers formés; du moins le sont-ils avant les Tégumens qui les couvrent, & forment l'Ecorce de l'Homme. Dans le Germe de la Plante, une des prémières choses qu'on aperçoit, c'est sa petite Racine, ensuite sa Tige; l'une descend, l'autre monte.

Les Poumons sont nos Feuïlles; Elles suppléent à ce Viscère dans les Végétaux, comme il remplace chez nous les Feuïlles qui nous manquent. Si ces Poumons des Plantes ont des Branches, c'est pour multiplier leur étendüe, & qu'en conséquence il y entre plus d'Air, ce qui fait que les Végétaux, & sur tout les Arbres, en respirent en quelque sorte plus à l'aise. Qu'avions-nous besoin de Feuïlles & de Rameaux? La quantité de nos Vaisseaux & de nos Vésicules Pulmonaires, est si bien proportionnée à la masse de notre Corps, à l'étroite circonférence qu'elle occupe, qu'elle nous suffit. C'est un grand plaisir d'observer ces Vaisseaux & la Circulation qui s'y fait, principalement dans les Amphibies!

Mais quoi de plus ressemblant que ceux qui ont été découverts & décrits par les Harvées de la Botanique! Ruisch, BOER-

BOERHAAVE &c. ont trouvé dans l'Homme la même nombreuse suite de Vaiſſeaux, que MALPIGHI, LOEWENHOCK, van ROYEN, dans les Plantes? Le Cœur bat-il dans tous les Animaux? Enfle-t-il leurs Veines de ces ruiſſeaux de Sang qui portent dans toute la Machine le Sentiment & la Vie? La chaleur, cet autre Cœur de la Nature, ce feu de la Terre & du Soleil, qui ſemble avoir paſſé dans l'Imagination des Poëtes qui l'ont peint; ce feu, dis je, fait également circuler les ſucs dans les tuyaux des Plantes, qui transpirent comme nous. Quelle autre Cauſe en effet pourroit faire tout germer, croitre, fleurir & multiplier dans l'Univers?

L'Air paroît produire dans les Végétaux les mêmes effets qu'on attribuë avec raiſon dans l'Homme, à cette ſubtile liqueur des Nerfs, dont l'exiſtence eſt prouvée par mille Expériences.

C'eſt cet Elément, qui par ſon irritation & ſon reſſort fait quelquefois s'élever les Plantes au deſſus de la ſurface des Eaux, s'ouvrir & ſe fermer, comme on ouvre & ferme la main: Phénomène dont la conſidération a peut-être donné lieu à l'opinion de ceux qui ont fait entrer l'Ether dans les Eſprits Animaux, auxquels il feroit mêlé dans les Nerfs.

Si les fleurs ont leurs feuilles, ou *Pétales*, nous pouvons regarder nos Bras & nos Jambes, comme de pareilles Parties. Le *Nectarium*, qui eſt le Réſervoir du Miel dans certaines Fleurs, telles que la Tulippe, la Roſe &c. eſt celui du Lait dans la Plante fémelle de nôtre Eſpèce, lorſque la Mâle la fait venir. Il eſt double, & a ſon ſiège à la baze latérale de chaque *Pétale*, immédiatement ſur un Muſcle conſidérable, le Grand Pectoral.
On

On peut regarder la Matrice Vierge, ou plutôt non Groffe, ou, fi l'on veut, l'Ovaire, comme un Germe qui n'eft point encore fécondé. Le *Stylus* de la femme eft le Vagin; la Vulve, le Mont de Venus avec l'odeur qu'exhalent les Glandes de ces parties, répondent au *Stigma*: & ces chofes, la Matrice, le Vagin & la Vulve forment le *piftille*; nom que les Botaniftes Modernes donnent à toutes les Parties Femelles des Plantes.

Je compare le *Péricarpe*, à la Matrice dans l'état de Grof-feffe, parcequ'elle fert à envelopper le Fœtus. Nous avons notre *Graine*, comme les Plantes, & elle eft quelquefois fort abondante.

Le *Nectarium* fert à diftinguer les Sexes dans notre Efpé-ce, quand on veut fe contenter du premier coup d'œil, mais les recherches les plus faciles ne font pas les plus fûres; il faut joindre le *Piftille* au *Nectarium*, pour avoir l'Effence de la Femme; car le premier peut bien fe trouver fans le fecond, mais jamais le fecond fans le premier, fi ce n'eft dans des hommes d'un embonpoint confidérable, & dont les Mammel-les imitent d'ailleurs celles de la Femme, jusqu'à donner du Lait, comme Morgagni & tant d'autres en rapportent l'Obfer-vation. Toute Femme Imperforée, fi on peut appeller Femme, un Etre qui n'a aucun Sexe, telle que celle dont je fais plus d'une fois mention, n'a point de Gorge; c'eft le Bourgeon de la Vigne, fur tout cultivée.

Je ne parle point du *Calice*, ou plûtot du *Corolle*, parce-qu'il eft étranger chez nous, comme je le dirai

C'en

C'en est assez, car je ne veux point aller sur les brisée de Corneille Agrippa. J'ai décrit Botaniquement la plus belle Plante de notre Espéce, je veux dire la Femme: Si elle est sage, quoique métamorphosée en fleur, elle n'en sera pas plus facile à cueillir.

Pour nous autres Hommes, sur lesquels un coup d'oeil suffit, Fils de Priape, Animaux Spermatiques, notre *Etamine* est comme roulée en Tube Cylindrique, c'est la *Verge*; & le Sperme est notre *Poudre* fécondante. Semblables à ces Plantes, qui n'ont qu'un Mâle, nous sommes des *Monandria:* les Femmes sont des *Monogynia,* parce qu'elles n'ont qu'un Vagin. Enfin le Genre Humain, dont le Mâle est séparé de la Fémelle, augmentera la Classe des *Diecia.* Je me sers des mots dérivés du Grec, & imaginés par Linœus.

J'ai cru devoir exposer d'abord l'Analogie qui régne entre la Plante & l'Homme déjà formés, parcequ'elle est plus sensible & plus facile à saisir. En voici une plus subtile, & que je vais puiser dans la Génération des deux Régnes.

Les Plantes sont Mâles & Fémelles, & se secoüent comme l'Homme, dans le Congrès. Mais en quoi consiste cette importante action qui renouvelle toute la Nature? Les Globules infiniment petits qui sortent des Grains de cette Poussière dont sont couvertes les Etamines des Fleurs, sont enveloppés dans la Coque de ces Grains, à peu prés comme certains Oeufs, selon Néedham & la vérité. Il me semble que nos gouttes de Semence ne répondent pas mal à ces Grains, & nos Vermisseaux à leurs Globules. Les Animalcules de l'Homme sont véritablement enfermés dans deux liqueurs, dont la plus

com-

commune, qui est le Suc des Proftates, enveloppe la plus précieufe, qui est la Semence proprement dite; & à l'exemple de
chaque Globule de Poudre Végétale, ils contiennent vraifembla-
bément la Plante Humaine en Mignature. Je ne fai pourquoi
Néedham s'est avifé de nier ce qu'il est fi facile de voir. Comment un Phyficien fcrupuleux, un de ces prétendus Sectateurs
de la feule Expérience, fur des Obfervations faites dans une
efpèce, ofe-t-il conclure que les mêmes Phénomènes doivent
fe rencontrer dans une autre, qu'il n'a cependant point obfer-
vée, de fon propre aveu? De telles conclufions tirées pour
l'honneur d'une Hypotèfe, dont on ne hait que le nom, faché
que la chofe n'ait pas lieu, de telles conclufions, dis je, en font
peu à leur Auteur. Un Homme du mérite de Néedham,
avoit encore moins befoin d'exténuer celui de M. Géoffroy,
qui, autant que j'en puis juger par fon Mémoire fur la Stru-
Eture & les principaux ufages des Fleurs, a plus que conjecturé
que les Plantes étoient fécondées par la Pouffière de leurs Etamines. Ceci foit dit en paffant.

Le liquide de la Plante diffout mieux qu'aucun autre, la
Matiére qui doit la féconder; de forte qu'il n'y a que la Partie
la plus fubtile de cette Matière qui aille frapper le but.

Le plus fubtil de la Semence de l'Homme ne porte-t-il
pas de même fon Ver, ou fon petit Poiffon, jusques dans l'O-
vaire de la Femme?

Néedham compare l'action des Globules fécondans à
celle d'un Eolipile violemment échauffé. Elle paroit auffi
femblable à une efpèce de petite Bilevefée, tant dans la Nature
même, ou dans l'Obfervation, que dans la Figure que ce

Jeune

Jeune & Illuftre Naturalifte Anglois nous a donnée de l'Ejaculation des Plantes.

Si le Suc propre à chaque Végétal produit cette action
d'une manière incompréhenfible, en agiffant fur les Grains de
Pouffiere, comme l'eau fimple fait d'ailleurs, comprenons-nous
mieux comment l'Imagination d'un Homme qui dort, produit
des Pollutions, en agiffant fur les Mufcles Erecteurs & Ejacu-
lateurs, qui, même feuls & fans le fecours de l'Imagination,
occafionnent quelquefois les mêmes accidens? A moins que
les Phénomènes qui s'offrent de part & d'autre, ne vinffent d'une
même Caufe, je veux dire d'un Principe d'irritation, qui après
avoir tendu les refforts, les feroit fe débander.   Ainfi l'Eau
pure, & principalement le liquide de la Plante, n'agiroit pas
autrement fur les Grains de Pouffiere, que le Sang & les Efprits
fur les Mufcles & les Réfervoirs de la Semence.

L'Ejaculation des Plantes ne dure qu'une Seconde ou
deux; la nôtre dure-t-elle beaucoup plus? Je ne le crois pas:
quoique la Continence offre ici des Variétés qui dépendent du
plus ou moins de Sperme amaffé dans les Véficules Sémina-
les.   Comme elle fe fait dans l'Expiration, il falloit qu'elle fût
courte: Des plaifirs trop longs euffent été nôtre Tombeau.
Faute d'Air ou d'Infpiration, chaque Animal n'eût donné la
Vie qu'aux dépens de la fienne propre, & fût véritablement
mort de plaifir.

Mêmes Ovaires, mêmes Oeufs, même Faculté fécondante. La plus petite goute de Sperme contenant un grand
nombre de vermiffeaux, peut, comme on l'a vû, porter la Vie
dans un grand nombre d'Oeufs.

Même

Même Stérilité encore, même Impuiffance des deux côtés. S'il y a peu de Grains qui frappent le but, & foient vraiment féconds, peu d'Animalcules percent l'Oeuf féminin, Mais dès qu'une fois il s'y eft implanté, il y eft nourri, comme le Globule de Poudre, & l'un & l'autre forment avec le tems l'Etre de fon efpéce, un Homme & une Plante.

Les Oeufs, ou les Graines de la Plante, mal à propos appellés *Germes*, ne deviennent jamais Fœtus, s'ils ne font fécondés par la Pouffière dont il s'agit; de même une Femme ne fait point d'Enfans, à moins que l'Homme ne lui lance pour ainfi dire, l'abrégé de lui-même au fond des entrailles.

Faut-il que cette Pouffière ait acquis un certain degré de maturité pour ête féconde? La Semence de l'Homme n'eft pas plus propre à la Génération dans le jeune Age, peut-être parce que notre petit Ver feroit encore alors dans un état de Nymphe, comme le Traducteur de Néedham l'a conjecturé. La même chofe arrive, lorfqu'on eft extrémément épuifé, fans doute parce que les Animalcules mal nourris meurent, ou du moins font trop foibles. On féme en vain de telles graines, foit Animales, foit Végétales; elles font ftériles & ne produifent rien. La Sageffe eft la Mére de la fécondité.

L'Amnios, le Chorion, le Cordon Ombilical, la Matrice &c. fe trouvent dans les deux Régnes. Le Fœtus Humain fort-il enfin par fes propres efforts de fa Prifon Maternelle? Celui des Plantes, ou, pour le dire Néologiquement, la Plante *Embrionnée*, tombe au moindre mouvement, dés qu'elle eft mûre: C'eft l'Accouchement Végétal.

Si

Si l'Homme n'est pas une production Végétale, comme l'*Arbre de Diane*, & autres, c'est du moins un Insecte qui pousse ses Racines dans la Matrice, comme le Germe fecondé des Plantes dans la leur. Il n'y auroit cependant rien de surprenant dans cette idée, puisque Needham observe que les Polypes, les Bernacles & autres Animaux se multiplient par Végétation. Ne taille-t-on pas encore, pour ainsi dire, un Homme comme un Arbre? Un Auteur universellement Savant l'a dit avant moi. Cette Forêt de beaux Hommes qui couvre la Prusse, est due aux soins & aux recherches du feu Roi. La Générosité réussit encore mieux sur l'Esprit; elle en est l'aiguillon, elle seule peut le tailler, pour ainsi dire, en Arbres des Jardins de Marli, & qui plus est, en Arbres, qui, de stériles qu'ils eussent été, porteront les plus beaux fruits. Est-il donc surprenant que les Beaux Arts prennent aujourd'hui la Prusse pour leur Païs natal? Et l'Esprit n'avoit-il pas droit de s'attendre aux avantages les plus flatteurs, de la part d'un Prince qui en a tant?

Il y a encore parmi les Plantes des Noirs, des Mulâtres, des taches où l'Imagination n'a point de part, si ce n'est peut-être dans celle de Mr. Colonne. Il y a des Pannaches singuliers, des Monstres, des Loupes, des Goërres, des Queuës de Singes & d'Oiseaux; & enfin, ce qui forme la plus grande & la plus merveilleuse Analogie, c'est que les Fœtus des Plantes se nourrissent, comme Mr. Monroo l'a prouvé, suivant un mélange du Mécanisme des Ovipares & des Vivipares. C'en est assez sur l'Analogie des deux Régnes.

CHA-

CHAPITRE SECOND.

Je paſſe à la ſeconde Partie de cet Ouvrage, ou à la différence des deux Règnes.

La Plante eſt enracinée dans la Terre qui la nourrit, elle n'a aucuns beſoins, elle ſe féconde elle même, elle n'a point la Faculté de ſe mouvoir; enfin on l'a regardée comme un Animal immobile, qui cependant manque d'Intelligence, & même de Sentiment.

Quoique l'Animal ſoit une Plante mobile, on peut le conſiderer comme un Etre d'une eſpèce bien différente; car non ſeulement il a la puiſſance de ſe mouvoir, & le mouvement lui coute ſi peu, qu'il influe ſur la *Sainteté* des Organes dont il dépend; mais il ſent, il penſe, & peut ſatisfaire cette foule de beſoins dont il eſt aſſiégé.

Les raiſons de ces variétés ſe trouvent dans ces variétés mêmes, avec les Loix que je vais dire.

Plus un Corps organiſé a de beſoins, plus la Nature lui a donné de moyens pour les ſatisfaire. Ces moyens ſont les divers dégrés de cette Sagacité, connüe ſous le nom d'Inſtinct dans les Animaux, & d'Ame dans l'Homme.

Moins un Corps organiſé a de néceſſités, moins il eſt dificile à nourrir & à élever, plus ſon partage d'Intelligence eſt mince.

Les Etres ſans beſoins, ſont auſſi ſans Eſprit: dernière Loi qui s'enſuit des deux autres.

L'Enfant collé au Téton de ſa Nourrice qu'il tette ſans ceſſe, donne une juſte idée de la Plante. Nouriſſon de la
Terre,

Terre, elle n'en quitte le Sein qu'à la Mort. Tant que la Vie dure, la Plante est identifiée avec la Terre, leurs Viscères se confondent & ne se séparent que par force. De là point d'embarras, point d'inquiétude pour avoir dequoi vivre; par conséquent point de besoins de ce coté.

Les Plantes font encore l'amour fans peine; car ou elles portent en foi le double Instrument de la Génération, & font les seuls Hermaprodites qui puissent s'engrosser eux mêmes; ou si dans chaque Fleur les Sexes font séparés, il suffit que les Fleurs ne soient pas trop éloignées les unes des autres, pour qu'elles puissent fe mêler ensemble. Quelquefois même le Congrés se fait, quoique de loin, & même de fort loin. Le Palmier de Pontanus n'est pas le seul Exemple d'Arbres fécondés à une grande distance. On fait depuis longtems que ce font les Vents, ces Messagers de l'Amour Végétal, qui portent aux Plantes femelles le Sperme des mâles. Ce n'est point en plein vent que les nôtres courent ordinairement de pareils risques.

La Terre n'est pas seulement la Nourrice des Plantes, elle en est en quelque forte l'Ouvrière; non contente de les allaiter, elle les habille. Des mêmes sucs qui les nourrissent, elle fait filer des habits qui les enveloppent. C'est le *Corolle*, dont j'ai parlé, & qui est orné des plus belles couleurs. L'Homme, & surtout la Femme, ont le leur en habits & en divers ornemens, durant le jour; car la nuit ce font des Fleurs presque fans enveloppe.

Quelle différence des Plantes de notre espèce, à celles qui couvrent la surface de la Terre! Rivales des Astres, elles
forment

forment le brillant émail des Prairies; mais elles n'ont ni peines, ni plaifirs. Que tout eſt bien compenſé! Elles meurent
comme elles vivent, ſans le ſentir. Il n'etoit pas juſte que qui
vit ſans plaiſir, mourût avec peine.

Non ſeulement les Plantes n'ont point d'Ame, mais cette
Subſtance leur étoit inutile. N'ayant aucune des néceſſités de
la Vie Animale, aucune ſorte d'inquiètude, nuls ſoins, nuls pas
à faire, nuls déſirs, toute ombre d'Intelligence leur eût été auſſi
ſuperflüe, que la Lumiére à un Aveugle. Au défaut de Preuves Philoſophiques, cette raiſon jointe à nos Sens, dépoſe donc
contre l'Ame des Végétaux.

L'Inſtinct a été encore plus légitimement refuſé à tous les
corps fixement attachés aux Rochers, aux Vaiſſeaux, ou qui
ſe forment dans les Entrailles de la Terre.

Peut-être la formation des Minéraux ſe fait-elle, ſuivant
les Loix de l'Attraction, en ſorte que le Fer n'attire jamais l'Or,
ni l'Or le Fer, que toutes les Parties hétérogènes ſe repouſſent,
& que les ſeules homogènes s'uniſſent, ou font un Corps entr'elles. Mais ſans rien décider dans une obſcurité commune
à toutes les Générations; parce que j'ignore comment ſe fabri-
quent les Foſſiles, fandra-t-il invoquer, ou plûtôt ſuppoſer une
Ame, pour expliquer la formation de ces Corps? Il ſeroit beau,
(ſurtout après en avoir dépouillé des Etres Organiſés, où ſe
trouvent autant de Vaiſſeaux que dans l'Homme,) il ſeroit
beau, dis je, d'en vouloir revêtir des Corps d'une Structure
ſimple, groſſière & compacte!

Imaginations, Chimerès antiques, que toutes ces Ames
prodiguées à tous les Régnes! Et Sottiſes aux Modernes qui
ont

ont effaié de les rallumer d'un fouffle fubtil! Laiffons leurs noms & leurs Mânes en Paix; le Galien des Allemands, Sennert, feroit trop maltraité.

Je regarde tout ce qu'ils ont dit comme des jeux Philofophiques & des Bagatelles qui n'ont de mérite que la difficulté, *difficiles nugæ*. Faut-il avoir recours à une Ame pour expliquer la croiffance des Plantes, infinement plus prompte que celle des Pierres? Et dans la Végétation de tous les Corps, depuis le plus mol jufqu'au plus dur, tout ne dépend-il pas des Sucs Nourriciers plus ou moins terreftres, & appliqués avec divers dégrés de force à des Maffes plus ou moins dures? Par là en effet je vois qu'un Rôcher doit moins croître en cent ans, qu'une Plante en 8. jours.

Au refte il faut pardonner aux Anciens leurs Ames Générales & Particulières; Ils n'étoient point verfés dans la Structure & l'Organifation des Corps, faute de Phyfique Expérimentale, & d'Anatomie. Tout devoit être auffi incompréhenfible pour eux, que pour ces Enfans, ou ces Sauvages, qui voyant pout la première fois une montre, dont ils ne connoiffent pas les refforts, la croyent animée, ou douée d'une Ame comme eux, tandis qu'il fuffit de jetter les yeux fur l'Artifice de cette Machine, Artifice fimple, & qui fuppofe véritablement, non une Ame qui lui appartienne en propre, mais celle d'un Ouvrier Intelligent, fans lequel jamais le Hazard n'eût marqué les Heures & le Cours du Soleil.

Nous beaucoup plus éclairés par la Phyfique, qui nous montre qu'il n'y a point d'autre Ame du Monde que Dieu & le mouvement; d'autre Ame des Plantes, que la chaleur; plus

éclairés

éclairés par l'Anatomie, dont le Scalpel s'eſt auſſi heureuſement exercé ſur elles, que ſur nous & les Animaux; enfin plus inſtruits par les Obſervations Microſcopiques qui nous ont découvert la Génération des Plantes, nos Yeux ne peuvent s'ouvrir au grand jour de tant de Découvertes, ſans voir, malgré la grande Analogie expoſée ci-devant, que l'Homme & la Plante diffèrent peut-être encore plus entr'eux, qu'ils ne ſe reſſemblent. En effet l'Homme eſt celui de tous les Etres connus juſqu'à préſent, qui a le plus d'Ame, comme il etoit nèceſſaire que cela fût; & la Plante celui de tous auſſi, ſi ce n'eſt les Minéraux, qui en a & 'en devoit avoir le moins.　La belle Ame après tout, qui ne s'occupant d'aucuns Objets, d'aucuns Déſirs, ſans Paſſions, ſans Vices, ſans Vertus, ſurtout ſans Beſoins, ne ſeroit pas même chargée du ſoin de pourvoir à la nourriture de ſon Corps.

Après les Végétaux & les Minéraux, Corps ſans Ame, viennent les Etres qui commencent à s'animer: tels ſont le Polype, & toutes les Plantes Animales inconnuës juſqu'à ce jour, & que d'autres heureux Trembleys découvriront avec le tems.

Plus les Corps dont je parle, tiendront de la Nature Végétale, moins ils auront d'Inſtinct, moins leurs Opérations ſuppoſeront de Discernement.

Plus ils participeront de l'Animalité, ou feront des Fonctions ſemblables aux nôtres, plus ils ſeront généreuſement pourvûs de ce Don précieux.　Ces Etres mitoyens ou mixtes, que j'appelle ainſi, parce qu'ils ſont Enfans des deux Règnes, auront en un mot d'autant plus d'intelligence, qu'ils

feront

feront obligés de fe donner de plus grands Mouvemens pour trouver leur fubfiftance.

Le dernier, ou le plus vil des Animaux, fuccéde ici à la plus fpirituelle des Plantes Animales; J'entens celui qui de tous les véritables Etres de cette efpèce, fe donne le moins de mouvemement, ou de peine, pour trouver fes Alimens & fa Femelle, mais toujours un peu plus que la première Plante Animale. Cet Animal aura plus d'inftinct qu'elle, quand ce furplus de Mouvement ne feroit que de l'épaiffeur d'un Che- veu. Il en eft de même de tous les autres, à proportion des inquiétudes qui les tourmentent; car fans cette Intelligen- ce rélative aux befoins, celui-ci ne pourroit allonger le cou, celui-là ramper, l'autre baiffer ou lever la tête, voler, nager, marcher, & celà vifiblement exprès pour trouver fa nourriture. Ainfi, faute d'aptitude à réparer les pertes que font fans ceffe les Bêtes qui tranfpirent le moins, chaque Individu ne pour- roit continuer de vivre: il périroit à mefure qu'il feroit pro- duit, & par conféquent les Corps le feroient vainement, fi Dieu ne leur eût donné à tous, pour ainfi dire, cette Portion de lui-même, que Virgile exalte fi magnifiquement dans les Abeilles.

CHAPITRE III.

Rien de plus charmant que cette Contemplation, elle a pour objet cette Echelle fi imperceptiblement graduée, qu'on voit la Nature exactement paffer par tous fes degrés, fans ja- mais fauter en quelque forte un feul Echelon dans toutes fes productions diverfes. Quel Tableau nous offre le Spectacle

de

de l'Univers! Tout y eſt parfaitement aſſorti, rien n'y tranche; ſi l'on paſſe du Blanc au Noir, c'eſt par une infinité de nüances, ou de dégrés, qui rendent ce paſſage infiniment agréable.

L'Homme & la Plante forment le blanc & le noir; les Quadrupèdes, les Oiſeaux, les Poiſſons, les Inſectes, les Amphibies, nous montrent les couleurs intermediaires qui adouciſſent ce frappant contraſte. Sans ces couleurs, ſans les Opérations Animales, toutes différentes entr'elles, que je veux déſigner ſous ce nom; l'Homme, ce ſuperbe Animal, fait de boüe comme les autres eût crû être un Dieu ſur la Terre, & n'eût adoré que lui.

Il n'y a point d'Animal ſi chétif & ſi vil en apparence, dont la vûë ne diminuë l'Amour propre d'un Philoſophe. Si le Hazard nous a placés au haut de l'Echelle, ſongeons qu'un rien de plus ou de moins dans le Cerveau, où eſt l'Ame de tous les Hommes, (excepté des LEIBNITZIENS,) peut ſur le champ nous précipiter au bas, & ne mépriſons point des Etres qui ont la même Origine que nous. Ils ne ſont à la vérité qu'au ſecond rang, mais ils y ſont plus ſtables & plus fermes.

Deſcendons de l'homme le plus ſpirituel, au plus vil des Végétaux, & même des Foſſiles; remontons du dernier de ces Corps au premier des Génies, embraſſant ainſi tout le Cercle des Règnes, nous admirerons partout cette uniforme variété de la Nature. L'Eſprit finit-il ici? Là on le voit prêt à s'éteindre, c'eſt un feu qui manque d'alimens; ailleurs il ſe rallume; il brille chez nous, il eſt le Guide des Animaux.

Il y auroit à placer ici un curieux Morceau d'Hiſtoire Naturelle, pour démontrer que l'Intelligence a été donnée a tous les Animaux en raiſon de leurs beſoins; mais à quoi

bon

bon tant d'Exemples & de Faits? Ils nous furchârgeroient fans
augmenter nos lumières, & ces Faits d'ailleurs fe trouvent dans
les Livres de ces Obfervateurs infatigables, que j'ofe appeller le
plus fouvent les Manœuvres des Philofophes.

S'amufe qui voudra à nous ennuïer de toutes les Merveilles de la Nature; que l'un paffe fa Vie à obferver les Infectes; l'autre à compter les petits Offelets de la Membrane de
l'Ouïe de certains Poiffons; à mefurer même, fi l'on veut, à
quelle diftance peut fauter une Puce, pour paffer fous filence
tant d'autres miferables objets; pour moi qui ne fuis curieux
que de Philofophie, qui ne fuis faché que de ne pouvoir en
étendre les bornes, la Nature Active fera toujours mon feul
point de vuë. J'aime à la voir au loin, en grand, comme en
général, & non en particulier, ou en petits détails, qui quoique néceffaires jufqu'à un certain point dans toutes les Sciences, communément font la marque du peu de génie de ceux
qui s'y livrent. C'eft par cette feule manière d'envifager les
chofes, qu'on peut s'affurer que l'Homme non feulement n'eft
point entièrement une Plante, mais n'eft pas même un Animal
comme un autre. Faut-il en repeter la raifon? C'eft qu'ayant
infiniment plus de befoins, il falloit qu'il eût infiniment plus
d'Efprit.

Qui eût crû qu'une fi trifte Caufe eût produit de fi
grands effets? Qui eût crû qu'un auffi fâcheux affujétiffe-
ment à toutes ces importunes néceffités de la Vie, qui nous
rappellent à chaque inftant la mifère de notre Origine & de
notre Condition, qui eût crû, dis-je, qu'un tel principe eût été
la fource de notre bonheur, & de notre dignité; difons plus,

de

de la Volupté même de l'Efprit, fi fupérieure à celle du
Corps? Certainement fi nos befoins, comme on n'en peut
douter, font une fuite néceffaire de la Structure de nos Organes, il n'eft pas moins évident que notre Ame dépend immédiatement de nos befoins, qu'elle eft fi alerte à fatisfaire, & à
prévenir, que rien ne va devant eux. Il faut que la Volonté
même leur obéiffe. On peut donc dire que notre Ame
prend de la force & de la fagacité, à proportion de leur multitude, femblable à un Général d'Armée qui fe montre d'autant
plus habile & d'autant plus vaillant, qu'il à plus d'ennemis à
combattre.

Je fai que le Singe reffemble à l'Homme par bien d'autres chofes que les Dens; l'Anatomie comparée en fait foi:
quoiqu'elles ayent fuffi à Linæus pour mettre l'Homme au
rang des Quadrupèdes, (à la tête à la vèrité). Mais quelle que
foit la docilité de cet Animal, le plus fpirituel d'entr'eux,
l'Homme montre beaucoup plus de facilité à s'inftruire. On
a raifon de vanter l'excellence des Opérations des Animaux,
elles méritoient d'être rapprochées de celles de l'Homme;
Des-Cartes leur avoit fait tort, & il avoit fes raifons pour cela;
mais quoiqu'on en dife, & quelques prodiges qu'on en raconte,
ils ne portent point d'atteinte à la Prééminence de notre Ame;
elle eft bien certainement de la même pâte & de la même fabrique; mais non, ni à beaucoup près, de la même qualité.
C'eft par cette qualité fi fupérieure de l'Ame humaine, par ce
furplus de lumières, qui réfulte vifiblement de l'Organifation,
que l'Homme eft le Roi des Animaux, qu'il eft le feul propre
à la Société, dont fon induftrie a inventé les Langues, & fa Sageffe, les Loix & les Mœurs.   Il me

Il me reste à prèvenir une Objection qu'on pourroit me faire. Si votre Principe, me dira-t-on, étoit généralement vrai, si les besoins des Corps étoient la mesure de leur Esprit, pourquoi jusqu'à un certain âge, où l'Homme a plus de besoins que jamais, parce qu'il croît d'autant plus, qu'il est plus près de son origine, pourquoi a-t-il alors si peu d'Instinct, que sans mille soins continuels, il périroit infailliblement, tandis que les Animaux à peine éclos, montrent tant de sagacité, eux qui, dans l'hypotèse, & même dans la vérité, ont si peu de besoins.

On fera peu de cas de cet Argument, si l'on considère que les Animaux venant au monde, ont déjà passé dans la Matrice un long tems de leur courte Vie, & de là vient qu'ils sont si formés, qu'un Agneau d'un jour, par exemple, court dans les Prairies, & broute l'herbe, comme Père & Mère.

L'Etat de l'Homme-fœtus est proportionnellement moins long; il ne passe dans la Matrice qu' $\frac{1}{27}$ possible de sa longue vie; or n'étant pas assés formé, il ne peut penser, il faut que les Organes ayent eû le tems de se durcir, d'acquérir cette force qui doit produire la lumière de l'Instinct, par la même raison qu'il ne sort point d'étincelles d'un Caillou, s'il n'est dur. L'Homme né de parens plus nus, plus nu, plus délicat lui même que l'Animal, ne peut avoir si vîte son Intelligence: tardive dans l'un, il est juste qu'elle soit précoce dans l'autre; il n'y perd rien pour attendre, la Nature l'en dédommage avec usure, en lui donnant des Organes plus mobiles & plus déliés.

Pour former un Discernement, tel que le nôtre, il falloit donc plus de tems que la Nature n'en emploie à la Fabrique de celui des Animaux; il falloit passer par l'Enfance, pour arri-

ver

vé à la Raison, il falloit avoir les désagrémens & les peines de l'Animalité, pour en retirer les avantages qui caractérisent l'Homme.

L'Instinct des Bêtes donné à l'Homme naissant n'eût point suffi à toutes les infirmités qui assiègent son Berceau. Toutes leurs Ruses succomberoient ici. Donnez réciproquement à l'Enfant le seul Instinct des Animaux qui en ont le plus, il ne pourra seulement pas lier son Cordon Ombilical, encore moins chercher le Téton de sa Nourrice. Donnez aux Animaux nos premières incommodités, ils y périront tous.

J'ay envisagé l'Ame, comme faisant partie de l'Histoire Naturelle des Corps animés, mais je n'ai garde de donner la différence graduée de l'une à l'autre, pour aussi nouvelle que les raisons de cette gradation. Car combien de Philosophes & de Théologiens mêmes, ont donné une Ame aux Animaux; de sorte que l'Ame de l'Homme, selon un de ces derniers, est à l'Ame des Bêtes, ce que celle des Anges est à celle de l'Homme, & apparemment toujours en remontant celle de Dieu à celle des Anges.

F I N.

CIN-

CINQUIÉME

MEMOIRE

POUR SERVIR

À

L'HISTOIRE NATURELLE

DE

L'HOMME.

Mm   LES

LES
ANIMAUX
PLUS QUE
MACHINES.

Les Bêtes ne sont pas si Bêtes que l'on pense.

Molière.

Mm 2

LES

LES
ANIMAUX
PLUS QUE
MACHINES.

Avant Descartes, aucun Philofophe n'avoit regardé les Animaux comme des Machines. Depuis cet homme célèbre, un feul moderne des plus hardis s'eft avifé de réveiller une Opinion, qui fembloit condamnée à un oubli, & même à un mépris perpétuel; non pour vanger fon compatriote, mais portant la témérité au plus haut point, pour apliquer à l'homme fans nul détour ce qui avoit été dit des Animaux, pour le dégrader, l'abaiffer à ce qu'il y a de plus vil, & confondre ainfi le Maître & le Roi avec fes fujets.

Il eft bon d'humilier de tems en tems la fierté & l'orgueil de l'homme; mais il ne faut pas que ce foit au préjudice de la verité.

Ceux

CEUX qui veulent que les Animaux n'aient point d'Ame, de peur que l'homme ne puisse se dispenser de se mettre dans leur classe, & de n'être que le premier entr'égaux, ont beau entasser forces sur forces, Argumens sur Argumens, les traits que lancent ces téméraires, retombent sur eux, & n'atteignent point cette sublime substance.

JE sai que la figure des Animaux n'est pas tout à fait humaine; mais ne faut-il pas être bien borné, bien peuple, bien peu Philosophe, pour déferer ainsi aux apparences, & ne juger de l'arbre, que sur son écorce? Que fait la forme plus ou moins belle, où se trouvent les mêmes traits sensiblement gravés de la même main? L'Anatomie comparée nous offre les mêmes parties, les mêmes fonctions; c'est par tout le même jeu, le meme spectacle. Les sens internes ne manquent pas plus aux Animaux, que les externes: par conséquent ils sont doués comme nous de toutes les facultés spirituelles qui en dépendent, je veux dire de la Perception, de la Mémoire, de l'Imagination, du Jugement, du Raisonnement; toutes choses que Boerhaave a prouvé apartenir à ces sens. D'où il s'enfuit que nous savons par Théorie, comme par la Pratique de leurs Opérations, que les Animaux ont une Ame produite par les mêmes combinaisons que la nôtre; & cependant, comme on le verra dans la suite, tout à fait distincte de la Matière. Rien de plus vrai que ce Paradoxe.

LAISSONS là des considérations triviales. Les rêves des Animaux, à haute, & à basse voix, comme les nôtres; leur réveil en sursaut; leur Mémoire, qui les sert si bien; ces craintes, ces inquiétudes, leur air embarassé en tant d'occasions,

leur

leur joye, à la vûe d'un Maitre & d'un mêts chéri ; leur choix
des moyens les plus propres à se tirer d'affaire, tant de signes
si frappans ne suffiroient-ils pas pour prouver que nôtre vanité, en leur assignant l'Instinct, pour nous décorer de cet Etre
bizarre, inconstant & volage, nommé la Raison, nous a plus
distingués de nom, que d'effet ? Mais, dit-on, la parole manque
aux Animaux ! Admirable Objection ! Dites aussi qu'ils marchent à quatre pattes, & ne voyent le Ciel, que couchés sur le
dos ; reprochez enfin à l'Auteur de la Nature l'innocent plaisir qu'il a pris à varier ses ouvrages.

Qui prive les Animaux du don de la Parole ? *Un rien*
peut être. Ce *rien* de Fontenelle, qui le distingue autant
lui-même de presque tous les autres hommes, que ceux-ci le
sont des brutes. Peut-être encore que ce foible obstacle sera
un jour levé ; la chose n'est pas impossible, selon l'Auteur de
l'Homme Machine. Le séduisant exemple que celui de son
grand singe ! Et les beaux projets qui lui ont passé par la
tête !

Si les hommes parlent, ils doivent songer qu'ils n'ont
pas toûjours parlé. Tant qu'ils n'ont été qu'à l'Ecole de la
Nature, des sons inarticulés, tels que ceux des Animaux, ont
été leur premier langage. Antérieur à l'art & à la Parole, c'est
celui de la Machine, il n'appartient qu'à elle. Par combien
d'ailleurs de gestes & de signes, le langage le plus muët peut-
il se faire entendre ! Quelle Expression naïve & ingenüe !
Quelle Energie, dont tout le monde est frappé, que tout le
monde comprend, mises en regard de sons arbitraires, qui
battent l'air, & n'expriment rien pour l'étranger qui les entend !

tend! Quoi! faut il donc parler, pour paroître sentir & réfléchir? Parle assés, qui montre du sentiment.　Première preuve
de l'Ame des Animaux.　La parfaite Analogie qui est
entr'eux & nous, fournit la seconde, & la démontre; c'est la
conscience intime qu'ils ont, comme nous, de leurs propres
sensations.

Si on pouvoit être Auteur, sans faire, comme le pieux
Rollin, un vain étalage de ce qu'on sait, & de ce qu'on ne
sait pas, en faudroit-il davantage pour être en droit de conclure qu'il y a autant d'injustice à refuser une Ame aux Animaux, qu'il y en auroit à eux, à ne pas reconnoître la nôtre,
avec toute sa supériorité?

Poursuivons donc, puisqu'il est écrit qu'il y aura toûjours des Auteurs, c'est à dire, des Gens dont la profession
est de s'amuser à retourner le nez de cire, & comme l'habit des
sçiences, pour faire de la même matiére sans cesse remaniée
& remachée, un livre d'une forme, non seulement présenta-
ble aux Lecteurs, mais aux Libraires, qui comme (*) le *Mon-*
seigneur de Voltaire, mesurent communément l'ouvrage à la
Toise.

Rassurez-vous cependant, je ne ferai point un Volume
pour prouver ma Thèse.　Je me contenterai de faire voir
que c'est l'Ame, & non le corps, qui voit, entend, veut, sent;
& qu'enfin tout ce que certains attribüent au Mécanisme des
Corps animés, dans leur systême Epicuro-Cartésien retourné
& mal cousu, ne dépend absolument que de l'Ame, & que tout
s'opère par la puissance de cet Etre immortel.

TELLE

(*) Templ. du Goût.

TELLE eſt la Carriére que j'ai à parcourir; je n'y ai encore jetté que le premier coup d'oeil. Commençons par prouver que c'eſt l'Ame qui voit, & comment.

Vous croyez ſans doute avec tous les Phyſiciens & Métaphyſiciens, que l'Ame ne pourroit voir ſans la propagation de l'image tracée ſur la Rétine, ou du moins ſans quelque impreſſion de cette image, qui produiſe une ſenſation dans le Cerveau. Vous êtes dans l'erreur. Cela pouvoit bien être autrefois; mais depuis le grand Théoricien Tralles, on peut dire de la Vüe, ce que Molière fait dire du Foye à un de ſes Perſonnages: „les choſes ont bien changé.„

POUR que l'Ame voye, il n'eſt pas néceſſaire que les images paſſent juſqu'au Cerveau, il ſuffit que les objets s'y repréſentent, ou plûtôt y ſoyent aperçus. Il ſuffit que le Deſſein reſte tracé ſur cette Tunique, juſqu'à ce qu'il ſoit effacé par un nouveau Coloris. Tant que les Peintures ſont ſur cette Membrane, l'Ame les voit ſans autre interceſſion; lorsqu'elles n'y ſont plus, elle s'en ſouvient. Voilà tout le miſtére.

REMARQUEZ, s'il vous plaît, que pour bien juger des Objets, il ne faut en être, ni trop loin, ni trop près. Voulez vous que les mêmes images peintes ſur la Rétine, le ſoyent auſſi dans le Cerveau? Vous risquez d'éblouïr l'Ame par la force de la réverbération. Plus ſenſible qu'aucun Thermometre, elle monteroit, s'agiteroit, & ſortiroit de cette aſſiette tranquille, qui fait ſon ſang froid. Il n'y auroit plus de Philoſophes; tous les hommes ſeroient Enthouſiaſtes, Eſpèce d'Epileptiques faciles à connoitre à l'écume qui leur vient à la bouche, à la moindre Opinion hardie, toûjours ſûre de leur

déplaire,

déplaire, dès qu'elle les contredit & blesse leur Amour propre.

Comme l'œil ne se voit point dans un miroir trop proche de lui, l'Ame ne pourroit voir des images qui la toucheroient. C'est pourquoi le prudent Médecin de Breslau a jugé à propos de reculer le foyer de la Vision. C'est bien fait, grand Docteur! L'Ame est si distincte du Corps, qu'on peut bien l'isoler, & la détacher des piéces nécessaires à l'Ouvrage de sa Mission. Outre qu'il est dangereux qu'un corps puisse immédiatement l'affecter, de crainte qu'elle ne fît partie réelle du Viscère, dont elle n'est que partie Idéale, ou Métaphysique.

Cela posé, l'Ame semblable à un Chasseur à l'Affut, du haut de son Observatoire, n'attend que le débrouillement des humeurs de l'œil, pour apercevoir & saisir tout ce qui passe devant sa fenêtre. Elle a une lunette toute prête & dressée exprès, c'est le Nerf Optique. La fenêtre, ou plutôt la guérite, est à peine ouverte, que la longuevüe a déja servi; & pourvû seulement que l'Instrument soit bien conditionné, que le Verre ne soit ni humide, ni opaque, l'Ame pourra clairement voir tous les objets qui s'offriront à ses regards, sans que cet énorme paquet de moëlle, où sont ensevelies nos Ames toutes vivantes, puisse l'en empêcher.

Si les figures pouvoient passer au Cerveau par les yeux, elles y passeroient aussi par la porte du goût. Il y a si peu de différence, ou plutôt une si parfaite ressemblance entre les Corps *sapides*, & visibles, que nous ne serions point obligés de recourir à la Chymie, pour connoitre la forme des Molécules, qui agissent sur les Papilles nerveuses de la langue & du

Palais.

Palais. Une Réflexion aussi sensée enleve les suffrages, & m'a paru sans réplique. Courage, courage, Docteur; vous ouvrez là une brillante carrière.

Portraits de la Nature, recevez donc les mêmes ordres que les flots de la Mer; vos limites sont marquées; vous pénétrerez jusqu'à la Rétine; mais vous y resterez, y voltigeant sans cesse tour à tour, sans jamais aller plus loin! Un Hercule moderne a fierement planté au fond de l'œil les Colonnes inébranlables de son système, & ces colonnes sont vôtre *nec plus ultra*.

Mais le moyen de ne pas admirer Tralles, surtout lorsqu'enchanté à juste titre des surprenantes merveilles dont le Globe de l'œil contient un monde, il ne peut se refuser à son aspect, à une sorte d'Enthousiasme! Disons avec lui; „oüi, sans doute, ce bel Organe contient quelque chose de „plus que tout ce qu'on nomme corps & matiére, quelque „chose de surnaturel & de divin.“ On n'ose pas en faire le siége de l'Ame, cela seroit trop nouveau; mais peut-être n'aura-t-elle pas dédaigné de mettre la dernière main à ce merveilleux ouvrage. Il se peut du moins que, comme une Salamandre qui se métamorphoseroit en Sylphe, elle ait volontiers quitté le feu du Cerveau, pour venir de tems en tems prendre le frais dans l'air de l'œil, où si elle n'a pas tout purifié, comme un autre Socrate, elle a du moins laissé en sortant des traces eternelles de la Divinité dont elle fait portion. *Et vera incessu patuit Dea.*

L'Ouïe répond à la Vision, & se fait de même. Le Nerf Acoustique, ou auditif, ayant pénétré dans l'oreille, s'y dilate

en

en une Toile, ou membrane également fine, suivant en cela cette constante Uniformité que la Nature montre partout. Cette Toile qui revêt & tapisse les Canaux demi-circulaires, est le siège de l'Ouïe, ainsi que la Rétine est celui de la Vûe. Tel est le Centre, où vont aboutir tous les rayons sonores. L'air mis en mouvement par quelque cause que ce soit, communique un léger frémissement au Tympan; celui-ci aux petits osselets de l'Ouïe, qui mettent en branle l'Air interne, lequel enfin frappe l'Expansion infiniment molle & délicate dont j'ai parlé. Cette Tunique a à peine foiblement tremblé, que l'Ame a déja entendu. C'est elle qui voit, qui entend dans l'Oiseau, comme dans le Géometre & le Métaphysicien. Il n'y a que les Poissons, qui ne soyent pas soumis au même Mécanisme; ils entendent fort bien sans le secours d'un Organe pareil à celui des autres Animaux. L'eau ébranlée par le son, porte par la communication du mouvement qui se propage d'ondes en ondes, porte, dis-je, la même sensation à leur *sensorium commune*, peut-être par le seul toucher. Comme les sourds ont leurs oreilles en quelque sorte dans leurs yeux, qui en semblent meilleurs; & les aveugles, leurs yeux dans leur Tact, qui n'est cependant pas toujours aussi exquis chez les uns, que chez les autres; (car quelle différence de celui de Saounderson, au toucher de nos Quinze-vingt!) la Nature n'a pas voulu sans doute priver les Poissons de ce même dédommagement de l'Organe de l'Ouïe, quoique ce qui le remplace, ce qui précisément constituë leur Ouïe, ne soit pas connu.

LE Spectacle & la Considération des Corps animés nous offrent

offrent à chaque pas tant de prodiges, que la feule fabrique
de l'Ame pouvoit les expliquer.

Iº UNE auffi petite maffe que celle du Cerveau, fût elle
conçue étendüe en une furface cent fois plus mince que la plus
légère feuille d'or, ne péut être, felon Tralles, le rendez-vous
de cette multitude inombrable d'images & de fons, que l'on
veut y être propagée & mife en dépôt. C'eft une Galerie
qui ne peut contenir tant de Tableaux.

IIº QUEL feroit le langage des Animaux, müet, ou non,
s'exprimant par des Paroles, ou par des Geftes! Quelle Confufion! Quand je penfe au feul Catalogue des Connoiffances
d'un homme, tel que Boerhaave, & au nombre des Pages qu'il
occupe dans Tralles qui a pris la peine de le faire, j'aime à
conclure avec lui, que comme tant de Peintures ne peuvent
former qu'on Cahos, ou un *Amphigouri,* d'Images dans les meilleures têtes; tant de fons entrés dans le Cerveau, n'en peuvent
fortir que pêle-mêle, avec la confufion des langues de la Tour
de Babel, & comme en une efpéce de déroute.

SI l'Ame n'eût eu la puiffance de voir & d'entendre au
loin par elle même, pour fe rappeller enfuite les fons & les
images au premier Acte de fa Volonté; fi elle n'eût pris fur
elle de juger des Corps, indépendamment des fens foumis à
leur Action, & fans aucun rapport de ces vils *Commis;* plus
de clarté, plus de triage, plus de diftinction d'Idées: Impoffibilité de donner à l'une, la préférence fur l'autre. Comment
les contempler, les féparer, les rapprocher, les combiner? Où
font, s'écrie merveilleufement nôtre Docte Commentateur, où
font les Tiroirs, & le Commode affez vafte, pour mettre l'Idée,

Nn 3   ou

ou la repréſentation de chaque choſe en un tel ordre, ſi bien
en ſon lieu & ſa vraïe place, qu'elle ſoit facile à trouver. Le
Cerveau, Magazin, Arſenal, ou Répertoire de toutes nos Idées!
eh! ſi; ſi donc encore une fois! Il ne manque plus que de
définir ainſi la Mémoire, pour donner dans tous les travers
du Matérialiſme. Mais je veux que l'Impreſſion des Objets
externes paſſe juſqu'au Cerveau; qu'on me diſe donc quelle
place un ſon, quelle place une image occupent dans ce Viſcère; comment une ſimple Machine peut s'accoutumer à diſtinguer les voix entr'elles, celles des animaux, de l'homme,
de la femme, (& par elles, leurs différens âges,) & de cet
Amphibie ſans barbe, qui n'eſt ni homme, ni femme, qui n'a de
ſexe, que l'ombre du ſien, & de talens, que celui de chanter.
Que tous nos ſavans *Machiniſtes* nous diſent, par quelle Méca-
que ce je ne ſai quel reſſort ſentant qu'on met dans la ſubſtance,
qui elle-même le compoſe, ſe ſouvient d'une voix qu'on n'a
entendüe qu'une ſeule fois, & il y a vingt ans! Enfin qu'on
réponde à St. Auguſtin, (j'ai droit de l'exiger,) lorsqu'il objecte avec Tralles & autres, plus ſolidement peut-être que
ceux qui ont lû Locke & Condillac ne ſe l'imaginent: "Par
„quel ſens des Idées toutes ſpirituelles, celle de la penſée, par
„exemple, & celle de l'être, ſeroient-elles entrées dans l'En-
„tendement? Sont-elles lumineuſes, ou colorées, pour être
„entrées par la vüe? D'un ſon grave, ou aigu, pour être en-
„trées par l'Ouïe? D'une bonne, ou mauvaiſe odeur, pour
„être entrées par l'Odorat? D'un bon, ou d'un mauvais goût,
„pour être entrées par le gout? Froides, ou chaudes, pour
„être entrées par l'attouchement? Que ſi on ne peut rien ré-
                                                              „pondre

„pondre qui ne foit déraifonnable; il faut avoüer que toutes
„nos Idées fpirituelles ne tirent en aucune forte leur Origine
„des fens; mais que nôtre Ame a la faculté de les former de
„foi-même.„

DEMANDONS moins; qu'on nous dife feulement qu'elle
eft la Couleur ou l'Image d'un fon; quelle eft cette Peinture,
qui de la Rétine, fe propage au Cerveau; quelle eft enfin cette
trace des Efprits Animaux, par laquelle tout s'explique fi com-
modément. Et fi on ne peut fatisfaire une jufte Curiofité,
nous ferons en droit d'admettre un Etre dans le Corps, di-
ftinct effentiellement du corps, Etre qui du moins donne des
Raifons *fpirituelles* de tous les Phénomènes du Régne penfant.

CHIMERES donc à jamais répudiées, à jamais réleguées
chez les Philofophes non Chrêtiens, toutes ces traces, ces
Veftiges, ces Impreffions des Corps dans le Cerveau! Car
comme tout ce que j'ai dit des fens nobles, s'applique tres
bien aux *Roturiers,* parmi lesquels rien de fi ignoble, rien de fi
bourgeois, me femble, que le Tact, il s'enfuit que l'Odorat à
plus forte raifon n'aura pas plus de privilége, que l'Ouïe & la
Vüe. Ainfi l'Impreffion des odeurs aura ordre de ne point
pénétrer au de là de ce nerf des Narines, tenu frais par la fine
membrane de Schneider, qui le couvre, pour le mettre à l'abri
des injures de l'air, & l'empêcher de fe racornir. En effet
l'Ame qui entend fans oreille, tandis que le Corps n'entend
point avec deux, n'a pas befoin de nez, pour fentir de loin
ces Corpufcules volatils, qui fe font un jeu de la rappeller
de la foibleffe à la force, & de la Mort à la Vie.

MAIS où s'arrêtent ces *Effluvia* de Boyle? Quel nouveau
Tral-

Tralles marquera leur limites? Qui nous dira jusqu'où s'exhale l'évaporation des Corps odoriférens? Qui osera décider, si la *Quinteffence* des Anciens, ou *l'Efprit Recteur* des Modernes s'arrête à la prémière, ou a la force de monter jusqu'*à la feconde Région* du Cerveau, femblable à ces rayons qui s'éteignent, en entrant par la cornée, avant que d'avoir pafsé à *la Chambre poftérieure de l'oeil;* à moins cependant que le plus fin Tabac d'Efpagne, qui ne peut fe faire jour au travers des petits trous de l'Os Ethmoïde exactement remplis par les filamens du Nerf olfactif, ne réfolut ce grand Problême?

Que d'embaras! que d'incertitude par tout! Qui fixera encore le point, où s'arrête la progreffion du mouvement imprimé par le Toucher? Qui dira jusqu'où le Tact fait monter les Efprits Animaux dans le thermometre des Nerfs? Se dépouilleroient-ils de leur fenfation? Perdroient-ils la nouvelle modification qu'ils ont reçüe, avant que de percer le Crâne, comme les Artères Vertébrales & Carotides quittent une partie de leur Tunique mufculeufe; ceux-là, pour faire honneur à l'Ame, qui du bout du doit peut juger des Corps, comme on le voit dans les aveugles; celles-ci, pour ne pas troubler la raifon par une élafticité infupportable, qui nous eût peut-être tous rendus fous.

Cela accordé au Docteur Tralles, c'eft fans fondement qu'on s'eft imaginé que les fenfations fe portoient jusqu'au Cerveau, où elles ne faifoient que pafser, plus vîte que l'Eclair, au travers du crible des Organes des fens; & même que le Principe fenfitif, ou l'Ame, ne recevoit aucune fenfation, fi elle ne pénétroit jusqu'au Cerveau, qui eft prouvé par tant d'Expériences

riences & d'obfervations inconteftables, être le fiége de cette divine fubftance.

NE diffimulons cependant rien; il eft des Hypothèfes favorables à la propagation ultérieure des fons, des images, en un mot des fenfations. Je vais les expofer.

LES Objets font repréfentés au fond de l'oeil fur la Rétine; cette membrane eft l'expanfion du Nerf Optique; ce Nerf part de la moëlle du Cerveau; il eft compofé de fibres circulaire·ment arrangées, qui forment une cavité imperceptible, dans laquelle coulent des Efprits animaux, auffi invifibles que cette cavité. Or on conçoit aifément dans ce tube nerveux, autant de petites fibres, qu'il y a de points dans l'Image de l'objet, de forte que chacune étant ébranlée par l'action des rayons qui forment cette Image, femble pouvoir porter au Cerveau, qui doit le rendre à l'Ame, un ébranlement toûjours diminutivement proportionel, à mefure qu'il fe propage, au point coloré, ou à l'impreffion qu'elle a reçüe.

TEL eft le premier Syftème, qui n'eft peut-être *folide*, que du nom des parties qu'on met en jeu, pour expliquer ce Phénomène.

VOICI le fecond. Ce n'eft plus l'ondulation des fibres nerveufes, qui produit les fenfations dans le Cerveau; c'eft le reflux des Efprits, comme effarouchés. Globuleux, ils roulent en tous fens avec facilité; ils peuvent reculer & avancer; tous à la file, dans une feule fibrille, comme les Caroffes du Cours dans une allée, (je ne trouve point de comparaifon plus fenfible,) les premiers font à peine mis en branle, qu'ils rétrogradent, preffent les feconds, ceux-ci les troifiémes; & ainfi toujours suite, comme à la Mer retirante, dont ils font la très subtile Image, jusqu'à ce qu'enfin toutes les files ou féries d'Efprits parviennent à cette partie du Cerveau, que perfonne n'a jamais vüe, fi ce n'eft feu Mr. de la Peyronie; ou qu'on a vüe, fans la connoitre, & que les Medecins nomment *fenforium commune;* lequel *fenforium* a été placé prefque dans toutes les parties du Cerveau, mais principalement, (depuis qu'il a été détroné de la glande Pinéale,) dans le corps caleux, & dans ce point où l'on a fauffement conjecturé que fe raffembloient tous les Nerfs.

A'prefent fera-ce le Choc du liquide, fi étonnément mobile & délié, qui produira la fenfation proprement dite? Sera-ce le retour des Efprits refoulés, comme le Jourdain, contre leur origine? Ou fera-ce le mouvement continué le long de la Corde optique folide?

A Dieu ne plaife que nous admettions aucun de ces Syftèmes! Nous marchons avec trop de zèle fur les pas du *Pluche* de la Faculté de Breslau. *Quelle Idée aurions-nous de nôtre Ame,* fi les fenfations qui la déterminent, dépendoient d'un changement proportionel à ce point prefque Mathématique dont j'ai parlé; dépendoient d'une divifion à l'infini de la matière fenfitive, laquelle n'eft elle-même que le mouvement imprimé au Nerf, mouvement que certains, à caufe de fa fubtilité, ont cru lui-même immatériel? La belle fenfation, qui feroit produite par un feul point coloré, fonore &c. dont l'effet fe partageroit à toute une immenfe fuite de globules nerveux! La belle Ame, qui ne fentiroit & ne penferoit, qu'en conféquence d'une Impreffion qui iroit toûjours s'affoibliffant, pour

mourir

enfin à sa dernière retraite! La Nature peut bien reconnoître une si grande simplicité; mais ce qui lui fait honneur, n'en fait point à un Etre incompréhensible, qui est autant au dessus d'elle, que le Ciel l'est de la Terre. *Longo jam proximus intervallo.*

JE ne veux point fermer les yeux sur tout ce qu'on allégue, ou peut alléguer, en faveur de l'une ou de l'autre Hypothèse. Je conviens que le fardeau d'une Image si infiniment divisée, ne seroit pas plus difficile à porter d'un coté, qu'à recevoir de l'autre; soit dans la supposition du reflux des Esprits, soit dans celle de la marche du mouvement, ou de la propagation du changement des Organes sensitifs. Je sai qu'il y a une parfaite Analogie qu'on n'a point encore assés fait valoir, entre la Rétine & le Cerveau: Que ces deux substances nous offrent le même spectacle; même blancheur, même mollesse, même délicatesse par tout, tant vasculeuse que nerveuse. Là branche ressemble au tronc; & le pavillon, ou l'Antichambre, à l'appartement du Maitre. J'ajouterai une chose qui ne s'est presentée à aucun Auteur que je sache; c'est que la parfaite Homogénéité, ou similitude que je viens de remarquer, me paroit être la raison probable pour laquelle la Vision se fait toûjours sur la Rétine; excepté chès ceux qui, pour mieux voir, ont apparemment cru qu'il étoit à propos de couvrir d'un voile noir le verre de la lanterne magique, je veux dire, d'absorber les rayons dans la noirceur de la Choroïde.

QUE vous dirai-je de plus? Que le Nerf optique ne paroit s'insinuer dans l'orbite & percer l'œil, que pour y venir chercher l'impression des Corps, au devant desquels ce tube

ner-

nerveux paroit s'avancer; qu'il ne femble embraffer les humeurs
de l'oeil ainfi nommées, quoique improprement ou affés mal,
que pour réünir plus de rayons raffemblés dans la vafte & mince étendüe de fa furface déployée; pour ne rien laiffer échaper,
ne rien perdre, & tout mieux fentir par fa fineffe exquife. Quoi
encore? Que les maladies du Nerf optique arrêtent en chemin
la matière, ou le mouvement qui alloit faire fentir le Cerveau,
& l'Ame dans ce Vifcère, comme la preffion arrête ou étouffe
le fon, au lieu même où elle fe fait, d'autant plus qu'elle eft
plus forte.

Mais voyez, je vous prie, combien dangereufes font les
conféquences de telles Hypothèfes! Elles ne vont rien moins
qu'à prouver, I°. que les Impreffions des Corps vont, malgré
Tralles, frapper le Cerveau dans la fanté, puis qu'il n'y a que
les maladies, ou les obftacles qu'elles font intervenir au commerce interrompu des deux fubftances, qui puiffent s'oppofer
à cette propagation. II°. Les mêmes conclufions, fi elles
n'étoient pas *forcées,* fembleroient donner gain de caufe au *pi-
toiable* Auteur de *l'Homme Machine;* en faifant du Cerveau une
efpèce de nape blanche, tendüe exprés au dedans du Crâne
pour recevoir l'image des Objets, du fond de l'oeil; comme la
ferviette appliquée au mur la reçoit, du fond de la Lanterne
magique. Or cela ne crie-t-il pas vengeance, de rappeller auffi
hardiment le Syftème d'Epicure dans un tems auffi éclairé par
la Religion, que le nôtre; Syftème, qui dans celui de Ciceron,
brillant Philofophe, étoit déja fort décrié, & tourné en ridicule.

Ce n'eft pas tout; bien d'autres calamités coulent de la
même fource empoifonnée. Le *fenforium* eft dans ce Cerveau,
                                         & l'A-

& l'Ame dans ce *fenforium*, non comme ces boëtes de Nurem-
berg, mais comme un timbre dans une montre. Ce timbre
ne fonne pas toû'ours; il eft feulement toûjours prêt à fonner,
à *interroger l'heure* au premier coup de marteau, comme parle
le triomphant rival de Lucréce, dans un Poëme moderne
qu'on ne peut comparer à l'ancien. Mais qui donne ce coup?
Faut-il le répeter? Le choc des fluides rétrogradans, ou des
folides, qui ne peuvent être ébranlés, fans ébranler l'Ame, laquelle eft, pour ainfi dire, à l'extrémité du Bâton, où, comme
on fait, la force du mouvement portée de fibres en fibres, fe
fait principalement fentir. Quelle Hypothèfe plus malheureufe & plus impie!

Loin d'ici tous ces agens corporels & groffiers, qui dés-
honorent les Ames animales par des comparaifons mécaniques
& triviales, bien dignes des vils ouvriers qui les font. Qui
voit, qui entend, qui fent par foi-même & de loin, n'a que faire
qu'on ait la complaifance d'aller au devant d'elle, pour obvier
à une foibleffe de Myope, que ne peut avoir une vüe auffi forte
que celle de nôtre Ame. Loin d'ici encore une fois toute
Doctrine, qui fait du Cerveau une table originairement rafe &
polie, fur laquelle rien ne viendroit fe deffiner, fans cette ouverture des fens où paffe toute la Nature; mais qui ainfi vitrée,
pour être magnifiquement ornée, & former un jour la plus belle
Galerie de Tableaux, n'attend que les couleurs de la Nature &
le cifeau de l'Education. Une telle Doctrine en effet, comme
tout ce qui conduit au Matérialisme, devroit être despotique-
ment bannie, ou plutôt punie.

Mais que j'aime la Contradiction, ou du moins l'irréfolu-

tion

tion dans laquelle, dirai-je le disciple, ou le rival de Boerhaave, & après lui l'admirateur de Haller, fait tomber ce grand
homme, lorsqu'au lieu de lui faire simplement exposer les Systèmes, comme il a vraisemblablement fait dans tous les tems,
on lui fait expliquer en vacillant la Vision, tantôt par une Hy-
pothese, & tantôt par une autre! Ce qui fait bien voir, dit-on,
quel Labyrinthe sans issûe est la Vision, puisqu'un tel homme
ne sait quel parti prendre & enseigner.   *O Commentatores, do-
ctum Pecus!* Savantes *Machoires!*

Quoi de plus propre à dégouter des Systèmes! Et que
Tralles montre de Jugement, en rejettant ceux-mêmes qui semblent nous forcer d'en choisir un d'entr'eux!

Concluons donc avec ce judicieux Auteur, que le Cerveau a beau attendre, & paroître fait exprès, pour recevoir une
nouvelle modification, avec celle des Organes qui la lui trans-
mettent, il ne lui vient pas le moindre lambeau d'Image; pas
le moindre rayon sonore; pas la moindre réfléxion de lumière.
Le jour est dans l'oeil, & la nuit dans la tête.   En conséquence
de ce jour là, l'Ame voit cependant.   O prodige!   O mystère!   C'est tout ce qu'on sait.   Newton, le grand Newton,
qui semble avoir passé les bornes de l'Esprit humain, monté,
l'optique à la main, sur les épaules quarrées de tous ces Animaux qu'on appelle Anatomistes, n'en savoit pas davantage.
Au fait de la chose, il ignoroit le *quo-modo.*   Et celui qui a été
tout ensemble l'Architecte & le Réformateur d'un Art, dont les
Manœuvres que je viens de nommer, lui ont fourni, n'en déplaise à Tralles, presque tous les matériaux, portant cependant
devant soi le flambeau d'une toute autre Théorie, que l'immor-

tel Anglois, n'en a pas vû plus loin. „A l'occafion de la pein-
„ture des Objets fur la Rétine, difoit-il, l'Ame voit: Je ne fai
„rien de plus (fi ce n'eft des Syftèmes,) fur tous les fens, dont
„je me fais gloire d'ignorer l'action ultérieure & immédiate.„?

Si telle eft la pénétration de l'Efprit humain dans ceux
qui l'ont portée le plus loin, ôque l'Homme a bien fujet de s'en-
orgueillir!

Enfin peu m'importent tout les Syftèmes; il eft facile
de fe confoler d'une ignorance que les feuls ignorans n'avoüent
point. Je plaide pour l'Ame de mes frères; & pourvû que
ce foit elle qui voie, & non le Corps, c'eft tout ce que je demande; car ce qui fe dit d'un fens, eft auffi applicable à tous les
autres, que ce qui fe dit des Animaux, l'eft mutuellement à l'Homme. Or Ariftote m'accorde cette grande vérité, lui qui n'eft
pas accufé de frvorifer le Spiritualifme. Tant mieux! Plus de
difpute; j'ai trouvé le point fixe, d'où je vais partir pour dépoüiller des Organes injuftement élevés fur les débris du Principe qui les anime, & détroner pour jamais le Tyran usurpateur de l'Empire de l'Ame; c'eft la *matière*, à laquelle il eft
tems de faire fuccéder *l'Efprit*.

Tout le domaine de nôtre vafte entendement vient d'être
réduit à un feul principe par un jeune Philofophe que je mets
autant au deffus de Locke, que celui-cy au deffus de Descartes, de Mallebranche, de Leibnitz, de Wolff &c. Ce Principe
s'appelle Perception, & il naît de la fenfation qui fe fait dans le
Cerveau.

C'est une chofe affés fingulière, qu'après avoir nié la
propagation de l'impreffion des fens jufqu'au Cerveau, j'admette

cepen-

cependant ce qui la ſuppoſe; mais Tralles vous l'avoüera; nous autres Auteurs, Gens diſtraits, nous perdons de vüe nos Principes; nous accordons ce que nous avons nié; nous nions ce que nous avons accordé; & comme les Aſtronomes ne s'étonnent pas d'une erreur de quelques milliers de lieües dans leurs Calculs de la diſtance des Planetes, ſuivant Mr. de Fontenelle, une douzaine de contradictions nous ſemblent une bagatelle, tant l'art eſt difficile!

Au fond ne vaut-il pas mieux rendre enfin juſtice à la vérité, que de s'opiniatrer, comme un ſot, contr'elle? Oüi, le changement que l'action des corps externes occaſionne dans les Nerfs des Organes ſenſitifs, eſt porté par ces tuiaux au Cerveau, qui éprouve, en conſéquence du nouveau mouvement qu'il reçoit, une modification nouvelle; & par elle, une nouvelle façon de ſentir, à laquelle on a donné le nom de *ſenſation*. Ce que portent les Nerfs ébranlés, n'en eſt que la matière, ou la cauſe matérielle. Otez cette ſenſation, comme dans tous les cas, où ce qui alloit la produire, eſt arrêté en chemin, comme par d'inſurmontables *Ganglions*; vous n'aurez point de perception, l'Ame n'apercevra pas plus, que ne ſentira le Cerveau.

Ainſi en faiſant l'expoſition de cette nouvelle Doctrine, demandons grace pour tant de paroles perdües: à condition cependant qu'il nous ſera permis de ne pas dire des choſes à l'avenir. Car qui en dit? Dans cette Idée nous ſuivrons le célèbre Commentateur de Leibnitz.

Les ſenſations forment ce que Wolf appelle les *Idées matérielles*; les perceptions forment les *Idées ſenſitives*, Les Idées maté-

matérielles font naître les idées senfitives, & réciproquement celles-ci donnent lieu à la génération de celles là.

TEL fentiment, telle perception répond donc toujours à telle fenfation; & telle fenfation, à tel fentiment; de forte que la même difpofition phyfique du Cerveau produit toûjours les mêmes idées, ou la même difpofition Métaphyfique dans l'Ame. Vous croirez peut-être que cette perpétuelle coéxi-ftence & identité entre ces deux fabriques d'idées corporelles & incorporelles, eft un vrai Matérialisme? Point du tout. Wolff vous affurera que cela n'empêche pas leur diftinction effentielle; que les premières font Enfans de la Chair & du fang; tandis que les fecondes plus fublimes, s'élevent à l'Etre, auquel elles appartiennent, l'Efprit pur. D'où il s'enfuit que les unes ne font que des caufes accidentelles ou occafionnelles, mais nullement effentielles ou abfolües, des autres.

MAIS pour former ces idées matérielles, Wolff a dû ad-mettre cette propagation jufqu'au Cerveau, des impreffions produites par les corps externes fur les Organes fenfitifs; auffi ne s'y eft-il pas refufé. Il confent que les Nerfs foient ébranlés jufqu'à leur Origine; & c'eft la nouvelle modification produite par cet ébranlement, qu'il a jugé à propos d'appeller *Idées matérielles:* Mais il ne veut pas qu'elles demeurent plus longtems tracées dans le Vifcère de l'Ame, que Tralles, les Images des objets repréfentés fur la Rétine. Il veut encore que les idées fenfitives aient le même fort, qu'elles s'éclipfent, quand l'attention ceffe d'être appliquée à ces perceptions; que l'Ame les perde de vüe, & ne puiffe enfin fe les rappeller que par la Mémoire, par l'Imagination, ou par une caufe ou difpo-

fition

fition interne corporelle, tout à fait femblable à celle qui avoit originairement occafionné ces perceptions. Voici comment cela peut mieux, dit-on, fe concevoir. Quoique ces deux genres fi différens d'Idées ne foient point *actu,* ni dans le Cerveau, ni dans l'Ame, elles font cependant *potentiellement,* comme parle nôtre Docteur, dans ces deux fubftances; de manière que, *pofitis ponendis,* elles pourront s'exciter & s'engendrer tour à tour. Telle caufe externe, je le fuppofe, aura fait naitre telle fenfation; telle caufe interne corporelle aura enfuite la même vertu; mais la même Idée matérielle, comme on l'a dit, réveille toûjours le même fentiment de l'Ame, qu'elle a une fois produit, comme ce fentiment donne lieu à la fenfation dont il eft émané. Ce qui eft toûjours vrai, foit que l'Idée fenfitive naiffe de l'Idée matérielle, ou des caufes incorporelles dont j'ai fait mention.

TEL eft ce flux & reflux continuel de mouvemens, de fenfations, & de penfées, qui fe répondent fi parfaitement, qu'un Géomètre ne manqueroit pas de dire qu'il eft clair que l'Ame eft au corps, ce que le corps eft à l'Ame, & réciproquement, dans la plus grande exactitude. Mais les Idées raifonnables, fpirituelles, réfléchies, font fans doute auffi intimément liées aux fenfitives, que celles-ci le font aux Matérielles. On obferve par tout la même chaîne & les mêmes dépendances. Le Cerveau reçoit-il une nouvelle impreffion? Nouvelle Idée dans l'Ame. Celle-ci s'affecte-t'il d'une nouvelle Idée? Non feulement il en réfulte les mêmes mouvemens & les mêmes fenfations dans le Corps; mais fi cette affection eft proonde, l'attention s'en mêle; c'eft elle qui la confidère, l'examine,

mine,

mine, la retourne. Alors elle prend le nom de Réfléxion, faculté de l'Ame qui sert à combiner un sentiment & tous ses rapports, avec une infinité d'autres qui se représentent par les causes spirituelles, ou corporelles, dont on a parlé. C'est ainsi que l'Ame n'a qu'à se replier en quelque sorte sur elle-même, pour exercer ses plus brillantes facultés, les étendre, montrer du génie, de la force, de la sagacité; semblable à un rayon qui ne se réfléchit point, sans devenir plus actif; ou, si l'on veut, à une Draperie qu'un heureux pli du Peintre ou du Graveur embellit.

Laissons l'Hypothèse des Perceptions Wolffiennes, déjà donnée dans tant d'Ouvrages, & particulièrement en peu de mots dans *l'Histoire Naturelle de l'Ame*. Quelque plaisante qu'elle soit, il sera encore plus agréable, de contempler le merveilleux concert du Corps & de l'Ame dans la mutuelle Génération de leurs goûts & de leurs Idées; & c'est un Apologue Original, de je ne sai quel Auteur badin, qui va nous donner ce petit divertissement Philosophique. Le Cerveau parle le premier, & l'Ame répond.

D. „Comment trouvez-vous le sucre?

R. „Comme vous, doux.

D. „Le Jus de Citron?

R. „Acide.

D. „L'Esprit de Vitriol?

R. „Beaucoup plus acide.

D. „Le Quinquina?

R. „Amer.

D. „Le sel marin? &c.

R. „Sot-

R. „Sottes queſtions! Comme vous, encore une fois, & tou-
„jours comme vous. Depuis que j'ai perdu les *Idées in-*
„*nées*, & les belles prérogatives dont Deſcartes & Staahl
„m'avoient ſi généreuſement gratifiée, êtes-vous à ſavoir
„que je ne reçois rien que de vous, & que vous ne rece-
„vez rien que de moi; que je ne me gouverne que par
„vos volontés, comme vous ne vous réglez que ſur les
„miennes. Ainſi donc point de diſpute & grand ſilence,
„nous ſommes faits pour être toûjours d'accord. Les
„Préjugés ſeuls pouvoient mettre le Divorce, où ſont
„naturellement la complaiſance & les mêmes penchans.

Rien de plus juſte, rien de plus ſenſé, rien de plus conforme au vrai, que ces réponſes de l'Ame. Il étoit difficile
de mieux *peindre*, quoiqu'en riant, le commerce intime des
deux Subſtances, & la Génération réciproque des Idées de
l'Ame par celles du Corps: *Ridendo dicere verum, quid vetat?*
En effet chacun n'a qu'à rentrer en ſoi, pour ſentir que l'Ame
n'eſt pas plus contrédite par le Cerveau, tout groſſier qu'il
paroît, que lui-même ne l'eſt par l'Ame, beaucoup plus polie.
Mêmes ſenſations, toutes choſes égales, mêmes Goûts des
deux parts, mêmes Opinions, même façon de ſentir & de penſer. Si l'Ame en change avec le Corps, le Corps en change
avec l'Ame. Enfin l'imitation eſt ſi parfaite, qu'on peut dire
que c'eſt une vraie ſingerie, ou une vraie Comédie qui ſe joüe
dans le Cerveau, ſoit qu'on rêve, ſoit qu'on veille, ſans qu'on
puiſſe décider lequel du Corps & de l'Ame a été le premier
Acteur, ou, ſi l'on veut, le premier Singe, parce qu'on ne ſait
lequel des deux a commencé le premier. Et c'eſt apparemment

ment ce qui aura jetté dans le Matérialisme, tous ces petits Philosophes qui ne jugent que sur l'écorce des choses.

N'outrons rien; quelqu'unis & intimément liés que soient entr'eux l'Ame & le Cerveau, leur bonne intelligence ne dure pas toûjours. C'est comme en Mariage; le ménage va mal, quand les coeurs sont mal assortis. Deux Chiens pris ensemble, ne tirent pas plus, chacun de son côté, qu'une pauvre Ame timorée par le scrupule, & des Nerfs, qui, si on les laissoit faire, imaginent qu'ils auroient bien du plaisir à le braver. De là, de cette source empoisonnée, toutes ces contrarietés qui ont fait imaginer plusieurs Ames aux Philosophes embarassés de deviner l'Enigme de l'Homme; de là ces peines & ces combats, si flatteurs pour la Raison & pour la vertu, quand elles peuvent par hazard faire pancher la balance de leur côté & remporter la Victoire.

Plus l'Education est contraire à la Nature, plus il en résulte dans le courant de la Vie d'incompatibilité entre les deux substances. La vaincre, cette contrarieté, c'est le triomphe de l'Homme, qui seul a ce pouvoir, comme je le dirai plus au long, lorsque j'aurai occasion de faire sentir combien l'Homme, tout Animal qu'il est, est cependant au dessus de tous les Animaux. Je ne négligerai pas de dire en passant qu'il y a eu des Philosophes qui ont singulièrement expliqué cette bizarre conrradiction de l'Homme avec lui-même; c'est par la méprise des Ames, qui se trompant de porte, entrent dans les corps qui ne leur conviennent pas, & laissent là ceux qui leur étoient destinés. Ce sont ces étourdies, dit-on, qui font les Gens distraits, ceux qui prennent la femme d'autrui

pour

pour la leur, ceux qui fifflent, chantent, danfent, ou tournent le dos, au moment même qu'on répond aux queſtions qu'ils viennent de faire. Si cela étoit, l'Ame d'un Poëte pourroit bien ne pas s'accomoder de ces méprifes; elle ne fe trouve-roit pas à l'aiſe, ni tranquille, dans un ſang bouillant & coura-geux. Toûjours inquiéte & en proye aux plus grandes an-xietés, elle n'auroit d'autre reſſource que celle des Plantes transplantées; car alors dégénérer, c'eſt aquérir. Mais le ſang auroit-il tant d'influence ſur l'Ame? Il n'y a qu'un Me-decin qui puiſſe ſoutenir ce Paradoxe. *Tres Medici, duo Athei.* Wolff n'a pas été la dupe de leur Matérialisme le mieux masqué.

Mettons un vernis ſérieux ſur ce badinage; & puiſque nous en ſommes à l'entrée de l'Ame dans les corps animés, & que cela nous conduit naturellement au Myſtère de l'union des Subſtances, faiſons ici quelques queſtions à ce ſujet avec toute la modeſtie qui nous convient.

L'Ame ſeroit-elle attirée dans les Corps des Animaux, du ſein de la Divinité, dont Platon, enchanté de la beauté de la ſienne, a voulu qu'elle fît portion? Y ſeroit-elle attirée, com-me une Planète l'eſt par une autre Planète? Seroit-ce par ſa propre impulfion, plutôt que par attraction? Seroit-ce par un mouvement machinal, qu'elle ſeroit portée vers nous, ou par ce mouvement de pitié, de compaſſion, ou d'humanité qui nous engage à montrer le chemin à un malheureux qui s'égare? Auroit-elle deſcendu du Ciel ſur la Terre, pour nous éclairer dans les ténébres & les préjugés de la Vie? Hélas! Pour un préjugé, dont elle ſecoüe le joug, elle reçoit les Entraves de cent.

N'au-

N'AUROIT-elle pas plus de goût, plus de sympathie à s'unir à telle Machine, qu'à telle autre, afin de compenser des ressorts d'une trop grande vivacité, par le Phlegme de la Raison & du bon sens; & réciproquement la lenteur des roües du corps, par son action & par son feu? La Sympathie que nous éprouvons tous les jours dans les Cercles, & auprès des Tapis verds, rend cette conjecture plausible.

MAIS tout ceci ne touche point encore le but que je me suis proposé. Par quelle sorte d'emboîtement, d'Articulation, de Charnière, de contact enfin, l'Ame seroit-elle agencée avec le Cerveau? Surnageroit-elle sur sa superficie, comme l'huile sur l'eau; beaucoup plus active sur le corps, quoique moins nubile à ses particules les plus mobiles & les plus déliées? Cette union vous paroit étrange! Mais le plus précieux des Métaux, l'or ne s'amalgame-t-il pas sans peine avec un vil sémi-métal? Ainsi le pur Esprit qui nous anime, se fondroit avec quelque point Cortical ou Médullaire du Cerveau. Ainsi le *Mercure* de nos Ames, pour emprunter cette autre comparaison de la Chymie, s'amalgameroit ici avec le *fer* de nos Organes, sans qu'aucunes *Crudités* pussent l'en empêcher.

MAIS non, questions frivoles & puériles, toutes celles qu'on peut faire à ce sujet! Songeons que ce qui est corps, se lie étroitement à ce qui ne l'est pas; ce qu'on conçoit, à ce dont on n'a aucune ombre d'idée; ce qui n'a point de parties, à ce qui en a: ce qui ne peut être ni vû, ni touché ni soumis en aucune manière à nos sens, à ce qu'il y a de plus sensible, de plus grossier, de plus palpable. Songeons que le,

visible

visible se joint à l'invisible, le matériel au spirituel, l'indivisi-
ble au divisible à l'infini. Comment une aussi foible Intelligence que la nôtre, pourroit-elle comprendre l'Ouvrage d'un
Dieu, qui pour se jouër de fières Marionettes, a voulu par sa
toute Puissance unir deux choses aussi contraires que le feu
& l'eau, & serrer d'étroits liens ce qui n'offre aucune prise
l'un à l'autre? Hélas! comme dit plaisamment Voltaire, ,,nous
,,ignorons comment on fait des Enfans, & nous voulons sa-
,,voir comment on fait des Idées.,, L'union de la Cause
est aussi incompréhensible, que la Génération de ses effets.

Mais que dis-je! Pardon, Leibnitziens; vous avez appris
à l'Europe étonnée que ce n'est que Métaphysiquement que
sont liées les deux substances qui composent l'Homme, & que,
quoique l'Ame n'habitât point dans le Corps, elle n'en exerçoit pas moins sur lui un empire harmonique & corrélatif.
Ainsi voilà un grand Mystére dévoilé! Quelle sagacité d'a-
voir senti les inconvéniens de placer l'Ame dans un lieu, où
il n'y a que du mouvement, & où elle ne pouvoit agir que
par ce mouvement Mécanique!

Quoiqu'il en soit, comme c'est par la volonté que
l'Ame agit, & que c'est elle qui fait sa gloire & son triomphe,
nous allons un peu moins légérement que nous n'avons fait,
exposer sa force & son despotisme sur le Corps.

Non seulement il est certain, (& personne n'en peut
disconvenir, sans avoir perdu le bon sens,) que le Corps est
soumis à la Volonté dans les Animaux, mais on voit qu'elle
se fait obéir plus vîte que l'éclair ne parcourt; tant elle semble tenir en Souveraine les rênes des Organes qui lui sont

suborfubordonnés. Figurez vous la Volonté, pour en avoir une belle Image, lançant du haut de la glande Pinéale, ou d'ailleurs, (puisqu'elle en eſt déchûe, malgré l'autorité de Descartes,) lançant, dis-ie, ſes Eſprits, comme Jupiter lance ſa foudre du haut des Nües. Voilà ſes Miniſtres: la Volonté dit, les Eſprits volent, & les Muſcles obéiſſent. Or voici comment tout cela ſe fait.

La Moëlle Epinière n'eſt que la Moëlle allongée plus raſſemblée, plus compacte; on peut dire que c'eſt le Cerveau même, qui descend, s'accommode, & ſe moule au Canal des Vertébres. Combien de Nerfs partent de la Subſtance médullaire de ce canal! Et que ſont-ils eux-mêmes? Une prolongation en forme de petits cordons, de cette Moëlle de l'Epine; de cordons creux, dans la cavité desquels ſe fait une vraie circulation d'Eſprits Animaux, comme de ſang dans les vaiſſeaux ſanguins, & de Lymphe dans les vaiſſeaux Lymphatiques, quoique les yeux armés des plus excellens microſcopes n'aient jamais pû voir, ni tonte l'induſtrie Anatomique découvrir, ni ce ſubtil fluide, ni le dedans des tuiaux qu'il parcourt avec la vivacité de la lumière. Ces Eſprits qu'on admet, quoiqu'inviſibles, tandis que tant de *libertins* ne croient point à l'Ame, parce qu'elle ne tombe pas ſous les ſens; ces Eſprits, dis-je, ſont originairement une production du plus pur ſang de l'Animal, de celui qui monte au Cerveau, tandis qu'il eſt néceſſaire que le plus épais deſcende; c'eſt ce ſang vif & mobile qui les donne à filtrer; ils paſſent de la ſubſtance Corticale dans la Médullaire, enſuite dans la Moëlle allongée, dans celle de l'Epine, & enfin dans les Nerfs qui en

Q q   partent,

partent, pour aller, invifiblement gros d'Efprits, porter avec
eux le fentiment & la vie dans toutes les parties du Corps.

ARRIVÉS aux Mufcles, ces Nerfs s'infinüent dans leur
maffe, s'y diftribuënt par tout, & s'y ramifient, jufqu'à s'y
perdre enfin. On ne peut plus les fuivre, ils fe dérobent aux
meilleures loupes, aux plus fubtiles injections; il n'y a point
d'art connu pour les débrouïller & les découvrir; on ne fait,
& vraifemblablement on ignorera toûjours ce qu'ils deviennent. Mais comme tout ce qui prend vie dans les Animaux
fent la moindre piqueure, il eft probable que ces Organes du
mouvement & du fentiment, ou fe changent en fibres grêles
mufculeufes, (qui alors feroient conféquemment une vraie
prolongation des Nerfs, comme les Poils,) ou pénétrent tellement ces fibres, & s'entrelacent fi bien avec elles, qu'il n'eft
pas poffible de trouver un feul point dans un mufcle, dont
le fentiment ne manifefte pas la préfence, ou le mélange du
Nerf; & c'eft auffi à peu près ce que penfent les Anatomiftes
les plus Sceptiques. Je n'en connois point qui le foient plus
que le célébre Auteur de ces Planches immortelles, qui ont
rejetté dans l'oubli celles-là mêmes qu'il en avoit fi favam-
ment tirées.

TELLE eft la force qui contraête les Mufcles, & le chemin que la volonté, & fouvent à la vérité la Machine même,
lui fait faire. On juge aifément que ce chemin étant libre &
ouvert depuis le commencement jufqu'à la fin, on juge, dis-je,
que le fuc nerveux peut fans nul délai, & même fans aucun
intervalle de tems fenfible, fe rendre, dés que l'Ame commande, aux parties qu'on veut remuer.

CET-

Cette force, comme on voit, ne peut être soupçonnée d'être inhérente au corps des Muscles, elle leur est tout à fait étrangère, & n'a rien de commun avec celle qui leur est propre; mais l'une sert à exciter l'autre, il ne lui faut qu'un instant pour aller à elle, & voler à son secours.

Telle est la facilité que les deux puissances du corps ont de se joindre & de se réünir, pour faire, suivant le langage de l'Ecole, un *Aggrégat* de forces composées de celle qui est infiniment mobile, & de celle qui est absolument immobile par raport aux Parties où elle réside.

Rien n'étoit plus nécessaire que cette promte réünion, pour favoriser ce grand Agent des corps animés, cet Archée, (*Archoeus faber*) à qui le sentiment doit son existence, comme au sentiment la pensée, je veux dire le mouvement. Certainement l'une sans l'autre n'eût pû produire tant d'effet, sur tout celle du *Parenchyme*, qui est la plus foible. Effectivement qu'est ce que la Contraction spontanée, sans les secours vitaux? Et ceux-ci à leur tour remüeroient-ils si puissamment de telles Machines, s'ils ne les trouvoient toûjours prêtes à être mises en branle par cette force motrice, par ce ressort inné, si universellement répandu partout, qu'il est difficile de dire où il n'est pas, & même où il ne se manifeste pas par des effets sensibles, même après la mort, même en des parties détachées du Corps, & coupées par morceaux. Le feu qui fait durer plus longtems la contraction du Cœur de la grénoüille, mis sur une Assiette chauffée, seroit-il le principe moteur dont nous parlons? L'Electricité ne rendroit-elle point plausible cette nouvelle conjecture?

Quoi-

Quoiqu'il en soit, pour revenir aux Esprits Animaux, ce fluide imperceptible qui semble émaner de la volonté, comme de sa source, pour être transmis par tant de ruisseaux aux Organes du Mouvement, est prouvé par la nécessité de l'intégrité des Nerfs pour l'usage ou l'éxécution des mouve: mens volontaires; car si les autres canaux, j'entens ceux qui se rendent aux muscles qu'on veut faire agir, sont liés, coupés, ou bouchés, l'Ame désire & commande vainement; ces Parties sont immobiles, jusqu'à ce que ces tuiaux & leurs sucs soient remis en liberté: mais alors le mouvement, ou le senti; ment, ou l'un & l'autre, renaissent sur le champ dans la Partie qui en étoit privée.

Puisqu'il est vraisemblablable que chaque dernier filet nerveux s'abouche avec chacune des prémières fibres muscu; leuses, dans lesquelles peut-être chaque filet dégénère, on pourroit conclure que les Esprits Animaux passant de cette extrémité du Nerf qui les porte, dans toutes les fibres du muscle, font eux-mêmes cette force générale de la vie, dont je parle, & qu'en se joignant à celle de chaque partie solide, elle en augmente, comme je l'ai dit, les Ressorts: Ressorts d'autant plus foibles, que la Vie est moins forte, puisqu'ils diminuent & semblent se retirer avec elle.

Vous feriez curieux de savoir par quel Mécanisme un fluide aussi fin, aussi délié, peut venir à bout de rapprocher les Elémens des fibres, de gonfler de si gros muscles, & de contracter vigoureusement de si puissans Corps. J'avoüe que mon Ame se perd, où mes yeux ne voyent goutte; Mais vous avez Bernoulli, Bellini, tant d'autres, & surtout Borelli,

qui

qui vous diront, si vous aimez les Romans philofophiques,
ce qu'ils ont ingénieufement rêvé à ce fujet.

Pour moi je me contenterai d'obferver que la caufe Phyfique de la contraction des mufcles n'est d'elle-même que le
premier effet d'une caufe Métaphyfique, qui est la volonté.
Le moyen de faire au Cerveau l'honneur de le regarder comme le premier Moteur des Efprits! C'est l'élever fur les débris
de l'Ame, & lui faire ufurper fes droits. Il y a longtems que
le Cœur de Baglivi ne bat plus, fi ce n'est dans fa tête. Il faudroit que la dure-mère fût capable de bien autre chofe que de
coups de Pifton. Il n'y a pas jufqu'aux artères du Cerveau,
qui ne foyent très peu mufculeufes, ce qui fait, comme on
l'a infinué, qu'elles ont peu d'élafticité. Et quand elles en
auroient davantage, en confcience a-t-on jamais mis l'Ame
dans les mufcles? Le Cerveau doit tout jufqu'à la fécrétion
de fes Efprits, à l'action du Cœur. Voulez-vous que ce foit
ce Vifcère qui les envoie dans les mufcles au gré d'une volonté qu'il n'a pas; car il est décidé par des Sillogifmes en forme, malgré Locke, & tous fes partifans, que la matière ne
peut vouloir? Tous les mouvemens répondront à la fois à la
Syftole du Cœur; Il n'y aura plus de diftinction entre les
volontaires & les involontaires, ils fe feront tous enfemble
avec la même parfaite égalité, ou plutôt il n'y en aura point
de la première efpèce; ils feront tous *Spontanés*, comme ceux
d'une vraie Machine à refforts. Or quoi de plus humiliant!
Nous ne ferions tous que des Machines à figure humaine.
Fort bien, Tralles! *optimè arguifti.*

Reconnoissons dans la volonté un empire que ne peut

Qq 3 avoir

avoir le Cerveau. Celui-ci ne nous offre que boüe, fange, & matière. Celle-là remüe à fon gré une infinité de mufcles: Elle ouvre, ferme les Sphincters, fufpend, accélère, peut-être étouffe la refpiration dans ceux qui n'ont point d'autres armes pour fe fouftraire au trop pefant fardeau de la vie; elle donne des défaillances, des extafes, des convulfions, & enfante en un mot tous ces Miracles qu'une Imagination vive & *Follarde* rend plus faciles qu'on ne croit.

LA volonté feroit-elle donc matérielle, parce qu'elle agit ainfi fur une matière auffi déliée que celle des Efprits?

DE tels prodiges pourroient-ils être rejettés fur l'activité d'Elémens auffi groffiers que le font les plus fubtiles molécules de nos Corps? La volonté d'un autre côté, feroit-elle dans le Cerveau, fans lui appartenir, fans en faire partie? Quoi-qu'il en foit, elle eft tout à fait diftincte du vifcère qu'elle habite; c'eft un illuftre étranger dans une vilaine prifon.

MAIS voici une preuve nouvelle de la Spiritualité de la moitié de nôtre Etre; je la crois tellement fans replique, que je défie tous les Matérialiftes d'y répondre. Vive Dieu! Quel Dilemme!

IL n'y a dans tous les Corps animés que folides & fluides; les uns fe ratiffent par des frottemens continuels qui les ufent & les confument. Les autres laiffent fans ceffe évaporer leurs particules aqueufes, leurs principes les plus mobiles & les plus volatils, avec ceux que la Circulation a détachés des vaiffeaux: Tout tranfpire enfemble, & tout fe répare de même, (avec ufure, ou furcroît jufqu'à un certain âge,) par le merveilleux ouvrage de la nutrition.

A pré-

A préfent, dites-moi, je vous prie, où vous voulez mettre la volonté. Sera-ce dans ce qui fe ratiffe, ou dans ce qui
s'évapore? La ferez-vous galopper dans nos veines, & courir
comme une folle avec nos liqueurs? Direz-vous que tranquillement affife fur fon trône médullaire, fans participer en rien
à ce qui arrive au Corps, elle voit du haut de fa grandeur
les orages fe former dans les vaiffeaux, comme on entend
gronder le tonnerre fous fes piés du haut des Pirénées? Vous
n'ofez foutenir une fi étrange opinion! Donc l'Ame eft diftincte du Corps. Donc elle habite quelque part hors du
Corps. Où? Dieu le fait, & les Leibnitziens. C'eft ainfi
que nous autres Spiritualiftes, quoique affés fermes & même
opiniâtres, chantons quelquefois la Palinodie.

Non encore une fois, non, la volonté ne peut être corporelle. Concevez-vous que le Corps, ou quelque partie pri-
vilegiée de ce Corps, (que vous connoiffez fi bien,) puiffe
tantôt vouloir & tantôt ne pas vouloir? Concevez-vous matériel, ce qui envoie, tantôt plus, & tantôt moins d'Efprits,
& tantôt point du tout; ce qui les fufpend, les fait marcher,
courir, voler, ou s'arrêter au gré de fes defirs? Rendez-vous
donc au *Spiritualisme*, à la vûe de l'abfurdité du Syftème contraire. Quelle fimplicité, pour ne pas dire quelle folie, de
croire avec Lucréce, que rien ne peut agir fur un Corps que
ce qui eft Corps! La volonté étant une partie de l'Ame, eft
inconteftablement fpirituelle, comme fon tout; & cependant
elle agit vifiblement fur ces Corpufcules déliés qui ont la
mobilité, non du vif argent, non de la *matière fubtile*, mais
de l'Ether & du feu. Et il faut bien que cela foit, puifque
c'eft

c'eſt elle qui les détermine, qui les met en marche & leur enſeigne juſqu'au chemin par où ils doivent paſſer . . . . Mais
écoutons nos adverſaires.

„Comment la volonté peut-elle agir ſur le corps?
„Quelle priſe a-t-elle ſur les Eſprits Animaux? Quels ſont
„les moyens dont l'Ame ſe ſert pour faire exécuter ſes vo-
„lontés?

„Pourquoi le chagrin reſſerrant le Diamètre des vaiſ-
„ſeaux, y fait-il croupir la lie des fluides déſſéchés; d'où naiſ-
„ſent les obſtructions de l'Imagination, le délire ſans fiévre
„ſur un certain objet; les ris, les pleurs, qui ſe ſuccédent tour
„à tour, & enfin la plus nombreuſe & la plus bizarre cohorte
„d'accidens hypocondriaques; tandis que la joie foüette le
„ſang, comme le libre cours de tous les fluides fait circuler
„la joie, non ſeulement dans les veines de l'homme gai,
„mais la fait paſſer par communication dans le cercle le plus
„ſérieux? Pourquoi les paſſions ſi foibles dans les uns, ſi vio-
„lentes dans les autres, laiſſent-elles ici le Corps & l'Ame en
„paix, pour les tourmenter là? Pourquoi l'irritation de la *Paire*
„*vague & du Nerf intercoſtal*, communs aux inteſtins & au cœur,
„allumant la fiévre, met-elle en ſi grand déſordre le Corps &
„l'Ame? Quel eſt l'empire des Véſicules ſéminales trop plei-
„nes! Toute l'œconomie des deux ſubſtances en eſt boule-
„verſée. Un coup violent ſur la tête jette l'Ame la plus fer-
„me en Apoplexie. Elle ne peut pas plus s'empêcher de
„voir jaune dans l'Ictère, que le Soleil rouge, au travers du
„verre ainſi coloré, fait exprès pour pouvoir impunément re-
„garder ce bel Aſtre. Enfin, ſi telle eſt l'abſolüe néceſſité des
„ſens,

„sens, du Cerveau, de telle ou telle autre disposition Physique,
„pour produire les Idées liées à cet arrangement d'Organes;
„si ce qui bouleverse la Circulation & le Cerveau, bouleverse
„l'Ame *quant & quant*, comme dit Montagne, pourquoi re-
„courir à un Etre, qui paroit *de raison*, pour expliquer ce qui
„est inexplicable hors du Matérialisme? &c.

    Rien de plus aisé que de répondre, s'il ne l'étoit encore
plus d'interroger. Que voulez-vous que je vous dise? Vous
savez déjà tout le mistère. Telle est l'union de l'Ame & du
Corps, & nous sommes ainsi faits. Voilà toutes les difficultés tranchées d'un seul mot.

    Mais le moyen de ne pas s'écrier avec St. Paul, *O Alti-
tudo!* à la vüe de tant d'incompréhensibles merveilles! L'Ame
ne participe en rien de la Nature du Corps, ni le Corps, de
l'Essence de l'Ame; ils ne se touchent en aucun point; ils
ne se poussent & ne s'affectent par aucun mouvement; & cependant la tristesse de l'Ame flétrit les charmes du corps, &
l'ulcère au poumon ôte la gayeté de l'Esprit. Compagnons
invisibles & inséparables, ils sont toûjours ensemble, ou sains,
ou malades. Mais peut-on être sain dans un lieu pestiféré?
Peut-on être fort dans les langueurs? N'est-il pas naturel que
l'Ame, qui ne fait rien que par le Ministère des sens, se res-
sente de leurs plaisirs, & partage leurs calamités?

    Mais l'Ame que la volupté paroit avoir absorbée, ne lui
céde, ne disparoit que pour un tems; elle ne s'étoit éclipsée
en quelque sorte, que pour reparoitre, plus ou moins brillante,
selon la modération avec laquelle on s'est livré à l'amour.
Là même chose s'observe dans l'Apoplexie, où tantôt l'Ame

qu'un

qu'un coup de foudre fembloit avoir frappée, reparoit, comme le foleil fur l'horizon, dans toute fa fplendeur, & tantôt
dépourvûe de mémoire & de fagacité, fouvent imbécille.
Mais alors qu'eſt-ce autre chofe qu'un foible Pinçon, qui a
penſé être écraſé dans fa cage; ou qui preſſé dans un paſſage
étroit, y a laiſſé fes plus belles plumes.

Les bornes de l'empire de la volonté étant en raiſon de
l'état du Corps, eſt-il furprenant que les Organes n'entendent
plus, pour ainſi dire, la voix de leur Souveraine, lorſque les
chemins de communication font rompus? Si vous exigez de
mon Ame qu'elle léve mon bras, lorſque le *Deltoïde* ne reçoit
plus le fang artériel ou le fuc nerveux, exigez donc auſſi qu'elle faſſe marcher droit un boiteux.

Quoique les Organes les plus foumis à la volonté, lui
deviennent néceſſairement rebelles, quand les conditions de
l'obéiſſance viennent à manquer, l'Ame s'accoutume cependant peu à peu à cette réſiſtance & à cette immobilité des
parties; & ſi elle eſt fage, elle fe confole aiſément de la perte
d'un Sceptre qu'elle n'avoit que conditionellement.

Rien ne releve tant la dignité & la nobleſſe de l'Ame,
que de voir fa force & fa puiſſance dans un Corps impuiſſant
& perclus. La volonté, la préſence d'Eſprit, le fang froid, la
liberté même ne fe foutiennent & ne brillent-elles pas, avec
plus ou moins d'éclat, au travers de tous ces nüages que forment les maladies, les paſſions, ou l'adverſité? Quelle gayété
dans Scarron! Quel courage dans ces Ames fublimes, dont
la force, loin de s'énerver, redouble par les obſtacles! Au
lieu

lieu de fuccomber au chagrin qui tüe les autres; chez elles, la raifon a bientôt fait l'ouvrage du tems.

Si la volonté eft esclave, c'eft moins du Corps que de la Raifon; mais elle ne fubit ce joug, que pour faire honneur à nôtre hiftoire, & relever la grandeur & la Majefté de l'Homme.

La Volonté qui commande à tant d'Organes, eft en effet quelquefois foumife elle même à la raifon, qui lui fait haïr en Mère fage, ce qu'elle defiroit en fille indifcrète.

Quoi de plus beau, que de voir cette puiffante Maitreffe, qui femble tenir l'Homme & tous les Animaux par la bride, en reconnoître une à fon tour, plus defpotique encore & bien plus fage: car c'eft elle qui, comme un autre Mentor, lui montre le précipice à côté des fleurs; les regets & les remords, à la fuite de la volupté, & lui fait fentir comme d'un feul regard tout le danger, le vice, ou le crime qu'il y a de vouloir ce qu'on ne peut s'empêcher d'aimer.

O Animaux! quoique je fois ici vôtre Apologifte, que je vous trouve inférieurs & fubordonnés à l'Efpéce humaine? Soumis à une fatalité Stoïque, vôtre Inftinct n'a point été redreffé, comme le nôtre, changé en raifon, comme une terre s'améliore, à force de culture. Vous voulez toûjours ce qu'une fois vous avez voulu. Fidèles & conftans, vous avez toûjours pofées les mêmes circonftances, les mêmes goûts pour les objets qui vous plaifent. C'eft qu'un vil plaifir détermine tous vos fentimens, vôtre Ame n'aiant point été élevée à la connoiffance de ces heureux principes, qui font rougir les gens bien nés, non feulement d'une volupté, mais d'un

défir,

défir, ou même du moindre appétit qui les flate: C'eſt que vous n'avés pas la plus légère Idée de cette vertu, qui *tiroit* ſi joliment *l'oreille* de Seneque. Semblable à l'enfant courageux qui donne, ſans le ſavoir, des coups de piés à la mère qui le porte, & le nourrit, nôtre Ame ne regimbe pas moins dans ſa Matrice, avec une agréable *conſcience*, contre ce qui la délecte le plus.

D'où vient cette différence entre l'Inſtinct des Animaux & le Raiſon humaine? C'eſt que nous pouvons juger des choſes en elles-mêmes; leur Eſſence & leur mérite nous ſont trop connus, pour être, dans tous les âges de la vie, eſclaves & dupes de leurs illuſions, au lieu que les bêtes n'ont la faculté de juger que ſur un rapport, que le Père Malébranche a décide toujours trompeur. Comment ſeroient-elles capables de ſentir ce ſingulier prurit de l'Amour propre, ce noble aiguillon de la vertu, qui nous élève au faîte de l'Art ſur les débris de la Nature? Ce ſont de vraies machines, bornées à ſuivre pas à pas cette Nature, dont le torrent les entraîne irréſiſtiblement, ſemblables à de légères chaloupes ſans pilote & ſans avirons, abandonnées au gré des vents & des flots. Enfin faute d'une brillante éducation, dont elles ne ſont point ſuſceptibles, elles ſont dépourvûes de ce rafinement d'Eſprit & de Raiſon, qui nous fait orgueilleuſement fuir & haïr ce que nôtre volonté eût naturellement cherché & deſiré; qui nous fait ſiſſler & dédaigner ce qu'applaudit & appète toute la Nature.

Je me ſuis livré d'autant plus volontiers à ces réflexions, que je n'ai prétendu à aucuns égards mettre les Animaux au

niveau

niveau de l'Homme. Si je leur ai donné la même échelle, c'est avec moins de dégrés; en sorte que je n'accorde volontiers que les Animaux montent avec plus de sûreté & d'un pas plus ferme, que pour nier qu'ils s'élevent aussi haut que nous? Telle est aussi l'opinion de l'Auteur de *l'Homme Plante*, que Tralles propose si plaisamment, comme un Modéle de sagesse & de jugement, à l'Auteur de *l'Homme Machine; tout Esprit*, selon lui, *mais souvent sans jugement & sans raisonnement, battant métaphoriquement la campagne, sans rien dire, ni rien prouver*.

Il ne vous suffit pas que j'admette en mille endroits de cet ouvrage la supériorité de l'Homme; vous voulez que je vous dise ce que c'est que cette Ame qui nageoit jadis avec les petites anguilles spermatiques, & que je vous marque exactement la différence qu'il y a entre la vôtre & celle des Animaux. Ah! si je connoissois aussi bien leur Essence, que celle de la pluspart des Docteurs qui en traitent! Je ne vous la définirois pas, je vous la dessinerois d'après nature. Mais hélas! mon Ame ne se connoît pas plus elle-même, qu'elle ne connoitroit l'organe qui lui procure le plaisir du spectacle enchanteur de l'Univers, s'il n'y avoit aucun miroir naturel ou artificiel. Car quelle Idée se forger de ce qu'on ne peut se représenter, faute d'image sensible! Pour imaginer, il faut colorer un fond, & détacher de ce fond par abstraction des points d'une couleur qui en soit différente; ce qui se fait avec d'autant moins de fatigue, qu'elle est plus tranchante comme lorsque j'imagine des cartes sur un tapis verd. De là vient que les aveugles n'imaginent point, ils n'ont pas

comme

comme nous befoin d'imagination, pour combiner. De là
vient que nous prononçons fans ceffe, tous Philofophes que
nous fommes, tant de noms dont nous n'avons aucune Idée;
tels font ceux de fubftance, de fupôt, de fujet, (*fubftratum*,)
& autres fur lesquels on s'accorde fi peu, que les uns prennent pour Subftance, pour Nature, Etre, ou Effence, ce que
les autres ne prennent que pour Attribut, ou Mode. *Non
femper calamo ludimus*. Voilà de quoi mettre Tralles en fureur.

QUOIQU'IL en foit, pour revenir à nos moutons, plus
j'examine ce qui fe paffe dans les Animaux, plus je me per-
fuade qu'ils pourroient bien avoir deux Ames; l'une par la
quelle ils fentent, l'autre par laquelle ils penfent. Ce feroit
trop fimplifier les chofes, que d'en rien rabattre. Je fai que
Willis qui les a fi adroitement fabriquées, ou mifes en oeuvre,
s'eft très bien paffé de la dernière, (de la plus belle trempe
cependant,) pour expliquer non feulement toutes les opérations animales, mais la génération même de nos Idées: La
raifon en eft que ces deux Ames, fi diftinctes de nom, n'en
conftituent qu'une feule en effet, de manière qu'il n'eft pas
furprenant qu'elles fe reffemblent plus parfaitement que les
deux *Sofies* de Molière, ou les *Menechmes* de Renard.

MAIS ici tout eft plein de prodiges; on ne peut s'empêcher d'admirer, de quelque coté qu'on regarde. Quoique
l'Ame fenfitive & l'Ame raifonnable ne faffent qu'une feule &
même fubftance, plus ou moins éclairée, plus ou moins in-
telligente felon les corps qu'elle habite, cependant la fenfation
qui appartient à la première, & la raifon qui eft le fruit de la

secon-

seconde, sont, à ce que dit Tralles, absolument différentes l'une de l'autre. *Risum teneatis amici.*

PROUVONS plus que jamais que l'Ame des Animaux est éloignée de celle de l'Homme *toto Cælo.* L'une ne semble occupée que de ce qui peut nourrir son corps; l'autre peut s'élever au sublime du style & des mœurs. Celle-là brille à peine comme l'Anneau de Saturne, ou comme des Etoiles de la dernière grandeur; celle-ci est un vrai Soleil, éclairant l'Univers, sans se consumer; Soleil de justice & d'équité, dont la vérité & la vertu sont l'éternel aliment. L'Ame humaine se montre parmi les Animales, comme un Chêne parmi de foibles arbrisseaux, ou plutôt comme un Homme qui pense, toujours neuf, toujours créateur, parmi ces Gens à mémoire, vils copistes, éternels Echos du Parnasse, qui n'ont plus rien à dire, quand ils ont raconté tout ce qu'ils ont lû ou vû; ou parmi ces Pédans, dont la fade & stérile érudition se perd dans un fumier de citations.

QUELLE merveilleuse docilité n'avons-nous pas? Quelle étonnante aptitude aux sciences! Il ne nous faut pas plus de dix ou douze ans, pour apprendre à lire & à écrire; & dix ans encore suffisent au dévelopement de la Raison. Il n'y a que le dépouillement des préjugés de l'enfance qui trouve ordinairement trop court le reste de la vie.

QUELLE différence de l'Homme aux Animaux! Leur instinct est trop précoce, c'est un fruit qui ne peut jamais meurir; Ils ont en venant au monde presque tout l'esprit qu'ils ont dans la force de l'âge, enfin ils n'ont point les organes de la parole; & quand ils les auroient, quel parti pour-

roient-

roient-ils en tirer, puisque les plus spirituels d'entr'eux & les mieux élevés ne prononcent que des sons qu'ils ne comprennent en aucune manière, & parlent toûjours, comme nous parlons souvent, sans s'entendre, à moins que vous ne vouliez excepter le perroquet du Chevalier Temple, que je ne puis voir sans rire aggrégé à l'Humanité, par un Métaphysicien qui croyoit à peine en Dieu.

MAIS soyons justes & impartiaux, & jugeons des Animaux, comme des Hommes. Quand j'en vois qui ne parlent point, on ne me persuadera pas qu'une telle taciturnité soit de l'Esprit, mais aussi je ne pourrois être sûr qu'ils en manquent. Les Animaux ne seroient-ils point de même des gens spéculatifs, plus Raisonnables que Raisonneurs, & aimant beaucoup mieux se taire, que de dire une sottise? Songeons que le plaisir, le bien-être, leur propre conservation est le but constant où tendent tous les ressorts de leur Machine. Peut-être pour obtenir ce but naturel, n'ont-ils pas trop de toutes leurs facultés intellectuelles & de toute la circonspection dont ils sont capables. Je ne sai donc s'ils ne garderoient point intérieurement, comme un thrésor dont il n'y a rien à perdre, rien à évaporer, toutes les pensées qui leur passent par la tête. Ce qu'il y a seulement de sûr, c'est que si le langage des Animaux est sans Idées, plus heureux en cela, non que les sots, mais que bien des gens d'Esprit, leur conduite ne lui ressemble pas. Nous faisons le matin, pour ainsi dire, une *toilette d'Esprit*, pour briller dans les festins & dans les Cercles, & le soir nous faisons une démarche, dont nous nous repentons souvent toute nôtre vie. L'Homme, Animal

Imagi-

Imaginatif, seroit-il donc plus fait pour avoir de l'Esprit, que de la Raison?

PASSONS maintenant à la diversité des Ames dans chaque Genre, dans chaque Espece, dans chaque individu; partout là, cette diversité se manifeste clairement tant chez les Brutes, que chez nous. En effet les Ames n'ont pas toutes la même extraction, ni les mêmes talens. Peu de noblesse, beaucoup de roture, beaucoup de bassesse, peu de dignité & de grandeur; voilà ce qui se remarque communément.

VOUS croyez détruire la différence individuelle des Ames dans chaque Espece, parce que l'Anatomie n'en découvre aucune dans les corps qu'elles habitent, à ce que vous dites! mais par la raison même qu'on n'observeroit aucune variété (ce qui n'est pas,) dans les Cerveaux du Singe, du Bœuf, de l'Ane, du Chien, du Chat &c., plus les Ames de ces Animeux différent par leurs facultés, & plus il s'ensuit qu'elles ne sont point de la même trempe, ou de la même pâte. Dumoins, si la même farine a été emploïée, elle n'a point été pétrie de la même façon, la dose ou la qualité du levain n'a point été partout précisément la même. Pardon, Tralles, si je parle métaphoriquement; je vois que c'est une lumière qui ne se réfléchit point jusqu'aux Commentateurs.

PRENEZ parmi tous les Animaux ceux qui doivent avoir le plus d'Esprit, selon Mr. Arlet, Médecin de Montpellier, qui a poussé plus loin que personne l'Anatomie comparée du Cerveau; & je doute que sur mille, vous en trouviez deux qui jouent mieux aux Echecs que le Singe dont parle Pline, ou aussi bien de la Guitarre, que celui dont la Motte le Vayer

fait

fait mention, pour l'avoir vû dans Paris. On n'exige pas qu'ils en joüent auſſi longtems que Tralles, les plus beaux talens ennuyent enfin.

Nous n'avons pas tous la même induſtrie, la même do-cilité, ni la même pénétration. De là, la rareté du génie & la diverſité des talens dans toute l'étendüe du même Régne. Mais ſi deux Animaux auſſi bien inſtruits & auſſi propres à l'être l'un que l'autre, ne ſont pas exactement les mêmes pro-grés, il eſt évident qu'il y a dans les Ames, comme dans les Corps, une variété eſſentielle. Leur docilité auroit véritable-ment les mêmes ſuccés, ſi leurs Ames étoient préciſement les mêmes. Certes nous ſerions témoins de bien d'autres prodiges, ſi l'excellence de la conſtruction & de l'éducation ſuffiſoit pour les opérer; & ceux qui ſont chargés de la der-nière, n'auroient pas ſi ſouvent à ſe plaindre de la première. Les Eſprits les mieux cultivés ſouvent reſtent loin en arrière, tandis que ceux qu'on néglige, marchent à pas de géant, ſe diſtinguent, & ſont, comme en joüant, l'admiration des con-noiſſeurs. Le Maitre retire alors un honneur dû tout entier à la Nature.

En général les Eſprits vifs ont beau jeu, ils font bien du chemin en peu de tems, & cela eſt vrai partout.

Poussons plus loin la conſidération de la diverſité des Ames, & ne reſtraignons point aux Bêtes par orgueil, les riche-ſes & la magnificence du Créateur.

Quand on conſidére tout le manége de certains végé-taux, comme ils ſe placent, ſe préſentent, s'entortillent aux plantes voiſines, pour la conſervation & la multiplication réciproque

proque, on n'ose blamer les Anciens d'avoir libéralement accordé aux Végétaux une forte d'Inftinct, qui leur fuggère les
moyens les plus propres pour fe conferver & perpétuer leur
efpéce. C'eft aufi ce que n'ont ofé faire quelques favans Botaniftes. Pourquoi donc refufer à ces pauvres Plantes ce qui
leur eft donné par des Gens qui doivent les connoître, puifque ordinairement ils ne connoiffent qu'elles?

Non feulement les Plantes ont une Ame, & une Ame
de leur fabrique, comme tous les Corps dont les opérations
régulières nous étonnent; mais il y a une vraie différence
dans les Ames Végétales, ainfi que dans la double claffe des
Ames Animales. Celui qui nie l'exiftence des Ames Végétales, n'a qu'à nier aufi celle des Léthargiques.

Les différences effentielles dont il s'agit ici, s'obfervent
& font plus ou moins grandes dans les Individus de chaque
efpéce. Rélatives aufi dans chaque genre & d'une efpéce à
l'autre, elles font fi exactement graduées, qu'un Auteur dont
l'autorité ne peut être fufpecte, car c'eft un Miniftre du St.
Evangile, ne fait pas difficulté de nous révéler que l'Ame
humaine eft à celle des Bêtes, ce que l'Ame des Anges eft à
la nôtre. Ainfi, pour laiffer *l'Ame du monde*, Dieu, du haut
de ce trône de feu, où l'ont placé les Alchymiftes & les anciens Hébreux, regardant toutes les fubftances céleftes qui
l'environnent, comme l'impertinent Bouhours regarde un
Allemand, rit de voir qu'un Ange fe croit de l'Efprit, tout Ange
qu'il eft; comme Voltaire, en lifant les jugemens de l'Abbé
des Fontaines & les Vers de la Motte Houdart, de voir l'un
s'ériger en Ariftarque, & l'autre en Poëte.

Qui

Qui pourroit nombrer la multitude immense des Ames intermédiaires, qui se trouvent entre celles des plus simples Végétaux, & l'Homme de Génie. Il brille à l'autre extrémité. Apprécions cette étonnante variété, sur celle des Corps; & je ne crois pas qu'à ce compte nous risquions de nous tromper beaucoup.

S'il y a de l'imbécilité dans l'Espéce humaine, & de l'Esprit parmi les Animaux; si dans le Régne Végétal le bon grain n'est point sans yvrale, le régne minéral n'est pas moins mêlé, pas moins bigaré, que les deux autres. Comme il n'y a pas une feüille d'arbre, pas un grain de sable qui se ressemble, & que chaque Corps a, pour ainsi dire, sa Physionomie, il n'est point de minéral qui n'ait la sienne, & ne se distingue par quelque chose de celui qui la le plus d'affinité avec lui. Rien n'est pur dans l'Univers, ni le Feu, ni l'Air, ni l'Eau, ni la Terre; comment n'y auroit-il pas beaucoup d'alliage, beaucoup d'ordures & de crudités dans les plus précieux Métaux?

Mais que dirons-nous de cette action par laquelle certains Fossiles se cherchent & s'attirent pour former, en s'unissant à leurs semblables, les masses les plus homogènes qu'il est possible; & certains se repoussent, & semblent ne pouvoir se souffrir. Qu'on se moque tant qu'on voudra des *qualités occultes*, de la *Sympathie* & de l'*Antipathie*; elles sont ici fortement marquées; les principes similaires & hétérogènes semblent les faire naitre à chaque instant. Enfin n'y auroit-il point de Minéraux Parasites? L'Analogie seroit-elle concluante? Cette espéce n'est pas rare parmi nous.

Le moyen de n'être pas disposé après cela, à accorder
une

une Ame, quoique du dernier ordre, à des Corps qui crois-
sent & décroissent, suivant les mêmes loix physiques que
ceux des autres Règnes.

Tout est donc plein d'Ames dans l'Univers. Il n'y a
pas jusqu'aux huîtres qui ne soient attachées aux Rochers
pour mieux passer leur vie, selon Mr. de Réaumur, à la contemplation des plus importantes vérités. Mais quelle fourmilière
dans chaque corps animé, si chacun étoit composé d'autant
de petits Animaux qu'il en faudroit pour former une chaîne,
étendue depuis le bout des doits jusqu'à l'Ame, que leur mouvement successif avertiroit en rétrogradant de ce qui se passe-
roit au dehors. Ceux qui sont fort éloignés de croire qu'il
soit démontré que la sensation se fasse par les Nerfs, préfére-
roient-ils cette dernière Hypothèse?

Mais, dit-on, les Pierres, les Rochers, les Métaux &c.
ne paroissent point sentir! Donc ces Corps ne sentent point.
Belle conséquence! Dans l'Apoplexie parfaite, le Cerveau &
tous les Nerfs brûlés, déchirés, sont aussi insensibles que le
diamant & le caillou: l'Ame y est encore cependant; ce *bel
oiseau* ne s'envole qu'à la mort. N'y auroit-il pas par hazard
dans les Corps les plus simples un état qui seroit absolument
& constamment semblable à celui d'un Apoplectique? Les
Monades ont des *perceptions secretes*, dont la Nature a fait confidence aux Leibnitziens.

Je n'ai rien négligé, me semble, pour prouver ma Thèse,
si ce n'est l'histoire tant de fois répetée de ces Opérations
animales, qui font crier au prodige tous ces pénétrans scruta-
teurs de la Nature dont la Terre est couverte . . . . Mais je

Ss 3

me

me trompe, le plus folide Arcboutant manque à mon petit édifice; j'ai oublié les Sillogismes & les Argumens, dont les *Spiritualiftes* fe fervent pour prouver que la matière eft incapable de penfer. J'en demande pardon aux gens d'efprit & de goût. Si cependant vous trouvez que vos Frères ne font pas mal rétablis dans les droits dont on les avoit injuftement dépouïllés, je croirai avoir rempli ma principale condition. Mon but n'étoit-il pas de faire voir que les Animaux avoient une Ame, & une Ame immatérielle? Or c'eft ce que je me flatte d'avoir démontré. J'avoüe que cette frappante Analogie qui fe montre de toutes parts entre les Animaux & nous, m'avoit fait trembler. Sans cette confolante vérité que j'ai découverte enfin, & pour laquelle j'éleve ici la voix, où en étions nous, hélas! nous autres bonnes Gens, qui en naifant, voulons bien naitre, mais qui en mourant, ne voulons point mourir?

Ridiculum acri
Fortiùs ac meliùs magnas plerùmque fecat res.

F I N.

DER-

DERNIER
MEMOIRE

POUR SERVIR

A

L'HISTOIRE NATURELLE

DE

L'HOMME.

SYSTÊ-

DERNIER

MÉMOIRE

POUR SERVIR

L'HISTOIRE NATURELLE

DE

L'HOMME.

SYSTÈ-

SYSTÊME
D'EPICURE.

Quam miſera Animalium ſuperbiſſimi origo!

Pline.

Tt   SYSTE-

SYSTÊME D'EPICURE.

I.

orsque je lis dans Virgile, *Georg.* L. **2.**
Felix qui potuit rerum cognoscere causas!
je demande, *quis potuit?* Non, les aîles de nôtre
Génie ne peuvent nous élever jusqu'à la connoissance des causes. Le plus ignorant des Hommes est aussi
éclairé à cet égard, que le plus grand Philosophe. Nous
voions tous les objets, tous ce qui se passe dans l'Univers,
comme une belle Décoration d'Opera, dont nous n'apercevonsni les cordes, ni les contrepoids. Dans tous les
Corps, comme dans le notre, les premiers ressorts nous
sont cachés, & le seront vraisemblablement toujours. Il est
facile de se consoler d'être privés d'une Science qui ne nous
rendroit, ni meilleurs, ni plus heureux.

II.

Je ne puis voir ces Enfans qui avec une Pipe & du Savon

battu

battu dans de l'eau, s'amufent à faire ces belles veffies colorées, que le fouffle dilate fi prodigieufement, fans les comparer à la Nature. Il me femble qu'elle prend comme eux, fans y fonger, les moiens les plus fimples pour opérer. Il eft vrai qu'elle ne fe met pas plus en dépenfe, pour donner à la Terre un Prince qui doit la faire trembler, que pour faire éclore l'herbe qu'on foule aux pieds. Un peu de boüe, une goute de morve, forme l'homme & l'infecte; & la plus petite portion de mouvement a fuffi pour faire jouër la Machine du Monde.

III.

Les merveilles de tous les Régnes, comme parlent les Chymiftes, toutes ces chofes que nous admirons, qui nous étonnent fi fort, ont été produites, pour ainfi dire, à peu près par le même mélange d'eau & de favon, & comme par la Pipe de nos Enfans.

IV.

Comment *prendre la Nature fur le fait?* Elle ne s'y eft jamais prife elle-même. Dénuée de connoiffance & de fentiment, elle fait de la foye, comme le *Bourgeois Gentilhomme* fait de la Profe, fans le favoir: auffi aveugle, lorfqu'elle donne la vie; qu'innocente, lorfqu'elle la détruit.

V.

Les Phyficiens regardent l'Air, comme le cahos univerfel de tous les corps. On peut dire qu'il n'eft prefque qu'une Eau fine, dans laquelle ils nagent, tant qu'ils font plus légers qu'elle. Lorfque le foutien de cette eau, ce reffort inconnu par lequel nous vivons, & qui conftitüe, ou eft lui même l'Air proprement dit, lors, dis-je, que ce reffort n'a plus la

force

force de porter les graines difperfées dans toute l'Atmofphère, elles tombent fur la Terre par leur propre poids; où elles font jettées çà & là par les vents fur fa furface. De là toutes ces productions végétales, qui couvrent fouvent tout à coup les foffés, les murailles, les marais, les eaux croupies, qui étoient, il y a peu de tems, fans herbe & fans verdure.

VI.

Que de chenilles & autres infectes viennent aufli quelque-fois manger les arbres en fleur, & fondre fur nos jardins! D'où viennent-ils, fi ce n'eft de l'air?

VII.

Il y a donc dans l'air des graines ou femences, tant anima-les, que végétales, il y en a eu, & il y en aura toujours. Cha-que individu attire à foi celles de fon Efpèce, ou celles qui lui font propres, à moins qu'on n'aime mieux que ces femences aillent chercher les corps, où elles peuvent mûrir, germer, & fe développer.

VIII.

Leur première matrice a donc été l'air, dont la chaleur commence à les préparer. Elles fe vivifient davantage dans leur feconde matrice, j'entens les vaiffeaux fpermatiques, les Tefticules, les véficules féminales, & cela, par les chaleurs, les frottemens, la ftagnation d'un grand nombre d'années; car on fait que ce n'eft qu'à l'âge de puberté, & par confé-quent après une longue digeftion dans le corps du mâle, que les Semences viriles deviennent propres à la génération. Leur troifième & dernière matrice, eft celle de la femelle, où l'œuf fécondé, defcendu de l'ovaire par les Trompes de Fal-

Tt 3 lope,

lope, est en quelque sorte intérieurement couvé, & où il prend facilement racine.

IX.

Les mêmes semences qui produisent tant de sortes d'*Animalcules*, dans les fluides exposés à l'air, & qui passent aussi aisément dans le mâle, par les organes de la respiration & de la déglutition; que du mâle, sous une forme enfin visible, dans la femelle, par le vagin; ces semences, dis-je, qui s'implantent & germent avec tant de facilité dans l'*uterus*, supposent-elles qu'il y eut toujours des Hommes, des hommes faits, & de l'un, & de l'autre Sexe?

X.

Si les Hommes n'ont pas toujours existé, tels que nous les voions aujourd'hui, (eh! le moyen de croire qu'ils soient venus au monde, grands, comme père & mère, & fort en état de procréer leurs semblables!) il faut que la Terre ait servi d'*uterus* à l'Homme; qu'elle ait ouvert son sein aux germes humains, déjà préparés, pour que ce superbe Animal, posées certaines loix, en pût éclore. Pourquoi, je vous le demande, Anti-Epicuriens modernes, pourquoi la Terre, cette commune Mère & nourrice de tous les corps, auroit-elle refusé aux graines animales, ce qu'elle accorde aux végétaux les plus vils, les plus inutiles, les plus pernicieux? Ils trouvent toujours ses entrailles fécondes; & cette matrice n'a rien au fond de plus surprénant que celle de la femme.

XI.

Mais la Terre n'est plus le berceau de l'Humanité! On ne l'a voit point produire d'Hommes! Ne lui reprochons
point

point sa stérilité actuelle; elle a fait sa portée de ce coté là.
Vne vieille Poule ne pond plus: une vieille femme ne fait
plus d'enfans; c'est à peu près la réponse que Lucrece fait à
cette objection.

XII.

Je sens tout l'embarras que produit une pareille origine,
& combien il est difficile de l'éluder. Mais comme on ne
peut se tirer ici d'une conjecture aussi hardie, que par d'autres,
en voici que je soumets au jugement des Philosophes.

XIII.

Les prémières Générations ont dû être fort imparfaites.
Ici l'Esophage aura manqué; là l'Estomac, la Vulve, les Inte-
stins &c. Il est évident que les seuls Animaux qui auront pû
vivre, se conserver, & perpétuer leur espéce, auront été ceux
qui se seront trouvés munis de toutes les Piéces nécessaires à
la génération, & auxquels en un mot aucune partie essentielle n'aura manqué. Réciproquement ceux qui auront été
privés de quelque partie d'une nécessité absolüe, seront morts,
ou peu de tems après leur naissance, ou du moins sans se
reproduire. La Perfection n'a pas plus été l'ouvrage d'un
jour pour la Nature, que pour l'Art.

XIV.

J'ai vû cette a) femme sans sexe, animal indéfinissable, tout
à fait châtré dans le sein maternel. Elle n'avoit ni Motte, ni Clitoris, ni Tétons, ni Vulve, ni grandes Levres, ni Vagin, ni
Matrice, ni Régles; & en voici la preuve. On touchoit par
l'Anus la Sonde introduite par l'urètre; le Bistouri profondé-

ment

a) On en a-déja parlé dans L'homme machine.

ment introduit à l'endroit où eſt toujours la grande fente dans les femmes, ne perçoit que des graiſſes & des chairs peu vaſculeuſes qui donnoient peu de ſang: il fallut renoncer au projet de lui faire une Vulve, & la démarier après dix ans de mariage avec un Païſan auſſi imbécille qu'elle, qui n'étant point au fait, n'avoit eu garde d'inſtruire ſa femme de ce qui lui manquoit. Il croioit bonnement que la voie des Selles étoit celle de la Génération, & il agiſſoit en conſéquence, aimant fort ſa femme qui l'aimoit auſſi beaucoup, & étoit très fachée que ſon ſecret eût été découvert. Mr. le Comte d'Erouville, Lieutenant Général, tous les Medecins & Chirurgiens de Gand, ont vû cette femme manquée, & en ont dreſſé un Procés verbal. Elle étoit abſolument dépourvûe de tout ſentiment du plaiſir vénérien; on avoit beau chatouiller le ſiége du Clitoris abſent, il n'en reſultoit aucune ſenſation agréable. Sa Gorge ne s'enfloit en aucun tems.

XV.

Or ſi aujourd'hui même, la Nature s'endort juſqu'à ce point; ſi elle eſt capable d'une ſi étonnante erreur, combien de ſemblables jeux ont-ils été autrefois plus fréquens! Une diſtraction auſſi conſidérable, pour le dire ainſi, un oubli auſſi ſingulier, auſſi extraordinaire, rend, me ſemble, raiſon de tous ceux où la Nature a dû néceſſairement tomber dans ces tems reculés, dont les générations étoient incertaines, difficiles, mal établies, & plutôt des eſſais, que des coups de Maitre.

XVI.

Par quelle infinité de combinaiſons il a fallu que la matière ait paſſé, avant que d'arriver à celle-là ſeule, de laquelle

pou-

pouvoit résulter un Animal parfait! Par combien d'autres, avant que les générations soient parvenües au point de perfection qu'elles ont aujourd'hui.

XVII.

Par une conséquence naturelle, ceux-là seuls auront eu la faculté de voir, d'entendre &c, à qui d'heureuses combinaisons auront enfin donné des yeux & des oreilles exactement faits & placés comme les nôtres.

XVIII.

Les Elémens de la Matière, à force de s'agiter & de se mêler entr'eux, étant parvenus à faire des yeux, il a été aussi impossible de ne pas voir, que de ne pas se voir dans un miroir, soit naturel, soit artificiel. L'oeil s'est trouvé le miroir des objets, qui souvent lui en servent à leur tour. La Nature n'a pas plus songé à faire l'oeil pour voir, que l'eau, pour servir de miroir à la simple Bergère. L'eau s'est trouvée propre à renvoier les images; la Bergère y a vû avec plaisir son joli minois. C'est la pensée de l'Auteur de l'*Homme Machine*.

XIX.

N'y a-t-il pas eu un Peintre, qui ne pouvant représenter à son gré un Cheval écumant, réussit admirablement, fit la plus belle écume, en jettant de dépit son Pinceau sur la toile? *Le hazard va souvent plus loin que la Prudence.*

XX.

Tout ce que les Medecins & les Physiciens ont écrit sur l'usage des Parties des Corps animés, m'a toujours paru sans fondement. Tous leurs raisonnemens sur les causes finales sont si frivoles, qu'il faut que Lucrece ait été aussi mauvais Physicien, que grand Poëte, pour les refuter aussi mal.

Uu XXI.

XXI.

Les yeux se sont faits, comme la vûe, ou l'ouïe se perd & se recouvre; comme tel corps réfléchit le son, ou la lumière. Il n'a pas fallu plus d'artifice dans la construction de l'œil, ou de l'oreille, que dans la fabrique d'un Echo.

XXII.

S'il y a un grain de poussière dans le Canal d'Eustachi, on n'entend point; si les Artères de Ridley dans la Rétine, gonflées de sang, ont usurpé une partie du siége qui attend les Raions de lumière, on voit des mouches voler. Si le nerf optique est obstrué, les yeux sont clairs & ne voient point. Un rien dérange l'Optique de la Nature, qu'elle n'a par conséquent pas trouvée tout d'un coup.

XXIII.

Les Tâtonnemens de l'Art pour imiter la Nature, font juger des siens propres.

XXIV.

Tous les yeux, dit-on, sont optiquement faits, toutes les oreilles mathématiquement! Comment sait-on cela? Parce qu'on a observé la Nature; on a été fort étonné de voir ses productions si égales, & même si supérieures à l'art, on n'a pû s'empêcher de lui supposer quelque but, ou des vûes éclairées. La Nature a donc été avant l'art, il s'est formé sur ses traces; il en est venu, comme un fils vient de sa mère. Et un arrangement fortuit donnant les mêmes priviléges, qu'un arrangement fait exprès avec toute l'industrie possible, a valu à cette commune mère, un honneur que méritent les seules loix du mouvement.

XXV.

XXV.

L'Homme, cet Animal curieux de tout, aime mieux rendre le nœud qu'il veut délier, plus indissoluble, que de ne pas accumuler questions sur questions, dont la dernière rend toujours le problême plus difficile. Si tous les corps sont mus par le feu, qui lui donne son mouvement ? L'Ether. Qui le donne à l'Ether ? D * * * a raison ; notre Philosophie ne vaut pas mieux que celle des Indiens, qui met la terre sur un Eléphant, l'Eléphant sur une Tortue, la Tortue sur je ne sçai quoi ; peut-d'une Caule aveugle.

XXVI.

Prenons les choses pour ce qu'elles nous semblent ; regardons tout autour de nous, cette circonspection n'est pas sans plaisir, le Spectacle est enchanteur ; assistons y, en l'admirant, mais sans cette vaine démangeaison de tout concevoir ; sans être tourmentés par une curiosité toujours superflue, quand les sens ne la partagent pas avec l'esprit.

XXVII.

Comme, posées certaines loix Physiques, il n'étoit pas possible que la mer n'eût son flux & son reflux, de même certaines loix du mouvement ayant existé, elles ont formé des yeux qui ont vû, des oreilles qui ont entendu, des nerfs qui ont senti, une langue tantôt capable & tantôt incapable de parler, suivant son organisation ; enfin elles ont fabriqué le Viscere de la Pensée. La Nature a fait dans la machine de l'Homme, une autre machine qui s'est trouvée propre à retenir les idées & à en faire de nouvelles, comme dans la femme, cette matrice, qui d'une goute de liqueur fait un enfant. Ayant fait, sans voir, des yeux qui voient, elle a fait sans penser, une machine qui pense. Quand on voit un peu de morve produire une créature vivante, pleine d'efprit & de beauté, capable de s'élever au fublime du ftyle, des mœurs, de la volupté, peut-on être furpris qu'une peu de cervelle de plus ou de moins, conftituë le génie, ou l'imbécillité?

La faculté de penfer n'ayant pas une autre fource, que celle de voir, d'entendre, de parler, de fe reproduire, je ne vois pas quelle abfurdité il y auroit à faire venir un Etre intelligent d'une Caufe aveugle. Combien d'Enfans extrémement fpirituels, dont les père & mère font parfaitement ftupides & imbécilles!

XXIX.

Mais ô bon Dieu! Dans quels vils infectes n'y a-t-il pas là peu près autant d'Efprit, que dans ceux qui paffent une vie doctement puérile à les obferver! Dans quels Animaux des plus inutiles, les plus vénimeux les plus féroces, & dont on ne peut trop purger la Terre, ne brille pas quelque raïon d'intelligence? Suppoferons-nous une Caufe éclairée, qui donne aux uns un Etre fi facile à détruire par les autres; & qui a tellement tout confondu, qu'on ne peut, qu'à force d'expériences fortuites, diftinguer le poifon de l'Antidote, ni tout ce qui eft à rechercher, de ce qui eft à fuir? Il me femble, dans l'extrême défordre où font les chofes, qu'il y a une forte d'impiété à ne pas tout rejetter fur l'aveuglément de la Nature. Elle feule peut en effet innocemment nuire & fervir.

Elle fe jouë davantage de nôtre raifon, en nous faifant porter plus loin une vûe orgueilleufe, que ceux qui s'amu-

foient

soient à presser le cerveau de ce Pauvre qui demandoit à Paris l'aumône dans son crâne, ne se joüoient de la sienne.

XXXI.

Laissons là *Cette sière raison, dont on fait tant de bruit.* Pour la détruire, il n'est pas besoin de recourir au délire, à la siévre, à la rage, à tout miasme empoisonné, introduit dans les veines par la plus petite sorte d'inoculation;

Un peu de vin la trouble, un Enfant la séduit.

A force de Raison, on parvient à faire peu de cas de la Raison. C'est un Ressort qui se détraque, comme un autre, & même plus facilement.

XXXII.

Tous les Animaux, & l'homme par conséquent, qu'aucun Sage ne s'avisa jamais de soustraire à leur Catégorie, seroient-ils véritablement fils de la Terre, comme la Fable le dit des Géans? La Mer couvrant peut-être originairement la surface de notre Globe, n'auroit-elle point été elle-même le berceau flottant de tous les Etres éternellement enfermés dans son sein? C'est le système de l'auteur de *Telliamed*, qui revient à peu près à celui de Lucrèce; car toujours faudroit-il que la mer, absorbée par les pores de la Terre, consumée peu à peu par la chaleur du Soleil & le laps infini des temps, eût été forcée, en se retirant, de laisser l'œuf humain, comme elle fait quelque fois le poisson, à sec sur le rivage. Moyennant quoi, sans autre incubation que celle du Soleil, l'homme & tout autre animal seroient sortis de leur coque, comme certains éclosent encore aujourd'hui dans les païs chauds, &

comme

comme font auffi les Poulets dans un fumier chaud par l'art
des Phyficiens.

XXXIII.

Quoiqu'il en foit, il eft probable que les animaux, entant que moins parfaits que l'homme, auront pû être formés
les premiers. Imitateurs les uns des autres, l'homme l'aura
été d'eux; car tout leur *Régne* n'eft, à dire vrai, qu'un compofé de differens finges plus ou moins adroits, à la tête des
quels Pope a mis Newton. La *poftériorité* de la naiffance, ou
du dévelopement de la ftructure contenüe dans le germe de
l'homme, n'auroit rien de fi furprénant. Par la raifon qu'il
faudroit plus de tems pour faire un homme, ou un animal
doué de tous fes membres & de toutes fes facultés, que pour
en faire un imparfait & tronqué, il en faudroit auffi davantage
pour donne l'être à un Homme, que pour faire éclore un
Animal. On ne donne point *l'antériorité* de la production
des Brutes, pour expliquer la précocité de leur inftinct, mais
pour rendre raifon de l'imperfection de leur efpéce.

XXXIV.

Il ne faut pas croire qu'il ait été impoffible à un fœtus
humain, forti d'un œuf enraciné dans la Terre, de trouver les
moiens de vivre. En quelque endroit de ce Globe, & de
quelque manière que la Terre ait accouché de l'Homme, les
premiers ont dû fe nourrir de ce que la Terre produifoit d'elle
même & fans culture, comme le prouve la lecture des plus
anciens Hiftoriens & Naturaliftes. Croiez-vous que le premier nouveau né ait trouvé un Téton, ou un Ruiffeau de lait
tout prêt pour fa fubfiftance?

XXXV.

XXXV.

L'Homme nourri des sucs vigoureux de la Terre, durant tout son état d'embryon, pouvoit être plus fort, plus robuste qu'à présent qu'il est énervé par une suite infinie de générations molles & délicates; en conséquence il pouvoit participer à la précocité de l'instinct animal, qui ne semble venir que de ce que le corps des Animaux qui ont moins de tems à vivre, est plutôt formé. D'ailleurs, pour joindre des secours étrangers aux ressources propres à l'Homme, les Animaux, qui, loin d'être sans pitié, en ont souvent montré dans des Spectacles barbares, plus que leurs Ordonnateurs, auront pû lui procurer de meilleurs abris, que ceux où le hazard l'aura fait naître; le transporter, ainsi que leurs Petits, en des lieux, où il aura eu moins à souffrir des injures de l'air. Peut-être même qu'émus de compassion, à l'aspect de tant d'embarras & de langueurs, ils auront bien voulu prendre soin de l'allaiter, comme plusieurs Ecrivains qui paroissent dignes de foi, assurent que cela arrive quelquefois en Pologne: je parle de ces Ourses charitables, qui après avoir enlevé, dit-on, des enfans presque nouveaux-nés, laissés sur une porte par une nourrice imprudente, les ont nourris & traités avec autant d'affection & de bonté que leurs propres Petits. Or tous ces soins paternels des Animaux envers l'homme auront vraisemblablement duré, jusqu'à ce que celui-ci devenu plus grand & plus fort, ait pû se traîner à leur exemple, se retirer dans les Bois, dans des troncs d'arbres creux, & vivre enfin d'Herbes comme eux. J'ajoute que si les Hommes ont jamais vécu plus qu'aujourd'hui, ce n'est qu'à cette conduite & à cette nourriture qu'on peut raisonnablement attribuer une si étonnante *Longevité*.

XXXVI.

XXXVI.

Ceci jette, il est vrai, de nouvelles difficultés sur les moiens & la facilité de perpétuer l'Espéce; car si tant d'Hommes, si tant d'Animaux ont eu une vie courte, pour avoir été privés, ici d'une partie, souvent double là; combien auront péri faute des secours dont je viens d'indiquer la possibilité! Mais que deux, sur mille peut-être, se soient conservés, & aient pû procréer leur semblable, c'est tout ce que je demande, soit dans l'hypothése des générations si difficiles à se perfection-ner, soit dans celle de ces Enfans de la Terre qu'il est diffi-cile d'élever; si impossible même, quand on considère que ceux d'aujourd'hui, aussitôt abandonnés que mis au monde, péri-roient tous vraisemblablement, ou presque tous.

XXXVII.

Il est cependant des faits certains qui nous apprennent qu'on peut faire par nécessité bien des choses, que nos seuls usages, plus que la raison même nous font croire absolu-ment impossibles. L'Auteur du *Traité de l'Ame* en a fait la curieuse récolte. On voit que des Enfans laissés assez jeunes dans un désert, pour avoir perdu toute mémoire, & pour croire n'avoir ni commencement, ni fin; ou égarés pendant bien des années dans des Forêts, inhabitées, à la suite d'un naufrage, ont vêcu des mêmes alimens que les bêtes, se sont trainés, comme elles, au lieu de marcher droits, & ne pronon-coient que des sons inarticulés, plus ou moins horribles, au-lieu d'une prononciation distincte, selon ceux des Animaux qu'ils avoient machinalement imités. L'Homme n'apporte point sa raison en naissant; il est plus bête, qu'aucun Animal;

mais

mais plus heureusement organisé pour avoir de la mémoire
& de la docilité; si son instinct vient plus tard, ce n'est que
pour se changer assez vîte en petite raison qui, comme un
corps bien nourri, se fortifie peu à peu par la culture. Laissez
cet instinct en friche, la Chenille n'aura point l'honneur de
devenir Papillon; l'Homme ne sera qu'un Animal comme
un autre.

XXXVIII.

Celui qui a regardé l'homme comme une Plante, & n'en
a guères essentiellement fait plus d'estime, que d'un Chou,
n'a pas plus fait de tort à cette belle espèce, que celui qui en
a fait une pure Machine. L'Homme croît dans la matrice
par végétation, & son corps se dérange & se rétablit, comme
une montre, soit par ses propres ressorts, dont le jeu est souvent heureux; soit par l'art de ceux qui les connoissent, non en
Horlogers, (les Anatomistes,) mais en Physiciens Chymistes.

XXXIX.

Les Animaux éclos d'une germe éternel, quel qu'il ait été,
venus les prémiers au monde à force de se mêler entr'eux, ont,
selon quelques Philosophes, produit ce beau monstre qu'on
appelle Homme, & celui-ci à son tour par son mélange avec
les Animaux auroit fait naître les différens peuples de l'Univers.
On fait venir, dit un Auteur qui a tout pensé & n'a pas tout
dit, les premiers Rois de Dannemarc du commerce d'une
Chienne avec un Homme; les Péguins *se vantent* d'être issus
d'un Chien & d'un femme Chinoise que le débris d'un vaisseau exposa dans leur Païs; les premiers Chinois ont, dit-on,
la même origine.

Xx   XL.

LX.

La différence frappante des physionomies & des caractères des divers Peuples, aura fait imaginer ces étranges congrés, & ces bizarres Amálgames: Et en voiant un homme d'esprit mis au monde par l'opération & le bon plaisir d'un fot, on aura cru que la Génération de l'Homme par les animaux n'avoit rien de plus impossible & de plus étonnant.

XLI.

Tant de Philosophes ont soutenu l'opinion d'Epicure, que j'ai osé mêler ma foible voix à la leur; comme eux au reste, je n'ai fait qu'un Système. Ce qui nous montre dans quel abyme on s'engage, quand voulant percer la nuit des tems, on veut porter de présomtueux regards sur ce qui ne leur offre aucune prise; car admettez la création, ou la rejettez, c'est par tout le même mystère, par tout la même incompréhensibilité. Comment s'est formée cette Terre que j'habite? Est elle la seule Planéte habitée? D'où viens-je? Où suis je? Quelle est la nature de ce que je vois? De tous ces brillans phantômes dont j'aime l'illusion? Etois-je, avant que de n'être point? Serai-je, lorsque je ne serai plus? Quel état a précédé le sentiment de mon existence? Quel état suivra la perte de ce sentiment? C'est ce que les plus grands génies ne sauront jamais; ils battront philosophiquement la Campagne (a) comme j'ai fait, feront sonner l'allarme aux Dévots, & ne nous apprendront rien.

XLII.

Comme la Médecine n'est le plus souvent qu'une Science de

(a) V. l'Hypothèse nouvelle & ingénieuse de Mr. de Buffon.

de Remedes dont les noms font admirables, la Philofophie n'eft de même qu'une Science de belles paroles; c'eft un double bonheur, quand les uns guériffent, & quand les autres fignifient quelque chofe.   Après un tel aveu, comment un tel ouvrage feroit-il dangereux? Il ne peut qu'humilier l'orgueil des Philofophes & les inviter à fe foumettre à la foi.

XLIII.

O qu'un Tableau auffi varié que celui de l'Univers & de fes Habitans, qu'une Scène auffi changeante & dont les décorations font auffi belles, a de charmes pour un Philofophe! Quoiqu'il ignore les premières caufes, (& il s'en fait gloire) du coin du Parterre où il s'eft caché; voiant fans être vû, loin du peuple & du bruit, il affifte à un Spectacle, où tout l'enchante & rien ne le furprend, pas même de s'y voir.

XLIV.

Il lui paroît plaifant de vivre, plaifant d'être le joüet de lui-même, de faire un rôle auffi comique, & de fe croire un Perfonnage important.

XLV.

La Raifon pour laquelle rien n'étonne un Philofophe, c'eft qu'il fait que la folie & la fageffe, l'inftinct & la raifon, la grandeur & la petiteffe, la puérilité & le bon fens, le vice & la vertu, fe touchent d'auffi près dans l'Homme, que l'Adolefcence & l'Enfance; que l'Efprit Recteur & l'huile dans les Végétaux; enfin que le pur & l'impur dans les foffiles. L'homme dur, mais vrai, il le compare à un Caroffe doublé d'une Etoffe précieufe, mal fufpendu, le fat n'eft, à fes yeux, qu'un Paon qui admire fa quèue; le foible & l'inconftant, qu'une

Girouëtte qui tourne à tout vent; l'homme violent, qu'une fu-
sée qui s'élève, dès qu'elle a pris feu, ou un lait bouillant, qui
passe par dessus les bords de son vase, &c.

XLVI.

Moins délicat en amitié, en amour &c., plus aisé à satisfaire & à vivre, les défauts de confiance dans l'ami, de fidélité dans la femme & la maitresse, ne sont que de légers défauts de l'humanité, pour qui examine tout en Physicien, &
le vol même, vû des mêmes yeux, est plutôt un vice, qu'un
crime. Savez-vous pourquoi je fais encore quelque cas des
Hommes? C'est que je les crois sérieusement des *Machines*.
Dans l'hypothèse contraire, j'en connois peu dont la société
fût estimable. Le Matérialisme est l'antidote de la Misantropie.

XLVII.

On ne fait point de si sages réfléxions, sans en tirer quelque avantage pour soi même; c'est pourquoi le Philosophe,
opposant à ses propres vices, la même Egide, qu'à l'adversité,
n'est pas plus intérieurement déchiré par la malheureuse nécessité de ses mauvaises qualités, qu'il n'est vain & glorieux de
ses bonnes. Si le hazard a voulu qu'il fût aussi bien organisé
que la Société peut, & que chaque homme raisonnable doit
se souhaiter, le Philosophe s'en félicitera, & même s'en ré-
jouira, mais sans suffisance & sans présomtion. Par la raison
contraire, comme il ne s'est pas fait lui-même, si les ressorts
de sa Machine jouent mal, il en est fâché, il en gémit en qualité de bon Citoyen; comme Philosophe, il ne s'en croit point
responsable. Trop éclairé pour se trouver coupable de pensées & d'actions, qui naissent & se font malgré lui; soupirant
sur

fur la funefte condition de l'homme, il ne fe laiffe pas ronger par ces Bourreaux de remords, fruits amers de l'éducation, que l'arbre de la Nature ne porta jamais.

XLIX.

Nous fommes dans fes mains, comme une Bendule dans celles d'un Horloger; elle nous a pétris, comme elle a voulu, ou plutôt comme elle a pu; enfin nous ne fommes pas plus criminels, en fuivant l'impreffion des mouvemens primitifs qui nous gouvernent, que le Nil ne l'eft de fes inondations, & la Mer de fes ravages.

L.

Après avoir parlé de l'Origine des Animaux, je ferai quelques réflexions fur la Mort; elles feront fuivies de quelques autres fur la Vie & la Volupté. Les unes & les autres font proprement un *Projet de Vie & de Mort,* digne de couronner un Syftême Epicurien.

LI.

La tranfition de la Vie à la Mort, n'eft pas plus violente, que fon paffage. L'intervalle qui les fépare, n'eft qu'un point, foit par rapport à la Nature de la Vie, qui ne tient qu'à un fil, que tant de caufes peuvent rompre, foit dans l'immenfe durée des êtres. Hélas! puisque c'eft dans ce point que l'homme s'inquiete, s'agite, & fe tourmente fans ceffe, on peut bien dire que la Raifon n'en a fait qu'un fou.

Quelle Vie fugitive! Les formes des corps brillent, comme les Vaudevilles fe chantent. L'Homme & la Rofe paroiffent le matin, & ne font plus le foir. Tout fe fuccéde, tout difparoît, & rien ne périt.

LII.

LII.

Trembler aux approches de la Mort, c'est ressembler aux enfans, qui ont peur des Spectres & des Esprits. Le pâle Phantôme peut frapper à ma porte, quand il voudra, je n'en serai point épouvanté. Le Philosophe seul est brave, où la plupart des braves ne le sont point.

LIII.

Lorsqu'une feuille d'arbre tombe, quel mal se fait-elle? La Terre la reçoit bénignement dans son sein; & lorsque la chaleur du Soleil en a exalté les principes, ils nagent dans l'air, & sont le jouët des vents.

LIV.

Quelle différence y a-t-il entre un homme & une plante, réduits en poudre? Les cendres animales ne ressemblent-elles pas aux végétales?

LV.

Ceux (a) qui ont défini le froid, une *privation du feu*, ont dit ce que le froid n'est pas, & non ce qu'il est. Il n'en est pas de même de la mort: dire ce qu'elle n'est pas; dire qu'elle est une privation d'air qui fait cesser tout mouvement, toute chaleur, tout sentiment; c'est assés déclarer ce qu'elle est: rien de positif; rien, moins que rien, si on pouvoit le concevoir; non, rien de réel; rien qui nous regarde, rien qui nous appartienne, comme l'a fort bien dit Lucrece. La mort n'est dans la Nature des choses, que ce qu'est le Zéro dans l'Arithmétique.

LVI.

C'est cependant, (qui le croiroit?) c'est ce Zéro, ce chiffre

(a) Boerh. *Elem. chem.* T. 1. *de Igne.*

chiffre qui ne compte point, qui ne fait point nombre par lui-même; c'est ce chiffre, pour lequel il n'y a rien à paſer, qui cauſe tant d'allarmes & d'inquiétudes; qui fait flotter les uns dans une incertitude cruelle, & fait tellement trembler les autres, que certains n'y peuvent penſer ſans horreur. Le ſeul nom de la mort les fait frémir. Le paſſage de quelque choſe à rien, de la vie à la mort, de l'Etre au Néant, eſt-il donc plus inconcevable que le paſſage de rien à quelque choſe, du Néant à l'Etre, ou à la vie? Non, il n'eſt pas moins naturel; & s'il eſt plus violent, il eſt auſſi plus néceſſaire.

LVII.

Accoutumons-nous à le penſer; & nous ne nous affli-gerons pas plus de nous voir mourir, que de voir la lame uſer enfin le fourreau; nous ne donnerons point des larmes pué-riles à ce qui doit indiſpenſablement arriver. Faut-il donc tant de force de raiſon, pour faire le ſacrifice de nous-mê-mes, & y être toûjours prêts? Quelle autre force nous retient à ce qui nous quitte?

LVIII.

Pour être vraiment ſage, il ne ſuffit pas de ſavoir vivre heureux dans la médiocrité; il faut ſavoir tout quitter de ſang froid, quand l'heure en eſt venue. Plus on quitte, plus l'Hé-roïſme eſt grand. Le dernier moment eſt la principale pierre de touche de la ſageſſe; c'eſt, pour ainſi dire, dans le creuſet de la mort qu'il la faut éprouver.

LIX.

Si vous craignez la mort, ſi vous êtes trop attaché à la vie, vos derniers ſoupirs ſeront affreux; la mort vous ſervira du plus cruel Bourreau; c'eſt un ſupplice, que d'en craindre.

LX.

LX.

Pourquoi ce Guerrier qui s'est acquis tant de gloire dans le champ de Mars, qui s'est tant de fois montré redoutable dans des combats singuliers, malade au lit, ne peut-il soutenir, pour ainsi dire, le duel de la mort?

LXI.

Au lit de mort, il n'est plus question de ce faste, ou de ce bruyant appareil de guerre, qui excitant les esprits, fait machinalement courir aux armes. Ce grand aiguillon des François, le point d'honneur, n'a plus lieu; on n'a point devant soi l'exemple de tant de Camarades, qui braves les uns par les autres, sans doute plus que par eux-mêmes, s'animent mutuellement à la soif du carnage. Plus de spectateurs, plus de fortune, plus de distinction à espérer. Où l'on ne voit que le néant pour récompense de son courage, quel motif soutiendroit l'amour propre?

LXII.

Je ne suis point surpris de voir mourir lâchement au lit, & courageusement dans une action. Le Duc de * * * affrontoit intrépidement le canon sur le revers de la tranchée, & pleuroit à la Garde-robe. Là Héros, ici Poltron; tantôt Achille, tantôt Thersite; tel est l'Homme! Qu'y a-t-il de plus digne de l'inconséquence d'un Esprit aussi bizarre?

LXIII.

Voilà, Dieu-merci, tant de fortes épreuves, par lesquelles j'ai passé, sans trembler, que j'ai lieu de croire que je mourrai de même, en Philosophe. Dans ces violentes crises, où je me suis vû prêt de passer de la vie à la mort; dans ces
momens

momens de foiblesse, où l'Ame s'anéantit avec le corps, momens terribles pour tant de grands Hommes, comment moi,
frêle & délicate Machine, ai-je la force de plaisanter, de badiner, de rire? La faut? (chimere pour quoi La mort c'ell

LXIV.

Je n'ai ni craintes, ni espérances. Nulle empreinte de
de ma prémière éducation: cette foule de préjugés, sucés pour
ainsi dire, avec le lait, a heureusement disparu de bonne heure
à la divine clarté de la Philosophie. Cette Substance molle &
tendre, sur laquelle le cachet de l'erreur s'étoit si bien imprimé,
rase aujourd'hui, n'a conservé aucuns vestiges, ni de mes Collé-
ges, ni de mes Pédans. J'ai eu le courage d'oublier ce que
j'avois eu la foiblesse d'apprendre; tout est rayé, (quel bonheur!) tout est effacé, tout est extirpé jusqu'à la racine: &
c'est le grand ouvrage de la réfléxion & de la Philosophie;
elles seules pouvoient arracher l'yvroie, & semer le bon grain
dans les sillons que la mauvaise herbe occupoit.

LXV.

Laissons là cette Epée fatale qui pend sur nos têtes. Si
nous ne pouvons l'envisager sans trouble, oublions que ce n'est
qu'à un fil qu'elle est suspendüe. Vivons tranquilles, pour
mourir de même.

LXVI.

Epictéte, Antonin, Séneque, Pétrone, Anacréon, Chaulieu, &c. soiez mes Evangélistes & mes Directeurs dans les derniers momens de ma vie. Mais non; vous me serez inutiles; je n'aurai besoin ni de m'aguerrir, ni de me dissiper, ni de
m'étourdir. Les yeux voilés, je me précipiterai dans ce fleuve
de l'éternel oubli, qui engloutit tout sans retour. La faulx de

de

la Parque ne fera pas plutôt levée, que déboutonnant moi-
même mon col, je ferai prêt à recevoir le coup.

LXVII.

La faulx! Chimère poëtique! La mort n'eft point armée
d'un inftrument tranchant. On diroit, (autant que j'en ai pû
juger par fes plus intimes approches,) qu'elle ne fait que paffer
au col des mourans un noeud coulant, qui ferre moins, qu'il
n'agit avec une douceur narcotique: c'est l'Opium de la Mort;
tout le fang en eft enivré, les fens s'émouffent: on fe fent
mourir, comme on fe fent dormir, ou tomber en foibleffe, non
fans quelque volupté.

LXVIII.

Combien tranquille, en effet, combien douce eft une mort
qui vient comme pas à pas, qui ne furprend, ni ne bleffe! Une
mort prévûe, où l'on n'a que le fentiment qu'il faut avoir, pour
en joüir! Je ne fuis point étonné que ces morts-là féduifent
par leur flatteufe amorce. Rien de douloureux, rien de violent ne les accompagne; les vaiffeaux ne fe bouchant que l'un
après l'autre, la vie s'en va peu à peu, avec une certaine non-
chalance molle; on fe fent fi doucement tiré d'un côté, qu'à
peine daigne-t-on fe retourner de l'autre. Il en coûte, il eft
violent à la Nature, de ne pas fuccomber à la tentation de
mourir, quand le dégoût de la vie fait le plaifir de la mort.

LXIX.

La Mort & l'Amour fe confomment par les mêmes
moïens, l'expiration. On fe reproduit, quand c'eft d'amour
qu'on meurt; on s'anéantit, quand c'eft par le cifeau d'Atropos.
Remercions la Nature, qui aiant confacré les plaifirs les plus
vifs à la production de nôtre efpece, nous en a encore réfervés d'affés doux le plus fouvent, pour ces momens, où elle ne
peut plus nous conferver vivans.　　　　　　　　LXX.

LXX.

J'ai vû mourir, triste spectacle! des milliers de Soldats, dans ces grands Hopitaux militaires, qui m'ont été confiés en Flandre durant la derniere Guerre. Les morts agréables, telles que je viens de les peindre, m'ont paru beaucoup moins rares, que les morts douloureuses. Les plus communes sont insensibles. On sort de ce monde, comme on y vient, sans le savoir.

LXXI.

Que risque-t-on à mourir? Et que ne risque-t-on pas à vivre?

LXXII.

La mort est la fin de tout; après elle, je le répete, un abîme, un néant éternel; tout est dit, tout est fait; la somme des Biens, & la somme des Maux est égale: plus de soins, plus d'embarras; plus de personnage à représenter: *la farce est jouée.* (*)

LXXIII.

„Pourquoi n'ai-je pas profité de mes maladies, ou plutôt „d'une entr'elles, pour finir cette Comédie du monde? Les „frais de ma mort étoient faits; voilà un ouvrage manqué, „auquel il faudra toûjours revenir. Semblables à une montre „dont les mouvemens retardés, parcourant toûjours le même „cercle, quoique avec plus de lenteur, remettent cependant „l'aiguille au point où elle étoit, quand elle a commencé de „tourner, nous parviendrons tous de même au point que nous „fuyons: la Médecine la plus éclairée, ou la plus heureuse, ne „peut que retarder les mouvemens de l'aiguille. A quoi bon „tant de peines & tant d'efforts! Après avoir courageusement „monté sur l'Echaffaut, est aussi dupe que lâche, qui en des-

Y y 2   cend

(*) Rabelais.

„cend pour paſſer de nouveau par les verges & les étrivières
„de la vie.„ Langage bien digne d'un homme dévoré d'ambition, rongé d'envie, en proie à un amour malheureux, ou
pourſuivi par d'autres furies!

LXXIV.

Non, je ne ſerai point le corrupteur du goût inné qu'on
a pour la vie; je ne répandrai point le dangereux poiſon du
Stoïciſme ſur les beaux jours, & juſques ſur la proſpérité de
nos Lucilius. Je tacherai au contraire d'emouſſer la pointe
des épines de la vie, ſi je n'en puis diminuer le nombre, afin
d'augmenter le plaiſir d'en cueïllir les Roſes: Et ceux qui par
un malheur d'organiſation déplorable, s'ennuyeront au beau
ſpectacle de l'Univers, je les prierai d'y reſter; par Religion,
s'ils n'ont pas d'Humanité; ou, ce qui eſt plus grand, par humanité, s'ils n'ont pas de Religion. Je ferai enviſager aux ſimples les grands Biens que la Religion promet à qui aura la patience de ſupporter ce qu'un grand Homme a nommé *le mal
de vivre*, & les tourmens éternels dont elle menace ceux qui
ne veulent point reſter en proye à la douleur, ou à l'ennui.
Les autres, ceux pour qui la Religion n'eſt que ce qu'elle eſt,
une fable, ne pouvant les retenir par des liens rompus, je tacherai de les ſéduire par des ſentimens généreux; de leur in-
ſpirer cette grandeur d'Ame, à qui tout cede; enfin faiſant
valoir les droits de l'Humanité, qui vont devant tout, je mon-
trerai ces rélations cheres & ſacrées; plus patétiques que les
plus éloquens Diſcours: Je ferai paroître une Epouſe, une
Maitreſſe en pleurs; des enfans déſolés, que la mort d'un
Pere va laiſſer ſans éducation ſur la face de la Terre. Qui n'entendroit des cris ſi touchans du bord du tombeau? Qui ne
r'ouvriroit une paupière mourante? Quel eſt le lâche qui
refuſe

refuse de porter un fardeau utile à plusieurs? Quel est le monstre qui par une douleur d'un moment, s'arrachant à sa famille, à ses Amis, à sa Patrie, n'a pour but que de se délivrer des devoirs les plus sacrés!

LXXV.

Que pourroient contre de tels Argumens, tous ceux d'une Secte, qui, quoiqu'on (*) en dise, n'a fait de grands Hommes, qu'aux dépens de l'Humanité!

LXXVI.

Il est assés indifférent par quel aiguillon on excite les hommes à la vertu. La Religion n'est nécessaire que pour qui n'est pas capable de sentir l'Humanité. Il est certain, (qui n'en fait pas tous les jours l'observation ou l'expérience?) qu'elle est inutile au commerce des honnêtes gens. Mais il n'appartient qu'aux Ames élevées de sentir cette grande vérité. Pour qui donc est fait ce merveilleux Ouvrage de la Politique? Pour des Esprits, qui n'auroient peut-être point eu assés des autres freins; Espece, qui malheureusement constitue le plus grand nombre; Espece imbécille, basse, rampante, dont la Société a cru ne pouvoir tirer parti, qu'en la captivant par le mobile de tous les Esprits, l'intérêt; celui d'un Bonheur chimèrique.

LXXVII.

J'ai entrepris de me peindre dans mes Ecrits, comme Montagne a fait dans ses Essais. Pourquoi ne pourroit-on pas se traiter soi même? Ce sujet en vaut bien un autre, où l'on voit moins clair: Et lorsqu'on a dit une fois que c'est de soi qu'on a voulu parler, l'excuse est faite, ou plutôt on n'en doit point.

LXXVIII.

Je ne suis point de ces Misantropes, tels que le Vayer, qui ne

(*) Esprit des Loix. T. I.

Yy 3

ne voudroient point recommencer leur carrière; l'ennui hypocondriaque est trop loin de moi; mais je ne voudrois pas repasser par cette stupide enfance, qui commence, & finit nôtre course. J'attache déja volontiers, comme parle Montagne, *la queüe d'un Philosophe* au plus bel âge de ma vie; mais, pour remplir par l'esprit, autant qu'il est possible, les vuides du coeur; & non pour me repentir de les avoir autrefois comblés d'amour. Je ne voudrois revivre, que comme j'ai vécu; dans la bonne chère, dans la bonne Compagnie, la joie, le Cabinet, la Galanterie; toûjours partageant mon tems entre les femmes, cette charmante Ecole des Graces, Hippocrate, & les Muses; toûjours aussi ennemi de la débauche, qu'ami de la Volupté; enfin tout entiér à ce charmant mêlange de sagesse & de folie, qui s'aiguisant l'une par l'autre, rendent la vie plus agréable, & en quelque sorte, plus piquante.

LXXIX.

Gémissez, pauvres Mortels! Qui vous en empêche? Mais que cessoit de la briéveté de vos égaremens; leur délire est d'un prix fort au dessus d'une Raison froide qui déconcerte, glace l'imagination & effarouche les plaisirs.

LXXX.

Au lieu de ces Bourreaux de remords qui nous tourmentent, ne donnons à ce charmant & irréparable tems passé, que les mêmes regrets, qu'il est juste que nous donnions un jour, (modérément,) à nous-mêmes, quand il nous faudra, pour ainsi dire, nous quitter. Regrets raisonnables, je vous adoucirai encore, en jettant des fleurs sur mes derniers pas, & presque sur mon tombeau! Ces fleurs seront la gaiété, le souvenir de mes plaisirs, ceux des jeunes gens qui me rappelleront les miens, la conversation des personnes aimables, la vüe de jolies femmes, dont je

veux

veux mourir entouré, pour fortir de ce monde, comme d'un
fpectacle enchanteur; enfin cette douce amitié, qui ne fait pas
tout à fait oublier le tendre amour. Délicieufe réminiscence,
Lectures agréables, Vers charmans, Philofophes, Goût des
Arts, aimables Amis, vous qui faites parler à la Raifon même
le langage des Graces, ne me quittez jamais.

LXXXI.

Jouiffons du préfent; nous ne fommes que ce qu'il eft.
Morts d'autant d'années que nous en avons, l'avenir qui n'eft
point encore, n'eft pas plus en nôtre pouvoir, que le paffé qui
n'eft plus. Si nous ne profitons pas des plaifirs qui fe préfentent, fi nous fuions ceux qui femblent aujourd'hui nous cher-
cer, un jour viendra que nous les chercherons en vain, ils nous
fuiront bien plus à leur tour.

LXXXII.

Différer de fe réjouir jufqu'à l'hyver de fes ans, c'eft attendre dans un feftin pour manger, qu'on ait deffervi. Nulle autre
faifon ne fuccede à celle là. Les froids Aquilons foufflent jufqu'à la fin; & la joie même alors fera plus glacée dans nos coeurs,
que nos liquides dans leurs tuyaux.

LXXXIII.

Je ne donnerai point au Couchant de mes jours, la préférence fur leur Midi: fi je compare cette dernière partie, où l'on
végéte, c'eft à celle où l'on végétoit. Loin de maudire le paffé,
m'acquittant envers lui du tribut d'éloges qu'il mérite, je le bé-
nirai dans le bel âge de mes enfans, qui raffurés par ma douceur
contre une févérité apparente, aimeront & chercheront la compagnie d'un bon Père, au lieu de la craindre & de la fuir.

LXXXIV.

Voyez la Terre couverte de neige & de frimats! Des Crif-
taux de glace font tout l'ornement des arbres dépouillés; d'é-
pais

pais brouillards éclipsent tellement l'astre du jour, que les mortels incertains voient à peine à se conduire. Tout languit, tout
est engourdi; les fleuves sont changés en marbre, le feu des corps
est éteint, le froid semble avoir enchaîné la Nature. Déplorable
image de la vieillesse! La séve de l'Homme manque aux lieux
qu'elle arrosoit. Impitoiablement flétrie, reconnoissez-vous
cette beauté, à qui vôtre coeur amoureux dressoit autrefois des
Autels? Triste à l'aspect d'un sang glacé dans les veines, comme
les Poëtes peignent les Nayades dans le cours arrêté de leurs
eaux, combien d'autres raisons de gémir, pour qui la Beauté est
le plus grand présent des Dieux! La bouche est dépouillée de
son plus bel ornement; une tête chauve succéde à ces cheveux
blonds naturellement bouclés, qui flottoient, en se jouant, sur
une belle gorge qui n'est plus. Changée en espéce de tombeau,
les plus séduisans appas du sexe semblent s'y être écroulés, &
comme ensévelis. Cette peau si douce, si unie, si blanche, n'est
plus qu'une foule d'écailles, de plis & de replis hideusement tortueux; la stupide imbecillité habite ces rides jaunes & raboteuses,
où l'on croit la Sagesse. Le cerveau affaissé, tombant chaque
jour sur lui-même, laisse à peine passer un raion d'intelligence;
enfin l'Ame abrutie, s'éveille, comme elle s'endort, sans idées.
Telle est la derniére enfance de l'Homme! Peut-elle mieux
ressembler à la premiére, & venir d'une cause plus differente?

LXXXVI.

Comment cet âge si vanté l'emporteroit-il sur celui d'Hé-
bé? Seroit-ce sous le spécieux prétexte d'une longue expérience, qu'une Raison chancelante & mal assurée ne peut ordinairement que mal saisir? Il y a de l'ingratitude à mettre la plus dé-
goûtante partie de notre Etre, je ne dis pas au dessus, mais au
niveau

niveau de la plus belle & de la plus floriffante. Si l'âge avancé
mérite des égards; la jeuneffe, la beauté, le génie, la vigueur,
méritent des hommages & des Autels. Heureux tems, où vivant fans nulle inquiétude, je ne connoiffois d'autres devoirs,
que ceux des plaifirs: faifon de l'amour & du coeur, âge aimable,
âge d'or, qu'êtes vous devenus!

LXXXVII.

Préférer la vieilleffe à la jeuneffe, c'eft commencer à compter le mérite des faifons par l'hyver. C'eft moins eftimer les
préfens de Flore, de Cérès, de Pomone, que la neige, la glace
& les noirs frimats: les bleds, les raifins, les fruits, & toutes
ces fleurs odoriférentes dont l'air eft fi délicieufement parfumé,
que des champs ftériles, où il ne croît pas une feule Rofe, parmi une
infinité de Chardons; c'eft moins eftimer une belle & riante Campagne, que des Landes triftes & défertes, où le chant des oifeaux
qui ont fui, ne fe fait plus entendre, & où enfin, au lieu de l'al-
légreffe & des chanfons des Moiffonneurs & des Vendangeurs,
régnent la défolation & le filence.

LXXXVIII.

A mefure que le fein glacé de la terre s'ouvre aux douces
haleines du Zéphire, les grains femés germent; la Terre fe couvre de fleurs & de verdure. Agréable livrée du Printems, tout
prend une autre face à ton afpect; toute la Nature fe renouvelle;
tout eft plus gai, plus riant dans l'Univers! L'Homme feul, hélas! ne fe renouvelle point; il n'y a pour lui, ni Fontaine de
Jouvence; ni Jupiter qui veüille rajeunir nos Titons; ni peüt-
être d'Aurore qui daigne généreufement l'implorer pour le fien.

LXXXIX.

La plus longue carriére ne doit point allarmer les Gens aima-

bles.

bles. Les Graces ne vieilliffent point; elles fe trouvent quelquefois parmi les rides & les cheveux blancs; elles font en tout
tems badiner la Raifon: en tout tems elles empêchent l'efprit
d'y croupir. Ainfi par elles on plaît à tout âge; à tout âge,
on fait même fentir l'amour, comme l'Abbé Gédoin l'éprouva
avec la charmante octogénaire Ninon de Lenclos, qui le lui
avoit prédit.

XC.

Lorfque je ne pourrai plus faire qu'un repas par jour avec
Comus, j'en ferai encore un par femaine, fi je peux, avec Venus,
pour conferver cette humeur douce & liante, fi non plus agréable, du moins plus néceffaire à la Société, que l'Efprit. On reconnoit ceux qui fréquentent la Déeffe, à l'urbanité, à la poli-
teffe, à l'agrément de leur commerce. Quand je lui aurai dit,
hélas! un éternel adieu dans le culte, je la célébrerai encore
dans ces jolies chanfons & ces joieux propos, qui applaniffent
les rides,&attirent encore la brillante jeuneffe autour des vieillards rajeunis.

XCI.

Lorfque nous ne pouvons plus goûter les plaifirs, nous les
décrions. Pourquoi déconcerter la jeuneffe? N'eft-ce pas fon
tour de s'ébattre & de fentir l'amour? Ne les défendons, que
comme on faifoit à Sparte, pour en augmenter le charme & la
fécondité. Alors vieillards raifonnables, quoique vieux avant
la vieilleffe, nous ferons fupportables, & peut-être aimables encore après.

XCII.

Je quitterai l'amour, peut-être plutôt que je ne penfe;
mais je ne quitterai jamais Thémire. Je n'en ferois pas le fa-
crifice aux Dieux. Je veux que fes belles mains, qui tant de
fois

fois ont amufé mon réveil, me ferment les yeux. Je veux
qu'il foit difficile de dire, laquelle aura eu plus de part à
ma fin, ou de la Parque, ou de la Volupté. Puiffé-je véritablement mourir dans ces beaux bras, où je me fuis tant de fois oublié! Et, (pour tenir un langage qui rit à l'imagination, & peint
fi bien la Nature,) puiffe mon Ame errante dans les Champs
Elifées, & comme cherchant des yeux fa moitié, la demander
à toutes les Ombres; auffi étonnée de ne plus voir le tendre
objet qui la tenoit, il n'y a qu'un moment, dans des embraffe-
mens fi doux, que Thémire, de fentir un froid mortel dans
un coeur, qui, par la force dont il battoit, promettoit de
battre encore longtems pour elle. Tels font mes *Projets de*
vie & de mort; dans le cours de l'une & jufqu'au dernier fou-
pir, Epicurien voluptueux, Stoïcien ferme, aux approches de
l'autre.

XCIII.

Voilà deux fortes de réfléxions bien différentes les unes
des autres, que j'ai voulu faire entrer dans ce Syftême Epicurien. Voulez-vous favoir ce que j'en penfe moi-même?
Les fecondes m'ont laiffé dans l'Ame un fentiment de Volupté,
qui ne m'empêche pas de rire des prémières. Quelle folie
de mettre en profe, peut-être médiocre, ce qui eft à peine
fupportable en beaux Vers? Et qu'on eft dupe, de perdre en
de vaines recherches, un tems, hélas! fi court, & bien mieux
employé à joüir, qu'à connoître!

XCIV.

Je vous falüe, heureux Climats, où tout homme qui vit
comme les autres, peut penfer autrement que les autres; où
les Théologiens ne font pas plus Juges des Philofophes, qu'ils

Zz 2

ne

ne font faits pour l'être; où la liberté de l'Esprit, le plus bel appanage de l'humanité, n'est point enchaînée par les préjugés; où l'on n'a point honte de dire, ce qu'on ne rougit point de penser; où l'on ne court point risque d'être le Martyre de la Doctrine, dont on est l'Apôtre. Je vous salüe, Patrie déjà célébrée par les Philosophes, où tous ceux que la Tyrannie persécute, trouvent, (s'ils ont du mérite & de la probité,) non un asyle assuré, mais un port glorieux; où l'on sent combien les conquêtes de l'Esprit sont au dessus de toutes les autres; où le Philosophe enfin comblé d'honneurs & de Bienfaits, ne passe pour un Monstre, que dans l'Esprit de ceux qui n'en ont point. Puissiez-vous, heureuse Terre, fleurir de plus en plus! Puissiez-vous sentir tout vôtre bonheur, & vous rendre en tout, s'il se peut, digne du grand Homme que vous avés pour Roi! Muses, Graces, Amours, & Vous, sage Minerve; en couronnant des plus beaux lauriers l'auguste Front du *Julien moderne*, aussi digne de gouverner que l'ancien, aussi Savant, aussi Bel-Esprit, aussi Philosophe, Vous ne couronnez que vôtre ouvrage.

F I N.